ज्ञान गरिमा के
70 वर्ष

भारतीय ज्ञानपीठ

केदारनाथ अग्रवाल संचयन

लोकोदय ग्रन्थमाला : ग्रन्थांक 1220
ग्रन्थमाला सम्पादक
रवीन्द्र कालिया
सह-सम्पादक
गुलाबचन्द्र जैन

ISBN : 978-93-263-5249-9

केदारनाथ अग्रवाल संचयन
(संचयन)
सम्पा. कैलाश वाजपेयी, अशोक त्रिपाठी

प्रथम संस्करण : 2014
मूल्य : 620 रुपये

प्रकाशक : **भारतीय ज्ञानपीठ**
18, इंस्टीट्यूशनल एरिया, लोदी रोड, नयी दिल्ली-110 003

मुद्रक : रुचिका प्रिंटर्स, दिल्ली-32
साज-सज्जा : ज्ञानपीठ कला प्रभाग

KEDARNATH AGRAWAL SANCHAYAN
(Collection)
Edited by Kailash Vajpai, Ashok Tripathi

Published by : **Bharatiya Jnanpith**
18, Institutional Area, Lodi Road, New Delhi-110 003

e-mail : jnanpith@satyam.net.in, sales@jnanpith.net
website : www.jnanpith.net

First Edition : 2014
Price : Rs. 620

केदारनाथ अग्रवाल संचयन

सम्पादक

कैलाश वाजपेयी अशोक त्रिपाठी

भारतीय ज्ञानपीठ

सम्पादकीय

एक

केदारनाथ अग्रवाल हिन्दी की प्रगतिशील काव्य-धारा के अन्यतम कवि हैं - निराला की भाषायी और वस्तुवत्तीय यथार्थ की परम्परा को आगे बढ़ाने वाले अग्रणी कवि हैं। केदारनाथ अग्रवाल ने हिन्दी कविता को कल्पना की शब्दकोशीय तत्सम बहुल, कोमलकांत पदावली की दुनिया से बाहर निकालकर भाषा, शब्द-चयन और अंतर्वस्तु के धरातल पर असलियत की कठोर, खुरदुरी और भदेस दुनिया में चलना सिखाया जिसमें माटी और श्रम-स्वेद की पवित्र गंध मिलती है।

केदारजी पारंपरिक काव्य-शास्त्रीय कवि नहीं हैं और न ही दूसरों के बनाये काव्य-सिद्धांतों पर आँख मूँदकर भरोसा करते हैं। उन्होंने देशी-विदेशी, नामी-गिरामी सिद्धांतकारों, आलोचकों और कवियों-कथाकारों को खूब पढ़ा है। 'मित्र संवाद' (भाग-एक, भाग-दो, संपादक : रामविलास शर्मा, अशोक त्रिपाठी, साहित्य भंडार, इलाहाबाद, संस्करण 2010) से ऐसे ग्रंथों की लम्बी सूची बनायी जा सकती है। वह भावुकतावादी निरे कवि नहीं थे, बल्कि सचेत, सजग, चिंतनशील, सौंदर्य और कला-प्रेमी (कलावादी नहीं) चिंतक कवि थे। वह ग्रंथों को पढ़ते जरूर थे, पर किसी की प्रसिद्धि या उसके नामवर होने से आक्रांत नहीं होते थे। वह किसी भी सिद्धांत या विचार को कविता के (कथ्य और शिल्प-दोनों को) ऐतिहासिक विकास-क्रम की कसौटी पर कसते थे और तब स्वीकार या अस्वीकार करते थे। उन्होंने अपना दृष्टिकोण सिद्धांतों को अपरिवर्तनीय और शाश्वत मानकर उन्हें घोंटकर नहीं बनाया था। उनका मानना था कि 'युग बदला तो कथ्य और शिल्प बदला।' ('समय-समय पर' - पृ. 5, साहित्य भंडार, सं. 2011)। केदारजी इस सिद्धांत या दर्शन को नहीं मानते कि ब्रह्मसत्य है और जगत मिथ्या है। वह जगत को ही सत्य मानते हैं। उनकी स्वीकारोक्ति है कि 'मेरे लिए वस्तुवत्ता यथार्थ थी—सत्य थी—और त्याज्य नहीं थी। ...कविता भी वस्तुवत्ता की आत्मपरक अभिव्यक्ति है। यह अभिव्यक्ति भी देश काल से बँधी है।' (वही, पृ. 6)

केदारजी जितना बल वस्तुवत्ता पर देते हैं, यथार्थ पर देते हैं, उतना ही बल

कलात्मकता पर भी देते हैं। वह लेनिन के संज्ञान के सिद्धांत (Theory of Cognition) को कविता का मूल सिद्धांत मानते हैं और उसके हवाले से यह कहते हुए कि 'संज्ञान की कलात्मक अभिव्यक्ति ही कविता है' प्रगतिशील-कविता का सौंदर्यशास्त्र भी रचते हैं। उनकी दृढ़ मान्यता है कि 'कविता आदमी के जीवन की कविता हो, वह उसके यथार्थ और आदर्श के द्वन्द्व को अभिव्यक्त करे। वह अभिव्यक्ति कलात्मक हो। कलात्मकता अमूर्तन से नहीं मूर्तन से निःसृत हो। ...कलात्मक होने का यह मतलब कतई नहीं है कि कवि रूप प्रकारवादी (Formalist) बन जाय और उसी के लिए बलिदान हो जाय। कला मानवीय चेतना के उत्कर्ष के संदर्भ में ही अर्थवान और प्राणवान होती है।' (विचार-बोध, पृ. 39, साहित्य भंडार, इलाहाबाद, सं. 2010)

कविता की यह सैद्धांतिकी केदारजी अपने गद्य और कविता दोनों में देते हैं, जो उनकी कविताओं में घटित भी होती है। उनकी सैद्धांतिकी गतिशील सैद्धांतिकी है, जो युग के साथ बदलती रहती है-वह जड़ नहीं है। कविता के बारे में उनकी यह अवधारणा उनकी कविताओं के मर्म तक पहुँचने का रास्ता सुझाती है।

दो

केदारजी की पहली उपलब्ध कविता 'शूद्र' संवादात्मक है। इसमें एक दलित दम्पती जमींदार के अमानुषिक अत्याचारों से त्रस्त होकर गाँव छोड़कर किसी वनप्रांतर में जाने की योजना बनाते हैं। इसकी रचना 1931 में हुई थी। इसमें कुछ शिल्पगत कमजोरियाँ हैं। दलित-दम्पति की भाषा अस्वाभाविक संकृतनिष्ठ है। लेकिन यह संवाद-कविता महत्वपूर्ण इसलिए है कि आगे चलकर जिस दलित वंचित-पक्षधरता के लिए वह जाने जाते हैं, उसके बीज इस कविता में विद्यमान हैं। इसी तरह 27.3.1933 की कविता 'पति की टेक' में गाँव की औरतों की सामाजिक-पारिवारिक अधिकारहीन दयनीय दशा पर गहरी पीड़ा भरी सहानुभूति है। यहाँ उसे हिदायत दी जाती है कि वह अपने को खाना-कपड़ा लेकर, बच्चे पैदा करने तक ही महदूद रखे। इसकी भाषा, तेवर और कथन की भंगिमा कविता के कथ्य से अनुशासित होती है। भाषा में तत्समता से दूर, खुरदुरापन है— कुछ-कुछ भदेस होने की सीमा तक—उस समय की अन्य कविताओं से अलहदा। आगे चलकर केदारजी के इस रुझान को मार्क्स के ऐतिहासिक द्वन्द्वात्मक भौतिकवाद ने एक ठोस दार्शनिक आधार दिया। 1936 में प्रगतिशील लेखक संघ की स्थापना ने इसे बल और वेग दिया। आजादी की लड़ाई और जनआन्दोलनों ने उनकी कविता को ऊर्जा दी। यह वह समय था जब छायावाद अपने चरम पर था और 'गोदान' जैसे कालजयी

उपन्यास की रचना हो चुकी थी। कविता में प्रसाद, पंत, निराला, महादेवी की तूती बोलती थी। ऐसे में इस चतुष्टयी से अलग अपनी राह खोजनी आसान नहीं था। लेकिन, चूँकि केदारजी का रुझान रचना के शुरुआती दिनों से ही—कविता में भी और कहानी में भी—जीवन और जगत की निर्मम सच्चाइयों की ओर था इसलिए उन्हें बहुत मुश्किल भी नहीं हुई। उन्होंने प्रेमचन्द और निराला की परम्परा को आत्मसात किया और उसे विस्तार दिया। कहा जाता है कि कथा-साहित्य में जो काम प्रेमचन्द ने किया, कविता में वही काम केदारजी ने किया। सामाजिक, राजनैतिक यथार्थ की द्वन्द्वात्मकता की पड़ताल की और इस पड़ताल का निचोड़ कविता के रूप में हमें दिया। उन्होंने हमें बताया कि समस्याओं का हल किसी दैवी शक्ति की कृपा से नहीं, बल्कि हमारे अपने संघर्ष से होगा, श्रम से होगा। संघर्ष और श्रम के लिए सबसे अनिवार्य अंग हाथ हैं— संघर्ष की चेतना के अलावा। इसीलिए केदारजी की श्रम, संघर्ष और प्रतिरोध की कविताओं में हाथ की कारगर भूमिका स्थापित की गयी है।

प्रारंभ में केदारजी भी ईश्वर की ओर ही देखते थे—पर सवालिया नजरों से—

'मुझे बता दे मेरे ईश्वर! कष्ट न क्या कम होंगे?
क्या छूकर तेरे चरणों को वे न मधुरतम होंगे?

पर आगे चलकर ईश्वर या दैवी शक्ति का अस्तित्व उनके सवालों से भी गायब हो गया। 'शूद्र' का अन्याय के विरुद्ध संघर्ष से पलायनवाला भाव, श्रम, संघर्ष और प्रतिरोध की चेतना में तब्दील हो जाता है-और हाथ उसके हथियार बन जाते हैं—

1. एक हथौड़े वाला घर में और हुआ!
   हाथी-सा बलवान
   जहाजी हाथों वाला और हुआ।

2. हमारे हाथ में हल है
   हमारे हाथ में बल है
   कि हम बंजर को तोड़ेंगे
   बिना तोड़े न छोड़ेंगे।

3. शक्ति मेरी बाहु में है
   शक्ति मेरी लेखनी में
   बाहु से निज लेखनी से
   तोड़ दूँगा मैं शिलाएँ।

4. डंका बजा गाँव के भीतर,
सब चमार हो गये इकट्ठा
एक उठा बोला दहाड़कर :
'हम पचास हैं;
मगर हाथ सौ फौलादी हैं।
×××××××××××××××
हाथ उठाओ,
सब जन गरजो:
गाँव छोड़कर नहीं जाएँगे;
यहीं रहे हैं, यहीं रहेंगे।'

5. छोटे हाथ
सबेरा होते
लाल कमल से खिल उठते हैं
××××××××××××××××××
छोटे हाथ
परिश्रम करते
ईंटों पर ईंटें धरते हैं।।

6. आर्थिक शोषण के गुण्डों से
फौलादी पंजे लड़ते हैं

ये और इस चेतना की अन्य कविताएँ उस दौर की कविताएँ हैं, जब देश में हलचल थी, जनता संघर्ष कर रही थी—आन्दोलन कर रही थी। राजनीतिक पार्टियाँ भी जनता से संवाद कर रही थीं-उनके बीच जाती थीं। केदाराजी जन-पक्षधर कवि हैं, जनता के कवि हैं। जनता की प्रतिरोधी ऊर्जा से केदारजी को भी ऊर्जा मिलती है और यह ऊर्जा उनकी कविताओं में बाकायदे सिर चढ़कर बोलती है। जन पक्षधर और सामाजिक-राजनीतिक सरोकारों का कवि होने के कारण, समय की जब जैसी दरकार हुई, उन्होंने अपनी कविता के विषय और अभिव्यक्ति के साधनों का इस्तेमाल किया। मसलन— गीत, जनगीत, अभियान गीत, अन्त्याक्षरी, संवाद उद्‌बोधन गीत/कविता तथा ललकार गीत आदि अनेक तरह के प्रयोग किये। मकसद था जनता से सीधे संवाद और उनके अंदर अन्याय, अत्याचार, अनाचार, शोषण, साम्राज्यवाद और राजनीतिक षड्यंत्र आदि समाज और मानवता विरोधी ताकतों और प्रवृत्तियों के विरुद्ध संघर्ष और प्रतिरोध की चेतना पैदा करना, उन्हें जड़ता से उबारना। लेकिन जब जन-आन्दोलन सुप्तावस्था में चले गये, जनसंघर्ष विलुप्त

प्रजाति की श्रेणी में शामिल होने के लिए कतार-बद्ध होते गये, सभी राजनीतिक पार्टियाँ (वामपंथी और गैर-वामपंथी दोनों) चुनाव को छोड़कर—जनता के बीच जाने के बजाय, उसे गाड़ियों, ट्रकों ओर बसों में भरकर अपने पास राजधानियों में बुलाने लगीं, प्रायोजित रैलियाँ करने लगीं—केदारजी की इस तरह की कविताओं की संख्या में उतार आने लगा।

केदारजी की कविताओं का फलक बहुत विशाल है। उन्हें किसी एक विषय या काव्यरूप की सीमा में बाँधा नहीं जा सकता। उनकी कविता में प्रकृति, प्रेम, सौंदर्य, ऐन्द्रिकता के अनेक मोहक और मनुष्य सापेक्ष बिम्ब मिलते हैं। राजनीतिक और आर्थिक साम्राज्यवाद तथा युद्ध का विरोध, शांति की पैरोकारी, आस्था, उल्लास, श्रम का सौंदर्य, न्यायतंत्र की खामियाँ, दलितों, वंचितों की चेतना में मायूसी की जगह आत्मविश्वास एवं संघर्ष का दर्प और साथ ही उनके चरित्र का अन्तर्विरोध भी उनकी कविताओं के मुख्य विषय हैं। उन्होंने कवि पुरखों और कवि मित्रों तथा कविता पर भी बहुत कविताएँ लिखी हैं। विस्तार भय से इन सबका अलग-अलग खुलासा करने का लोभ संवरण कर रहा हूँ।

इन सारे विषयों को हमारी संवेदना और चेतना का अनिवार्य हिस्सा बनाने के लिए केदारजी बहुविध सौंदर्य मानकों, अछूते बिम्बों, रूपकों, उपमानों और उत्प्रेक्षाओं का एक नया संसार रचते हैं। खास करके बिम्बों और उत्प्रेक्षाओं का इतना वैविध्यपूर्ण, सघन और अर्थगर्भित प्रयोग उनकी पीढ़ी, उनके पूर्ववर्ती और परवर्ती किसी एक कवि में शायद ही मिले। अकेली धूप के ही—एक दूसरे से जुदा अलहदा अर्थ देते हुए—इतने बिम्ब मिलते हैं कि ताज्जुब होता है। उनके बिम्ब केवल बिम्ब-रचना के लिए नहीं होते, वह कर्मठ और श्रमशील मनुष्य से जुड़कर आते हैं। यही बात उनके उपमानों के लिए भी है—एक दम ताज़े, टटके जीवंत उपमान—जीवन के सौंदर्य, संघर्ष और संदर्भों से लबरेज।

तीन

केदारनाथ अग्रवाल की ख्याति एक कवि के रूप में ही है और वह भी अपने को मूलतः कवि ही मानते हैं—गद्यकार नहीं जबकि परिमाण की दृष्टि से उनका गद्य उनकी कविता से कम कतई नहीं है। यही नहीं, गद्य की ऐसी कोई मुख्य विधा नहीं है जिसमें उन्होंने न लिखा हो—जैसे उपन्यास, कहानी, नाटक, रेखाचित्र, लेख, आलोचना तथा पत्र आदि।

'मित्र-संवाद' में कई ऐसे प्रसंग हैं कि रामविलासजी जब उनके पत्रों के गद्य की तारीफ करते हैं, तो वह प्रसन्न होने के बजाय झुँझला उठते हैं। एक नमूना

12.3.66 के पत्र से उद्धृत है—'मेरे पत्र तुम्हें अच्छे लगते हैं। यही तो वजह है कि तुम्हें मेरी कविताएँ नहीं रुचतीं। मैं जानता तो पत्र ही नहीं लिखता और तब देखता कि कविताएँ कैसे अच्छी नहीं लगतीं। भूल तो हो ही गयी न। इसका पछतावा रहेगा।'

केदारजी के गद्य के कई रूप और तेवर हैं। गद्य के ठाठ और बनक के लिहाज से उनके पत्रों-रामविलासजी को लिखे पत्रों—का गद्य, बाकी सभी विधाओं के गद्य से एकदम अलहदा और अनूठा है।

केदारजी के पत्रों के गद्य पर रामविलासजी की राय है कि—'बहुत जगह तो वह कविता हो जाता है, छायावादी शब्दावली में रचा हुआ गद्य काव्य नहीं, यथार्थवादी कविता, ऐसा गद्य जो अपनी गद्य की जमीन नहीं छोड़ता फिर भी कविता बन जाता है और कहीं तो कविता से आगे बढ़ जाता है। केदार के गद्य में बहुत-सी भाव दशाएँ हैं-भाव भेद रस भेद अपारा—की उक्ति को चरितार्थ करती हुई। ×××केदार ने जो अच्छी कविताएँ लिखी हैं, उनके आस-पास नागार्जुन, निराला या किसी अन्य महाकवि की पंक्तियाँ पहुँच जाएँगी पर केदार ने जो बढ़िया गद्य लिखा है उस तक किस कवि का बढ़िया से बढ़िया गद्य पहुँचता है विचार करें। ×××सवाल गद्य के मिजाज का है। केदार अपने पत्रों में जिस तरह का गद्य लिखते हैं, उस तरह का गद्य हिन्दी में किसी और ने नहीं लिखा है। दरअसल केदार अपने हुनर से बेखबर हैं। जो सहज है, उसे ऐसा होना भी चाहिए। जहाँ-तहाँ केदार का गद्य 'राम की शक्तिपूजा' के उदात्त स्तर को स्पर्श कर पाता है।' (भूमिका : मित्र-संवाद)

'मित्र-संवाद' के पत्रों की भाषा में ऐसी रवानी है, ऐसी-ऐसी अनूठी उपमाएँ, उत्प्रेक्षाएँ, रूपक, मुहावरे और शब्दों का अजब-गजब गठन है—बिना किसी बनावटी बनाव शृंगार के, दिमागी पच्चीकारी की कीमियागरी से अलग—दिल की अतल गहराइयों से निकली सहजोन्मेष की भाषा है—अपने ठेठ देसी बनक और ठनक के साथ कि क्या कहने! उनके पत्रों का गद्य गदराया हुआ गमकता, गुदार गद्य है। यदि यह कथन सत्य है कि गद्य कवियों की कसौटी है, तो केदारजी के पत्रों का गद्य, इस कसौटी पर शत-प्रतिशत खरा उतरता है। अपने जानदार गद्य की वजह से ही नहीं, ये पत्र अपने वस्तु तत्व के कारण भी अमूल्य दस्तावेज हैं। इन पत्रों में इनका समय पूरी प्रामाणिकता के साथ मौजूद है। 'मित्र-संवाद' के पत्र अपने समय से भी संवाद करते हैं।

केदारजी के गद्य का दूसरा रूप उनके कविता संकलनों की भूमिकाओं और उनके तीन गद्य-संग्रह—'समय समय पर', 'विचार बोध' तथा 'विवेक विवेचन' का है। इनमें केदारजी अपने समय के साहित्यिक मुद्दों से टकराते हैं—खास करके

कविता से जुड़े मुद्दों से। इनकी भाषा चिंतनपरक, तर्क से लेस, परत-दर-परत मुद्दों को खोलती चलती है और अपना तार्किक निष्कर्ष देती रहती है। भाषा अपेक्षाकृत गंभीर है और तल्लीनता की माँग करती है।

केदारजी के गद्य का तीसरा रूप वह है, जब वह किसी मुद्दे पर किसी से असहमति जाहिर करते हैं। ऐसे समय उनका गद्य काफी आक्रामक हो उठता है- व्यंग्य की तीखी धार के साथ। 'त्रिशंकु' में संकलित अज्ञेय के लेखों या 'तरुण' में हिन्दी को लेकर फिराक साहब की टिप्पणियों से आहत होकर लिखा उनका लेख 'फूँकों से यह चिराग बुझाया न जायगा' की भाषा और उसका तेवर ऐसा ही है। उनके ऐसे गद्य में उनका वकील पूरे दमखम के साथ मौजूद रहता है—नजीरों की, श्रृंखला-दर-श्रृंखला के साथ अपने नज़रिये की पैरवी करते हुए।

उनके गद्य का चौथा रूप है—व्यक्तिपरक लेखों का गद्य। मित्रों या दूसरों पर लिखते समय वह सजग तो रहते हैं कि उसके व्यक्तित्व, रचना या चरित्र के नकारात्मक पक्ष से बचें, पर न्यायालय में सत्य की लड़ाई लड़ते-लड़ते संकेत में ही सही-यदि व्यक्तित्व, चरित्र या रचना में कोई खोट है—उसकी ओर इंगित किये बिना नहीं रह पाते। ऐसे प्रसंगों में भाषा कहीं-कहीं संकेतात्मक हो जाती है। सामान्य रूप से ऐसे लेखन की भाषा भावप्रवण और आवेगमय होती है।

उनके साक्षात्कारों की भाषा, उनके पत्र की तरह ही सहज, स्वाभाविक और बेबाक होती है। कोई दुराव नहीं, कोई छिपाव नहीं—जो कुछ वह लेखों में कुछ मर्यादाओं के चलते नहीं लिख पाते, साक्षात्कारों में बिना किसी कुंठा के बोल देते हैं।

केदारजी ने लगभग दर्जनभर कहानियाँ लिखी हैं। कहानियों का रचना काल 1930 से 1954-55 के बीच फैला हुआ है। दाम्पत्य जीवन, सामाजिक कुरीतियाँ और राजनीति आदि इन कहानियों की विषय-भूमि हैं। केदारजी की मानें तो 'ये झूठी नहीं' हैं और न काल्पनिक, जीवन की सच्ची घटनाओं का इनमें समावेश है। चित्रण यथार्थपरक है, रुझान कुछ-कुछ आदर्शवादी। ज्यादातर कहानियाँ स्त्री-चेतना की कहानियाँ हैं या आंदोलन की शब्दावली का इस्तेमाल करें तो स्त्री-विमर्श की कहानियाँ हैं। यह संयोग मात्र नहीं है कि उनका 1944-45 के आस-पास का लिखा उपन्यास 'पतिया' स्त्री विमर्श के पहले उपन्यास के रूप में स्वीकार किया जाने लगा है। स्त्री-विमर्श का पहला उपन्यास होने के साथ-साथ समलैंगिकता का जो मुद्दा आज गरमाया हुआ है, उसके संकेत भी इस उपन्यास में पहली बार मिलते हैं। 'पतिया' का कथानक केदारजी के गाँव कमासिन के इर्द-गिर्द तो घूमता ही है, उसमें आये चरित्र भी उन्हीं के गाँव के हैं, यहाँ तक कि चरित्रों के नाम तक असली हैं। उनकी कहानी 'आगंतुक' यदि दूधनाथजी के हवाले से कहूँ तो आभासी यथार्थ (Virtual Reality) की भी पहली कहानी है।

संभवतः जुलाई 1947 में लिखा नाटक 'जनता का मोर्चा' हिन्दू-मुस्लिम दंगों की पृष्ठभूमि पर आधारित है। इसमें बताया गया है कि दंगे स्वतः स्फूर्त नहीं होते—दोनों संप्रदायों के निहित स्वार्थों वाले तत्व आपसी साँठ-गाँठ करके दंगे कराते हैं, लेकिन यदि जनता जागरूक रहे तो ऐसे नियोजित दंगे रोके जा सकते हैं।

केदारजी के समूचे गद्य के बारे में अलग से कुछ कहने के बजाय, बेहतर यही है कि वह स्वयं अपने गद्य के बारे में क्या सोचते हैं—जाना जाय।

'मेरे गद्य में देहात की लढ़ी की चाल और मार मिलेगी। वकील हूँ इसलिए मेरा गद्य विश्लेणात्मक और तथ्यपरक अधिक है। तर्क से तना मेरा गद्य जो बात कहता है, दम-खम से उभारकर, बिना शील संकोच के बल देकर कहता है। मेरे गद्य की भाषा भी कभी-कभी बहसनुमा, कभी-कभी कठोर और कटु कटारनुमा होती है। मेरा गद्य मेरे अनुभूत सत्य का पक्ष प्रेषित करता है और स्थापित करता है। जैसे मैं संशय और संदेह से सौ कोसों दूर रहता हूँ वैसे मेरा गद्य भी उनसे उतनी ही दूर रहता है। जैसे मैं आदमी को उसके परिवेश के संदर्भ में समझता हूँ वैसे मेरा गद्य उसे उसके परिवेश के संदर्भ में समझता है। मैं होकर भी मैं औरों से घनिष्ठ हूँ। मेरा गद्य भी मेरा होकर और से घनिष्ठ है। कवि भी हूँ, इसलिए कभी-कभी मेरा गद्य भी काव्यात्मक हो जाता है। ×××बात का बतंगड़ बनाना मेरे गद्य की आदत नहीं है अपराधी को दंड दिलाना मेरा पेशा है। यह पेशा मेरे गद्य का भी है। निर्भीकता से कर्तव्य करता हूँ और मुँह देखकर बात नहीं करता। यही हाल मेरे गद्य का है। ××× लेखों के गद्य से नितांत भिन्न मेरे उन पत्रों का गद्य है जो मैंने अपने मित्रों और अभिन्नों को लिखे हैं। वे अधिक आत्मीय और अनौपचारिक हैं। उनमें अधिक खुलापन है। ×××पत्र में कही गयी बात प्रतीति की बात होती है। लेख में कही बात तर्क और विवेक की बात होती है।' (समय-समय पर : भूमिका, पृ 8-9)

अपने गद्य के बारे में केदारजी की इस राय से मैं पूर्ण सहमति व्यक्त करता हूँ।

चार

अंत में कुछ बातें चयन और संपादन के बारे में।

कविताओं का चयन करते समय यह बात बराबर जेहन में रही कि केदारजी की कविताओं की लगभग सभी प्रमुख विशेषताओं की नुमाइन्दगी यह संचयन कर सके। इसके लिए कविताओं को कविता में अन्तर्निहित अन्तर्वस्तु की अनुगूँज की मुखरता या निहितार्थ की मुखरता के आधार पर वर्गीकृत किया गया। क्योंकि यह ज़रूरी नहीं है कि एक कविता में एक ही अन्तर्वस्तु या एक ही निहितार्थ हो। श्रेष्ठ और क्लैसिक रचनाओं में अमूमन इसके उलट ही होता है। मेरे वर्गीकरण से सभी सहमत हों, यह भी ज़रूरी नहीं है। सृजन की दुनिया में तानाशाही नहीं लोकशाही

चलती है और लोकशाही में असहमति एक अधिकार भी है। इस वर्गीकरण में इसकी पूरी गुंजाइश भी है—कारण कि किसी एक कविता की जो अनुगूँज या निहितार्थ मुझे अपेक्षाकृत अधिक मुखर लग रहा है, किसी दूसरे को कोई दूसरी अनुगूँज या निहितार्थ मुखर लग सकता है।

गद्य खंड के अन्तर्गत संकलित पत्रों के बारे में खास बात यह कहनी है कि पत्रों को बिना किसी संशोधन-परिवर्द्धन के, जस-का-तस दिया जा रहा है, ताकि पाठकों को मूल का अहसास हो सके। वर्तनी की अशुद्धियाँ, लिंग, परसर्ग या अनुस्वार और अनुनासिक के प्रयोग में बेपरवाही, पत्रों में जहाँ पर जैसी हुई है, वैसी ही यहाँ जा रही है। उनके शुद्ध रूप या वांछित दूसरे संशोधन बड़े कोष्ठक में दिये गये हैं। छोटे कोष्ठक () में जो सामग्री दी गयी है, वह मूल पत्रों में है और स्वयं केदारजी द्वारा दी गयी है।

जैसा कि बताया जा चुका है, केदारजी ने गद्य की लगभग सभी विधाओं में प्रचुर मात्रा में लिखा है। पृष्ठ संख्या की मर्यादा के अनुपालन में संचयन में उनके कुछ पत्र एक कहानी 'आगंतुक' दी जा रही है। इसलिए मात्र इतनी सामग्री के बूते पर यह दावा नहीं किया जा रहा है कि उनके सभी गद्य-रूपों का समुचित प्रतिनिधित्व हो गया है। पर यह उम्मीद ज़रूर है कि इस सामग्री से भी उनके गद्य लेखन की प्रामाणिक बानगी अवश्य मिलेगी और कुल मिलाकर एक सम्पूर्ण केदारनाथ अग्रवाल हमारी चेतना में गूँजते रहेंगे।

'केदारनाथ अग्रवाल संचयन' के संपादन का दायित्व सौंपने के लिए भारतीय ज्ञानपीठ के न्यासी श्री आलोक जैन और निदेशक श्री रवीन्द्र कालिया का मैं हृदय से अभारी हूँ—साथ ही श्री अशोक कुमार अग्रवाल का भी, जिन्होंने मुझे इसकी अनुमति दी। अस्तु!

—अशोक त्रिपाठी

1 अगस्त, 2013

483, कानूनगो अपार्टमेंट्स
71, इन्द्रप्रस्थ एक्सटेंशन
दिल्ली-110092
मो. 08130414718

विषय सूची

प्रकृति का महाराग

प्रेम, सौन्दर्य और ऐन्द्रिकता

राजनीति की कुटिल कहानी

वंचित-विमर्श/दलित-दर्प

अवसाद/व्यंग्य/विक्षोभ

अन्याय का न्याय तंत्र

कवि-पुरखे : कवि-मित्र

कविता में कविता की बात

जययात्रा के पाथेय

युग की गंगा

युग की गंगा
पाषाणों पर दौड़ेगी ही;
लम्बी, ऊँची
पथ को रोके
चट्टानों को तोड़ेगी ही।
युग की गंगा
सब प्राचीन डुबाएगी ही;
नयी बस्तियाँ,
शान्ति-निकेतन
नव संसार बसाएगी ही।
युग की गंगा
गुहा-गर्त से
आगे जाकर
सूर्योदय से खेलेगी ही।
युग की गंगा
सूखी खेती सींचेगी ही;
भूखी, प्यासी,
दुर्बल, निर्बल धरती को हरियाएगी ही।
युग की गंगा
अवरोधों को मेटेगी ही;
एकनिष्ठ हो,
हर्षित मन से,
जन-सागर को भेंटेगी ही!

1946

किसानों का गाना

हमारे हाथ में हल है,
हमारे हाथ में बल है,
कि हम बंजर को तोड़ेंगे-
बिना तोड़े न छोड़ेंगे।

कड़ी धरती इधर भी है,
कड़ी धरती उधर भी है,
कि हम उसको बिदारेंगे-
न चूकेंगे, न चूकेंगे।

पसीना खूब सींचेंगे,
रुधिर सारा उलीचेंगे,
कि हम मिट्टी भिगोएँगे-
छने आटे-सी माड़ेंगे।

हमें जो कोई टोकेगा,
हमें जो कोई रोकेगा,
कि हम उसको हटाएँगे-
न कुछ कानून मानेंगे।

हम अपना बीज बोएँगे,
हम अपना प्राण होमेंगे,
कि आजादी उगाना है-
गुलामी को मिटाना है।

1946

करोड़ों का गाना

हरेक तार साँस का बजाये चल,
बजाये चल, बजाये चल, बजाये चल।
हजारों आदमी का दल
हजारों औरतों का दल
तड़प-तड़प के है विकल;
नवीन जोश जिन्दगी जगाये चल,
जगाये चल, जगाये चल, जगाये चल!
हरेक तार साँस का बजाये चल,
बजाये चल, बजाये चल, बजाये चल!!

सभी का तन गुलाम है,
सभी का मन गुलाम है,
सभी की मति गुलाम है,
सभी की गति गुलाम है,
गुलामियों के चिह्न को मिटाये चल,
मिटाये चल, मिटाये चल, मिटाये चल!
हरेक तार साँस का बजाये चल
बजाये चल, बजाये चल, बजाये चल!!

नयी उमंग से उभर,
नये विचार से विचर,
उथल-पुथल के कामकर,
न डर, न डर, न डर, न डर,
जमीन आसमान को हिलाये चल,

हिलाये चल, हिलाये चल, हिलाये चल!
हरेक तार साँस का बजाये चल, बजाये चल,
बजाये चल, बजाये चल, बजाये चल!!

गगन में बिजलियाँ चलें
पवन में बिजलियाँ चलें
लहर में बिजलियाँ चलें
अजेय आत्मा का बल दिखाये चल,
दिखाये चल, दिखाए चल, दिखाए चल!
हरेक तार साँस का बजाये चल,
बजाये चल, बजाये चल, बजाये चल!!

अशक्त की भुजाओं में,
गरीब की गुहाओं में,
विपत्ति आपदाओं में
स्वदेश की दिशाओं में
दहाड़ते लहू का रव गुँजाये चल,
गुँजाये चल, गुँजाये चल, गुँजाये चल!
हरेक तार साँस का बजाये चल,
बजाये चल, बजाये चल, बजाये चल!!

विरोध को, विवाद को,
अनीति को, प्रमाद को,
घने घिरे विषाद को
विषाक्त न्याय-नाद को,
स्वतन्त्र इन्कलाब से हराये चल,
हराये चल, हराये चल, हराये चल!
हरेक तार साँस का बजाये चल,
बजाये चल, बजाये चल, बजाये चल!!

13.12.1944

जुताई का गाना

मेरे खेत में हल चलता है,
नाहर बैल जुआ कँधियाये
ऊँचे-ऊँचे श्रृंग उठाए
धौलागिरि से मन भाये।

मेरे खेत में हल चलता है,
फाड़ कलेजा गड़ जाता है,
तड़-तड़ धरती तड़काता है,
राह बनाता बढ़ जाता है,

मेरे खेत में हल चलता है,
खून पसीना चुचुआता है,
तेरा तन-मन खप जाता है,
मिट्टी का तन नरमाता है,

मेरे खेत में हल चलता है।
मैं युग की निद्रा खोता हूँ,
गेहूँ चना नहीं बोता हूँ,
खूनी अंगारे बोता हूँ।

1946

पुकार

आँधी के झूले पर झूलो।
आग बबूला बनकर फूलो।।
कुरबानी करने को झूमो।
लाल सबेरे का मुँह चूमो।।
ऐ इन्सानों! ओस न चाटो।
अपने हाथों पर्वत काटो।।
पय की नदियों को लहराओ।
जीवन की कटु प्यास बुझाओ।।
रोटी तुमको राम न देगा।
वेद तुम्हारा काम न देगा।।
जो रोटी के लिए लड़ेगा।
वह रोटी को आप वरेगा।।

24.11.1950

आँख खुली, कर उठा

आँख खुली,
कर उठा
करेजा कड़का।
धूल झाड़ कर
सोता मानव
फड़का।

रात ढली
दिन हुआ
उजेला दौड़ा।
ताबड़तोड़
चला, बज उठा
हथौड़ा।

तूफान

मैं घोड़ों की दौड़
बनों के सिर पर तड़-तड़ दौड़ा,
पेड़ बड़े से बड़ा
चिरौंटे-सा चिल्लाया चौंका,
पत्तों के पर फड़-फड़ फड़के-
उलटे, उखड़े, टूटे,
मौन अँधेरे की डालों पर
साँड़ पठारी छूटे! 1.3.1952

मूर्च्छना और चेतना

मैं तुम्हें पहचानता हूँ,
शाम को तुम रोज टीले पर पहुँचकर
डूबता सूरज निरखती हो युगों से
और घर को लौटती हो डगमगाती
रात का तम तोम लेकर;
तुम हमारी मूर्च्छना हो!!

मैं तुम्हें पहचानता हूँ,

प्रात को तुम रोज टीले पर पहुँचकर
सूर्य उगता देखती हो लालसा से
और घर को लौटती हो दमदमाती
रश्मियों की आग लेकर;
तुम हमारी चेतना हो।

1.10.1954

गाने के लिए गया

पक्षी जो
एक अभी-अभी उड़ा
और एक बोलती लकीर-सा
अभी-अभी
नील व्योम-वक्ष में समा गया
गीत वहाँ
गाने के लिए गया
गाएगा
और लौट आएगा
पक्षी जो
एक अभी-अभी उड़ा।

1957

दोपहरी में नौका-विहार

कल जैसी दोपहरी बीती वैसी कभी न बीती!
यों तो जाने कैसी कैसी दोपहरी हैं बीतीं,
कमरों में प्यारे मित्रों में हँसते-गाते बीतीं;
कल जैसी दोपहरी बीती वैसी कभी न बीती!
गंगा के मटमैले जल में छपछप डाँड़ चलाते,

सरसैया से परमठ होते, उल्टी गति में जाते,
तन का सारा जोर जमाते—धारा को कतराते,
आस-पास के जल-भ्रमरों से अपनी नाव बचाते,
धीरे-धीरे मजे-मजे में रुकते औ' सुसताते,
चुल्लू दो चुल्लू पानी पी मुँह को तरल बनाते,
आर-पार सब ओर ताकते आँखों को बहलाते,
पल-पल सूरज की गरमी में गोरे गात तपाते,
हाथों को मल-मल कर, रह-रह दुख-सन्ताप मिटाते,
फिर भी मौज मनाते, गाते, गुन-गुन गीत सुनाते,
खेते रहने की धुन में ही बढ़े चले थे जाते!
मैं था और मित्र थे मेरे, दोनों थे सैलानी;
काले घुँघराले केशों की वे थे खुली जवानी!
मैं थी लाल कपोलों वाली महिमामयी जवानी।
दो थे हम पर, दोनों की थी एक समान कहानी!
एक बजे से ले कर हमने साढ़े पाँच बजाये,
एक नहीं-छै छै छालों से दोनों हाथ दुखाये!
किन्तु नहीं हम इन छालों से किसी तरह घबराये,
चूम चूम तो हमने इनको मीठे दाख बनाये!

1937

आजाद खून के दौरे से

आजाद खून के दौरे से
धमनी धारा हो बहती है;
हरदम पहाड़ से लड़ती है;
चट्टान तोड़ती बढ़ती है;
निर्भय दहाड़ती रहती है!

आजाद खून की ताकत से

हड्डी लोहा हो जाती है,
चोटें पर चोटें खाती है—
आफत से कूटी जाती है,
पर नहीं टूटने आती है!
आजाद खून की गरमी से
टेढ़ा रोआँ गरमाता है
गरमी पाकर तन जाता है,
फिर नहीं झुकाया जाता है—
ऐसा बलीन हो जाता है!

आजाद खून की साँसों से
मुरदा बस्ती जी उठती है,
चौड़ी छाती में हँसती है,
फिर नहीं ढहाये ढहती है,
फिर नहीं मिटाये मिटती है!

आजाद खून के गौरव से
जीवन से दुख मिट जाता है,
प्राणों से भय हट जाता है,
निर्भीक हृदय हो जाता है,
मस्तक ऊँचा हो जाता है।

1943

जनता

अत्याचारों के होने से,
लोहू के बहने चुसने से,
बोटी-बोटी नुच जाने से
किसी देश या किसी राष्ट्र की
कभी नहीं जनता मरती है।

मुरदा होकर भी जीती है
बन्दी रहकर भी जीती है
साँसों-साँसों पर उड़ती है
किसी देश या किसी राष्ट्र की
कभी नहीं जनता मरती है।
सब देशों या सब राष्ट्रों में
शासक ही शासक मरते हैं
शोषक ही शोषक मरते हैं
किसी देश या किसी राष्ट्र की
कभी नहीं जनता मरती है।

जनता सत्यों की भार्या है
जागृत जीवन की जननी है
महामही की महाशक्ति है
किसी देश या किसी राष्ट्र की
कभी नहीं जनता मरती है।

6.3.1945

हम उजाला जगमगाना चाहते हैं

हम उजाला जगमगाना चाहते हैं
अब अँधेरे को हटाना चाहते हैं

हम मरे दिल को जिलाना चाहते हैं
हम गिरे सिर को उठाना चाहते हैं

बेसुरा स्वर हम मिलाना चाहते हैं
ताल-तुक पर गान गाना चाहते हैं

हम सबों को सम बनाना चाहते हैं
अब बराबर पर बिठाना चाहते हैं

हम उन्हें धरती दिलाना चाहते हैं
जो वहाँ सोना उगाना चाहते हैं।

28.9.1946

धरती

यह धरती है उस किसान की
जो बैलों के कन्धों पर
बरसात घाम में,
जुआ भाग्य का रख देता है,
खून चाटती हुई वायु में,

पैनी कुसी खेत के भीतर,
दूर कलेजे तक ले जाकर,
जोत डालता है मिट्टी को,
पाँस डाल कर,
और बीज फिर बो देता है
नये वर्ष में नयी फसल के।
ढेर अन्न का लग जाता है।
यह धरती है उस किसान की।

नहीं कृष्ण की,
नहीं राम की,
नहीं भीम, सहदेव, नकुल की,
नहीं पार्थ की,
नहीं राव की, नहीं रंक की,
नहीं तेग, तलवार, धर्म की
नहीं किसी की, नहीं किसी की;
धरती है केवल किसान की।

सूर्योदय, सूर्यास्त असंख्यों
सोना ही सोना बरसा कर
मोल नहीं ले पाये इसको;
भीषण बादल
आसमान में गरज-गरज कर
धरती को न कभी हर पाये,
प्रलय सिन्धु में डूब-डूब कर
उभर-उभर आयी है ऊपर।
भूचालों-भूकम्पों से यह मिट न सकी है।

यह धरती है उस किसान की,
जो मिट्टी का पूर्ण पारखी,

जो मिट्टी के संग साथ ही,
तप कर,
गल कर,
जी कर,
मर कर,
खपा रहा है जीवन अपना,
देख रहा है मिट्टी में सोने का सपना;
मिट्टी की महिमा गाता
मिट्टी के ही अन्तस्तल में,
अपने तन की खाद मिला कर,
मिट्टी को जीवित रखता है;
खुद जीता है।
यह धरती है उस किसान की!

19.19.1943 से पूर्व

कटुई का गीत

काटो काटो काटो करबी
साइत और कुसाइत क्या है
जीवन से बढ़ साइत क्या है

काटो काटो करबी
मारो मारो मारो हँसिया
हिंसा और अहिंसा क्या है
जीवन से बढ़ हिंसा क्या है

मारो मारो हँसिया
पाटो पाटो पाटो धरती
धीरज और अधीरज क्या है
कारज से बढ़ धीरज क्या है

पाटो पाटो पाटो धरती
काटो काटो काटो करबी।   8.12.1943 से पूर्व

कानपुर

चोटों पर चोटें जो घन की
खाकर कभी नहीं तड़की है,
उस हड्डी पर - उस पसली पर
श्रमजीवी की उस छाती पर,
कानपुर का शहर सजीला,
कई मील के लम्बे-चौड़े
मिलों कारखानों को घेरे
घंटाघर ले बसा हुआ है।
कंकड़, पत्थर, कोलतार की
काली-काली चौड़ी सड़कें—
दूकानों का बोझा लादे
गहरी निद्रा में लेटी हैं।

कई टनों के पर्वत जैसे
सड़क कूटने वाले इंजन,
मनों बोझ के टायर पहने
चलने वाले लाखों मोटर,
लोहे की पटरी की सड़कें,
भारी-भरकम रेलगाड़ियाँ,
उस हड्डी पर — उस पसली पर
चलने - फिरने में तन्मय हैं।

घाट, धर्मशाले, अदालतें,
विद्यालय, वेश्यालय सारे,
होटल, दफ्तर, बूचड़खाने,

मन्दिर, मस्जिद, हाट सिनेमा,
श्रमजीवी की उस हड्डी से
टिके हुए हैं — जिस हड्डी को
सभ्य आदमी के समाज ने
टेढ़ी करके मोड़ दिया है।।

कानपुर की सारी सत्ता—
श्रमजीवी की ही सत्ता है।
कानपुर की सारी माया
श्रमजीवी की ही माया है।।

'हंस' के जून, 1944 के अंक में प्रकाशित

घन - जन

घन गरजे जन गरजे
बन्दी सागर को लख कातर
एक रोष से
घन गरजे जन गरजे
क्षत-विक्षत लख हिमगिरि अन्तर
एक रोष से
घन गरजे जन गरजे
क्षिति की छाती को लख जर्जर
एक शोध से
धन गरजे जन गरजे
देख नाश का तांडव बर्बर
एक बोध से।
घन गरजे जन गरजे।

19.8.1946 से पूर्व

वीरांगना

मैंने उसको
जब–जब देखा,
लोहा देखा,
लोहा जैसा—
तपते देखा,
गलते देखा,
ढलते देखा,
मैंने उसको
गोली जैसा
चलते देखा!

29.11.1951

खेतिहर

अबकी धान बहुत उपजा है
पेड़ इकहरे दुगुन गये हैं
धरती पर लद गयी फसल है
रत्ती भर अब जगह नहीं ह
खेत काटने की इच्छा से
खेतिहर प्रिय जन साथ समेटे
काछा मारे—देह उघारे
आ धमका है आज सबेरे
सबके हाथों में हँसिया है

सबकी बाँहों में ताकत है
जल्दी जल्दी साँसें लेते
सब जन मन से काट रहे हैं
एक लगन से, एक ध्येय से
जीवन का श्रम सफल हुआ है
जिन्दादिल होकर उठने को
खाने को भरपूर मिला है।

24.7.1947

कमकर

कमकर,
रो कर–हाथ जोड़ कर,
पाँव पूज कर,
दया–भीख से
नहीं कमाते अपनी रोटी।

वह दिन भर
मेहनत करते हैं;
पत्थर लोहे से लड़ते हैं,
लड़ते लड़ते घिस जाते हैं,
घिसते घिसते मिट जाते हैं,
तब पाते हैं
अपनी रोटी, अपना चिथड़ा,
अपना दरबा!

उनके शोषक पूँजीपति हैं,
जो उनकी मेहनत की पूँजी,
अपने बैंकों में धरते हैं;
जो उनके पौरुष–प्रतिभा को

जल्दी जल्दी चर जाते हैं,
मोटे हो कर इतराते हैं,
और उन्हें मुरदा करते हैं!

पर
अब युग ने पलटा खाया
उनमें बल लड़ने का आया
वह
शोषण से युद्ध ठानते
थैलीशाहों को पछाड़ते
माँगों को स्वीकार कराते

चेत गये हैं कमकर सारे
साम्यवाद की अर्थ नीति से
राजनीति को जीत रहे हैं!!

8.10.1947

भोर होवे

रात लम्बी है—
अँधेरा चल रहा है!
भूमि-नभ का
दीप तारा बुझ रहा है;
आदमी भी
हाथ बाँधे सो रहा है!
स्वप्न आँखों में
तड़पता खो रहा है!
भोर होवे भोर होवे
हो रहा है!!

26.12.1947

गेहूँ

आर-पार चौड़े खेतों में
चारों ओर दिशाएँ घेरे
लाखों की अगणित संख्या में
ऊँचा गेहूँ डटा खड़ा है।
ताकत में मुट्ठी बाँधे है,
नोकीले भाले ताने है;
हिम्मत वाली लाल फौज-सा
मर मिटने को झूम रहा है।

फागुन की मस्ती के झोंके
दौड़े आते हैं उड़ उड़ के,
अंगों में, बाहों में कसके
उसकी मति को मन्द बनाने,
और धूप की गरम गोद में
वैभव की चितवन के नीचे
मीठी मीठी नींद सुलाके
उसका दृढ़ अस्तित्व मिटाने।

लेकिन गेहूँ नहीं हारता
नहीं प्रेम से विचलित होता;
हँसिया से आहत होता है

तन की, मन की बलि देता है

सतत घोर संकट सहता है
अन्तिम बलिदानों से अपने
सबल किसानों को करता है।

1946

जो शिलाएँ तोड़ते हैं

जिन्दगी को
वह गढ़ेंगे जो शिलाएँ तोड़ते हैं,
जो भगीरथ नीर की निर्भय शिराएँ मोड़ते हैं।
यज्ञ को इस शक्ति–श्रम के
श्रेष्ठतम मैं मानता हूँ!!

जिन्दगी को
वह गढ़ेंगे जो खदानें खोदते हैं,
लौह के सोये असुर को कर्म–रथ में जोतते हैं।
यज्ञ को इस शक्ति–श्रम के
श्रेष्ठतम मैं मानता हूँ!!
जिन्दगी को
वह गढ़ेंगे जो प्रभंजन हाँकते हैं,
शूरवीरों के चरण से रक्त–रेखा आँकते हैं।
यज्ञ को इस शक्ति–श्रम के
श्रेष्ठतम मैं मानता हूँ!!

जिन्दगी को
वह गढ़ेंगे जो प्रलय को रोकते हैं,
रक्त से रंजित धरा पर शान्ति का पथ खोजते हैं।
यज्ञ को इस शक्ति–श्रम के
श्रेष्ठतम मैं मानता हूँ!!

मैं नया इन्सान हूँ इस यज्ञ में सहयोग दूँगा।
खूबसूरत जिन्दगी की नौजवानी भोग लूँगा।।

9.11.1948

जन-क्रान्ति

राख की काली गुफाओं के बहुत नीचे,
नींद की काली गुफाओं के अँधेरे में तिरोहित,
मृत्यु के भुज-बन्धनों में चेतनाहत
जो अँगारे खो गये थे,
पूर्वी जन-क्रान्ति के भूकम्प ने उनको उभारा;
जिन्दगी की लाल लपटों ने उन्हें चूमा-सँवारा,
और वह दहके सबल शस्त्रास्त्र लेकर;
रक्त के शोषक विदेशी शासकों पर,
और देशी भेड़ियों पर!

4.12.1946

नव जागरण

न मारे मरा है न मारे मरेगा
नये जागरण में शुभाशा भरी है।
कई बार सूखी कई बार उजड़ी
मगर दूब फिर भी हरी की हरी है।।

नदी का किनारा बहुत है पुराना,
मगर ज़िन्दगी की रवानी नयी है।

जमाना बहुत हो चुका है पुराना
मगर आदमी की कहानी नयी है।।
सबेरा अँधेरे से लड़ने लगा है
हमारे घरों में उजाला भरेगा।

1.11.1952

मुक्त युवती

जब अदालत पर चढ़ी
युवती चली बाहर निकलकर,
दुष्ट भ्रष्टाचारी पति के मित्र दौड़े
अपहरण के हेतु बल के बोंग लेकर।
किन्तु युवती का युवक-प्रेमी गठीला नौजवान,
- आठ साथी साथ लेकर,
लाठियाँ बरसा चला बौछार जैसी,
हो गया संग्राम खासा।
धूर्त पति को चोट आयी
और उसके मित्र भू पर गिरे घायल!
खून खच्चर से गयी मर लोकनिन्दा!
ब्याह टूटा,
ब्याह का व्यभिचार टूटा,
दुष्ट भ्रष्टाचार का सिर हाथ टूटा।
प्रेमिका ने प्रेम का वर वक्ष जीता!
आततायी पति गया आहत हृदय घर!

26.11.1952

साथी

झूठ नहीं सच होगा साथी!
गढ़ने को जो चाहे गढ़ ले
मढ़ने को जो चाहे मढ़ ले
शासन के सौ रूप बदल ले
राम बना रावण-सा चल ले

झूठ नहीं सच होगा साथी!
करने को जो चाहे कर ले
चलनी पर चढ़ सागर तर ले
चिउँटी पर चढ़ चाँद पकड़ ले
लड़ ले ऐटम बम से लड़ ले

झूठ नहीं सच होगा साथी!

27.11.1952

सूर्योदय

भानु हो रहा उदय,
कृशानु बो रहा।
भूमि का किसान आज
भानु हो रहा!!

ज्योति से जुती हुई–
उदार है धरा।
एक–एक बीज का
भविष्य है हरा!!

भोर हो रहा नया,
निहोर हो रहा!
मोरपंख खोल के
विभोर हो रहा!!

17.11.1953

घर का अनुभव

नौ पेटों के पलने वाले टूटे घर में
जब सनेह से सजी स्वामिनी किसी एक दिन
गेहूँ का आटा परात–भर गूँथ–गूँथकर
गोल लोइयों की गुदार रोटियाँ बेलती,

जब वे बेली-अलबेली सुकुमार रोटियाँ
एक-एक कर तप्त तवे के ऊपर चढ़कर
धीरज धारे अंग उघारे तप में तपतीं,
फिर अंगारों के सिंहासन पर विराजकर
पास हमारे आ जाती हैं चूल्हा तजकर:
जब बटलोई के पेटे में दाल खौलती
खौल-खौल कर बुद-बुद-बुद-बुद आग्रह करती
और स्वाद के बोल-बोलकर स्वाद खोलती :

अब अदहन में चाउर पड़ता और उबलता
राम करोनी चिन्नावर की महक उमड़ती
और हमारी नाकों के नथुने में आती
कई दिनों के भूखे दिल को छू जाती है
गोभी कटने लगती है आलू के संग जब
दोनों का सम्बन्ध परस्पर हो जाता है:
और सिसकते हैं जब दोनों गरम आँच में,
हमें क्षुधातुर देख-देखकर कई दिनों से,
तब हम नौ की भूख समस्या मिट जाती है
और हमें यह टूटा घर भी प्रिय लगता है
तब हमको मालूम होता है हम भी कुछ हैं
हमको भी निर्मित करना है टूटे घर को!

12.11.1954

मैं नहीं लचा

कंटक जो आये हैं पाँव के तले।
मैंने वे बार-बार बिल्कुल कुचले।।
कोई भी एक नहीं घात से बचा।
संकट सब सबल लचे, मैं नहीं लचा।।

सामने पहाड़ मिले रोकते खड़े।
हो गये—निहार उन्हें—रोंगटे खड़े।।
मैंने भी मल्लयुद्ध मेरु से लड़े।।
जीता मैं, हार गये वे बड़े-बड़े।।

मेघ ने, निदाघ ने, मुझे नहीं तजा।
कान के समीप मृत्यु ढोल भी बजा।।
किन्तु मैं निदाघ, मेघ, मृत्यु से कढ़ा।
नाचता हुआ प्रसून-पन्थ में बढ़ा।।

26.2.1957

बालक ने

ताल को कँपा दिया
कंकड़ से बालक ने,
ताल को कँपा दिया,
ताल को नहीं
अनन्त काल को कँपा दिया।

5.10.1957

दौड़ने दो धूप में

मैं तुम्हारी छाँह में छिप-सा गया हूँ
इसलिए तुम छाँह अपनी खींच लो
और मुझको दौड़ने दो धूप में
मैं पसीने में समय को जीत लूँगा

20.10.1957

हथौड़े का गीत

मार हथौड़ा,
कर कर चोट
लाल हुए काले लोहे को
जैसा चाहे वैसा मोड़।

        मार हथौड़ा,
        कर कर चोट
        थोड़े नहीं–अनेकों गढ़ ले
        फौलादी नरसिंह करोड़।

मार हथौड़ा
कर कर चोट
लोहू और पसीने से ही
बन्धन की दीवारें तोड़।

        मार हथौड़ा
        कर–कर चोट
        दुनिया की जाती ताकत हो,
        जल्दी छवि से नाता जोड़!

25.4.1947

दोषी हाथ

हाथ जो
  चट्टान को
  तोड़े नहीं,
  वह टूट जाये;
लौह को
  मोड़े नहीं,
सौ तार को
  जोड़े नहीं,
  वह टूट जाये!

8.10.1951

किसान से

जल्दी-जल्दी हाँक किसनवा!
  बैलों को हुरियाए जा।
युग की पैनी लौह कुसी को
  'भुईं' में खूब गड़ाए जा।।

पुरखों की हड्डी के हल को,
  आगे आज बढ़ाए जा।
वैभव को सूने खेतों की
  छाती चीर दिखाए जा।।

बीजों के धारण करने की,
पूरी साध जगाए जा।
आगामी सन्तति के हित में,
कुड़ की राह बनाए जा।।

अपना प्यारा खून पसीना,
सौ-सौ बार चुआए जा।
आजादी की हर तड़पन को,
बारम्बार जिलाए जा।।

अपनी कुरिया की चिनगी से
सब में आग जलाए जा।
जर्जर दुनिया के ढाँचे को,
'भभ' 'भभ' आज जलाए जा।।

शोषण की प्रत्येक प्रथा का,
अँधियर गहन मिटाए जा।
नये जनम का नया उजाला,
धरती पर बरसाए जा।।

गाँव-नगर बे-घर वालों के,
लाखों-लाख बसाए जा।
मेहनत वालों के रहने को,
ऊँचे गेह उठाए जा।।

हल, हँसिया का और हथौड़ा-
का परचम लहराए जा।
अब अपनी सरकार बनाकर,
जीवन में मुसकाए जा।।

11.10.1947

हारा हूँ सौ बार गुनाहों से लड़-लड़ कर

हारा हूँ सौ बार
गुनाहों से लड़-लड़ कर,
लेकिन बारम्बार लड़ा हूँ
मैं उठ-उठ कर,
इससे मेरा हर गुनाह भी मुझसे हारा
मैंने अपने जीवन को इस तरह उबारा

डूबा हूँ हर रोज
किनारे तक आ-आ कर
लेकिन मैं हर रोज
उगा हूँ जैसे दिनकर,
इससे मेरी असफलता भी मुझसे हारी
मैंने अपनी सुन्दरता इस तरह सँवारी।

28.9.1954

पूरा हिन्दुस्तान मिलेगा

इसी जन्म में,
इस जीवन में,
हमको तुमको मान मिलेगा।
गीतों की खेती करने को,
पूरा हिन्दुस्तान मिलेगा।।

क्लेश जहाँ है,
फूल खिलेगा,
हमको तुमको त्रान मिलेगा।
फूलों की खेती करने को,
पूरा हिन्दुस्तान मिलेगा।

दीप बुझे हैं,
जिन आँखों के;
इन आँखों को ज्ञान मिलेगा।
विद्या की खेती करने को,
पूरा हिन्दुस्तान मिलेगा।।

मैं कहता हूँ,
फिर कहता हूँ;
हमको तुमको प्रान मिलेगा।
मोरों-सा नर्तन करने को,
पूरा हिन्दुस्तान मिलेगा।

4.11.1954

वह जन मारे नहीं मरेगा

जो जीवन की धूल चाटकर बड़ा हुआ है,
तूफानों से लड़ा और फिर खड़ा हुआ है,
जिसने सोने को खोदा, लोहा मोड़ा है,
जो रवि के रथ का घोड़ा है,
वह जन मारे नहीं मरेगा
नहीं मरेगा!

जो जीवन की आग जलाकर आग बना है,

फौलादी पंजे फैलाये नाग बना है,
जिसने शोषण को तोड़ा, शासन मोड़ा है,
जो युग के रथ का घोड़ा है,
वह जन मारे नहीं मरेगा,
नहीं मरेगा!

19.12.1952

छोटे हाथ

छोटे हाथ
सबेरा होते
लाल कमल से खिल उठते हैं।
करनी करने को उत्सुक हो,
धूप हवा में हिल उठते हैं।।

छोटे हाथ
नहीं रुकते हैं,
और नहीं धीरज धरते हैं।
जड़ को चेतन,
पानी को पय,
मिट्टी को सोना करते हैं।।

छोटे हाथ
किसानी करते—
बीज नये बोया करते हैं।
आने वाले वैभव के दिन,
उँगली से टोया करते हैं।।
फूलों के गुच्छे के गुच्छे,
डालों पर पाला करते हैं।

छोटे-से-छोटे पत्ते का,
मकड़ी का जाला हरते हैं।।

छोटे हाथ
परिश्रम करते,
ईंटों पर ईंटें धरते हैं।।
मधुमक्खी से तन्मय होकर,
मधुकोषों से घर रचते हैं।।
हर घर में आशा रहती है,
आश के बच्चे पलते हैं।
मुद-मंगल के, नव जीवन के,
जागृति के बाजे बजते हैं।।

छोटे हाथ,
दही मथते हैं,
मथते-मथते कब थकते हैं।
थकते भी हैं तो मथते हैं,
हरदम जीवन को मथते हैं।।
जीवन के उत्तम-तत्त्वों का,
मोती-सा मक्खन गहते हैं।
मक्खन मिश्री साथ मिलाकर,
बच्चों के मुख में रखते हैं।।

छोटे हाथ,
निडर रहते हैं,
जोखिम में घूमा करते हैं।
नागों को नाथा करते हैं-
काँटों को चूमा करते हैं।।
बारूदी बन्दूकें ताने,
पशुओं को मारा करते हैं।
तूफानी सागर से सबको,

साहस से तारा करते हैं।।
छोटे हाथ,
गुनी-ग्यानी हैं,
मौलिक ग्रन्थों को रचते हैं।
जीवन के साथी ग्रन्थों का
हिन्दी में उल्था करते हैं।।
भाषा को झंकृत करते हैं,
जीवन को चित्रित करते हैं।
मानव की सुन्दरतम कृतियाँ
मानव को अर्पित करते हैं।।

30.9.1951

हम न रहेंगे

हम न रहेंगे—
तब भी तो यह खेत रहेंगे;
इन खेतों पर घन घहराते
शेष रहेंगे;

जीवन देते,
प्यास बुझाते,
माटी को मद-मस्त बनाते,
श्याम बदरिया के
लहराते केश रहेंगे!

हम न रहेंगे—
तब भी तो रति-रंग रहेंगे;
लाल कमल के साथ
पुलकते भृंग रहेंगे;

मधु के दानी,
        मोद मनाते,
भूतल को रससिक्त बनाते,
लाल चुनरिया में
        लहराते अंग रहेंगे।

10.3.1958

केरल

मुझे गर्व है उस केरल पर
पहली बार जहाँ खग्रासी तमचर हारे,
भीति-भार के अन्धकार के ढहे कगारे,
सूर्यमुखी आलोक-गरुण ने पंख पसारे,
दहक उठे दाड़िम-विद्रुम-दृष्टा अंगारे,
उस केरल पर—
वहाँ मुक्ति का केतन फहरा,
धूसर धरती पर सोने का सागर लहरा!

उस केतन-सा लहक रहा है जन-मन-जीवन।
उस सागर-सा लहर रहा है जन-मन-जीवन।।

मुझे गर्व है और हर्ष है उस केरल पर,
आशा के अरविन्द खिले हैं जिस केरल पर!!

19.3.1958

बच्चे की आँखों का काजल

बच्चे की आँखों का काजल
मन पर मेरे फैल गया है
यह कोमल, नादान अँधेरा
मुझको प्रिय है।

24.3.1958

सब के लिए

सब के लिए समर्पण सब कुछ
अपना अहं, पुरातन, नूतन,
जीवन के दिन रात प्रहर क्षण
आलिंगन, आकर्षण, चुम्बन,
सामूहिक उन्नति के आगे
सामूहिक अष्टांग समर्पण,
अपनी-अपनी भिन्न इकाई का
अब कोई मूल्य न दर्शन।

19.4.1959

मेरे देश, तुम्हारी छाती की मिट्टी मैं हो जाऊँगा

मर जाऊँगा तब भी तुमसे दूर नहीं मैं हो पाऊँगा
मेरे देश, तुम्हारी छाती की मिट्टी मैं हो जाऊँगा
मिट्टी की नाभी से निकला मैं ब्रह्मा हो कर आऊँगा
गेहूँ की मुट्ठी बाँधे मैं खेतों-खेतों छा जाऊँगा
और तुम्हारी अनुकम्पा से पक कर सोना हो जाऊँगा
मेरे देश, तुम्हारी शोभा मैं सोना से चमकाऊँगा।

19.4.1948

मार देखो

मार देखो
मौन टूटेगा न घन से
वह पला है धैर्य बन के
इस हृदय में
और तन में
साँस में
मेरे नयन में।
मार देखो
गीत टूटेगा न घन से
वह बना है प्राणपन से
दाह-दव में शुद्ध मन से
नेह के
नाते वचन से।

20.8.1959

हो न हो तुम्हें

हो न हो तुम्हें
हमें है हमारी सत्ता का बोध :
कि हम हैं संगमरमर के भीतर जल रहे दिये,
पर्त-पर्त में प्रकाश भर रहे दिये;
कि हम हैं मूर्तियों की अन्तरात्मा के दिये,
दिक्काल को भी जीवित कर रहे दिये;
कि हम हैं सूर्य और चन्द्रमा की आयु के साथी दिये,
अन्धकार के विस्तार को पी रहे दिये।

30.10.1959

इकला चाँद

इकला चाँद
असंख्यों तारे,
नील गगन के
खुले किंवाड़े;
कोई हमको
कहीं पुकारे
हम आएँगे
बाँह पसारे।

20.11.1959

सबसे आगे

सबसे आगे
हम हैं
पाँव दुखाने में;
सबसे पीछे
हम हैं
पाँव पुजाने में
सबसे ऊपर
हम हैं
व्योम झुकाने में;
सबसे नीचे
हम हैं
नींव उठाने में।

15.11.1959

शर्त

यदि तुम जीवन के सागर की छापामार लहर हो कोई
तब तुम अपने जीवित जल से
आड़े आये हुए किसी भी प्रतिरोधी को टक्कर देकर
हटा सकोगे और लक्ष्य तक पहुँच सकोगे अपने मन के
वरना तुमको ध्वंस करेगा वह प्रतिरोधी अपने बल से
और तुम्हारी छोटी सत्ता को बिखरा देगा बूँदों में

केवल बुदबुद करते रहकर जिया करोगे सिसकी लेते
अपने प्रतिरोधी के चरणों को पखारते
बहुत दिनों तक–बहुत दिनों तक।

1959

आस्था का शिलालेख

मैं हूँ अनास्था पर लिखा
आस्था का शिलालेख
नितान्त मौन,
किन्तु सार्थक और सजीव
कर्म के कृतित्व की सूर्याभिमुखी अभिव्यक्ति;
मृत्यु पर जीवन के जय की घोषणा।

6.11.1961

न टूटो तुम

न टूटो तुम
बस झुको यों
कि चूम लो मिट्टी
और फिर उठो।

2.3.1961

हल चलते हैं फिर खेतों में

हल चलते हैं फिर खेतों में
फटती है फिर काली मिट्टी
बोते हैं फिर बिया किसान
कल के जीवन के वरदान;
फिर उपजेगा उन्नत-मस्तक सिंहअयाली नाज
फिर गरजेगी कष्ट-बिदारक धरती की आवाज।

13.3.1961

हम जियें न जियें दोस्त

हम जियें न जियें दोस्त
तुम जियो एक नौजवान की तरह,
खेत में झूम रहे धान की तरह,
मौत को मार रहे बान की तरह।
हम जियें न जियें दोस्त
तुम जियो अजेय इन्सान की तरह
मरण के इस रण में अमरण
आकर्ण तनी
कमान की तरह

9.8.1961

हरी घास का बल्लम

हरी घास का बल्लम
गड़ा भूमि पर
सजग खड़ा है
छह अंगुल से नहीं बड़ा है
मन होता है
मैं उखाड़ कर इसे मार दूँ
कुंठा को गढ़ में पछाड़ दूँ
जहाँ गड़े हैं भूले मुरदे
वहाँ गाड़ दूँ।

19.11.1962

अपने मन की बात

उतार कर
धर दिया है मैंने
अपना बड़प्पन,
वहाँ,
उस मुरदा अजायबघर में,
जहाँ
मरणोपरान्त धर दी जाती हैं
बड़े-बड़ों के बड़प्पनों की उतारनें।

हल्का हो गया हूँ मैं,

सहज–साधारण हो गया हूँ मैं,
आदमियों के साथ
जीने के लिए
तैयार हो गया हूँ मैं।
न चाहिए मुझे
ऐरावत की सवारी।
न चाहिए मुझे
इन्द्रासन,
न चाहिए मुझे
पारिजात।
बस,
अब,
बहुत काफी है मुझे,
मेरे लिए लोकतन्त्र की जमीन
जो हो रही है
दिनों दिन
मानववाद से हसीन,
यही तो है मेरे काव्य की,
परम प्रेरक–प्राण से प्यारी
जन्मभूमि,
यही तो है
मेरी मनोभूमि।

मई 1964

चम्मचों से नहीं

चम्मचों से नहीं,
आकंठ डूब कर पिया जाता है
दुख को दुख की नदी में
और तब जिया जाता है
आदमी की तरह आदमी के साथ
आदमी के लिए।

17.7.1975

मैं उसे खोजता हूँ

मैं उसे खोजता हूँ
जो आदमी है
और अब भी आदमी है
तबाह होकर भी आदमी है
चरित्र पर खड़ा
देवदार की तरह बड़ा।

31.10.1966

पेड़ का हाथ

आग लेने गया है
पेड़ का हाथ आदमी के लिए
टूटी डाल नहीं टूटी।

29.12.1967

एक बच्चा हँसा

मर गया हूँ मैं
पड़ोस की बूढ़ी औरत के मरने पर
जनाजा उठने के बाद
एक बच्चा हँसा
और फिर रोया
मरा हुआ मैं ...जी उठा
और फिर उसे गोद में उठा लिया
लगा, कि कोई नहीं मरा
सूरज अब भी चल रहा था
रिक्शे पर दुनिया दौड़ रही थी
वह सड़क जो कभी नहीं उठी थी
उठ बैठी
और उसने मुझे लपेट लिया
मुझे प्रतीत हुआ कि मैं
खिले हुए गुलाब के बाग में हँस रहा हूँ

मेरी बाँहों में जिन्दगी दौड़ती हुई हरहराने लगी
मैंने बुढ़िया के दरवाजे झूमते बादल का हाथी बाँध दिया
और उसका घंटा बजने लगा
शून्य के उड़ते हुए गोले फट गये
और वियतनाम की लड़ती हुई जनता
मौत को मारने लगी।
मेरी गोद का बच्चा सूरज के रथ पर बैठकर
दुनिया की सैर करने लगा
और वाशिंगटन पहुँचकर उसने जान्सन के सिर पर
एक टीप मारी
गैलपपोल में जनता ने तालियाँ बजा दीं
और कासीगन ने
माओ की ओर मुँह बिरा दिया
तभी मैंने पढ़ा
कि लोहिया बीमार हैं
इंदिरा गांधी तीमारदार हैं
कविता ने कहा 'अब बस करो'
थोड़ा कहा बहुत समझना।

1967

अपनी बात

देखे दाँव
पैंतरे झेले :
खायी मार
मोर के मुँह की,
आँख न फूटी
मत्त गयंदी
पदाघात से
कमर न टूटी:

नरम जीभ से
हमने
दिग्गज-पर्वत
ठेले।

मई, 1973

हम और लोग

हम
बड़े नहीं-
फिर भी बड़े हैं
इसलिए कि
लोग जहाँ गिर पड़े हैं
हम वहाँ तने खड़े हैं,
द्वन्द्व की
लड़ाई भी
साहस से लड़े हैं;
न दुख से डरे,
न सुख से मरे हैं;
काल की मार में
जहाँ दूसरे झरे हैं,
हम वहाँ अब भी
हरे-के-हरे हैं।

नवम्बर, 1974

अक्षम हूँ मैं

आतंकित करता है मुझे मेरा सम्मान।
इसी वक्त तो परास्त करती हैं मुझे
मेरी कमजोरियाँ
काँपता हूँ मैं, यश की विभूति से विभूषित,
रक्त-चन्दन का टीका भाल पर लगाए,
पुष्प-माल के रूप में
सर्प-माल को लटकाए।
अक्षम हूँ मैं असमर्थताओं का पुतला,
गौरव-गुन-हीन, अबलीन, धुँधला,
काल-पीड़ित कविता में
बहुत-बहुत दुबला।
रहने दो बन्धु!
मुझे रहने दो अवहेलित,
जीने दो जीवन को तापित औ' परितापित,
निष्कलंक रह लूँगा
चाहे रहूँ अवमानित।

बांदा, सितम्बर, 1976

फिर से मुक्त हुआ जन-मानस

फिर से
मुक्त हुआ
जन-मानस;
फिर से
लाल अनार
हृदय में फूला;
फिर से
समय-सिन्धु लहराया—
उमड़ा;
अब जब
ढील मिली जनता को
दुर्दम अंकुश के हटने से।

फिर से
हिमवानी
ओठों पर
बिजली दौड़ी;
फिर से
वाणी और विचार
प्रवाहित हुए
पवन-से
और नदी से।

फिर से

उमड़ीं
मोद निनादित
तरुण तरंगें।

फिर से
दिग्वधुओं ने
अपने घूँघट खोले;
फिर से
धूप धरा पर
उतरी
और
भरत-नाट्यम नाची ;

फिर से
पाया प्रकृति-पुरुष ने
लोकतन्त्र का
जीवन-दर्शन।

3.2.1977

पानी

पानी
पड़ा भँवर में नाचे;
नाव किनारे थर-थर काँपे;
चिड़िया पार गयी;
नदिया हार गयी।
पाथर पड़े
अगिन[1] दहकाए,
संज्ञा-शून्य
समाधि लगाए;

दुपहर मार गयी,
ऐंठ उतार गयी।

26.8.1978

1. रामविलासजी के पत्र में 'देह' हैं

न घास है

न घास है—
            न घास की सुवास;
खूँटे से बँधा घोड़ा
            अस्तबल में हिनहिनाता है;
नथुने फुलाए—
            दाँत निपोरे—
ठोकर जमीन को ठकठकाता है;
काल की काया को
            चोट-पर-चोट पहुँचाता है;
मुक्त होने और
            दिग्विजय पर जाने के लिए
अकुलाता है;
            खूँटे को उखाड़ फेंकने के लिए
शक्ति और साहस के झटके
            बारम्बार लगाता है।

1.9.1978

आएँ दिन

आएँ दिन
जैसे भी आएँ,
लाएँ दुख जैसे भी लाएँ।

वे सब मेरे पाहुन होंगे,
मैं उनका सत्कार करूँगा,
नवाचार से
उनका-अपना
लोकमुखी उद्धार करूँगा।

6.7.1979

माली कैंची लिये

हे मेरी तुम!
माली कैंची लिये
कतरता है गुलाब की डालें,
डालें नहीं—
कतरता है जैसे मेरी ही बाहें;
मैं भरता हूँ आहें।
लेकिन, कटते-कटते, चुप-चुप
कहते मुझसे पेड़ :
वह निश्चय ही कल फूलेंगे—

अच्छे-अच्छे देंगे
लाल गुलाब;
तन महकेगा—
मन महकेगा—
महकेगा घरबार—
हम चूमेंगे पंखुरियों को—
पहनेंगे गलहार।

12.9.1979

मुझे न मारो मान-पान से

मुझे न मारे
मान-पान से,
माल्यार्पण से
यशोगान से,
मिट्टी के घर से
निकाल कर
धरती से ऊपर उछाल कर।

मुझे न तोड़ो
कमल-नाल से,
तुहिन-माल से,
अश्रु-माल से,
लड़ लूँगा मैं
कुपित काल से,
अह-रह जलती
नरक-ज्वाल से,

मेरे साथी!

बन्धु-घराती!
मेरी कविता
मुझे बताती :
खड़ी रहे लौ-
बुझे न बाती-
दंड-दमन से फटे न छाती।

5.10.1980

मैं समय की धार में धँस कर खड़ा हूँ

मैं
समय की
धार में
धँस कर खड़ा हूँ

मैं
छपाछप
छापते
छल से
लड़ा हूँ
क्योंकि मैं
सत् से सधा हूँ-
जी रहा हूँ;
टूटने वाला नहीं
कच्चा घड़ा हूँ।

3.9.1980

जीने का दुख

जीने का दुख
न जीने के सुख से बेहतर है
इसलिए कि
दुख में तपा आदमी
आदमी–आदमी के लिए तड़पता है
सुख से सजा आदमी
आदमी–आदमी के लिए
आदमी नहीं रहता है।

20.10.1980

खड़ा पहाड़ चढ़ा मैं

खड़ा पहाड़ चढ़ा मैं
अपने बल पर
ऊपर पहुँचा
मैं नीचे से चल कर।
पकड़ी ऊँचाई तो आँख उठाई,
कठिनाई अब
नहीं रही कठिनाई।

देखा :

छल-छल पानी
नीचे जाता,
ऊँचाई पर टिका नहीं रह पाता।

जड़ता
झरती है
ऐसे ही नीचे,
चेतन का पौरुष
जब उठता ऊँचे।

10.11.1981

मैंने आँख लड़ाई गगन विराजे रवि से

मैंने आँख लड़ाई
गगन विराजे रवि से, शौर्य में;
धरती की ममता के बल पर।
मैंने ऐसी क्षमता पायी।

मैंने आँख लड़ाई
शेषनाग से, अन्धकार के द्रोह में;
जीवन की प्रभुता के बल पर
मैंने ऐसी दृढ़ता पायी।

मैंने आँख लड़ाई
महाकाल से, मृत्युंजय के मोद में;
अजर अमर कविता के बल पर
मैंने ऐसी विभुता पायी।

12.11.1981

अल्हड़ गिलहरी

नीम के पेड़ पर
            चढ़ी बैठी
आज
अपना जन्म-दिन
            मनाती है
सखी-सहेलियों के साथ
अल्हड़ गिलहरी
            जैसे कोई
                        राजकुमारी
राजमहल के अंतरंग में
मनाये अपना जन्म-दिन
राज परिवार के साथ।

7.2.1982

मेरे मन की नदी

मेरे मन की नदी
            सदी के वृहत् सूर्य से चमक रही है
मेरे पौरुष का यह पानी दृढ़ पहाड़ से टकराता है
टूट-टूट जाता है फिर भी बूँद-बूँद से घहराता है
नृत्य-नाद की नटी तरंगों के छन्दों की
जय का ज्वार भरे गाती है कलहंसों से।

7.9.1982

तन टूटा मन टूटा लेकिन

तन टूटा,
मन टूटा,
लेकिन आन न टूटी,
चाल-चलन की
पहले वाली बान न छूटी,
बूढ़े कन्धों पर
साधे हूँ सिर का बोझा,
नहीं चाहिए
मदद तुम्हारी औघड़ ओझा।

28.5.1985

छोड़ो परम अलौकिक छोड़ो

जी कहता है
इस दुनिया को सत्य समझ कर
जी भर इसे जियो,

इसके नखरे—
इसकी रूठन—
इसकी तेजी—
इसकी गर्मी—
इसकी धधकन—
इसकी तड़पन—

इसकी विमुखन?
असहनीय हों चाहे जितनी,
इसको परम उदार समझकर
जी भर इसे जियो,
इससे कभी न मुँह मोड़ो;
जोड़ो तो, बस, गहरा नाता इससे जोड़ो;
छोड़ो
परम अलौकिक छोड़ो,
लेकिन इसको कभी न छोड़ो,
जी कहता है
इसे प्यार दो प्रिया समझकर,
प्यार प्यार से इसे जियो,
जी भर इसे जियो।

10.6.1985

खम्भ फाड़कर जीना है

जितने दिन जीना है
अपने इस जीने को,
खम्भ फाड़कर जीना है

देह ढले
या उठे उसाँसें;
इस जीने को
सौ–सौ मन से जीना है

खून गिरे
या चुए पसीना
इस जीने को
मौत मारकर जीना है।

5.5.1986

मैं समय को साधता हूँ

मैं
समय को साधता हूँ
ज़िन्दगी से बाँधता हूँ

मैं नयन में
सूर्य की आलोक आभा
आँजता हूँ
ब्याल जैसे काल को मैं
चेतना से
नाथता हूँ

काल की
मउहर बजाते,
लोक-लय में नाचता हूँ
द्वन्द्व में निर्द्वन्द्व रहकर
मैं निरन्तर जागता हूँ।

7.5.1986

अनहारी हरियाली

अब
मुझ
बूढ़े के
एकाकी
मेरुदंड पर
अडिग खड़े तरु की तरुणाई
मुदित मंगला
अनहारी
हरियाली आयी
छवि से छायी

अब
मेरे
प्रिय प्राण पखेरू
चह-चह-चहके
मृत्यु-मर्दिनी
आयुवर्धिनी
प्राकृत मन के
हास-हर्ष की
नवोल्लास की
बानी बोले।

21.12.1987

कैद होकर भी नहीं मैं कैद हूँ

कैद होकर भी
नहीं मैं कैद हूँ
मुक्त हूँ मैं
चेतना की
पारदर्शी
सत्यदर्शी
चाँदनी में!
जी रहा हूँ
बज रहा हूँ
काव्य-कंठी
रागिनी में
प्राणपन से!

मर्त्य होकर भी
नहीं मैं मर्त्य हूँ!

9.12.1983

बागी घोड़ा

मैंने बागी घोड़ा देखा
उछल-कूद करता दहलाता
जोरदार हड़कम्प मचाता
गुस्से की बिजली चमकाता
लपलप करती देह घुमाता
पट-पट अगली टाँग पटकता
खट-खट पिछली टाँग पटकता
कड़ी सड़क की
कड़ी देह को
कुपित कुचलता
मुरछल जैसी पूँछ घुमाता
बड़ी-बड़ी क्रोधी आँखों से
आग उगलता
ऊपर नीचे के जबड़ों के
लम्बे पैने दाँत निपोरे
व्यंग्य भाव से, ऐसे हँसता
अट्टहास करता हो जैसे!

पशु होकर भी नहीं चाहता पशुवत जीना,
मानववादी मुक्ति चाहता मानव से अब,
चकित चमत्कृत सब को करता!
मैंने बागी घोड़ा देखा
आज सबेरे चौराहे पर!

3.4.1943

सोने का रवि डूब गया है

सोने का रवि डूब गया है केन किनारे
नीले जल में खोज रहे हैं नन्हें तारे
चट्टानों ने देखा लेकिन एक न बोलीं
ज्यों की त्यों निस्पन्द रहीं, वे एक न डोलीं
वायु तैरती रही केन का नीला पानी
अनबुझ ही रह गयी अजानी मर्म कहानी
अन्धकार भी घिरा और क्षण-क्षण गहराया
तारों ने गम्भीर कार्य को कठिन बताया
सभी रात सकल तारों ने पानी छाना
केन नदी का छोर न कोई रहा अजाना
सोने का रवि रहा रात में पूरा डूबा
हारे और थके तारों का मन भी ऊबा
एक-एक कर निष्प्रभ होकर सभी सितारे
केन किनारा छोड़ चले, गृह लोक सिधारे
आयी ऐसे में तब सुन्दर उषा कुमारी
सोने का घट लिये शीश पर ज्यों पनिहारी
सोने के सूरज ने फिर से स्वर्ण लुटाया
केन नदी का जल लज्जा से अब मुस्काया
दौड़ा रंग शिलाखंडों में संज्ञा आयी
बहते पानी के चुम्बन ने आग लगायी
तेज हुई तलवार धूप की चमकी धारा
काट चली अवसन्न धरा का कूल किनारा
रोक सका है कौन प्रवाहित युग का पानी
आदिकाल से काट रहा है तट चट्टानी

केन मनुष्यों के जीवन की है पथगामी
बूँद-बूँद है रक्त-स्वेद-सा इसका नामी
भूरागढ़ का किला सुनाता है यह गाथा
ऊँचे सूरज से ऊँचा है जन का माथा
दोनों ओर हरे खेतों का दाना-दाना
आशा का बुनता रहता है ताना-बाना
दूर खड़ा टुनटुनिया पत्थर पास बुलाता
केन नदी की बाँह पकड़ने को ललचाता
चौमासे में चढ़ी जवानी में मदमाती
केन नदी इठलाती गाती मिलने आती
बम-भोले की पूजा में जल-फूल चढ़ाती
लहरों से पहरों तक मन्त्रोच्चार कराती
कर्णवती फिर लौट किनारे पर आ जाती
आँचल में वरदान लिये शिव का लहराती
पहना कब उसने फूलों का कोई गहना
सीखा कब उसने वन में रानी-सा रहना
गहना है उसके जीवन का गति का बहना
सीखा है उसने श्रमधारा बनकर रहना
वीरों ने जब मुक्त मही को स्वीय बनाया
सामन्तों ने प्रिय धरती पर वास बसाया
केन नदी को तब भी कोई जीत न पाया
उसकी धारा का पथ कोई रोक न पाया
उसने पथ से प्यार किया है, ममता की है
आँसू से भीगे मानव को दृढ़ता दी है
केन नदी कहती है मेरा पानी पी लो
'नीलकंठ' से मेरे बांदावासी जी लो
काटो कल की चट्टानों को, तोड़ो कारा
जल्दी-जल्दी वर्तमान की मोड़ो धारा
सूरज डूबा किन्तु उदय हो भानु तुम्हारा
गौरव से मंडित हो युग का सानु तुम्हारा।

18.4.1954

गुलमेंहदी

मेघों ने इसको सावन में जी भर सींचा,
जड़ से फुनगी तक जीवन से हरा किया है;
यह गुलमेंहदी अब जवान हो फूल उठी है,
लाल खिले, दहके फूलों की माला पहने;
इतने सुन्दर फूल नहीं खिलते गालों में
जितने सुन्दर फूल खिले हैं अबकी इसमें;
यह सुर–सुन्दरियों से सुन्दर गुलमेंहदी है!
इसको मेघों ने अवनी ने मुझे दिया है!

प्रकृति का महाराग

नदी अब भी जवान है

पत्थर
घिस गया
कगार का
नदी
अब भी जवान है।

अकेला पहाड़,
शताब्दियों का बोझ
उठाए खड़ा है;
सिर के पेड़
तालियाँ बजाते हैं।

जमीन का जमाना नहीं बदला।

आकाश
गिर पड़ा है
नदी में।
गोद में लिये उसको
बेखबर है नदी
सूरज–चाँद–सितारों से।

मौत जी रही हैं मछलियाँ
बहाव के पानी में।
सूर्यास्त जा रहा है
रात के घर

सुनहरा जाल लिये,
एक भी न पाकर जीती मछली।

आज का दिन
कौड़ियों-सा पट्ट पड़ा है :
दाँव हारा सूरज
हथेलियों में छिप रहा है

मेरे जूते में
उग आये हैं
बबूल के पेड़।
कोई उठाए है मुझे ऊपर
मेरी जमीन से।
नहीं देखते मुझे
झोंक में जी रहे बिना जिये।

आग
जल रही है
किताबों में
लपालप!
कागज नहीं जलता!
हाथ में उठाए किताब सूरज की
आदमी
अँधेरे में बैठा है।

बकरे बोलते हैं
चाकुओं की सदारत में
सलाम ठोंकते।
प्यासा आदमी
कब्र से उठा
खून के इन्तजार में खड़ा है।

प्रभात

आज मैंने रूप-रक्त प्रभात देखा।
अरुण-अंग-अबीर की रज
वायु-वंशी के सहस्रों छिद्र से झर,
संवरण बन,
सृष्टि पर छाई प्रचुरतर;
राग का, आह्लाद का सम्पात देखा।

वेश साजन का सजाए,
एक टोली में खड़े लाखों चने सब,
मत्त होकर,
घंटियाँ टुन-टुन बजाते,
श्याम तन को पूर्ण विद्रुम गात देखा।
गेहुओं की बालियों को,
शीश से अंचल हटाकर, गुहे चोटी,
यौवनातुर
लाज का परिधान तजकर
नेह से सुस्मित मधुर प्रतिपात देखा।

धेनुओं को, धेनु-शिशु को,
पूँछ नीचे और ऊपर फेर प्रतिपल
आँख मूँदे,
रंग से बचते-बचाते
मार्ग जाते, कूदते द्रुत-गात देखा।
आज मैंने रूप-रक्त प्रभात देखा।

10.6.1941

चन्द्रगहना से लौटती बेर

देख आया चन्द्रगहना
देखता हूँ दृश्य अब मैं
मेड़ पर इस खेत की बैठा अकेला।

एक बीते के बराबर
यह हरा ठिंगना चना,
बाँधे मुरैठा फूल का,
सज कर खड़ा है।

पास ही मिल कर उगी है
बीच में अलसी हठीली
देह की पतली, कमर की है लचीली,
नील फूले फूल को सिर पर चढ़ा कर
कह रही है, 'जो छुए यह
दूँ हृदय का दान उसको।'

और सरसों की न पूछो-
हो गयी सबसे सयानी,
हाथ पीले कर लिये हैं,
ब्याह-मंडप में पधारी;
फाग गाता मास फागुन
आ गया है आज जैसे।

देखता हूँ मैं : स्वयंवर हो रहा है,
प्रकृति का अनुराग-अंचल हिल रहा है

इस बिजन में
दूर व्यापारिक नगर से
प्रेम की प्रिय भूमि उपजाऊ अधिक है।

और पैरों के तले है एक पोखर,
उठ रहीं इसमें लहरियाँ,

नील तल में जो उगी है घास भूरी
ले रही वह भी लहरियाँ।

एक चाँदी का बड़ा-सा गोल खम्भा
आँख को है चकमकाता।

हैं कई पत्थर किनारे
पी रहे चुपचाप पानी,
प्यास जाने कब बुझेगी!

चुप खड़ा बगुला डुबाए टाँग जल में,
देखते ही मीन चंचल
ध्यान निद्रा त्यागता है,
चट दबा कर चोंच में
नीचे गले के डालता है!

एक काले माथ वाली चतुर चिड़िया
श्वेत पंखों के झपाटे मार फौरन
टूट पड़ती है भरे जल के हृदय पर,
एक उजली चटुल मछली
चोंच पीली में दबा कर
दूर उड़ती है गगन में!

औ' यहीं से-

भूमि ऊँची है जहाँ से—
रेल की पटरी गयी है।
ट्रेन का टाइम नहीं है।

मैं यहाँ स्वच्छन्द हूँ,
जाना नहीं है।

चित्रकूट की अनगढ़ चौड़ी
कम ऊँची ऊँची पहाड़ियाँ
दूर दिशाओं तक फैली हैं।

बाँझ भूमि पर
इधर-उधर रींवा के पेड़
काँटेदार कुरूप खड़े हैं।

सुन पड़ता है
मीठा-मीठा रस टपकाता
सुग्गे का स्वर
टें टें टें टें;
सुन पड़ता है
वनस्थली का हृदय चीरता,
उठता-गिरता,
सारस का स्वर
टिरटों टिरटों;
मन होता है-
उड़ जाऊँ मैं
पर फैलाए सारस के संग
जहाँ जुगुल जोड़ी रहती है
हरे खेत में,
सच्ची प्रेम कहानी सुन लूँ
चुप्पे-चुप्पे।

बसन्ती हवा

हवा हूँ, हवा, मैं बसन्ती हवा हूँ!
वही हाँ, वही जो युगों से गगन को
बिना कष्ट-श्रम के सँभाले हुए हूँ;
हवा हूँ, हवा, मैं बसन्ती हवा हूँ।

वही हाँ, वही जो धरा का बसन्ती
सुसंगीत मीठा गुँजाती फिरी हूँ;
हवा हूँ, हवा मैं बसन्ती हवा हूँ।

वही हाँ, वही जो सभी प्राणियों को
पिला प्रेम-आसव जिलाए हुए हूँ,
हवा हूँ, हवा, मैं बसन्ती हवा हूँ।

कसम रूप की है, कसम प्रेम की है,
कसम इस हृदय की, सुनो बात मेरी—
अनोखी हवा हूँ, बड़ी बावली हूँ!

बड़ी मस्तमौला, नहीं कुछ फिकर है,
बड़ी ही निडर हूँ, जिधर चाहती हूँ
उधर घूमती हूँ, मुसाफिर अजब हूँ!

न घर-बार मेरा, न उद्देश्य मेरा,
न इच्छा किसी की, न आशा किसी की,
न प्रेमी, न दुश्मन,

जिधर चाहती हूँ उधर घूमती हूँ!
हवा हूँ, हवा, मैं बसन्ती हवा हूँ।

जहाँ से चली मैं, जहाँ को गयी मैं,
शहर, गाँव, बस्ती,
नदी, रेत, निर्जन, हरे खेत, पोखर,
झुलाती चली मैं, झुमाती चली मैं,
हवा हूँ, हवा, मैं बसन्ती हवा हूँ।

चढ़ी पेड़ महुआ, थपाथप मचाया,
गिरी धम्म से फिर, चढ़ी आम ऊपर
उसे भी झकोरा, किया कान में 'कू',
उतर कर भगी मैं हरे खेत पहुँची—
वहाँ गेहुँओं में लहर खूब मारी,
पहर दो पहर क्या, अनेकों पहर तक
इसी में रही मैं।

खड़ी देख अलसी लिये शीश कलसी,
मुझे खूब सूझी!
हिलाया-झुलाया, गिरी पर न कलसी!
इसी हार को पा
हिलायी न सरसों, झुलायी न सरसों,
मजा आ गया तब,
न सुध-बुध रही कुछ,
बसन्ती नवेली भरे गात में थी!
हवा हूँ, हवा, मैं बसन्ती हवा हूँ!

मुझे देखते ही अरहरी लजायी,
मनाया-बनाया, न मानी, न मानी,
उसे भी न छोड़ा—
पथिक आ रहा था, उसी पर ढकेला,

लगी जा हृदय से, कमर से चिपक कर,
हँसी जोर से मैं, हँसी सब दिशाएँ
हँसे लहलहाते हरे खेत सारे,
हँसी चमचमाती भरी धूप प्यारी,
बसन्ती हवा में हँसी सृष्टि सारी!
हवा हूँ, हवा, मैं बसन्ती हवा हूँ।।

'रूपाभ' में प्रकाशित

खेत का दृश्य

आसमान की ओढ़नी ओढ़े,
धानी पहने
फसल घँघरिया,
राधा बन कर धरती नाची,
नाचा हँसमुख
कृषक सँवरिया।

माती थाप हवा की पड़ती,
पेड़ों की बज
रही ढुलकिया,
जी भर फाग पखेरू गाते,
ढरकी रस की
राग-गगरिया!

मैंने ऐसा दृश्य निहारा,
मेरी रही न
मुझे खबरिया,
खेतों के नर्तन-उत्सव में,
भूला तन-मन
गेह-डगरिया।

24.4.1954

मैं घूमूँगा केन किनारे

मैं घूमूँगा केन किनारे
यों ही जैसे आज घूमता
लहर-लहर के साथ झूमता
सन्ध्या के प्रिय अधर चूमता
दुनिया के दुख-द्वन्द्व बिसारे
मैं घूमूँगा केन-किनारे

यों ही जैसे आज घूमता
छाया-छल का साथ छूटता
झूठा वैभव स्वप्न टूटता
ये घोंघे अनमोल बटोरे
मैं घूमूँगा केन किनारे!

1946

बैठा हूँ इस केन किनारे

बैठा हूँ इस केन किनारे
दोनों हाथों में रेती है,
नीचे, अगल-बगल रेती है
होड़ राज्य-श्री से लेती है
मोद मुझे रेती देती है
रेती पर ही पाँव पसारे
बैठा हूँ इस केन किनारे

धीरे-धीरे जल बहता है
सुख की मृदु थपकी लहता है
बड़ी मधुर कविता कहता है
नभ जिस पर बिम्बित रहता है
मैं भी उस पर तन-मन वारे
बैठा हूँ इस केन किनारे
प्रकृति-प्रिया की माँग चमकती
चटुल मछलियाँ उछल चमकतीं
बगुलों की प्रिय पाँत चमकती
चाँदी जैसी रेत दमकती
मैं भी उज्ज्वल भाग्य निखारे
बैठा हूँ इस केन किनारे!

1935

कंचन किरणें

धीरे से पाँव धरा धरती पर किरनों ने,
मिट्टी पर दौड़ गया लाल रंग तलुवों का।

छोटा-सा गाँव हुआ केसर की क्यारी-सा,
कच्चे घर डूब गये कंचन के पानी में।

डालों की डोली में लज्जा के फूल खिले,
ऊषा ने मस्ती से फूलों को चूम लिया।

गोरी ने गीतों से सरसों की गोद भरी,
भौरों ने गोरी के गालों को चूम लिया।

28.8.1955

मानव के अग्रज

पेड़ नहीं
पृथ्वी के वंशज हैं,
फूल लिये,
फल लिये,
मानव के अग्रज हैं।

18.4.1956

आँखों देखा

आज
अभी आँखों से
पर्वतीय निर्जन के
धुन्ध-भरे घेरे में,
कैद खड़े पेड़ों के
मौन पड़े डेरे में,
पातहीन डालों के
आखिरी किनारों पर
पीत पगे फूलों के
आरसी कपोलों पर
दिन में ही
जगर-मगर
दीप जले देखे हैं।

1.4.1957

(रामविलासजी को लिखे एक पत्र में इसका शीर्षक 'दिन के दिये' दिया गया है।)

प्रात-चित्र

रवि-मोर सुनहरा निकला,
            पर खोल सबेरा नाचा,
भू-भार कनक-गिरि पिघला,
            भूगोल मही का बदला।
            नवजात उजेला दौड़ा,
कन-कन बन गया रुपहला।
मधुगीत पवन ने गाया,
            संगीत हुई यह धरती,
हर फूल जगा मुसकाया!

15.12.1952

धूप का गीत

धूप धरा पर उतरी
जैसे शिव के जटाजूट पर
नभ से गंगा उतरी।
धरती भी कोलाहल करती
तम से ऊपर उभरी!
धूप धरा पर बिखरी!

बरसी रवि की गगरी,
जैसे ब्रज की बीच गली में
बरसी गोरस गगरी।

फूल-कटोरों-सी मुसकाती
रूप-भरी है नगरी!
धूप धरा पर निखरी!

12.10.1954

तेज धार का कर्मठ पानी

तेज धार का कर्मठ पानी
चट्टानों के ऊपर चढ़ कर,
मार रहा है
घूँसे कस कर
तोड़ रहा है तट चट्टानी!

1957

तू जल गहरी भरी नदी है

तू जल-गहरी भरी नदी है
और पखेरू मैं नभ का हूँ
तूने ज्योंही मुझे पुकारा
मैं आया हूँ,
ओ मेरी प्रिय नदी साँवरी
मैं आया हूँ बड़ी दूर से अरी बावरी!
जी भर अपने श्यामल जल में
पंख डुबा लेने दे मुझको
और नाक की नथ का मोती
सुधि में ले जाने दे मुझको
लाल चोंच में सुख से दाबे।

9.1.1958

धूप नहीं यह

धूप नहीं, यह
बैठा है खरगोश पलंग पर
उजला,
            रोएँदार, मुलायम-
इसको छू कर
ज्ञान हो गया है जीने का
फिर से मुझको।

5.6.1948

सुआपंखी घाम पहने पेड़ वन के

सुआपंखी घाम पहने पेड़ वन के,
            मोर नाचे तले जिनके;
            गीत गाते विहग जिनके;
और झूले में झुलाते हमें-तुमको,
फूल देते,
और फल की भेंट देते,
वे अनूठे पेड़ सूखें नहीं वन के;
अमर हों जैसे अमर कवि सूर-तुलसी!

16.6.1958

रात

दिन हिरन-सा चौकड़ी भरता चला,
धूप की चादर-सिमटकर खो गयी,
खेत, घर, वन, गाँव का
दर्पण किसी ने तोड़ डाला,
शाम की सोना-चिरैया
नीड़ में जा सो गयी,
पेड़-पौधे बुत गये जैसे दिये,
केन ने भी जाँघ अपनी ढाँक ली,
रात है यह रात, अंधी रात,
और कोई कुछ नहीं है बात!

25.6.1958

वह चिड़िया जो

वह चिड़िया जो—
चोंच मार कर
दूध-भरे जुंडी के दाने
रुचि से, रस से खा लेती है
वह छोटी सन्तोषी चिड़िया
नीले पंखों वाली मैं हूँ
मुझे अन्न से बहुत प्यार है।

वह चिड़िया जो—
कंठ खोल कर
बूढ़े वन-बाबा की खातिर
रस उँडेल कर गा लेती है
वह छोटी मुँह बोली चिड़िया
नीले पंखों वाली मैं हूँ
मुझे विजन से बहुत प्यार है।

वह चिड़िया जो—
चोंच मार कर
चढ़ी नदी का दिल टटोल कर
जल का मोती ले जाती है
वह छोटी गरबीली चिड़िया
नीले पंखों वाली मैं हूँ
मुझे नदी से बहुत प्यार है।

18.11.1958

धूप चुराए गेंदा

''धूप चुराए गेंदा फूला है'' गरीब के दरवाजे पर;
शाम साँवरी सोने का कंठा पहने हैं बड़े चाव से;
सम्पादक की आँख देखती है सोने के इस कंठे को,
जिसे देखकर धरती का यौवन जीवन में छा जाता है।

17.12.1958

धूप

धूप चमकती है चाँदी की साड़ी पहने
मैके में आयी बेटी की तरह मगन है
फूली सरसों की छाती से लिपट गयी है
जैसे दो हमजोली सखियाँ गले मिली हैं
भैया की बाहों से छूटी भौजाई-सी
लहँगे को लहराती लचती हवा चली है
सारंगी बजती है खेतों की गोदी में
दल के दल पक्षी उड़ते हैं मीठे स्वर के
अनावरण यह प्राकृत छवि की अमर भारती
रंग-बिरंगी पंखुरियों की खोल चेतना
सौरभ से मँह-मँह महकाती है दिगन्त को
मानव मन को भर देती है दिव्य दीप्ति से
शिव के नन्दी-सा नदिया में पानी पीता
निर्मल नभ अवनी के ऊपर बिसुध खड़ा है
काल काग की तरह ठूँठ पर गुमसुम बैठा
खोयी आँखों देख रहा है दिवास्वप्न को।

17.1.1959

नीम के फूल

नीम के फूल
दूध की फुटकियों-से झरे
मुलायम-मुलायम,
कठोर भूमि पर बिखरे;
जैसे कोई
प्यार से शरीर स्पर्श करे;
दुखों से तनी हुई
नसों की थकान हरे।

20.10.1959

वसन्त आया

वसन्त आया
पलास के बूढ़े वृक्षों ने
टेसू की लाल मौर सिर पर धर ली!

विकराल वनखंडी
लजवन्ती दुलहिन बन गयी,
फूलों के आभूषण पहन आकर्षक बन गयी।
अनंग के
धनु-गुण के भौंरे गुनगुनाने लगे,
आम के अंग
बौरों की सुगन्ध से महक उठे,
मंगल गान के सब गायक पखेरू चहक उठे।

20.10.1959

फूल नहीं

फूल नहीं
          रंग बोलते हैं
                    पंखुरियों से।
समुद्र के अन्तस्तल के
          नील, श्वेत
          और गुलाबी
शंख बोलते हैं वल्लरियों से।

फूल अखंड मौन हैं
रंग अमन्द नाद हैं।
          अखंड मौन,
          अमन्द नाद,
एक ही वृन्त पर
          प्रतिष्ठित
धैर्य और उन्माद हैं।

30.10.1959

समुद्र वह है

समुद्र वह है
जिसका धैर्य छूट गया है
दिक्काल में रहे-रहे!
समुद्र वह है
जिसका मौन टूट गया है,
चोट पर चोट सहे-सहे!

14.11.1959

नदी एक नौजवान ढीठ लड़की है

नदी एक नौजवान ढीठ लड़की है
जो पहाड़ से मैदान में आयी है
जिसकी जाँघ खुली
और हंसों से भरी है
जिसने बला की सुन्दरता पायी है!

पेड़ हैं कि इसके पास ही रहते हैं
झुकते, झूमते, चूमते ही रहते हैं
जैसे बड़े मस्त नौजवान लड़के हैं!

नदी म्यान से खिंची एक तलवार है

जो मैदान में लगातार चलती है
जिसकी धार तेज
            और बिजली से भरी है
जिसने बला की चंचलता पायी है!

कूल हैं कि इसको पास ही रखते हैं।
जी-जान से इसे प्यार ही करते हैं
जैसे बड़े कुशल समर-शूर सैनिक हैं!

17.11.1959

दल बँधा मधुकोष गन्धी फूल

दल-बँधा मधुकोष गन्धी फूल
मन्दिर मौन का है,
            रूप, जिसकी अंजली से,
काल की साँकल हटा कर खुल गया है।
रश्मियों का राग-रंजित
            रथ यहीं पर रुक गया है।
गन्ध पीने के लिए
            नभ भी यहाँ पर झुक गया है।

30.11.1959

दिन अब भी गरम और गुदगुदा होता है

दिन अब भी गरम और गुदगुदा होता है,
तुम्हारे वक्षस्थल की तरह;
सानुराग मेरे दृढ़ वक्षस्थल से सटकर,
मुझे गरमाता और रोमांचित करता है।

हवा अब भी सुखद और कुनमुनी होती है,
तुम्हारे निःश्वास की तरह,
मेरे खुले चेहरे को सनेह से स्पर्श कर,
मुझे मन्द-मंथर स्वभाव से सहलाती है!
लेकिन ये सूर्योदय और सूर्यास्त अब तो
तुम्हारे कुंडलों की तरह
प्रदीप्त होने पर भी, दृष्टि से छूने पर,
मेरे तन में शीत का संचार करते हैं।
और अब तो जाड़े की ये साँवली रातें
तुम्हारे कुन्तलों की तरह
अधीर, उच्छृंखल, मेरे शरीर से लगकर,
मुझे हिमपात-सी बरबस शीतल करती हैं!

31.11.1959

न भूलेगी मुझे

न भूलेगी मुझे
निम्बिनी
स्रोतस्वनी,
जलधार से भरी नदी—
जिसने मुझे भेंटा,
मैंने जिसे भेंटा,
सूर्य ने घंटों हमें देखा।

25.2.1960

नदी है कि नितम्बिनी वीणा

नदी है
कि नितम्बिनी वीणा
तट पर धरी
कभी बजती—कभी मौन।

12.10.1960

खिला है अग्निम प्रकाश

खिला है अग्निम प्रकाश
सन्ध्याकाल में;
कलम वन की तरह नयनाभिराम,
प्रवाल-पँखुरियों के सम्पुट खोले,
क्षण पर क्षण
बिम्बित-प्रतिबिम्बित होता,
दिगम्बरी दिशाओं के दर्पण में।

10.10.1960

नदी शारदीया अलबेली

हंसगामिनी नावों के
दृढ़ पंख समेटे,
निर्जन में लेटी नितम्ब पर,
दूर नगर से,
नदी शारदीया अलबेली
जल के ओठों से गाती है
अस्फुट स्वर में
मधुर-मधुर चाँदनी रात की
मंद रागिनी!

19.10.1960

रथ दौड़ते हैं रंगीन फूलों के

रंग नहीं
रथ दौड़ते हैं रंगीन फूलों के
        सान्ध्य गगन में।
        देखो—बस—देखो।
रंग नहीं
ध्वज फहरते हैं रंगीन स्वप्नों के
        सान्ध्य गगन में।
        झूमो—बस—झूमो!
रंग नहीं

नट नाचते हैं रंगीन छन्दों के
सान्ध्य गगन में!
नाचो—बस—नाचो!

20.10.1960

नदी

श्वेत केश की तरह
भूमि पर पड़ी नदी
बूढ़ी नहीं जवान है
मेघ और पृथ्वी की
यह सन्तान है।

5.11.1960

छाँह छोड़कर चल दूँगा मैं

छाँह छोड़कर चल दूँगा मैं
लेकिन जाते-जाते, पहले
तुम्हें फूल-फल दे ही दूँगा
मैं तरु हूँ—धरती का बेटा।

10.11.1960

दिन अच्छा है

दिन अच्छा है
नटी नदी के दृढ़ नितम्ब की तरह खुला है
पानी जिसको परस रहा है मधुर चाव से
उस नितम्ब को खुले दिवस को जी भर देखो

दिन अच्छा है
बीच खेत में बड़े साँड़ की तरह खड़ा है
गाएँ जिसको निरख रही हैं मुग्ध भाव से
उस मनचीते वृषभ दिवस को जी भर देखो।

9.1.1961

रची उषा ने ऋचा दिवा की

रची उषा ने ऋचा दिवा की
निशा सिरानी;
सुख के आमुख खिले कमल–मुख
पुलके प्रानी;

रूप अनूप धूप के धन के
खिले मुकुल से,
महिमा हुई मही की गोचर,
रज की रोचक;

भूचर के स्वर, खेचर के पर
भास्वर हुलसे:
जल में जगी ज्योति की रम्भा—
तम की मोचक।

12.1.1961

दिन है कि हंस हलाहल पर

दिन है कि
हंस हलाहल पर
मन्द-मधुर तिर रहा है
दिन है कि चरने गयी गाय का
सफेद बछड़ा
माँ की प्रतीक्षा में बैठा है।

9.1.1961

अब आयी चंचला शरण में

घन पर घन आ घिरे गगन में
क्षण पर क्षण आ तिरे नयन में
श्याम नील हो गया धरातल
रंग रोर भर उमड़ पड़ा जल।
अब झूमें गजराज बिजन में
छिपे सूर्य के कदली वन में
अब उतरी आँखों में कजरी
रस बरसी बाहों में बदरी।

छूटी कटि की कनक मेखला
टूटी पद की लौह शृंखला
अब आयी चंचला शरण में
पाने को आवास चरण में।।

15.7.1961

तड़पती केन

रवि के खरतर शर से मारी,
क्षीण हुई तन-मन से हारी,
केन हमारी तड़प रही है
गरम रेत पर, जैसे बिजली
बीच अधर में घन से छूटी
तड़प रही है।

16.7.1961

जवान दिन

दायें-बायें
सुबह-शाम : इन
कामरूप दो सुन्दरियों के बीच
जवान दिन हैरान
युगों से
भरी दुपहरी में तपता है।

1.8.1961

चोली फटी

चोली फटी सरस सरसों की
नीचे गिरा फागुनी लहँगा,
ऊपर उड़ी चुनरिया नीली,
देखो हुई पहाड़ी बिवसन
आतप-तप्ता

30.10.1961

केन

जो विद्युत की द्युति कटाक्ष है
जो नग नागों की कृपाण है
वही केन है
इस प्रदेश के
जीर्ण जनों की जीवित धारा
बहती है जैसे मद बहता
गंडस्थल से गज के;
ध्वनि का धैवत
जैसे बहता धृति से निर्गत;
हार हारती, वह न हारती।

12.2.1962

सुभटकाय मेघों का संघट

सुभटकाय मेघों का संघट
कर-निकाय रवि का निगरण कर
जल बल की जय के कोलाहल से दिगन्त भर
नीलकाय नभ के मंडल से
भूमंडल पर उतरा;
तरल काय रवि की तनया के तनुल तोय में
बिम्बकाय हो पुलकलाय कंजन-सा बिचरा।

3.8.1962

स्वप्नदेही दीप्त यमुना

तुम पड़ी हो शान्त सम्मुख
स्वप्नदेही दीप्त यमुना
बाँसुरी का गीत जैसे पाँखुरी पर
पौ फटे की चेतना जैसे क्षितिज पर
मैं तुम्हें अवलोकता हूँ।

21.9.1962

धूप पिये पानी लेटा है

धूप पिये पानी लेटा है सीना खोले
नौजवान बेटा है युग के श्रमजीवी का।

30.10.1962

चली गयी है कोई श्यामा

चली गयी है कोई श्यामा,
आँख बचा कर, नदी नहा कर
काँप रहा है अब तक व्याकुल
विकल नील जल।

30.10.1062

जल रहा है

जल रहा है
जवान होकर गुलाब,
खोल कर होंठ
जैसे आग
गा रही है फाग।

4.11.1962

मैं पहाड़ हूँ

मैं पहाड़ हूँ
            और तुम
मेरी गोद में बह रही नदी हो

26.4.1964

केन, मैं और तुम

सुबह में डूबी मुसकान
मुसकान में डूबी केन
केन में डूबा मैं
मुझमें डूबा सौन्दर्य
सौन्दर्य में डूबीं तुम
तुम में डूबा दिग्देश
आदि से अन्त तक
यही है परिवेश।

5.10.1962, रात 10 बजे

न बुझी आग की गाँठ है सूरज

न बुझी
आग की गाँठ है
सूरज :
हरेक को दे रहा रोशनी—
हरेक के लिए जल रहा—
ढल रहा—
रोज सुबह निकल रहा—
देश और काल को बदल रहा।

2.4.1968

बजी रूप-रस की शहनाई

हे मेरी तुम!
मैंने देखा :
शहंशाह सूर्य ने झुक कर
मेरे आँगन की क्यारी के
खिले-खिले दिल के
गरबीले लाल गुलाब
बड़े प्यार से चूमे।

हे मेरी तुम !
मैंने देखा :
धूप हँसी दूधिया दीप्ति से,

खुशबू ने
खुश दिल से
खुशखबरी फैलायी,
बजी रूप – रस की शहनाई।

हे मेरी तुम !
मैंने देखा :
राग–पराग – भरी पंखुरियाँ
मेरे भीतर
मेरे बाहर
रस से छलकीं :
मेरे उन्मादी यौवन की
सोयी–खोयी सुधियाँ महकीं।

16.10.1968

दिन का दंगल उदस गया है

दिन का दंगल उदस गया है
चलते–चलते चारण चरखा ठहर गया है
सूरज का मुख
दुनिया का रुख बदल गया है
शाम सुनहली कोलतार में डूब गयी है
बन्द हुए चौमुख दरवाजे
बाहर भालू अगम खड़ा है
सन्नाटे के बाल फुलाए,
क्या मजाल जो कोई पत्ता हिल ही जाय,
चले हवा अपना चंचल लहँगा लहराए,
और रोशनी
जुगनू वाले दिये जलाए।

24.8.1971

पवन और पानी

पानी को
            पीट रहा ऊधमी पवन,
लहरों के
दौड़ रहे जंगली हिरन।
देखो जी—
            देखो जी
            खोलकर नयन,
टूट टूट टूट रहे
फेन के भवन।

बांदा, जून–जुलाई 1973

पहाड़ के तले नदी

पहाड़ के तले
नदी,
जमीन में बिछी
लोट–पोट हुई, पत्थरों पर,
दूध–दूध हुई जाती है
फेन फूल हुई–हुई
मत्त खिलखिलाती है;
धार–धार धूप हुई
लोक में अरोक

ओज-ओप छहराती है
रूढ़ियाँ ढहाती हुई
आगे बढ़ जाती है

27.1.1975

धूप की तलवार

खिले हैं
खुले दिल के
कमल के फूल
आकाश का
विश्वाधार
पंखुरियों पर उठाए,
हवा का
हिलता है दुकूल,
न कोई टंटा है—
न कोई शूल,
नदी में
चमकती है
धूप की धार-धरी
तलवार।

मई, 1975

मेघ नट हैं

मेघ नट हैं,
          नटी बिजली
व्योम की है नाट्यशाला।
कभी गर्जन–कभी तर्जन–कभी वर्जन
          कभी मोहन–मन्त्रमारण
हृदय–हारण रूप–धारण
कभी नर्तन
कभी मंगल–वरण–वारण
कभी होता तम—
          कभी होता उजाला।
दृश्य–अन्तर्दृश्य सब मैं देखता हूँ,
वारि–वर्षण में प्रहर्षित भीगता हूँ
चर–अचर के साथ मैं भी
          पी रहा कादम्ब–हाला
जी रहा मैं प्रकृत जीवन
द्वन्द्व का निर्द्वन्द्व जीवन
क्या अचेतन?
क्या प्रचेतन?
क्या विवेचन?
प्राण में सब प्राणमय हैं,
यही मेरी जय–विजय है।

मद्रास, 13.4.1976

कुहकी कोयल खड़े पेड़ की देह

कुहकी कोयल खड़े पेड़ की देह
पंचम स्वर में चढ़कर बोला सन्नाटे में नेह
अधजागी पलकें अकुलायीं
खुले नैन के द्वार
मन्त्र-मारती-हृदय-देश में—
पहुँची पिकी पुकार
कुहकी कोयल खड़े पेड़ की देह।।पंचम...।।

छू मन्तर हो गया
सिसकता सरपीला सन्देह
एक साथ मधु पर्व मनाते
गेही और अगेह
कुहकी कोयल खड़े पेड़ की देह ।। पंचम...।।

ताप तीर-तलवार चलाता
बीत गया है जेठ
कोकिलकंठी बान चलाता
जीत गया है जेठ
कुहकी कोयल खड़े पेड़ की देह ।। पंचम...।।

आज अयाचित मिला मनुज को
मनचाहा संगीत
प्रकृति पुरुष को, जिला रही है
पिला रही है प्रीत
कुहकी कोयल खड़े पेड़ की देह ।। पंचम..।।

5.6.1976

पिता मेरु और बेटी सरिता

हे मेरी तुम!
पिता-मेरु को
काट रही है
पिता-मेरु की
बेटी सरिता;
यह क्रम कभी न टूटा,
प्यार पिता का
कभी न छूटा।

18.8.1976

वसन्त में

सिर से पैर तक
फूल-फूल हो गयी उसकी देह,
नाचते-नाचते हवा का
वसन्ती नाच।

हर्ष का ढिंढोरा
पीटते-पीटते, हरहराते रहे
काल के कगार पर खड़े पेड़।

तरंगित,

उफनाती-गाती रही
धूप में धुपायी नदी
कामातुर भाव से।

जून, 1977

फूलों की बौछार से

हे मेरी तुम!
फूलों की बौछार से—
रंग-बिरंगे प्यार से—
हार गया करतार कलाकर,
अपने ही दरबार में;
अपना मुकुट उतार के
मुक्त हुआ भव-भार से।

23.9.1980

फटा अँधेरा

फटा अँधेरा फूहड़ फैला,
फटी
काल की झिल्ली।
धूमधाम से
निकला सूरज,
चेतन—
प्रतिभावान—
विजेता।

15.11.1981

रात में रवि सो गया है

रात में
रवि सो गया है
तोम तम में खो गया है
कान जैसे
पेड़ के पत्ते लटकते
टाप सुनते,
ओस पड़ती है टपाटप।

साँस साधे
रात रोती,
मौन—
अंधी।

वायु
पेड़ों पर टँगी है
भूत बनकर।

नींद है निश्चेष्ट,
पहरे पर डटी निःस्वप्न,
प्यार के पंछी
पड़े बेहोश
नीड़ों में अजान,

अस्मिता-गत मेदिनी है!

शून्य सन्नाटा प्रबल है!
सृष्टि की सीतापुरी सूनी पड़ी है।

काल का कौतुक अहेरी ओट में है,
नहीं मालूम—
कहाँ कैसे खोट में है।

जल अकम्पित,
थल सशंकित,
आग हत है।

रात की यह वेदना
मैं भोगता हूँ।

चेतना मेरी
मुझे जिन्दा किये है।

16.11.1981

गुलमोहर

धूप में खड़ा
हँसता है फूला गुलमोहर,
फूल हैं
कि पेड़ पर बैठीं पंख खोले
झुंड-की-झुंड तितलियाँ हैं
रसराज की रंगीन अभिव्यक्तियाँ हैं।

भंग हो गयी
महाराज सूर्य की
न हँसने की अज्ञापित निषेधाज्ञा।
झकाझोर
झूमता झूलता है
मैदान का बेटा गुलमोहर,
हर्ष की हिलोर में

हवा का हिंडोला।

डाल से-डाल पर
चहकती फुदकती हैं
चुनमुन चिड़ियाएँ।

चिक-चिक करतीं
बहुत बतियाती हैं
गिलहरियाँ,
स्वर्ग से जैसे उतर आयी
पेड़ पर अप्सरियाँ।

मुग्ध है
मई के महीने का
धूल धूसरित मैदान
लौट आयी देख कर
गुलमोहर में जीवन्त जवानी।

6.5.1962

बूढ़ा पेड़ बयार बसन्ती

बूढ़ा पेड़
बयार बसन्ती,
मिले मगन मन—
पतझर के उपरान्त :
कुहकी कोयल,
देख देख दोनों का प्यार
नैसर्गिक सम्भ्रान्त :
पुलक उठा संसार।

21.5.1984

आये हो तो

आये हो तो
उमड़-घुमड़ कर,
नीचे आकर,
और निकट से
इन धनहा खेतों के ऊपर,
अनुकम्पा का झला मार कर,
जी उँडेल कर,
झम-झम-झम-झम बरसो;
गिरे दौंगरा गद-गद-गद-गद
लिये हौसला,
झड़ी न टूटे,
भरे खेत, उफनाएँ, लहरें,
हरसें, हहरें;
रोपे धान बढ़ें,
बल पाएँ,
पौरुष पाएँ;
हरी-भरी खेती हो जाये,
सुख सरसाय।

1.8.1984

कोयल कुहुकी

कोयल कुहुकी
फिर-फिर कुहुकी,
रह रहकर फिर-फिर कुहुकेगी,
बिन कुहुके वह नहीं रहेगी,
चाहे जितना उत्तापित हो—
आतप से वह सन्तापित हो,

बीते युग में भी वह कुहुकी,
फिर-फिर कुहुकी,
कुहुक-कुहुक के उसके स्वर में
देश-काल भी फिर-फिर कुहुके,
बिन कुहुके वह नहीं रहे,
चाहे जैसी प्रकृति रही हो,
चाहे जैसी सृष्टि रही हो,

सात स्वरों की दुनिया चाहे बदले जितनी,
राग और रागिनियाँ चाहे बदलें जितनी,
लेकिन कोयल की यह कुहुकन
कभी न बदली—कभी न बदली,
वही रही है—वही रहेगी,
यह कुहुकन स्थायी स्वर है सात स्वरों का।

20.6.1985

मैं नदी में डूबकर भी

मैं
नदी में डूबकर भी
नहीं डूबा

निकल आया
साथ लाया
मैं नदी को

अब नदी
कवि की नदी है
बह रही छवि की नदी है

जिन्दगी
लहरा रही है
मौत का पहरा नहीं है।

12.10.1986

किन्नर कुल के मोदी बादल

आज
सुबह से
किन्नर-कुल के मोदी बादल
रवि-रंजित
अनुरागी-रागी
रंग-अबीर-गुलाल उड़ाते
धूमधाम से खेल रहे हैं होली
आसमान के
खुले वक्ष के
रंग महल में
खेचर-कुल की किन्नरियों के साथ
देश-काल की
विपुल व्याप्ति में
लुब्ध समाये
महामही को मुग्ध बनाये।

4.3.1988

ऊटी

नीलगिरी पर्वत प्रदेश के
मोद मंच की
प्रकृति-पुरस्कृत प्रमदा ऊटी
मैंने देखा

मेरे मन में उसी उटी का वास हो गया
उसी-उटी का मेरा इन्द्रिय-बोध हो गया
अब पाया मैंने अनपाया रूप विलास
पत्थर हँसते मिले कमल का हास।

14.3.1989

लिली

सहज
सजीली
पंखुरियों की
लिली खिली

मौन बजी
दुन्दुभी देह की,
गूँज उठी
ध्वनियाँ सनेह की
प्राकृत
सत्ता के प्रहर्ष से
तृप्ति मिली।

23.9.1989

फूलों की होली

फूलों ने
होली
फूलों से खेली

लाल
गुलाबी
पीत–परागी
रंगों की रंगरेली पेली

काम्य कपोली
कुंज किलोली
अंगों की अठखेली ठेली

मत्त मतंगी
मोद मृदंगी
प्राकृत कंठ कुलेली रेली।

4.3.1991

सागर तट पर

देह मिली तो
पानी–ही–पानी की तुमको!
इसी देह के तरुण तरंगित
घोड़ों को तुम
बेलगाम दौड़ाते हो,
और,
चौकड़ी भरते हिरनों की
रंगरेली दिखलाते हो,
नीलकाय तुम श्वेतकाय हो
फेन–फेन बन जाते हो
किन्तु चेतना नहीं प्राप्त कर पाते हो
आदिकाल से अब तक केवल
प्राकृत जीवन जीते हो
महासिन्धु–सागर–पयोधि, बस,
कहलाते हो,
आज तुम्हारे तट पर आकर,
मैंने तुमको अपनाया है,
और तुम्हारी ऊर्जा को
अपनी ऊर्जा में बदल लिया है
अब मैं बूढ़ा महाकाल से नहीं डरूँगा
लड़ते–लड़ते, जीते–जीते नहीं
मरूँगा।

मद्रास, 4.3.1992

आते-जाते रहे गगन में

आते-जाते रहे गगन में
तुम अगस्त के अन्तिम क्षण तक
लेकिन उतरे नहीं वहाँ से नीचे पल भर
झरे न टपके एक बार भी
चले गये,
निर्मोही जैसे, सबसे मुँह को मोड़े।

बड़ी कृपा की-धन्यवाद है जो तुम आये
माह सितम्बर के आते ही
और लगे करने देहार्पण-
प्रेम-प्रवर्षण,
विरह विकल पृथ्वी से
पूरी तरह लिपटकर,

पहले दिन भी चौबीस घंटे
अगले दिन भी चौबीस घंटे
आत्म-समर्पण
प्रेम-प्रहर्षण हुआ तुम्हारा!
प्राकृत प्रेम
अमर्त्य हो गया
मर्त्य लोक में,
मेघ-मही के आत्ममिलन से!

2.9.1953

प्रेम, सौंदर्य और ऐन्द्रिकता

कल कमीज में बटन नहीं थे

हे मेरी तुम!
कल कमीज में बटन नहीं थे;
कुरता देखा तो आगे से फटा हुआ था;
धोती में कुछ दाग पड़े थे;
बक्स और अलमारी देखी,
नहीं एक भी मिला तौलिया,
मैंने एक रुमाल निकाला
वह था मैला;
सोपकेस में सोप नहीं था;
एक बूँद भी तेल नहीं था;
कंघा परसों टूट चुका था;
मेजपोश पर धूल जमी थी;
पुस्तक पर प्याला बैठा था;
कापी पर औंधा गिलास था;
पैसे की डिबिया में पैसा एक नहीं था;
आलू और अनाज खतम था;
लालटेन अन्धी जलती थी;
हाय राम! मेरी आफत थी;
अब बोलो तुम कब आओगी,
घर सँवारने?

मैं गया हूँ डूब

मैं गया हूँ डूब
            इतना डूब
तेरे बाहुओं में,
लोचनों में,
कुन्तलों में,
गिरि गया है डूब
            जितना
            सिन्धु में सम्पूर्ण
            सदियों पूर्व
            और अब भी
            मग्न है बेऊब।

उसके अंगों के छूने की

उसके अंगों के छूने की
अब विद्युत दौड़ेगी उनमें
उसके ओठों के चुम्बन की
अब मदिरा उतरेगी इनमें
उसने मेरी सेज सजायी
सेज सजाकर संग सुलाया
संग सुलाकर अंग मिलाया
ओठों को रसपान कराया।

प्रेम-तीरथ

प्यारी! मेरे जन्म-गाँव में,
जहाँ एक दिन, मेरे बाबा,
मुझको जन्मा देख, खुशी में
भीतर-बाहर दौड़ रहे थे;
मुझको पाकर सब भूले थे!
जहाँ, एक दिन मैं नादान
अम्मा की छाती से चिपका
पीता था बलदायक दूध!

जहाँ एक दिन
आस-पास के सभी घरों से,
गूँज उठाता चैन न पाता,
आसमान को छूता-छाता,
महावेग कल्लोल महान
भूल गया था अपनी राह!
डोम बुलाये, द्वारे आये,
शहनाई तासा सब लाये,
हवा रागिनी रस में डूबी
मस्ती में सब बस्ती डूबी!!

प्यारी! उसी लड़कपन वाले गाँव में—
जहाँ, चैत-बैसाख सबेरे से तपता है;
विकट घाम में, लूक-लपट में,
आँचर-डुला-बुलाती-छाँह में,

दौड़-दौड़ कर आती-पाती, गिल्ली डंडा
गोली, खोखो, खेल डुडुडुवा,
ऊँचा-नीचा खेल चुका हूँ;
बेर बहुत छक कर खाये हैं;
हरे-हरे खेतों में जा कर,
मिट्टी के ढेलों पर बैठे,
तोड़-तोड़ कर साग चने का खूब उड़ाया,
इमली खाई-कैथे खाये,
अमियों को हरदम ललचाये!
प्रिये! जहाँ पर मैंने देखी-
घटाटोप बादर के गहरे अन्धकार से
बरखा की बौछार-धार धरती पर धँसती,
तीखे तीखे बानों से
बिरछों की छाती छिलती;
बेबोल बिचारी मिट्टी के—
ओठों से आह निकलती;
धार बाँध कर पहरों रोती
मैंने जहाँ ओरौती देखी!

प्यारी! उसी पढ़ाई वाले गाँव में—
जहाँ मदरसे की खपरैलों की छाया में,
लम्बे लम्बे फटे पुराने टाट पर
पल्थी मारे बैठा बैठा ऊबता,
पोत-पोत कर करिखा से अपनी पाटी-को
खूब लपालप चमकाता था;
सतर-सतर में उज्जर-उज्जर
बड़े बड़े अच्छर लिखता था!
जहाँ, कभी मुर्गा बनता था;
कान-उमेठी भी खाता था;
गाल लाल थप्पड़ से हो कर झन्नाता था;
गादी मार सठैया की पा कल्लाती थी;

तरे झुकाये मूँड़ चाव से
खुटुर-खुटुर चुपचाप सरौता की सुनता था;
पिचका, तिरकोना मुँह पंडित जी का
भरा सुपारी से तकता था!
नोच बरौनी, मार एक मक्खी दोनों को
मैं रखता था घाम में,
फिर देता था थूक वहीं पर,
दिन जाने को बार बार व्याकुल होता था!
कहता-कहता
'आठ-पाँच-त्यारा, भय छुट्टी कै ब्यारा'
भूत बना मैं,
काला-काला घर आता था!

प्यारी! उसी रामलीला वाले गाँव में—
दो दो गैसें, जहाँ, दशहरे में जलती थीं;
धनुष यज्ञ होता था, आते परशुराम थे,
जटा बढ़ाये-फरसा साधे,
आँखें लाल निकाले क्रोधी,
शंख बजाते, रोष दिखाते,
कूद कूद कर तखत तोड़ते,
राम-लखन को तड़प सुनाते,
लोगों पर कोड़े बरसाते;
छा जाता था सन्नाटा बस!
रो रो देते थे नर-नारी!
जहाँ, राम-रावण का होता युद्ध था,
छिद छिद कर तीरों से सोती सैन्य थी;
हाहाकार-प्रहार, दुष्ट-संहार घिरा था;
विरही राम मिले सीता से, जहाँ ललक कर,
प्रेम-सिन्धु में डूब गये सब लोग जहाँ के!

प्यारी! उसी प्रेम-निमन्त्रण वाले गाँव में-

जहाँ, कुएँ की जगत पर,
मेरे घर के सामने
पानी भरने को आती थीं
गोरी साँवरि नारि अनेकों;
गोरी रूप-कमान-समान तने-तन वाली
प्रबल प्रेम की करती दृढ़ टंकार थीं;
साँवरि-विषय-वासना -विष में बोरी
उलट-पुलट कर नागिन जैसी डस लेती थीं!
और, जहाँ मैं रात में,
सपने के संसार में,
बन्द घरों की ऊँची दीवारों पर चढ़ कर,
एक प्रेम की डोर पकड़ कर,
रोज रोज जाया करता था पास उन्हीं के,
दिन में जिन्हें कुमारी कहता और रात में प्रेमिका;
जिन्हें अकेला सोता पाकर
मैं बाहों में कस लेता था,
ओठों और कपोलों का चुम्बन लेता था;
अपना नाम कुचों पर जिनके
मीठे चुम्बन से लिखता था;
जिनकी छाती बड़े बेग से
धक्-धक् करने लग जाती थी!
सूरज की किरणों से जग कर
फिर मैं अचरज में रहता था!

प्यारी! उसी कमासिन गाँव में,
अपने प्यारे गाँव में,
नैनी से तुमको लाया हूँ!
हम दोनों का ब्याह हुआ है,
मैं पति हूँ—अब तुम पत्नी हो!
आज खुशी से पागल सागर
उमड़-उमड़ कर मन के भीतर

जीवन की नदिया से मिलता,
जीवन की नदिया से कहता,
'मेरे आलिंगन में आ कर,
मेरे अंग-अंग से मिल कर
अपनी सुधि-बुधि सब खो डालो,
फिर न अलग हो, गले लगा लो।'

ढोलक और मजीरा बजते,
मीठे गीत उमड़ते चलते,
उर में गूँज तुम्हारे करते
'खोलो घूँघट, बोलो बानी,
दूल्हा का मन तोलो रानी!
देखो प्यारी! वहाँ, जहाँ पर
ताल बड़ा सुन्दर लहराता,
ईंटों का है देवस्थान,
पीपल का है पेड़ महान,
वहीं एक चट्टान पड़ी है,
अंकित है उनमें दो मूर्ति-
नर हैं एक, एक नारी है!
दोनों नंगे सटे खड़े हैं,
दोनों की जाँघे मिलती हैं;
दोनों की कटि एक हुई है,
दोनों की बाँहें जकड़ी हैं,
नर की दृढ़ छाती से दब कर
नारी का कुच तुरत दरकने वाला ही है,
बाहर आधा निकल रहा है;
ओंठ ओंठ को चूस रहे हैं;
आँखें बन्द निशा फैली है;
प्यारी! देखो यही मूर्तियाँ
सब नर नारी पूज रहे हैं,
प्रेमालिंगन सीख रहे हैं!

आओ हम तुम इन्हें पूज लें
प्रेमालिंगन यहीं सीख लें!
यही प्रेम-तीरथ है प्यारी!
देव और मानव दोनों का!

प्रागराज में

प्रागराज में
आज जहाँ तुम
पिता गेह में
मुझको बिसरा
हर्ष मनातीं।
वहीं-वहीं मैंने गंगा को
सागर मति को पाने जाती
आँखों देखा
प्रेम-मोहिनी रूप सजे थी
श्वेत उरोज उमंग भरे थी।

दूर दिशा से ही आती थी
पागल दिल की व्याकुल कम्पन
गहनों की रुनझुन
कानों में।

3.1.1938

टूटें न तार तने जीवन-सितार के

टूटें न तार तने जीवन-सितार के
ऐसा बजाओ इन्हें प्रतिभा की ताल से,
किरनों से, कुंकुम से, सेंदुर-गुलाल से,
लज्जित हो युग का अँधेरा निहार के।
टूटें न तार तने जीवन-सितार के
ऐसा बजाओ इन्हें ममता की ज्वाल से
फूलों की उँगली के कोमल प्रवाल से,
पूरे हों सपने अधूरे सिंगार के।

टूटें न तार तने जीवन-सितार के
ऐसा बजाओ इन्हें सौरभ के श्वास से,
आशा की भाषा से, यौवन के हास से,
छाया बसन्त रहे उपवन में प्यार के।

1957

जिस दिन जिस क्षण

जिस दिन, जिस क्षण, जिस साइत में
मेरा पाणिग्रहण हुआ।
एक अलौकिक पूर्ण सुन्दरी का
उर में आगमन हुआ।
दुपटे-चुँदरी का गठबन्धन,
मेरा जीवन-वरण हुआ।
प्रथम-प्रेम का वह मेरा दिन,
अमर मधुर संस्मरण हुआ।

मैंने प्रेम अचानक पाया

मैंने प्रेम अचानक पाया
गया ब्याह में युवती लाने,
प्रेम ब्याह कर संग में लाया।।
घर में आया, घूँघट खोला,
आँखों का भ्रम दूर हटाया।
प्रेम-पुलक से प्रेरित होकर
प्रेम-रूप को अंग लगाया।।

1946

स्टैचू

घास पर लेटा हुआ था—
सब कहीं काले सिलेटी मलिन धब्बे
व्योम में फैले हुए थे,
दीनता की ही बड़ी गठरी सरीखी दिख रहा था,
सिर धरे जिसको समेटे वसुमती,
—निज पुरातन आयु का सब कुछ सँभाले—
राह पर लकड़ी टिकाए, कमर तोड़े
चुप खड़ी थी (अन्त में यह दृश्य देखा)।
आदि में पर खूब देखा।
श्वेत प्रस्तर खंड में भी
नग्न नारी देह सुन्दर
माँस की मृदुता भरे थी,

चाँदनी मय स्वस्थ यौवन खुल रहा था,
हंस-ग्रीवा के सुकोमल वृत्त पर
मुख था कलामय;
सूक्ष्म भाव प्रवाह वाहक :
तार वीणा के सदृश सब
केश जूड़े के खिंचे थे,
राह भूले नेत्र-नेही खुल गये थे
बन्द होंगे फिर न जैसे, रस भरे दोनों अधर
होकर कड़े अति सट गये थे,
और कन्धों से तनिक नीचे उतरकर,
वासना के हाथ से अब तक अछूते औ' अदोलित,
दो मृदुल दलदार वृत्ताकार कुच थे,
ठीक जिनके बीच में सँकरे सुथल पर
पंचशर ने पुष्प वाणों को घेरा था।

क्षीण कटि थी,
पीन जाँघें,
चल नहीं सकते चरण थे।
दूर अतिशय दूर—
धूमिल क्षितिज-रेखा पार जाकर
आज तक आया न प्रेमी मूर्तिकार।
नग्न नारी प्राण प्यारी चुप खड़ी थी।

1938 में 'रूपाभ' में प्रकाशित

आह ! नहीं तुम आ पाती हो

जब सेमल का पेड़ अकेला
बाट जोह कर थक जाता है
तब बेचारे का हर पत्ता
आहत होकर झर जाता है
आह! नहीं तुम आ पाती हो
सेमल को अपना पाती हो!

9.2.1953

आँखों से हँसती है जैसे किरातनी

फूले हैं फूल
          और गाती है कामिनी!
यमुना को चूमती है
          पूनम की चाँदनी !
उत्सव में डूबी है
          यौवन की यामिनी!
आँखों से हँसती है
          जैसे किरातिनी!

12.7.1953

बार-बार प्यार दो

आँख से उठाओ और बाँह से
सँवार दो
अंतरंग मेरा रूप रंग से
उबार लो
बार-बार चूमो और बार-बार
प्यार दो।

2.2.1954

जैसी तुम मेरी हो, वैसे रात मेरी है

तुम्हीं तो आती हो
बाल खोल जूड़े के;
कन्धों पर रात को
मेरे पास लाती हो
जैसी तुम मेरी हो
वैसे रात मेरी है।

11.9.1955

हवा पहन कर तुम चलती हो

हवा पहन कर तुम चलती हो
इसीलिए यह हवा देह से जब लगती है
मुझे तुम्हारा ही आलिंगन मिल जाता है
और मुझे यह सूनापन भी
बड़ा रुचिर मालूम होता है।

अतः चलो तुम
हवा पहनकर रोज चलो तुम
तरुगन इसमें
लहरें आकर तट को चूमें
मैं भी झूमूँ
तुमको चूमूँ!

19.7.1956

रूप दो

रूप दो कि रूप की सुरा पिऊँ!
रूप में रमा मदान्ध मैं जिऊँ!
ज्ञान में नहीं रहूँ,
            न शोक में रहूँ,
ज्ञान-शोक-शून्य—

प्रेम-लोक में रहूँ!
प्रेम दो कि प्रेम की सुरा पिऊँ!
प्रेम में पगा प्रमत्त मैं जिऊँ! 21.8.1956

वे किशोर नयन

उसके वे नयन जो किशोर हैं,
रूप के विभोर जो चकोर हैं,
ऐसा कुछ
आज मुझे भा गये—
कि बावरा बना गये!
आह! मुझे
प्यार की पुकार से
निहार गये,
और मुझे
म्लान हुए हार-सा
उतार गये। 28.2.1957

वे उरोज दो

वे उरोज दो
सटे गठे बैठे कपोत से
आकुल हैं
झीने अंचल से उड़ जाने को
मेरे हाथों पर आने को
और मुझे
सुख के पंखों से सहलाने को। 5.6.1957

फूल–सी कोमल उँगलियाँ

फूल–सी कोमल उँगलियाँ
जब समुद्री वासना में
रूप, रस, यौवन, तुम्हारा घोलती हैं
और मेरी नींद के परदे हटाकर
मोम–से दिल के दिये को चूमती हैं
तब तुम्हारी लौ हृदय में जागती है
तब तुम्हें मैं भेंटता हूँ
तब तुम्हारी फूल–सी कोमल उँगलियाँ चूमता हूँ।

20.10.1957

एक खिले फूल ने

झाड़ी के एक खिले फूल ने
नीली पँखुरियों के
        एक खिले फूल ने
आज मुझे काट लिया
ओठ से,
और मैं अचेत रहा
        धूप में।

24.10.1957

नाव मेरी पुरइन के पात की

नाव मेरी पुरइन के पात की,
कोमल है गात की,
व्याकुल है जैसे कि चातकी,
स्वाती के स्वाद की!

लाखों है लहरें आघात की,
पीड़ा है पातकी,
छायी अँधेरी है रात की–
भारी विषाद की।

नाव खेयो पुरइन के पात की,
किरनों से प्रात की,
साहस की उँगली से बात की,
मीड़ों से नाद की।

धीरे उठाओ मेरी पालकी

धीरे उठाओ मेरी पालकी
मैं हूँ सुहागिन गोपाल की
बेला है फूलों के माल की
फूलों के माल की—
धीरे उठाओ मेरी पालकी।
धीरे उठाओ मेरी पालकी

मैं हूँ बँसुरिया गोपाल की
बेला है गीतों के ताल की
गीतों के ताल की—
धीरे उठाओ मेरी पालकी।

धीरे उठाओ मेरी पालकी
मैं हूँ सुरतिया गोपाल की
बेला है मनसिज के ज्वाल की
मनसिज के ज्वाल की—
धीरे उठाओ मेरी पालकी।

1957

माँझी न बजाओ वंशी

माँझी! न बजाओ वंशी मेरा मन डोलता
मेरा मन डोलता है जैसे जल डोलता
जल का जहाज जैसे पल-पल डोलता

माँझी! न बजाओ बंशी मेरा प्रन टूटता
मेरा प्रन टूटता है जैसे तृन टूटता
तृन का निवास जैसे बन-बन टूटता

माँझी! न बजाओ बंशी मेरा तन झूमता
मेरा तन झूमता है तेरा तन झूमता
मेरा तन तेरा तन एक बन झूमता।

तू जल गहरी भरी नदी है

तू जल गहरी भरी नदी है
और पखेरू मैं नभ का हूँ
तूने ज्योंही मुझे पुकारा
मैं आया हूँ,
ओ मेरी प्रिय नदी साँवरी
मैं आया हूँ बड़ी दूर से अरी बावरी!
जी भर अपने श्यामल जल में
पंख डुबा लेने दे मुझको
और नाक की नथ का मोती
सुधि में ले जाने दे मुझको
लाल चोंच में सुख से दाबे।

9.1.1958

आज नदी बिल्कुल उदास थी

आज नदी बिल्कुल उदास थी
सोयी थी अपने पानी में,
उसके दर्पण पर
बादल का वस्त्र पड़ा था।
मैंने उसको नहीं जगाया,
दबे पाँव घर वापस आया।

23.3.1958

दीप की लौ-से दिन

भूल सकता मैं नहीं
ये कुच-खुले दिन,
ओठ से चूमे गये,
उजले, धुले दिन,
जो तुम्हारे साथ बीते
रस-भरे दिन,
बावरे दिन,
दीप की लौ-से
गरम दिन।

25.6.1958

संगमरमर का सबेरा और हम

संगमरमर का सबेरा!
और
            उसकी मूर्तियाँ हम—
मूक, कातर!
आह! हमको
शस्यश्यामा छुए,
चूमे और भेंटे!

23.3.1958

जब तुम अपने केश खोलकर

हे मुरी तुम!
जब तुम अपने केश खोलकर
तरल ताल में लहराओगी,
और नहाकर
चन्दा-सी बाहर आओगी
दो कुमुदों को ढँके हाथ से
चकित देखती हुई चतुर्दिक,
तब मैं तुमको
युग्म भुजाओं में भर लूँगा
और चाँदनी में चूमूँगा तुम्हें रात भर
ताल किनारे।
कई जनम तक याद रहेगा
यह दुर्लभ सुख
हम दोनों को।   19.6.1958

यह जो नाग

यह जो
नाग दिये के नीचे
        चुप बैठा है,
इसने मुझको
        काट लिया है

इस काटे का मन्त्र
तुम्हारे चुम्बन में है,
तुम चुम्बन से
मुझे जिला दो। 7.6.1958

और शीशा मुस्कराया

क्या नहीं कुछ हो गया
जब याद आयी
और परदे फड़फड़ाए :
फ्रेम से तस्वीर निकली,
और शीशा मुस्कराया
वाह! फिर तो फूल बरसे
और मैं तुमसे मिला!
क्या नहीं कुछ हो गया
जब तुम मिलीं! 13.7.1958

सितार-वादन सुनते हुए

वह सितार को तार-तार को बजा रहा था।
बजा रहा था तार-तार को,
मंथन कर सागर से ध्वनियाँ, धूमधाम से उठा रहा था
लहरों को छल-छल उछालकर झुला रहा था
पैंजनियाँ पहने-जलपरियाँ नचा रहा था
संसृति को पुष्पक विमान पर उड़ा रहा था
लोक-लोक दिग्देश-काल को भुला रहा था
समर-क्षेत्र में वाण वीर-सा चला रहा था
विजय-वारुणी अधोरात्रि में पिला रहा था
मारुत-सा पर्वत की सत्ता हिला रहा था

उद्‌गम से उमड़ी–नदियों को बुला रहा था
मन–मतंग को कजली–वन में घुमा रहा था
पर्वत के कन्धों पर बादल झुमा रहा था
वह सितार को तार–तार को बजा रहा था

गोरी को गोदी में सुख से लिटा रहा था
मुख निहार कर मुख पर चुम्बन लुटा रहा था
खिले कमल को अपने उर से लगा रहा था
बार–बार दीपों की माला जला रहा था
दीपों की माला से सोना गला रहा था
गालों पर लज्जा की लाली लगा रहा था
निंदियायी आँखों में यौवन जगा रहा था
डालों पर पल्लव–प्रसून को खिला रहा था
मधु–लोभी भौंरों का गुंजन गुँजा रहा था
बीती बातों की सुगन्ध को सुँघा रहा था
तन को तन से मन को मन से मिला रहा था
वह सितार को तार–तार को बजा रहा था

रथ को पथ पर वायु–वेग से चला रहा था
नक्षत्रों से अपना परिचय बढ़ा रहा था
धूल धुएँ–सा पीछे–पीछे उड़ा रहा था
नभ–गंगा में जाकर जल में नहा रहा था
गजमुत्ता से स्वर के छींटे उड़ा रहा था
देवों का पीयूष प्राण को पिला रहा था
मनुज–तत्त्व को सूक्ष्म बना कर जिला रहा था
जड़–चेतन का भेद मिटाकर मिला रहा था
लय में लय कर प्रलय–काल को मिटा रहा था
देही को सौरभ–सा देही बना रहा था
सौरभ–से रागों को मन में बसा रहा था
वह सितार को तार–तार को बजा रहा था।

3.11.1958

बच्चे और मैं

छुट्टी का घंटा बजते ही कक्षाओं से
निकल-निकल आते हैं जीते-जगते बच्चे,
हँसते-गाते चल देते हैं पथ पर ऐसे
जैसे भास्वर भाव वही हों कविताओं के
बन्द किताबों से बाहर छन्दों से निकले
देश-काल में व्याप रही है जिनकी गरिमा
मैं निहारता हूँ उनको, फिर-फिर अपने को
और भूल जाता हूँ अपनी क्षीण आयु को!

28.11.1958

सारंगी सुनकर

योगलीन शिव की मुद्रा में वादक बैठा,
भोग-भवानी की सारंगी लिये गोद में
कला-कुशल हाथों से तन्मय बजा रहा है
आदि भूत को राग-बोध की परिसंज्ञा दे
जो न कभी अब तक उपजे थे भाव भूमि में
वह अणु-अणु से अब उपजे हैं अंकुर जैसे
गजदंती-वैदूर्यमुखी—कलहंस शरीरी
लाखों की संख्या में सोने के प्रकाश में
मैं भी रहा न पिंड पठारी, सिन्धु हो गया

सारंगी के स्वरारोह में लहरें लेता
महाकाश की ओर उमड़ता महावेग से
शशिशेखर के अभिनन्दन में गूँज उठा हूँ
महाकाल ही द्रवीभूत हो गया स्वरों से,
भूल गया अपनी जघन्य दुर्दम लीलाएँ
कर से छोड़, कुठार, शरद के तरल ताल का
नवजीवन के गन्ध-राग का कमल हो गया
बजती रहे सुमुखि-सारंगी इसी भाव से
गलती रहे जटिल जड़ता भी इसी भाव से
चेतनता फूले सरसों-सी इसी चाव से
शंभु-भवानी मिलें कंठ से इसी भाव से।

30.12.1958

रेत मैं हूँ जमुन जल तुम

रेत मैं हूँ—जमुन-जल तुम!
मुझे तुमने
हृदय तल से ढँक लिया है
और अपना कर लिया है
अब मुझे क्या रात—क्या दिन
क्या प्रलय—क्या पुनर्जीवन!

रेत मैं हूँ—जमुन-जल तुम!
मुझे तुमने
सरस रस से कर दिया है
छाप दुख-दव हर लिया है
अब मुझे क्या शोक—क्या दुख
मिल रहा है सुख—महासुख!

28.111958

तुम मुझे कुछ न दो

तुम मुझे कुछ न दो
न अपनी उँगलियों के स्पर्श की वर्तुल लहरियाँ
न अपनी आँखों की चुम्बकीय बिजलियाँ
न अपने कन्धों पर की झुकी हुई मदान्ध सुगन्धित रातें
न अपने उरोजों के उठे हुए कसे आश्वस्त कूल
न अपने गालों के गुलाबी प्रभात
न अपने ओठों के ललित लालिभ चुम्बन
न अपने नितम्बों का चरणों तक बहता हुआ महोल्लास
न अपने फूल झरते बोल
न अपना हिमानी मौन
लेकिन, तुम मुझे दो
मेरा धैर्य—मेरा हीरा
जिसे तुमने अखंडित लिया
और खंडित किया:
जिसे तुमने आभूषणों में जड़ाया
और यौवन का उत्सव मनाया,
अन्यथा असम्भव है मेरा जीना
बिना धैर्य—बिना हीरा!

14.11.1959

तुम्हारे उरोजों का सोना

तुम्हारे उरोजों का सोना
कठोर ही नहीं
दूध की धार से भरा
कोमल भी है।
कठोरता कोमलता का कवच है
तुम जानती हो न?

15.11.1957

ठहर जाओ

ठहर जाओ
यहीं क्षण भर,
एक गहरी साँस लो–
निःश्वास छोड़ो
मौन खोये पत्थरों पर
हाथ फेरो,
आँख खोले
भुरभुरा आकाश हेरो,
होंठ से सुनसान चूमो।
इस जगह पर वह मिली थी
जो प्रकृति की उर्वशी थी।

8.12.1959

पीली धोती

पीली धोती
नीली चोली
सिर से लटकी लम्बी बेनी
तुम हो सरसों
तुम हो सागर
तुम हो रात।

30.9.1960

अमृता शेरगिल के चित्र को देखकर

अन्धी रात का तुम्हारा तन :
दाहिने हाथ की उठी हथेली :
नग्न कच्चे कुचों—
कटि के मध्य देश—
लौह की जाँघों से
आन्तरिक अरुणोदय की झलक मारता है
ओ चित्र में अंकित युवती!
तुम सुन्दर हो!
मौन खड़ी भी तुम विद्रोही शक्ति हो!

9.10.1960

ओ पिकासो की पुत्रियो

कठोर हैं तुम्हारे कुचों के
मौन मंजीर
ओ पिकासो की पुत्रियो!

सुडौल हैं तुम्हारे नितम्ब के
दो कूल,
ओ पिकासो की पुत्रियो!

निर्भीक हैं
चरणों तक गयी
कदली-खम्भों से प्रवाहित
कुमारीत्व की दोनों नदियाँ,
ओ पिकासो की पुत्रियो!

22.10.1962

सदेह सौन्दर्य का समारोह

तुम एक
सदेह सौन्दर्य का समारोह हो
मेरे मंच पर बजे रहे हैं अब
तुम्हारे अंग-प्रत्यंग
जैसे वाद्य-यन्त्र।

14.10.1965

चलो बैठें

चलो,
            बैठें
धूप खाएँ
भूख वैभव की मिटाएँ
            पिएँ पानी,
जिएँ,
            गुन से गुनगुनाएँ,
रोशनी का प्यार पाएँ,
जिन्दगी की
            जय मनाएँ।

12.8.1963

चढ़ी जवानी

हे मेरी तुम!
चढ़ी जवानी
            बरसा पानी;
झूमी-झूली डाल—
काल के खड़े पेड़ पर
            डाले झूला।
हे मेरी तुम!
ऊपर बाग-हर्ष का फूला;
नीचे
            यम का पड़ा बसूला।

29.7.1973

काल कलूटा बड़ा क्रूर है

हे मेरी तुम !
काल कलूटा बड़ा क्रूर है
उससे ज्यादा।
लेकिन अपना प्रेम प्रबल है।
हम जीतेंगे काल क्रूर को :
उसका चाकू हम तोड़ेंगे :
और जिएँगे :
सुख-दुख दोनों
साथ पिएँगे :
काल क्रूर से नहीं डरेंगे—
नहीं डरेंगे—
नहीं डरेंगे।

28.3.1973

कमर-समर के बलाघात से

रंग ओठ के
रक्तपात में,
उठी छातियाँ
हृदय बेधती
कमर-समर के बलाघात से,
चमक-चमक उठती है
बिजली,
कला-कुशल करती कटाक्ष
अभिनय विलास से।

3.2.1975

महोबे की बोली

दूध दूध की यह बोली है
दूध–दूध के
स्वर व्यंजन हैं,
दूध–दूध की इस बोली में
नहा गया मैं
डूब गया मैं
दूध–दूध हो गया दूध मैं,

फूल–फूल की यह बोली है
पंखुरियों की
रंग बिरंगे रूप रंग की
अमराई है
इस बोली की अमराई में
समा गया मैं
बिला गया मैं
फूल–फूल हो गया फूल में।

अगस्त, 1973

प्यार का प्रवाल द्वीप

तुम,
बस तुम,
जीती हो अपना लावण्य
अपने माँसल–द्वीप में
अभिषेकित किये हैं जिसे
दिन और रात के
दो महासिन्धु
एक, उल्लास और प्रकाश से :
दूसरा, स्वप्न
और स्वप्न के
प्रेमालाप से।
तुम बस तुम हो
जैसे उन्हीं का अपना
प्यार का प्रवाल द्वीप।

जून, 1977

मारुत मन के बहके

पाटल
कपोल के अरूणोदय के,
मुखर मौन की
पंखुरियों को खोले,

तन्वी-तन की
तरुणाई के
        मधु-पराग से पूरित,
        गन्ध-गन्ध हो महकें,
मदन-मोद से
नर्तन में पद
        मारुत-मन के बहके।

7.6.1978

('अमेरिकन सिनेमेटोग्राफर' के दिसम्बर, 1977 के अंक के आवरण पृष्ठ के बैले नर्तकी को देखकर, मद्रास)

भीतर की लौ साधे

हे मेरी तुम!
हम दोनों अब भोग रहे हैं
दीन देह को;
प्यार-प्यार से बाँधे;
ढले-ढले
        दिल से ढकेलते
दिन का ठेला;
        और रात को
काट रहे हैं
        भीतर की लौ साधे।

20.7.1979

पछाड़ते–पछाड़ते

पछाड़ते–पछाड़ते
सफेद हो गयी जिन्दगी
जैसे कफन।

मौत का मसान
अब मुझे बुलाता है
नदी किनारे।

फूला खड़ा है
इस उम्र में, अब भी,
राह रोके
प्यार का पुष्पित पौधा।

न जाऊँगा अब
मसान जगाने,
जिऊँगा जिन्दगी अभी और अभी और
जानदार पौधे के तले
रंग–रूप को लगाये गले।

10.5.1980

हम मिलते हैं बिना मिले ही

हे मेरी तुम!
हम मिलते हैं
          बिना मिले ही
          मिलने के एहसास में
जैसे दुख के भीतर
          सुख की दबी याद में।

हे मेरी तुम!
हम जीते हैं
          बिना जिये ही
जीने के एहसास में
जैसे फल के भीतर
फल के पके स्वाद में।   28.7.1979

गठरी चोरों की दुनिया में

हे मेरी तुम!
गठरी चोरों की दुनिया में
मैंने गठरी नहीं चुरायी;
          इसीलिए कंगाल हूँ;
भुक्खड़ शाहंशाह हूँ;
और तुम्हारा यार हूँ;
तुमसे पाता प्यार हूँ।   1.9.1980

वाक्य पूरा कर रहा हूँ

हे मेरी तुम!
जी रहा हूँ
जिन्दगी अपनी
और तुम्हारी;
एक साथ,
हाथ में लिये हाथ।

एक 'मैं' में
द्वैत से अद्वैत होकर
वाक्य पूरा कर रहा हूँ,
क्रिया–कर्त्ता–कर्म से
भव भर रहा हूँ।

9.8.1980

सुख का मुख

हे मेरी तुम!
सुख का मुख तो
यही तुम्हारा मुख है
जिसको मैंने,
इस दुनिया के दुख–दर्पण में,
अपने सिर पर मौर बाँधकर देखा
और देखकर मुग्ध हुआ;
आज यह क्यों उदास है?

2.10.1980

मन का मौन

मन का मौन
            विराट हो गया;
मेरी बानी में
            विराट का बोध भर गया।
मैं अशब्द गुंजार हो गया,
जड़-चेतन का
            अन्तर्भेदी प्यार हो गया;
जरा-मरण से पार हो गया;
अन्तहीन
            विस्तार हो गया।

31.10.1981

तो क्या होगा?

तुम चल दोगी तो क्या होगा?

मौन खड़ा हिमवान अकेला रोता होगा;
सूरज-चाँद सितारों की
आँखों में भी आँसू होगा;
रोते-रोते धरती का भी
आँचल गीला होगा;
मेरा प्यार पवन-पानी में
उड़ता-फिरता जीता होगा;

तुम न रहोगी तब भी हृदय तुम्हारा होगा,
मेरे जीवन में बजता संगीत तुम्हारा होगा।

1.1.1986

फिर मुसकाईं

फिर मुसकाईं
प्रिया पोपले मुँह से अपने
कई दिनों के बाद,
बड़े सबेरे;

हर्ष हर्ष से
फूल उठा मेरा अस्तित्व;
मैं हो गया निहाल।

26.11.1985

मौन पड़ी हैं प्रिया प्रियंवद

मौन पड़ी हैं प्रिया प्रियंवद
बिना बोल का मुँह खोले :
प्यार पुलक की आँखें मीचे,
दुख में डूबी साँसें लेती!

पास खड़ा मैं
महाकाल को
रोक रहा हूँ :
कविताओं का घेरा डाले

यहाँ न आये
उनको लेने :
जीवन की जय
प्रेम योगिनी पाएँ।

25.12.1985

जाओ लेकिन आत्मगन्ध दे जाओ

जाओ
लेकिन आत्मगन्ध
दे जाओ,
जाते जाते फिर मुस्काओ,
कुन्द-हास का
सुख दे जाओ
जाओ
लेकिन दृष्टि-दीप्ति
दे जाओ
जाते-जाते द्वैत मिटाओ,
प्रेम-लीन
अद्वैत बनाओ

जाओ
लेकिन व्याप्ति-बोध
दे जाओ,
जाते-जाते मृत्यु विजेता
चुम्बन देकर
लेकर जाओ।

25.5.1986

एलिना प्रोक्लोवा की फोटो देखकर[1]

तुम हो
एक मौन
लावण्य में लीन
लावण्य से उद्भूत;
स्वर और व्यंजनों का
अभूतपूर्व संगम

तुम हो
रूपोल्लास
वाक्मुखी आतुरता की,
अददासित[2] अवहेलना;
निसर्ग की
निरूपम सर्जना
धीर है
तुम्हारे शरीर का
अधीर आकर्षण,
अनालापित देता
दुर्लभ आमंत्रण।

१. 'सोवियत थियेटर' पत्रिका के १९८५ के प्रथम अंक के कवर के चौथे पृष्ठ पर छपी फोटो।

२. 'अर्जदावूट' का हिन्दी रूप – निवदेन के साथ सविनय भेंट देना।

चिता जली तो मैंने देखा

चिता जली
तो मैंने देखा
दहन दाह में
कंचन वर्णी पंखुरियों का
कुबलय
प्रमुद खिला
रज को
राग पराग मिला।

6.10.1986

चेतना मेरी जिलाये है तुम्हें

चेतना मेरी जिलाये है तुम्हें,
पास–तुम बैठी हुई हो
मैं मगनमन देखता हूँ
केश लम्बे कुंडलित हैं
माँग में सेंदुर अभय है—
माँग से अरूणाभ टीका दमदमाता—
नाचता है
बड़ी आँखों में उजाला
आन्तरिक आह्लाद से उत्फुल्ल-
राग–रंजित मन्द मुसकाते अधर

जग जीतते हैं—
वक्ष में
धीरज धरा का गूँजता है—
अंक में आलोक
चिन्ता-मुक्त बैठा
प्रिय पवन से खेलता है—
क्षीण कटि है
आयु की अवशेष जैसी—
चल चुके पद देह को साधे हुए हैं

जय-विजय की
जिन्दगी तुम जी रही हो
मौत तुमको देखती है भवें ताने,
क्षुब्ध मन से
हर न सकती अब तुम्हें
हारकर कुंठित कुपित है

मैं उसे ललकारता हूँ

रूक न पायी,
गयी, ओझल हो गयी
रह गयी
गाती तरंगित-
दिग्विजयिनी चेतना की काम्य कविता
तुम्हें मेरी प्रिय बनाये
प्यार से मुझको रिझाये

मैं तुम्हारे साथ जीवन जी रहा हूँ
शक्ति से
सामर्थ्य से
आनंद से।

26.10.1986

प्रेम ने छुआ

प्रेम ने छुआ
जानवर से आदमी हुआ
पथराया दिल
कुमुद हुआ

सूर्य की आग
वरदानी हुई
भूमि की देह धानी हुई। 13.9.87

प्यार न पाता

प्यार न पाता
तो क्या होता?

घास-फूस की झाड़ी होता
बेपेंदे की हाँड़ी होता
बिना सूत की आँड़ी होता
मूसर होता
काँड़ी होता
बेपहिये की गाड़ी होता
सबसे बड़ा अनाड़ी होता
गूँगी खड़ी पहाड़ी होता
बंगाले की खाड़ी होता! 16.3.1993, मद्रास

राजनीति की कुटिल कहानी

न मारौ नजरिया

हमका न मारौ नजरिया
ऊँची अटरिया माँ बैठी रहौ तुम,
राजा की ओढ़े चुनरिया।
बेवेल के संगे माँ घूमौ झमाझम,
हमको बिसारे गुजरिया।।

संगी-संहाती तबलचिन का लै कै,
द्याखौ बिदेसी बजरिया।
गावौ, बजावौ, मजे माँ बितावौ,
ऐसी न अइहै उमरिया।।

राजा के हिरदय से हिरदय मिलावौ,
करती रहौ रंगरलियाँ।
हमका पियारा है भारत हमारा,
तुमका पियारा फिरँगिया।।
हमका न मारौ नजरिया!

18.12.1946

एक भूल

जिन्दगी ने मौत का घूँघट पहनकर रो दिया है।
पाँच नदियों का बड़ा दमदार पानी,
भूलकर अपनी रवानी,
घायलों के घाव से अब रिस रहा है।
रक्त सुन्दर मूर्तियों के भग्न अंगों से बिछुड़कर,
भूमि पर बहकर, तड़पकर,
आज काला हो रहा है—जम रहा है।

कामकाजी हाथ,
चलते-दौड़ते दृढ़ पाँव,
पेड़ की काटी टहनियों से पड़े हैं;
पेट भी तरबूज से फाड़े पड़े हैं;
पीठ पर छुरियाँ चली हैं,
चाकुओं की घाटियाँ गिनना कठिन है:
आँख के उल्लास-दर्पण,
—देखकर सर्वस्व मिटता,
गेह जलता,
गाँव जलता,
लाज की साड़ी उतरती,
रूप पर ही गाज गिरती—
हो गये पत्थर व्यथा के ज्योति खोकर!
माँग का सेंदुर-सोहागी चूड़ियाँ,
लूटकर डाकू-लुटेरे ले गये सब!
लहलहाते खेत की लक्ष्मी सुनहरी,

छिन गयी भुज-बन्धनों से,
हो गयी अब तो परायी नायिका चिरकाल पीड़ित!

वक्ष दृढ़तर फट रहे हैं!
लाड़ले अब भूख से विचलित तड़पते घूमते हैं,
दूध से गीले अधर अब सूखते हैं!
स्वर्ण-संस्कृति के कमल मुरझा रहे हैं!!

हो गयी सुनसान बस्ती!
उड़ गये प्यारे पखेरू छोड़कर घर-बार धरती।
राह, चौराहे, गली-कूचे हजारों,
चिह्न पावों के छिपाये प्रियजनों के,
श्वाँस साधे चुप पड़े हैं।
धूल उड़ती है हृदय की।
प्रेम के पुलकित पुजारी,
प्रेम के सपने मधुरतम,
हो गये अब सब तिरोहित।
मूर्च्छना की धूप फैली है हताहत।
रात को फाँसी लगी है,
तारिकाएँ मुँह छिपाये रो रही हैं।
दीप की आलोक-गंगा बुझ गयी है।
सब अँधेरा ही अँधेरा हो गया है!

आह! धरती बँट गयी है!
एक हिन्दुस्तान अब दो हो गया है।

आग, पानी, औ' गगन तक बँट गया है।
आदमी का दिल-कलेजा कट गया है।
मन्दिरों के देव, मस्जिद के खुदा,
दो बैरियों से लड़ रहे हैं!

आह! धरती बँट गयी है!!
कारवाँ इन्सान का सर्वस्व खोकर चल पड़ा है,
भीख का भूखा-लुटा-प्यासा-बिना घर-बार का
जैसे कि मुरदों का समाज!

भूल यह ऐसी हुई है,
जो अनेकों पीढ़ियों तक दुख हमें देती रहेगी,
हम कराहा ही करेंगे।

यह कलंकित राष्ट्र-गाथा,
मैं अकेला ही नहीं, लाखों-करोड़ों सुन रहे हैं,
आँख खोले पढ़ रहे हैं,
और अपमानित हृदय को,
रक्त की धारा पिलाकर,
स्वस्थ जीवन-दान का बल दे रहे हैं!![1]

11.8.1946

(कविता में आये संदर्भों से लगता है कि इसकी रचना 1946 में न होकर 1947 में हुई होगी)

हाय न आयी

आज भी आयी
कल भी आयी
रेल बराबर सब दिन आयी!
लेकिन दिल्ली से आजादी
अब तक अब तक हाय न आयी,
हाय न आयी!!

चिट्ठी आयी

पत्री आयी
डाक बराबर सब दिन
लेकिन दिल्ली से आजादी
अब तक अब तक हाय न आयी,
हाय न आयी!!

आफत ही आफत सब आयी
लेकिन दिल्ली से आजादी
अब तक अब तक हाय न आयी,
हाय न आई!!

15.9.1946

क्या लाये

लंदन गये–लौट आये।
बोलौ! आजादी लाये?
नकली मिली या कि असली मिली है?
कितनी दलाली में कितनी मिली है?
आधी तिहाई कि पूरी मिली है?
कच्ची कली है कि फूली-खिली है?
कैसे खड़े शरमाये?
बोलौ! आजादी लाये?

राजा ने दी है कि वादा किया है?
पैथिक ने दी है कि वादा किया है?
आशा दिया है दिलासा दिया है!
ठेंगा दिखा कर रवाना किया है!
दोनों नयन भर लाये!
अच्छी आजादी लाये?

28.12.1946

राष्ट्रीय प्रतिध्वनि

लॉकेट लूँगी
मेरा गला बड़ा सूना है
आज न मानूँगी–झगड़ूँगी
लाकेट लूँगी।
मैं तुमको पहचान गयी हूँ
वादे करके तोड़ चुके हो
तुम पूरे झूठे निकले हो
जब देखो तब टरकाते हो।

आज तुम्हें तो देना होगा
मेरी जिद को रखना होगा
यही उचित है झट दे डालो
वरना बड़ा बखेड़ा होगा।
लॉकेट लूँगी
सदा तुम्हारी बनी रहूँगी
सुख में दुख में साथ रहूँगी
मुझसे तुमसे प्रेम रहेगा।

1946

(क्रिप्स मिशन के आने पर)

शपथ

आज हँसे हम।
जमी बर्फ ओठों से पिघली,
फाँसी का फन्दा भी छूटा,
गला खुला अब!

ढाई सौ वर्षों के बाद,
हाथ-पाँव की कड़ियाँ तड़कीं,
छाती से सब कीलें उखड़ीं,
सूखा लोहू नस-नस दौड़ा,
हृदय जिया अब!

ढाई सौ वर्षों के बाद,
भाई ने भाई को भेंटा,
माँओं ने पुत्रों को चूमा,
उर-उरोज से पति-पत्नी का,
मिलन हुआ अब।

ढाई सौ वर्षों के बाद,
किन्तु, झोपड़ी वही खड़ी है,
नयी ईंट तक नहीं लगी है,
बड़ी गरीबी भरी पड़ी है,
वही धुआँ है,
वही क्षुधा है,
वही कर्ज है,

वही सूद है,
वही जमींदारों का छल है,
मानव से मानव शोषित है!
अतः आज हम हँसते हँसते,
नयी शपथ यह प्रथम करेंगे,
शोषक का साम्राज्य हरेंगे,
जनवादी सरकार करेंगे,
निधड़क हम निर्माण करेंगे;
रात और दिन काम करेंगे,
पाँच साल में पूरा भारत,
स्वर्ग करेंगे—स्वर्ग करेंगे!
आज हँसे हम, सदा हँसेंगे!

10.10.1947

यदि आयेगा डॉलर

यहाँ हमारी जन्मभूमि पर यदि आएगा डॉलर,
तो वह सौदा-सुलुफ बेच कर,
मातृभूमि का सारा सोना ले जाएगा;
अमरीका में अपनी सड़कें;
उस सोने से बनवाएगा
और चलेगा उस पर सज कर तामझाम से,
वह शराब के प्याले पीता।
उसके मन्त्री और मित्रगण,
राजकाज के सब अधिकारी,
उसके पीछे साथ चलेंगे।

वह अपने साम्राज्यवाद के घोर नशे में,
भारतीय पूँजीपतियों से साँठ-गाँठ कर,
क्रय दिल्ली की राजनीति कर लेगा;

नेहरू और पटेल आदि की मति हर लेगा।
फिर मारेगा जालिम कोड़े;
खून हमारा बह निकलेगा;
पीठ हमारी छिल जाएगी;
बन्द करेगा हमें जेल में;

रोजगार भी अपने हित का खूब करेगा;
और हमारे तन की चमड़ी,
अपने 'ड्रम' के मुँह पर मढ़ कर,
उसे बजा कर,
तानाशाही की प्रभुता का शोर करेगा।

हम उसके बर्बर शासन से मिट जाएँगे;
हम उसके दुर्दम शोषण से मर जाएँगे;
लेकिन हॉलीवुड के भीतर
वह नाचेगा औ' गाएगा,
मिस अमरीका के प्रिय ओठों पर,
सौ-सौ चुम्बन बरसाएगा!

9.8.1948

नेता

लन्दन में बिक आया नेता, हाथ कटा कर आया।
एटली-बेविन-अंग्रेजों में, खोया और बिलाया।।
भारत-माँ का पूत-सिपाही, पर घर में भरमाया।
अंग्रेजी-साम्राज्यवाद का, उसने डिनर उड़ाया।।
अर्थनीति में राजनीति में, गहरा गोता खाया।
जनवादी भारत का उसने, सब कुछ वहाँ गँवाया।।
गोरी चमड़ी की बातों ने, उस पर रंग जमाया।

रीझ-रीझ कर, उसके आगे, उसने शीश नवाया।।
कूट हलाहल पीकर उसने, अपनी प्यास बुझाया।
और धुएँ में तैर-तैर कर, काफी नाम कमाया।।
वह तो अब बिल्कुल लगता है, टेम्स नदी का जाया।
पौंड देश का भक्त-भिखारी, डॉलर का दुलराया।।
कहता है केदार सुनो जी! हमको नहीं सुहाया।
मुरदों ने जिन्दा नेता को, अपना कौर बनाया।।
कान काटने गया, न लेकिन, कान काट कर आया।
उल्टे अपनी नाक कटा कर, देखो रोता आया।।

1.11.1948

मोरचे पर

मैं लड़ाई लड़ रहा हूँ मोरचे पर।
जिन्दगी की फौज मेरी शक्तिशाली
मैं जिसे लेकर यहाँ पर आ डटा हूँ—
घुड़सवारों पर जिसे अभिमान है,
पैदलों का सिन्धु जिसके साथ है,
टैंक लाखों ही यहाँ मौजूद हैं,
तोपची जिसके कुशल करतार हैं,
आज आगे बढ़ रही है—
वेग से, बल से, उमड़ कर चढ़ रही है,
आततायी बैरियों की फौज ढहती जा रही है,
—आग से जैसे पिघल कर मोमबत्ती गल रही है,
लौह की दीवार के गढ़ कायरों के
चूर करती जा रही है!

मैं लड़ाई लड़ रहा हूँ मोरचे पर!
आप ही अपने हृदय के द्वन्द्व को मैं मारता हूँ;

वह अभी तक सूरमा था,
दक्ष भी था,
क्रूर भी था,
मैं उसे अब जीतता हूँ;
वह पराजित हो रहा है—हो रहा है;
लाश उसकी गिद्ध-कौए नोचते हैं;
मैं अचेतन और उपचेतन सभी पर
वार करता जा रहा हूँ;
व्यक्तिवादी सभ्यता को ध्वंस बिल्कुल कर रहा हूँ।

मैं लड़ाई लड़ रहा हूँ मोरचे पर!
देवियों के रूप में आराधकों को
जो बँधे हैं प्रेम के स्वर तार से ही—
लौह की कटु शृंखला से बाँध कर मैं खींचता हूँ,
और जन-संघर्ष में ला कर उन्हें,
फौजी बना कर छोड़ता हूँ।

स्वप्न के जो देव हैं
औ' स्वप्न की जो देवियाँ हैं,
हाथ में हल और हँसिया को थमा कर,
मैं उन्हें मजबूर करता हूँ
कि जोतो और काटो
पेट की पहली समस्या को मिटाओ।

मैं लड़ाई लड़ रहा हूँ मोरचे पर।
लेखनी की शक्तिशाली गर्जना से
मैं कलेजा शोषकों का फाड़ता हूँ;
सूदखोरों को,
मिलों के मालिकों को,
अर्थ के पैशाचिकों को,

भूमि को हड़पे हुए धरणीधरों को,
मैं प्रलय के साम्यवादी आक्रमण से मारता हूँ,
और उनके अपहरण की
दिग्विजयिनी सभ्यता को,
सर्वहारा की नवोदित सभ्यता से जीतता हूँ

मैं लड़ाई लड़ रहा हूँ मोरचे पर।
रक्त की धारा बहा कर
किरकिराती रेत को भी उर्वरा मैं कर रहा हूँ;
शब्द के कर्मण्य कर से जोत धरती,
मानवी स्वाधीनता के बीज बोता जा रहा हूँ,
और श्रमजीवी हितों के अंकुरों को
मैं उगाता जा रहा हूँ,
जो पराजित हो नहीं सकते किसी से
जो मिटाये जा नहीं सकते किसी से,
जो मरेंगे किन्तु फिर जी कर लड़ेंगे,
मैं उन्हें ऊपर उठाता जा रहा हूँ।

फगुआ का व्यंग्य

गुम्बज के ऊपर बैठी है, कौंसिल घर की मैना
सुन्दर सुख की मधुर धूप है, सेंक रही है डैना।।
तापस वेश नहीं है उसका, वह है अब महरानी।
त्याग-तपस्या का फल पाकर, जी में बहुत अघानी।।
कहता है केदार सुनो जी! मैना है निर्द्वन्द्व।
सत्य अहिंसा आदर्शों के, गाती है प्रिय छंद।।

16.1.1949

जिन्दगी

देश की छाती दरकते देखता हूँ!
थान खद्दर के लपेटे स्वार्थियों को,
पेट-पूजा की कमाई में जुटा मैं देखता हूँ!
सत्य के जारज सुतों को,
लन्दनी गौरांग प्रभु को,
लीक चलते देखता हूँ!
डॉलरी साम्राज्यवादी मौत-घर में,
आँख मूँदे डांस करते देखता हूँ!

देश की छाती दरकते देखता हूँ!
मैं अहिंसा के निहत्थे हाथियों को,
पीठ पर बम बोझ लादे देखता हूँ।
देवकुल के किन्नरों को,
मन्त्रियों का साज साजे,
देश की जन-शक्तियों का,
खून पीते देखता हूँ,
क्रान्ति गाते देखता हूँ!!

देश की छाती दरकते देखता हूँ!
राजनीतिक धर्मराजों को जुए में,
द्रोपदी को हारते मैं देखता हूँ!
ज्ञान के सब सूरजों को,
अर्थ के पैशाचिकों से,
रोशनी को माँगते मैं देखता हूँ!

योजनाओं के शिखंडी सूरमों को,
तेग अपनी तोड़ते मैं देखता हूँ!

देश की छाती दरकते देखता हूँ!
खाद्यमन्त्री को हमेशा शूल बोते देखता हूँ;
भुखमरी को जन्म देते,
वन-महोत्सव को मनाते देखता हूँ!
लौह-नर के वृद्ध वपु से,
दंड के दानव निकलते देखता हूँ!
व्यक्ति की स्वाधीनता पर गाज गिरते देखता हूँ!
देश के अभिमन्युओं को कैद होते देखता हूँ!

देश की छाती दरकते देखता हूँ!
मुक्त लहरों की प्रगति पर,
जन-सुरक्षा के बहाने,
रोक लगते देखता हूँ!
चीन की दीवार उठते देखता हूँ!
क्रान्तिकारी लेखनी को
जेल जाते देखता हूँ!
लपलपाती आग के भी,
ओंठ सिलते देखता हूँ!
देश की छाती दरकते देखता हूँ!

राष्ट्र-जल में कागजी, छवि-यान बहता देखता हूँ,
तीर पर मल्लाह बैठे और हँसते देखता हूँ!
योजनाओं के फरिश्तों को गगन से भूमि आते,
और गोबर चोंथ पर सानन्द बैठे,
मौन-मन बंशी बजाते, गीत गाते,
मृग मरीची कामिनी से प्यार करते देखता हूँ!
शून्य शब्दों के हवाई सैर करते देखता हूँ!!

देश की छाती दरकते देखता हूँ
बूचड़ों के न्याय-घर में,
लोकशाही के करोड़ों राम-सीता,
मूक पशुओं की तरह बलिदान होते देखता हूँ!
वीर तेलंगानवों पर मृत्यु के चाबुक चँटकते देखता हूँ!
क्रान्ति की कल्लोलिनी पर घात होते देखता हूँ!
वीर माता के हृदय के शक्ति-पय को
शून्य में रोते विलपते देखता हूँ!

देश की छाती दरकते देखता हूँ!
नामधारी त्यागियों को,
मैं धुएँ के वस्त्र पहने,
मृत्यु का घंटा बजाते देखता हूँ!
स्वर्ण-मुद्रा की चढ़ौती भेंट लेते,
राजगुरुओं को, मुनाफाखोर को आशीष देते,
सौ तरह से कमकरों को दुष्ट कह कर,
शाप देते, प्राण लेते देखता हूँ!

देश की छाती दरकते देखता हूँ!
कौंसिलों में कठपुतलियों को भटकते,
राजनीतिक चाल चलते,
रेत के कानून के रस्से बनाते देखता हूँ!
वायुयानों की उड़ानों की तरह तकरीर करते,
झूठ का लम्बा बड़ा इतिहास गढ़ते,
गोखुरों में सिन्धु भरते,
देश-द्रोही रावणों को राम भजते देखता हूँ!

देश की छाती दरकते देखता हूँ!
नाश के वैतालिकों को
संविधानी शासनालय की सभा में

दंड की डौंड़ी बजाते देखता हूँ!
कंस की प्रतिमूर्तियों को,
मुंड मालाएँ बनाते देखता हूँ।
काल भैरव के सहोदर भाइयों को,
रक्त की धारा बहाते देखता हूँ!

देश की छाती दरकते देखता हूँ!
व्यास मुनि को धूप में रिक्शा चलाते,
भीम, अर्जुन को गधे का बोझ ढोते देखता हूँ!
सत्य के हरिचन्द को अन्याय-घर में,
झूठ की देते गवाही देखता हूँ!
द्रौपदी को और शैव्या को, शची को
रूप की दूकान खोले,
लाज को दो-दो टके में बेचते मैं देखता हूँ!

देश की छाती दरकते देखता हूँ!
मैं बहुत उत्तप्त होकर
भीम के बल और अर्जुन की प्रतिज्ञा से ललक कर,
क्रान्तिकारी शक्ति का तूफान बन कर,
शूरवीरों की शहादत का हथौड़ा हाथ लेकर,
चोट करता दौड़ता हूँ कड़कड़ा कर,
शृंखलाएँ तोड़ता हूँ
जिन्दगी को मुक्त करता हूँ नरक से!

15.8.1950

आग लगे इस राम-राज में

आग लगे इस राम-राज में
ढोलक मढ़ती है अमीर की
चमड़ी बजती है गरीब की
खून बहा है राम-राज में
आग लगे इस राम-राज में

आग लगे इस राम-राज में
रोटी रूठी, कौर छिना है;
थाली सूनी, अन्न बिना है,
पेट धँसा है राम-राज में
आग लगे इस राम-राज में।

9.8.1951

हम तौ उनका वोट न देबै

हम तौ उनका वोट न देबै,
जो हमका बधियाइन हैं।
रोटी कपरा लत्ता खातिर,
जो हमका तरसाइन हैं।।
अरजी का फरजी कै दीन्हिन,
गरजी जान भगाइन हैं।
आजादी के टोपीधारी,
हमका भीख मँगाइन हैं।।

हम तौ उनका वोट न देबै,
जो हमका बधियाइन हैं।
गल्ला गाड़िन गोदामन माँ,
चोरबजार चलाइन हैं।।
गेहूँ, चाउर अउर चना का,
पउवन माँ बिकवाइन हैं।
रत्ती–रत्ती तेल किरासिन,
अमरित अस बँटवाइन हैं।।

हम तौ उनका वोट न देबै,
जो हमका बधियाइन हैं।
जो भारत का अमरीका का,
पाही देस बनाइन हैं।।
अमरीका कै बनियागीरी,
हमरे ठाँव बुलाइन हैं।
डालर के हाथन माँ सौंपिन,
हमका बेंच बहाइन हैं।।

हम तौ उनका वोट न देबै,
जो हमका बधियाइन हैं।
फौज पुलिस माँ रुपिया मेलिन,
खूनी बजट बनाइन हैं।।
सिच्छा के कोपीन लगाइन,
लौका हाथ थमाइन हैं।
विद्या का लावारिस कीन्हिन,
मूरख मन्त्र रटाइन हैं।।

हम तौ उनका वोट न देबै,
जो हमका बधियाइन हैं।
हमरी खलरी खैंचि खसोटिन,

रोऔं बहुत सताइन हैं।।
नोन मिरिच–ऊपर से बूँकिन,
कद्दू अस कटवाइन हैं।
थानेदार कलट्टर, ह्वैके,
बाँदर नाच नचाइन हैं।।

हम तौ उनका वोट न देबै,
जो हमका बधियाइन हैं।
नानी के आगे नाना की,
जो पगरी उतराइन हैं।।
भौजी के आगे भैया की,
जो पसरी पिसवाइन हैं।
हमरे तन का लोहू लैकै,
जो गगरी भरवाइन हैं।।

हम तौ उनका वोट न देबै,
जो हमका बधियाइन हैं।
पाँच बरिस के भीतर हमका,
नर–कंकाल बनाइन हैं।।
भाषत है 'केदार' सुनौ जी,
जालिम भीख न पाइन हैं।
जालिम के बकसन माँ कोऊ,
एकौ वोट न डाइन हैं।।

10.9.1951

(इस कविता में कुल 15 बंद है, यहाँ केबल 07 बंद दिये जा रहे हैं)

नेताशाही से

राज करो जी! राज करो जी! दिल्ली के दरबार में।
गाँधीवादी आदर्शों के, सत्यों की किलकार में।।
सोयी खोयी शाहंशाही, रौनक की झनकार में।
सुन्दर-सुन्दर सपने देखो, शासन-शयनागार में।।

राज करो जी! राज करो जी! दिल्ली के दरबार में।
सामन्ती के आलिंगन में, सामन्ती के प्यार में।।
सामन्ती के मन के भीतर, गुपचुप रत्नागार में।
जगमग खूनी दीप जलाए, भारी हाहाकार में।।

राज करो जी! राज करो जी! दिल्ली के दरबार में।
थैलीशाही की गोदी में, लक्ष्मी के गलहार में।।
सोना चान्दी की खनखन में, काले चोरबाजार में।
रक्षा के कानून बनाए, शोषक के उपकार में।।

राज करो जी! राज करो जी! दिल्ली के दरबार में।
शान धरो जी! शान धरो जी! अपनी शक्ति-कटार में।।
वार करो जी! वार करो जी! अपनी जयजयकार में।
खून करो जी! खून करो जी! नेताशाही प्यार में।।

3.11.1948

अमरीका से

गेहूँ देकर, छिंगुली छूकर, हाथ गहोगे।
पास बैठकर, चिकनी-चुपड़ी बात कहोगे।।
बातों में तुम हमको सबको प्यार करोगे।
लेकिन स्वारथ का सौदा-व्यापार करोगे।।

चीजें बनकर, पुर्जे बनकर, आ जाओगे।
भारत की सूनी हाटों में छा जाओगे।।
धोके के धंधे में कूड़ा दे जाओगे।
दीनों के हाथों का सोना ले जाओगे।।

जल्दी जल्दी दिल्ली को न्यूयार्क करोगे।
चुपके चुपके हर लेने का कार्य करोगे।।
शासन की डोरी खींचोगे, वार करोगे।
भोली जनता का पूरा संहार करोगे।।

ले जाओ तुम अपना गेहूँ, वापिस जाओ।
गेहूँ देकर दास बनाने पास न आओ।।
दानी! हमको क्रोध नहीं अब और दिलाओ।
भागो जल्दी, जल्दी अपने प्राण बचाओ।।

10.10.1951

चुनाव मोरचे की अन्त्याक्षरी

यश अपयश विधि हाथ है, नहिं नेतन को जोर।
यहै देख बाढ़े बड़े, सेठ महाजन चोर।।

रचना ऐसी रचि रहे, राम राज के वीर।
सुख धरती व्यापै नहीं, दिन दिन बाढ़ै पीर।।

राम न ऐसा करि सके, जैसा नेतन कीन्हि।
लोगन का बनवास दै, सुख-सम्पति हरि लीन्हि।।

मरना है तो आज मर, कल है दूर अपार।
गोली आँसू गैस की; कायम है सरकार।।

जहँ लग नेता राज है, तहँ लग बंटाधार।
पूँजीपति की गोद में, खेल रही सरकार।।

रसरी बालू की बटौ, बाँधौ धीरज बैल।
नेता ऐसा कहत हैं, चलिए तपकी गैल।।

लाज उन्हें आवै जिन्हैं, लोकतन्त्र का ध्यान।
कामनवेल्थी आन में, टूटी मान-कमान।।

8.11.1951

(इस कविता में कुल २० दोहे हैं। यहाँ नमूने के तौर पर पाँच दोहे ही दिये गये हैं।)

कर्जे की मार

यह उधार खाते का जीवन
बढ़े ब्याज का बोझा लादे
राम-राज्य की नयी सड़क पर
पाँव उठाए डगमग चलता!

कागज के कर्जे का कौरव
पाँच हाथ की लाठी ताने
बीच सड़क में राह रोककर
इन्सानों को दंडित करता!
सच कहता हूँ यह हालत है
खूनी लाठी के लबेद से
बिना खून की हिंसा होती
कर्जे से जन भारत मरता।

24.1.1954

वास्तव में

पंचवर्षी योजना की रीढ़ ऋण की शृंखला है,
पेट भारतवर्ष का है और चाकू डॉलरी है।
सन्धियाँ व्यापार की अपमान की कटु ग्रन्थियाँ हैं,
हाथ युग के सारथी हैं, भाग्य-रेखा चाकरी है।।

26.4.1954

तुम

दोष तुम्हारा नहीं, हमारा है
जो हमने तुम्हें इन्द्रासन दिया :
देश का शासन दिया :
तुम्हारे यश के प्रार्थी हुए हम :
तुम्हारी कृपा के शरणार्थी हुए हम :
और असमर्थ हैं हम
कि उतार दें तुम्हें
इन्द्रासन से—देश के शासन से,
अब जब तुम व्यर्थ हो चुके हो—
अपना यश खो चुके हो!

19.11.1959

खफ्त है मुझे आदमी होने का

खफ्त है मुझे
आदमी होने का
बेखफ्त आदमी
साँड़ है
सियार है
पेट भर लेता है
नेता है।

19.7.1968

पैसा है मेरा देश

पैसा है
मेरा देश
जो किसी की जेब में है
और
किसी की जेब में
नहीं है

कपड़ा है
मेरा देश
जिसे बुनते हैं कुछ हाथ
और
फाड़ते हैं
बहुत से लोग

12.3.1969

देश की राजनीति

न आग है,
न पानी,
देश की राजनीति
बिना आग-पानी के
खिचड़ी पकाती है
जनता हवा खाती है।

जुलाई 1973

मँहगाई

जमीन से उठकर,
ऊपर,
            अन्तरिक्ष में
चली गयीं कीमतें,
आकाश गंगा में
            डुबकी लगाने,
            पुण्य कमाने।

नजर से बाहर,
नायाब हो गयीं वस्तुएँ
            पाताल से धँसकर।
            शाह हो गये चोर।

शहर में चालू है
            चोर बाजारी,
            फरेब-मक्कारी।

चोर के घर
            नाचता है मोर,
मुग्ध है लक्ष्मी आत्म-विभोर।

            असमर्थ है राजतन्त्र
मँहगाई घटाने में।

जुलाई 1973

दिन, नदी और आदमी

दिन ने नदी को—
नदी ने दिन को—
प्यार किया।

दोनों ने
एक दूसरे को जिया,
एक दूसरे को जी भर कर पिया।
आदमी ने
दिन को काटा
नदी के पानी को बाँटा।

नवम्बर, 1975

आपात्काल

जनाना हो गया है देश,
खूबसूरत हो गया है क्लेश का अहिंसक वेश,
सिर से पैर तक
        हसीन हो गयी हैं बुराइयाँ,
तलुबे चाटती हैं अच्छाइयाँ,
संसद और संविधान में नाचती है निर्मम नायिका,
        छमाछम बजता है पिता का साज,
पुत्र के तबले से
        उठती है धूमधड़ाके की आवाज,

लेकिन तड़पती है
          पिंजड़े में पड़ी
आम आदमी की मैना,
          आपात्कालीन संकट भोगती-
जिंदगी-जनतंत्र को, राजतंत्र को कोसती।

बांदा, अगस्त 1976

देश में लगी आग को

देश में लगी आग को
लफ्फाजी नेता
          शब्दों से बुझाते हैं;
वाग्धारा से
ऊसर को उर्वर
और देश को
          आत्म-निर्भर बनाते हैं;
लोकतन्त्र का शासन
भाषण-तन्त्र से
          चलाते हैं।

9.12.1977

आयोग

चलनी चालते हैं छोटे बड़े आयोग
छेछ-छेद से झराझर झरता है
तथाकथित यशस्वियों का भ्रष्टाचार,
आतताइयों का अत्याचार।
काँच-काँच के करकते टुकड़ों का
लग गया है भारी-भरकम अम्बार।

देखता है मेरा देश
दाँत तले उँगली दबाए—
आश्चर्य-चकित आँखें उघारे;
दर्द दर्द से कराहता-खाँसता :
बर्फ की टोपी सिर पर लगाये
पाँव में पहने सागर का जूता :
पेट पीठ में
सरकार के पोस्टर चिपकाये।

22.2.1978

अंडे पर अंडा

अंडे पर अंडा
और अंडे पर अंडा
देती है
जैसे मुर्गी
रोज-ब-रोज
सरकार भी देती है इसी तरह
आयोग पर आयोग
और आयोग पर आयोग
रोज-ब-रोज

26.2.1978

लड़ गये

लड़ गये
          बड़े-बूढ़े जवान गिरगिटान,
दूसरी क्रान्ति के प्रवर्तक कापालिक महान्,
कुर्सी के लिए
          कुर्सियों के दंडकारण्य में।

          खुल गयी राजघाट में
पुश्त-दर-पुश्त की पंडा-बही;
चाव से पढ़ने लगे लोग
पिता-पुत्र के
          गलत-सही साबिक और हाल के
          कागजी इन्दरजाल।

ढमाढम बजते हैं गाल के बड़े बोल
          और ढोंग के ढोल।

सत्य सोता है
अराल केशी अवनी की बाहों में;
          असत्य नाचता है
मयूर-नाच इन्द्रधनुष के साथ,
मुग्ध देखती है
          भ्रम में भूली दुनिया।

कीचड़ में सनी राजपथ में पिटी पड़ी हैं

राज–रथ से
नाजुक, नौजवान, दिशा–दृष्टि–हीन
सुर्खियाँ।

अलभ्य हो गयी
आदमी को आदमी की पहचान।

मासूम जिन्दगी
छोटी हो गई सिकुड़ते–सिकुड़ते—
छिंगुली की तरह,
मौत के माहौल में—
पेट–पीठ–मार व्यापार के मखौल में
खचाखच भरे हैं
बरजोर बेईमानियों के तहखाने;
खाली पड़े हैं यथास्थान
खपरैल छाये—बरसों पुराने
ईमान के हाथों उठाए मकान।

नायाब बजाते हैं
नरक का सितार नेकनाम नारद।

देवता और देवराज
जागती जमीन की तपस्या से
चौंकते–थर्राते हैं
आज भी—अब भी।

प्रान और पानी का पोलो खेलते हैं
कुशल–क्षेम से,
दाँव–पोंच के पचड़े में पड़े
राजघाट की राजनीति के 'नुमाइन्दे';

डूबते आदमी को डूबते नहीं देखते,
हर्ष के हौसले में मस्त
फर्ज की दुनिया से आँख चुराए।

टूटती,
टकराती,
पछाड़ खाती झनझनाती हैं,
उठी लहरें;
समर जीतने का स्वप्न देखते-देखते
बात-की-बात में
हार-हार जाती हैं।

धैर्य के तट पर टिके
आराम फरमाते हैं धुरन्धरी जहाज;
न पिंड छोड़ते हैं—
न मुँह मोड़ते हैं;
खड़े-खड़े वहीं कोयला खाते—
तेल पीते,
मालामाल हुए मौज मारते हैं,
ऐश्वर्य की चिमनी से
भीतरी धुआँ बाहर उछालते हैं।

आकाश पीता है
सामने खड़े कारखाने का
चिमनी-छाप सिगार।

धूप का धोखा
शहर के सिर पर,
छाता ताने तना है।

आत्मलीन हैं दोनों,

बलीन बादल और बिजली
समाधिस्थ शिव की
उपासना में विसर्जित,
चारों ओर चालू है
यन्त्र और तन्त्र का नियन्त्रण।

चेतन चित्त
और चरित्र के चतुरानन,
भूँजी भाँग खाते
और पहाड़ फोड़ कर आया
पानी पीते हैं,
मक्कर की दुनिया में
टक्कर खाये-बिना जीते हैं।

जब भी—जहाँ भी, कोई परदा
जरा-सा ऊपर उठा,
आदमियों के बजाय—
शैतानों का समूह वहाँ संसार को
लूटते-खसोटते दिखा।

समाज को जकड़े पड़े हैं
जबरजंग—
भभूतिया भूसुरों के चिमटे;
त्राहिमाम्-त्राहिमाम् करता है आदमी
मुक्ति पाने के लिए।

खड़े हैं
बड़ी-बड़ी परिकल्पनाओं के
बड़े-बड़े ऊँचे मूँगिया पहाड़;
पहाड़ों से

बहती चली आती हैं
झमाझम पतित-पावन नदियाँ
अलौकिक उन्माद का
प्रवचन करतीं।

कीर्तन करते हैं
हम और हमारे वंशज,
देवी-देवताओं को
समर्पित किये तन और मन।
न आदमी बचता है—
न मसान बुझता है।

खनाखन बजाते हैं मन के मजीरे,
समय की साख को झनझनाते।

न देह को गरीबी छोड़ती है;
न ज्ञान की आँख को
अमीरी खोलती है।

हड़ताल में लगे लोग
सूखे हाड़ बजाते हैं
फिलहाल
खून के धारदार आँसू बहाते हैं।

बाजार में
सिर कटाए बिकते हैं
नमक-मिर्च और नींबू लगे खीरे।

पाँव के ठप्पे
मत-पत्र पर लगाए
गाँव के गरियार गोरु

बरियार बैताल को पीठ पर चढ़ाए
        निर्द्वन्द्व पगुराते हैं;
दूसरों के सताए,
        दूसरों के लिए मरे जाते हैं।

शहर की शोभा
शरीफजादे लूटते हैं,
देखते-देखते मानवीय मर्यादाओं को
पाँवों के तले खूँदते हैं।

जब भी-जहाँ भी
        कोई आग जली—
जमीन से जरा ऊपर लपक उठी,
हमने और हमारे हमदर्दों ने—
लपक कर,
आग और लपक को
        पाँव से कुचला
        और दिवंगत बनाया।

यही है
        इस देश का हाल,
लोकतन्त्र में जिसे, मैंने,
सब जगह पिटते—
        तड़पते-कराहते—
खून-खून होते-देखा।

13.8.1978

दहका खड़ा है सेमल का पुरनिया पेड़

हे मेरी तुम!
दहका खड़ा है
सेमल का पुरनिया पेड़
टपाटप टपकाता जमीन पर
लाल-लाल फूली आग,
कचहरी के सामने
क्रान्ति का माहौल बनाए;
राजनीति से
ताल-मेल बैठाए।

18.3.1980

ठहरो ठाकुर ठहरो

ठहरो, ठाकुर, ठहरो;
करो न मारामारी—
छौंक-बघारी
खून-खराबी ख्वारी!

आ धमकेगी पुलिस गाँव में;
बधियाएगी थानेदारी;
भूल जाएगी
सिट्टी-पिट्टी सारी!

समझो, ठाकुर, समझो
घर छूटेगा,
जेल मिलेगा;
उतर जाएगी चढ़ी खुमारी;
खर्च-खर्च में
बिक जाएगी बखरी-बारी;
मर जाएगी,
रोते-रोते
विह्वल,
बूढ़ी महतारी!

चेतो, ठाकुर, चेतो;
अब तो
लाठी-बल्लमधारी—
सामन्ती सुरधाम सिधारी;
नरक-भोगती
लम्बरधारी!

11.4.1981

देश के भीतर

देश के भीतर दहन और दाह है,
अन्तरराष्ट्रीय स्तर पर
वाह-वाह है!

7.5.1990

चुप रहें

चुप रहें,
सरकार सोते हैं अभी
आँख में सपने भरे हैं—
जिन्दगी से दूर हैं
बस इसी के, वास्ते मशहूर हैं

चुप रहें,
बेकार रोते हैं सभी।

26.6.1985

उनको महल मकानी

उनको
महल मकानी
हमको छप्पर छानी

उनको
दाम–दुकानी
हमको कौड़ी कानी

सच है
यही कहानी
सबकी जानी–मानी।

आदमी की चाँदमारी

अब
पहरुये

आदमी की
चाँदमारी
करते हैं,
सत्ता का कुंड
आदमियों के रक्त से भरते हैं।

2.9.1990

वंचित-विमर्श/दलित-दर्प

सब जो है

सब जो है
उनका नहीं है
जिनका
आज है।

सब जो है
उनका है
जिनका आज नहीं हैं।

पेड़

मौनमना मिट्टी की पीड़ा;
दीना, हीना, गात-मलीना,
वल्कल-वसना,
कुंठित, कृपणा,
मैदानों में पुष्प-विहीना,
खिन्न खड़ी है,
छिन्न छली-सी।

कौन पिकी है जो आएगी,
रात दिवस फिर जो गाएगी;
मैदानों का मस्त तराना,
फूलों के ओठों का गाना,
रस ऋतुमति का बरसाएगी,
इन पेड़ों पर?

2.11.1954

आदि शक्ति मैं

आदि शक्ति मैं;
अजर अमर मैं; परम ब्रह्म मैं;
करण और कारण मैं भव का;
मैं प्रकार, आकार, रूप मैं,
राग, रंग, परिमल, पराग मैं;
तेज, ताप मैं;
स्वर, लय, गति मैं;
पूर्ण, मुक्त, मैं;
महावेग मैं;
चिर-नूतन मैं; चिर अव्यय मैं!
किन्तु... किन्तु...
मैं नहीं आज सब!
अधिवासी मैं मिट्टी के क्षत-विक्षत घर का!!
    लोना खायी
    दीमक खायी
    दुर्बल निर्बल दीवारों का, मैं अधिवासी!
    मेरी पत्नी तम की तिरिया;
    मैं हूँ, मेरा चिह्न न कोई;
    प्रतिभा का प्रतिबिम्ब न कोई;
    मकड़ी मेरा बन्धन बुनती!
    मुसटी मेरी आयु कुतरती!
मैं अधिवासी मिट्टी के क्षत-विक्षत घर का!!

22.2.1942

बाप बेटा बेचता है

बाप बेटा बेचता है
भूख से बेहाल हो कर,
धर्म, धीरज, प्राण खो कर,
हो रही अनरीति बर्बर राष्ट्र सारा देखता है।

बाप बेटा बेचता है,
माँ अचेतन हो रही है,
मूर्छना में रो रही है,
दाम के निर्मम चरण पर प्रेम माथा टेकता है।

बाप बेटा बेचता है,
शर्म से आँखें न उठतीं,
रोष से छाती धधकती,
और अपनी दासता का शूल उर को छेदता है
बाप बेटा बेचता है।

1943

एका का बल

डंका बजा गाँव के भीतर,
सब चमार हो गये इकट्‌ठा।
एक उठा बोला दहाड़ कर :
''हम पचास हैं,

मगर हाथ सौ फौलादी हैं।
सौ हाथों के एका का बल बहुत बड़ा है।
हम पहाड़ को भी उखाड़ कर रख सकते हैं।

जमींदार यह अन्यायी है।
कामकाज सब करवाता है,
पर पैसे देता है छै ही।
वह कहता है 'बस इतना लो,
काम करो, या गाँव छोड़ दो।'
पंचो! यह बेहद बेजा है!
हाथ उठाओ,
सब जन गरजो :
गाँव छोड़ कर नहीं जाएँगे,
यहीं रहे हैं, यहीं रहेंगे,
और मजूरी पूरी लेंगे,
बिना मजूरी पूरी पाये
हवा हाथ से नहीं झलेंगे।''
हाथ उठाए,
फन फैलाए,
सब जन गरजे।
फैले फन की फुफकारों से
जमींदार की लक्ष्मी रोयी!

5.8.1946

जहरी

पैदा हुई गरीबी में,
पाली गयी गरीबी में!
ब्याही गयी गरीबी में,
माता हुई गरीबी में!

हँसिया लिया गरीबी में,
खुरपी गही गरीबी में!
काटी घास गरीबी में,
छीली घास गरीबी में!

खाती रही गरीबी से,
जीती रही गरीबी से,
सब दिन पिसी गरीबी से
सब दिन लड़ी गरीबी से!

बुड्ढी हुई गरीबी से,
टूटी रीढ़ गरीबी से!
आँधी उठी गरीबी से
दीपक बुझा गरीबी से!

जहरी गयी, गरीबी है!
अब भी वही गरीबी है!
चिन्तामयी गरीबी है!
नहीं मिटी है, नहीं मिटी!

8.8.1946

सीता मैया

जनकपुरी की पैदाइस है,
अवधपुरी में आयी है।
जनका ठाकुर की बेटी है,
रमचन्दा को ब्याही है।।

सोना, चाँदी, मोती, मूँगा,
गहना जेवर नहीं मिला।
सीना, कान, गला सूना है;
पग, पहुँचा सब सूना है।।

चीकट, गन्दी, निरी उटंगी
चिथड़ा धोती लिपटी है।
हड्डी, पसली, चमड़ी, पिंडुली,
दुनिया भर को दिखती है।।

मूसल, चक्की, कुटना-पिसना
सब तड़के से करती है।
खपरे-छाये कच्चे घर में,
रामराज्य में रहती है।।

भेड़ों को बकरी को लेकर,
हार चराने जाती है।
'घम घम' घाम हवा खाती है,
दिन छिपते फिर आती है।।

कौड़ी मोल नहीं रखती है,
आँखें भर कर रोती है।
धरती माता की गोदी में,
सीता चुपके सोती है।।

11.11.1946

रनिया

रनिया मेरी देस बहन है
अति गरीब है—अति गरीब है!
मैं रनिया का देस बन्धु हूँ,
अति अमीर हूँ—अति अमीर हूँ!!

रनिया के कर में हँसिया है,
घास काटने में कुशला है।
मेरे हाथों में रुपिया है
मैं सुख-सौदागर छलिया हूँ!

रनिया अब तक जन्मान्तर से
ज्यों की त्यों पूरी भूखी है।
मैं जन्मान्तर से वैसा ही
ज्यों का त्यों पूरा खाता हूँ!

रनिया बिल्कुल वही-वही है
चिरकुट ही चिरकुट पहने है।
मैं भी बिल्कुल वही-वही हूँ
रेशम ही रेशम पहने हूँ।।

रनिया मेरी दुखी बहन है
वह निदाघ में मुरझ रही है।

मैं रनिया का सुखी बन्धु हूँ
चिर बसन्त में विहँस रहा हूँ।।

मैं औ' रनिया एक देश की
एक भूमि की, एक कुंज की,
एक रंग की, एक रूप की,
रोती हँसती दो कलियाँ हैं।।

रनिया कहती है, जग बदले
जल्दी बदले—जल्दी बदले।
मैं कहता हूँ कभी न बदले
कभी न बदले—कभी न बदले।।

किन्तु आज मेरे विरोध में
पूरा हिन्दुस्तान खड़ा है।
अब रनिया के दिन आये हैं
जग उसके माफिक बदला है।

22.4.1946

डाँगर

ये कामचोर
आरामतलब
मोटे तोंदियल भारी भरकम
हट्टे-कट्टे सब डाँगर ऊँघा करते हैं;
हम चौबीस घंटे हँफते हैं।

है भूख बड़ी लम्बी-चौड़ी—
दस बीस जनों का सब खाना

ये एक अकेले खाते हैं;
दिन भर ही पागुर करते हैं
हम भूखे ही रह जाते हैं।

सिरदर्द हमें दुख देता है,
ज्वर बात हमें दुख देता है;
आँखों में पीर समाई है;
हट्टे-कट्टे डाँगर डकारते रहते हैं;
क्षय रोग हमें भख जाता है।

पेड़ों की लम्बी छाया में
ठंढी बयार के झोंकों में
दुख-दुनिया से आँखें मीचे,
सपनों से रीझे रहते हैं
हम तो काँटों से रूँधते हैं।
बस जीभ घुमाने भर को है,
दो कान डुलाने भर को हैं;
दो सींग दिखाने भर को हैं,
बस पूँछ दबाने भर को है!
हम सीना खोले फिरते हैं!

ये नीच प्रकृति,
ये भ्रष्ट-बुद्धि,
आजाद बिचरने के दुश्मन
हट्टे-कट्टे डाँगर उठकर
आगे बढ़ने से डरते हैं।
हम आजादी को मरते हैं।।

1946

पैतृक सम्पत्ति

जब बाप मरा तब यह पाया,
भूखे किसान के बेटे ने :
घर का मलबा, टूटी खटिया,
कुछ हाथ भूमि—वह भी परती।

चमरौंधे जूते का तल्ला,
छोटी, टूटी बुढ़िया औंगी,
 दरकी गोरसी बहता हुक्का,
 लोहे की पत्ती का चिमटा।

कंचन सुमेरु का प्रतियोगी
द्वारे का पर्वत घूरे का,
बनिया के रुपयों का कर्जा
जो नहीं चुकाने पर चुकता।
दीमक, गोजर, मच्छर, माटा—
ऐसे हजार सब सहवासी।
बस यही नहीं, जो भूख मिली
सौगुनी बाप से अधिक मिली।

अब पेट खलाए फिरता है।
चौड़ा मुँह बाए फिरता है।
वह क्या जाने आजादी क्या?
आजाद देश की बातें क्या?

1946

मिल मालिक

मिल मालिक का बड़ा पेट है
बड़े पेट में बड़ी भूख है
बड़ी भूख में बड़ा जोर है
बड़े जोर में जुलुम घोर है
मिल मालिक का बड़ा पेट है
अत्याचारी नीति धारता
शोषण का कटु दाँव मारता
गला-काट पंजा पसारता
मिल मालिक का बड़ा पेट है
मजदूरों को नहीं छोड़ता
उन्हें चूस कर तोष तोलता
एकाकी ही स्वर्ग भोगता।

15.6.1947

गर्रा नाला

काली मिट्टी, काले बादल का बेटा है।
टक्कर पर टक्कर देता, धक्के देता है।।
रोड़ों से वह बेहारे, लोहा लेता है।
नंगे, भूखे काले लोगों का नेता है।।

आगे, आगे, आगे, आगे सर्राता है।
खोए, सोए, मैदानों को थर्राता है।।

आओ, आओ, आओ, आओ अर्राता है।
जीतो, जीतो, जीतो, जीतो नर्राता है।।

1946

गुम्मा ईंट

न कच्ची है
न सेवर है
न कोई खोखलापन है
समूची ठोस है, ठस है
बड़ी पक्की, बड़ी मजबूत हस्ती है
न यह होती
न टिकने की जगह होती
न बुनियादी सहारा आसरा होता
न बालू और पानी पर
खड़ा कोई किला होता।
इसी का दम है, बूता है
कि छोटे से बड़ा निर्माण करती है
न आँधी से
न पानी से
न तूफानों से डरती है
बला से, मौत से, आफत से लड़ती है।

1946

रोटी

जब रोटी पर संकट आया,
तब भूखे ने द्रोह मचाया।
राज पलट कर रोटी लाया,
रोटी ने इतिहास बनाया।।

12.11.1951

किसानी गाना

जमींदार की नहीं, न राजा की है धरती,
अब है आज हमारी धरती!

जमींदार ने लूट मचाई हर ली धरती।
राजा ने भी लूट मचाई हर ली धरती।।
हमें किया बेधरतीवाला धर ली धरती।
डाकू और लुटेरों के घर पहुँची धरती।।

जमींदार की नहीं, न राजा की है धरती
अब है आज हमारी धरती!

जमींदार ने खूब दुहा है अब तक धरती।
राजा ने भी खूब दुहा है अब तक धरती।।
कर उगाह कर डाला वृद्धा जर्जर धरती।
हत्यारों के हाथ गाय-सी तड़पी धरती।।

जमींदार की नहीं, न राजा की है धरती,
अब है आज हमारी धरती!

पूर्व पुरातन परम्परा से माता धरती।
पिता पिता के पूर्व पिता की माता धरती।।
हम धरती के पुत्र हमारी माता धरती।
आदिकाल से यह किसान की माता धरती।।

जमींदार की नहीं, न राजा की है धरती,
अब है आज हमारी धरती!

हम जोतें कोमल बन जाए माता धरती।
हम बोएँ अंकुर उपजाए माता धरती।।
हम सींचें श्रम-जल लहराए माता धरती।
अन्न अन्न ही हमें लुटाए माता धरती।।

जमींदार की नहीं, न राजा की है धरती,
अब है आज हमारी धरती!

29.1.1952

दरोगा की दुलहिन

दरोगा की दुलहिन को आया बुखार
कि जैसे पयोनिधि में आया हो ज्वार
दरोगिन का काँपा कुन्दन शरीर
कि जैसे कपोतिन हो कँपती अधीर

दरोगा जी दौड़े दरोगिन के पास
दरोगिन को देखा तड़पते उदास

बड़ी जोर से वे मचाते पुकार
जनाने से दौड़े कि जैसे बयार

सिपाही को भेजा कि जा अस्पताल
लिवा लाओ डॉक्टर को बीते न काल
दरोगिन की हालत थी बिल्कुल खराब
दया के भिखारी थे जालिम जनाब

चले आये डाक्टर, था पैसे का जोर—
कि खींचा हो जैसे दरोगा ने डोर
दवा दी गयी और उतरा बुखार
कि जैसे उतरता है सागर का ज्वार

कमाए थे पैसे कई सौ हजार
भरा था तिजोरी में धन बेशुमार
दरोगा ने दौलत से मारा बुखार
दरोगिन के तेज से सिधारा बुखार

2.7.1953

अभिशाप जग का

एक जोते
और बोये, ताक कर फसलें उगाए,
दूसरा अधरात में काटे उन्हें अपनी बनाए,
मैं इसे विधि का नहीं, अभिशाप जग का जानता हूँ!

एक रोटी
के लिए तड़पे सदा अधपेट खाए,

दूसरा घी-दूध-शक्कर का मजा भरपेट पाए,
मैं इसे विधि का नहीं, अभिशाप जग का जानता हूँ।

एक बल्कल
वस्त्र पहने लाज अपनी को गँवाए,
दूसरा बहु वस्त्र पहने छिद्र अपने सौ छिपाए,
मैं इसे विधि का नहीं, अभिशाप का जग जानता हूँ।

एक विद्या
के लिए व्याकुल रहे, पुस्तक न पाए,
दूसरी विद्या पढ़े, छल-छन्द से सोना कमाए,

मैं इसे विधि का नहीं, अभिशाप का जग जानता हूँ।
मैं नया इंसान हूँ अभिशाप को खंडित करूँगा।
शाप के प्रतिपालकों को न्याय से दंडित करूँगा।।

8.11.1953

कल और आज

(१)
कल से आज अधिक कटु दिन है
कल रोटी थी
आज नहीं है
कल रोजी थी
आज नहीं है
रोटी-रोजी
जन-जीवन के लिए कठिन है।

(२)
कल से आज अधिक कटु दिन है
कल छप्पर था
            आज नहीं है
कल बिस्तर था
            आज नहीं है
छप्पर-बिस्तर
जन-जीवन के लिए कठिन है।

(३)
कल से आज अधिक कटु दिन है
कल तकिया थी
            आज नहीं है
कल मचिया थी
            आज नहीं है
तकिया-मचिया
जन-जीवन के लिए कठिन है।

(४)
कल से आज अधिक कटु दिन है
कल किस्मत थी
            आज नहीं है
कल हिम्मत थी
            आज नहीं है
किस्मत-हिम्मत
जन-जीवन के लिए कठिन है!

23.10.1955

मजदूर का जन्म

एक हथौड़ेवाला घर में और हुआ!
हाथी–सा बलवान,
जहाजी हाथों वाला और हुआ!
सूरज–सा इन्सान,
तरेरी आँखोंवाला और हुआ!
एक हथौड़े वाला घर में और हुआ
माता रही विचार :
अँधेरा हरनेवाला और हुआ!
दादा रहे निहार :
सबेरा करनेवाला और हुआ!
एक हथौड़ेवाला घर में और हुआ!
जनता रही पुकार :
सलामत लानेवाला और हुआ!
सुन ले री सरकार!
कयामत ढानेवाला और हुआ!
एक हथौड़ेवाला घर में और हुआ!

3.7.1954

आँख दुखों से आँज रही है

बारह बरस व्यथा में बीते
तेरहवें में पाँव धरे हैं।
पीर हृदय में, नीर नयन में,
साँसों में सन्ताप भरे हैं।।
दम्भक ताड़ित और प्रताड़ित
शैशव का अभिशाप लिये है।
फूलों के नादान अधर से
शूलों के अपमान पिए है।।
माता और पिता से वंचित
पर घर बरतन माँज रही है।
सात बरस से साँझ-सकारे
आँख दुखों से आँज रही है।।

11.12.1953

ब्याही-अनब्याही

ब्याही
फिर भी अनब्याही है
पति ने नहीं छुआ :
काम न आयी मान - मनौती,
कोई एक दुआ :
आँखें भर-भर
झर-झर मेघ चुआ
देही नेह विदेह हुआ!

7.5.1956

पेट की फरियाद

मैं नहीं अब तक किसी भी दिन बिका हूँ
किन्तु अब बाजार बिकने जा रहा हूँ!
काव्य का ईमान पत्थर मारता है,
पेट की फरियाद सुनने जा रहा हूँ!

रोटियों के गोल मुखड़े मोहते हैं,
स्वप्न भस्मीभूत होकर सो गये हैं!
कल्पना के पंख काटे जा चुके हैं,
गीत के अंगूर खट्टे हो गये हैं!

साथियों! भूखे भजन होता नहीं है,
पेट का गृह-युद्ध लड़ने जा रहा हूँ!
काव्य का करतार हिम्मत हारता है,
रोटियों के पाँव पड़ने जा रहा हूँ!

गर्व से ऊँचे उठे सिर को झुकाए
आँसुओं, की अर्चना में जा रहा हूँ!
भाइयों! तुमसे क्षमा मैं माँगता हूँ,
अर्थ की अभ्यर्थना में जा रहा हूँ!

5.9.1956

गाँव का महाजन

वह समाज के त्रस्त क्षेत्र का मस्त महाजन,
गौरव के गोबर गनेश-सा मारे आसन,
नारिकेल-से सिर पर बाँधे धर्म-मुरैठा,
ग्राम-बधूटी की गोरी-गोदी पर बैठा,
नागमुखी पैतृक सम्पत्ति की थैली खोले,
जीभ निकाले, बात बनाता करुणा घोले,
ब्याज-स्तुति से बाँट रहा है रुपया-पैसा,
सदियों पहले से होता आया है ऐसा!

सूँड़ लपेटे है कर्जे की ग्रामीणों को,
मुक्ति अभी तक नहीं मिली है इन दीनों को,
इन दीनों के ऋण का रोकड़-कांड बड़ा है,
अब भी किन्तु अछूता शोषण-कांड पड़ा है।

27.10.1954

मोची

घिसे, चले, मर चुके तलों को
मैं निकालता।
जीने वाले जानदार मैं तले डालता।।
सीकर, पालिश में चमकाकर,
मैं उबारता।
जूतों से बाबू लोगों की

धज सँवारता।।

मैं पथ की पटरी पर बैठा
कला बेचता,
जूतों के चलने में सबका
भला देखता।।
मैं तो उस ऊँची आत्मा को
नहीं जानता।
मानव जिसकी ऊँचाई के
गुन बखानता।।

22.2.1957

पैतृक दान

पूँजीपति अपने बेटे को,
बेहद काला दिल देता है,
गद्दी पर बैठे रहने को,
भारी-भरकम तन देता है,
सिरहाने रखकर सोने को
दिन में पैसा ठग लेने को,
रोकड़-खाते सब देता है;
गरदन काट कलम देता है,

काली मसि से काली करनी—
करने का अवसर देता है,
जब तक जीता है, रहता है,
शोषण की शिक्षा देता है,

पूँजीपति अपने बेटे को,
धन देता, दौलत देता है।

रति को भी शरमाने वाली,
रूपवती औरत देता है।

जाने कितना कितना अवगुन
पूँजीपति सुत को देता है।
वह अपने को और जगत को
बेटे को धोखा देता है।।

श्रमजीवी अपने बेटे को
पर उपकारी दिल देता है,
मेहनत करने को जीने को,
हाथों में हल, लोहे का धन,
पावों में हाथी की चालें;
अविजित छाती, ऊँचे कन्धे,
हर आफत से लड़ जाने को,
गति देता है, बल देता है।

जब तक जीता है—रहता है,
उत्पादन की मति देती है;
आशा की खेती करने को
खेतों की धरती देता है;
घर का भार उठाने वाली
श्रमजीवी धरनी देता है।
मरने को वह मर जाता है,
लेकिन जीवन दे जाता है।
श्रमजीवी अपने बेटे को
गोठिल हँसिया दे जाता है।

श्रमजीवी अपने बेटे को,
टूटी कुटिया,
टूटी खटिया,

लोहे का तसला देता है,
बहुतायत चिथड़े देता है।

27.8.1947

पिलट गयी जो धूल पाँव से

पिलट गयी जो धूल पाँव से
वह गोरी है इसी गाँव की
जिसे उठाया नहीं किसी ने
इस कुठाँव से।

23.3.1958

किसान स्तवन

तुम जो अपने हाथों में विधि से ज्यादा ताकत रखते हो
मेहनत से रहते हो, खेतों में जाकर खेती करते हो
मेड़ों को ऊँचा करते हो, मेघों का पानी भरते हो
फसलों की उम्दा नसलें हर साल नयी पैदा करते हो
लाठी लेकर रखवाली सबकी करते हो
कजरारी गौओं के थन से पय दुहते हो
फिर भी मूँड़े पर गोबर लेकर चलते हो
तुम जो धन्नासेठों के तलवे मलते हो,
तुम जो छाती पर पत्थर रक्खे जीने का दम भरते हो
अन्यायों से जोर जुलुम से मुट्ठी ताने लड़ मरते हो
तुम जो ठगते नहीं ठगे सब दिन जाते हो
तुम जो सरकारी पेटी में टैक्सों में पैसा भरते हो
अफसर के वेतन को अपने लोहू देकर मोटा करते हो
थाने की ड्योढ़ी पर जाकर बकरे जैसा कट आते हो
मेहनत की मस्ती में ज्ञानी-विज्ञानी को शरमाते हो
तुम जो मेहतन की गेहूँ जौ की रोटी खाते हो

तुम जो मेहनत की भद्दर गहरी निंदिया में सो जाते हो
तुम अच्छे हो तुम से भारत का भीतर-बाहर अच्छा है
तुम सच्चे, तुम से भारत का सुन्दर सपना सच्चा है
तुम गाते हो, तुमसे भारत का कोना-कोना गाता है
तुमसे मुझको मेरे भारत को जीवन का बल मिलता है
तुम पर मुझको गर्व बहुत है, भारत को अभिमान बहुत है
यद्यपि शासन तुमको क्षण भर कोई मान नहीं देता है
तुम जो रूसी-चीनी-हिन्दी मैत्री के दृढ़ संरक्षक हो
तुम जो तिब्बत चीन - एकता के विश्वासी अनुमोदक हो
तुम जो युद्धों के अवरोधक शान्ति समर्थक युग धर्मी हो
मैं तो तुमको मान मुहब्बत सब देता हूँ
मैं तुम पर कविता लिखता हूँ
कवियों में तुम को लेकर आगे बढ़ता हूँ
असली भारत पुत्र तुम्हीं हो
असली भारत पुत्र तुम्हीं हो,
मैं कहता हूँ।

22.2.1959

मजदूरिन

वह समाज में
न्याय न पाकर,
अन्यायों की चोट दबाकर
भरी देह का
नेह सुखाकर
खाकर ठोकर—
रोम दुखाकर,
अपने सपने
धूल बनाकर
कर से कर पर की मजदूरी,
पग से

हर पल-पल की दूरी,
जीवन जीती है
अनचाहा,
दुख-दारिद पीती अनथाहा।

5.4.1963

यह लड़की

यह लड़की
जिसका बाप मर गया है
और माँ ने दूसरा खसम कर लिया है
जमीन की लड़की है

आसमान
इसका बाप है
वायु इसका भाई है
धूप इसकी बहन
और रात इसकी सखी है
इसकी उम्र
अब नदी की उम्र है
पहाड़ काटकर बहना
इसका स्वभाव है
यह लड़की
गरीब की लड़की है
सारे देश की लड़की है
इसका जीवन
देश का जीवन है
इसकी रक्षा
देश की रक्षा है।

29.4.1946 रात 11.30 बजे

कमासिन–मेरा गाँव

कमासिन—मेरा गाँव
एक पुराना गाँव है!
अतीत में पहले कभी आजाद हुआ होगा
शताब्दियाँ लग गयी होंगी
बड़े होने में—इतना होने में!

निकल न आया होगा
कोई चिरौंटा अंडा तोड़कर
जो बड़ा हो गया होगा जल्दी ही
आठ-दस दिन में
और मेरा गाँव हो गया होगा सहज ही!
न भगवान ने बनाया होगा इसे इस रूप में
एक ही क्षण में
मात्र इच्छा करते ही
और खुश हो गया होगा इसे देखकर
सामने साकार खड़ा

अवश्य ही इसे जन्म दिया है
किसान पुरुषार्थी पुरखों ने
बंजर जमीन जोतकर
उनका-बेटा-मेरा गाँव मुझे प्रिय है।

वन बेधकर आये रहे होंगे यहाँ
अमानवीय जंगल के इस प्रदेश में,

अकड़े खड़े—
लकड़ियों के दानवों से लड़ते,
काँस-कुश-काँटों को
खोदते-उखाड़ते,
राहहीन बाधा से राह को उबारते
नयी दिशा जीवन के यापन की खोजते
और तब
बस गये होंगे यहाँ
साहसिक पुरखे
—आदिम प्रवृत्तियों से प्रेरित,
कृषक-सभ्यता के विकास के लिए
अपने आवास के लिए।

अब इस शताब्दी में
सामयिक साठोत्तरी में
आये-गये पुरखों के निशान
न कहीं मिलते हैं—
न शेष हैं
मेरे गाँव—कमासिन में।
न अतीत है—
न इतिहास है—
मेरे गाँव का

वर्त्तमान में—
दिल्ली से दूर—
बहुत दूर—
पीड़ित—
पराजित—
अपमानित और त्रस्त
भय और भूख

और बीमारियों से ग्रस्त
जी रहा है
मेरा गाँव—कमासिन
टिमटिमाती हुई लालटेन की तरह!

22.12.1968

बबूल

काल-दंड पर,
हरियाली का क्षत्र कंटकित साधे,
पीले छोटे
फूल-फूल की माँस-पेशियाँ खोले,
हँसमुख बली बबूल खड़ा है
मेरे घर के सम्मुख,
धूप कुँवारी से आलोकित,
आरण्यक आक्रोश सरणियों को परास्त कर
मानवीय गरिमा की मेरी प्रज्ञापित कर
मुझको मेरे इस बबूल से पुष्ट प्रेम है।
सुधी-स्रोत मेरे जीवन का यही क्षेम है।।
इसे न काटो,
कटु कुठार से मेरी काया कट जाएगी,
ध्वस्त, धराशायी होने की
मेरी घड़ी निकट आएगी।

6.10.1976 प्रात:, बांदा

बाल-भिखारिन

पतली दुबली
देह टिटिहरी
धूप-धूप में चलते-फिरते
नंगे पाँव
छोटी लड़की
छुटभैयों से माँग रही है
छोटे मुँह से छोटी भीख
अपना छोटा पेट खलाए
मुट्ठी भर आटे
की ढेरी तसली में बैठाए—
हिमगिरि को इस तरह उठाए।

16.10.1976, दोपहर, बांदा

मेरा गाँव

यहाँ नीम के पेड़ खड़े इतिहास सुनाते।
कटु देहाती गत जीवन की बात बताते।।
यहाँ नीम की छाँह घाम से देह जुड़ाती।
दुःख से मूँदे आँख यहाँ जनता रह जाती।।
यहाँ नीम की लघु निंबकौरी ही इच्छा है।
जीवन के लघु लघु लाभों की वह भिच्छा है।।
यहाँ आम के वृक्ष भूमि से रस लेते हैं।
कम पाते, इसलिए सरस फल कम देते हैं।।

जनता की अभिमति-सी इनकी मति होती है।
क्षुद्र काठ में ही इनकी परिणति होती है।।
सभी लगाए गये गाँव के बाहर पनपे।
उनके ऊपर ताप-दाप दुख दारुण तमके।।
महुओं के मानी पौधों का भी कुनबा है।
संख्या में शायद सब पेड़ों से दुगना है।।
लेकिन महुए और मनुज में भेद नहीं है।
राम भरोसे तने हुए हैं, खेद नहीं है।।
इन महुओं के नीचे होता नाच मोर का।
इन महुओं के नीचे होता जुआ जोर का।।
यह है मेरा गाँव यहाँ का मैं वासी हूँ।
नीम, आम; महुए के विरवों का साथी हूँ।।
मेरा तन इसकी माटी से गढ़ा गया है।
मेरे ऊपर इसकी माया की छाया है।
गुण अवगुण मैंने इसके ही तो पाया है।।
यह है मेरा गाँव भूमि इसकी तपती है।
शैल सुता-सी कठिन तपस्या वह करती है।।
आलय के खपरैल दहकते रज जलती है।
क्षार लपेटे तप्त मही इसकी रहती है।।
ग्रीष्म यहाँ आकर जल पीता समुद ताल का
काग यहाँ प्यासा रह जाता कठिन काल का
बाँह सूख जाती है तत्क्षण कमल-नाल की
सृष्टि-विनाशक हो जाती है समय चाल की
हृष्ट-पुष्ट हरियाली पेड़ों की झर जाती
दूब कुएँ के पास पड़ी व्याकुल मुरझाती
गहरा पानी और कुएँ का गहरे जाता
साठ और सत्तर हाथों की रज्जु नपाता
एक बेर भी हो जाता है कठिन नहाना
खींच हाथ से पानी सिर ऊपर घर लाना
पीना होता है पानी अमरित-सा पीना
थोड़ा-थोड़ा कंठ सींच कर होता जीना

चुचुआता है सुबह, शाम, दोपहर पसीना
मैले तन में रात गुजरती नित्य मलीना
यहाँ नाम को कभी-कभी मिलती तरकारी
लौकी, कुम्हड़ा, कद्दू, करैला की तरकारी
जिन्हें नाज देकर खरीदते ग्राम निवासी
वह भी तिथि त्योहार कभी बनती है भाजी
चैत यहाँ सन्तप्त विकल बैसाख बनाता
जेठ यहाँ उद्दंड लूक-लपटें ले आता
आसमान से आग सूर्य सिर पर बरसाता
आधी रात गये बीते तक ताप तपाता
पिछलहरे की वात सरकती नींद बुलाती
लोगों को उस समय चैन से तनिक सुलाती
यह है मेरा गाँव यहाँ की ग्रीष्म गुमानी
लूम लपट से दुख देता करता मनमानी
लेकिन इस पर भी यह मेरा गाँव कमासिन
साल-सरल सन्तप्त काटता गरमी के दिन
सदियों से प्रेरित करता है जियो-जियो जन!
वर्षागम पर शीघ्र करेगा ग्रीष्म पलायन
हरियाएगा जीवन का चहुँ ओर तपोवन
हरसाएगा आर-पार चहुँ ओर कृषीजन
यही आस-विश्वास लिये मन धीरज धारे
दिन प्रतिदिन के तप-आतप के कष्ट बिसारे
खेतपात घरबार गाँव से नेह लगाए
पुरजन परिजन प्रियजन को आत्मीय बनाए
गाँव वासियों का समूह संलग्न काम में
कभी काटता सन या ढोता पाँस घाम में
कोई कृषक बनाते खपरे घर छाने को
वन जाते हैं कोई ईंधन घर लाने को
कोई बैल चराने 'पाठे' चले देते हैं
कोई बैठे बात बूँकते रस लेते हैं
ऐसे भी हैं लोग यहाँ जो चोरी करते

गरमी के अवकाश दिनों में पर-धन हरते
डाके में कुछ व्यक्ति यहाँ के शामिल होते
बीज गुनाहों के बहुतुरे वे हैं बोते
कोई झूठ गवाही देते, पेट पालते
खेतपात से फुरसत लेकर जेब काटते
ऐसे भी हैं लोग पुलिस के पिट्ठू जाहिर
घूस दिलाने में दो तरफा जो हैं माहिर
टुटपुँजिए बनिए बेचारे घोड़ी लादे
बाजारों से माल यहाँ विक्रय को लाते
अपनी छोटी दूकानों में बैठ बेचते
रोकड़-खाते में उधार का जोर देखते
यहाँ कार्यक्रम ही समाज के अधोमुखी हैं
इसीलिए कम लोग यहाँ के अभी सुखी हैं
ज्ञान यहाँ पर नहीं जमा पाया है आसन
बुद्धि यहाँ पर अभी नहीं कर पाई शासन
राई-रत्ती भर विद्या मिलती है कुछ को
दसखत करने की शिक्षा मिलती है कुछ को
वह भी शिक्षा निष्प्रयोग रह खो जाती है
सरस शारदा मूक गाँव की हो जाती है
ग्राम देवता भी गँवार-सा कष्ट झेलते
आसपास की भूमि-भवानी पस्त देखते
जहाँ खड़े हैं वहीं खड़े हैं एक भाव से
निस्सहाय दीनों के साथी एक चाव से
पथराई आँखों से सबको वह निहारते
रात समय सपने में आ वह भ्रम निवारते
ग्राम देवियाँ भी गँवारिनों-सी विमूढ़ हैं
मनोभाव अव्यक्त और अतिशय निगूढ़ हैं
एक पान पाकर चढ़ाव में वे प्रसन्न हैं
यद्यपि अपने जन्म-काल से वे निरन्न हैं
एक बतासे में सुहाग का वर देती हैं
मान-मनौती के मिस विपदा हर लेती हैं

अनुकम्पा पाकर कन्याएँ माँ बनती हैं
नवयुवती होने से पहले सुत जनती हैं
तुलसी के वंशज, हुलसी की कुल-कन्याएँ
यह दोनों ही सीख चुके हैं काम-कलाएँ
आकर्षण आने से पहले यौवन ढलता
रूप अविकसित विवस पराया होकर पलता
डाके पड़ते हैं कामिनियों के अंगों पर
कामुक जन निर्लज्ज थिरकते भ्रू-भंगों पर
कुल-भूषण कुल-दूषण बनते मान गँवाते
दाम लगाकर दारा लाते गेह बसाते
सामाजिक आचरण चरण के नीचे मरता
सिर के ऊपर समाचार व्यभिचार विचरता
यह है मेरा गाँव यहाँ की कुंठित मति है
अनुशासन से हीन यहाँ की जीवन-गति है
फिर भी कुंठित मति के मोर मनुजन हारे
पतझर में भी वे रहते हैं जीवन धारे

प्रकाशन 2.4.1981, बम्बई

भूखोद्धार का मन्त्रोच्चार

आग पर चढ़ी 'बटुई',
खुदुर-खुद
खुदबुद करती है
भाफ है
कि ठेलती-ठालती
कटोरी को
बारम्बार उठाती बैठाती है
बटुई के मुँह पर
जलती-जागती
लकड़ियों की धधक में

चूल्हे पर चढ़ा चावल चुरता है
धुँआई बिटिया
अँसुआई बैठी
कोठे में, देखती है
पेट के पालने का
हो रहा आतुर उपचार :
सुनती हुई
भूखोद्धार का मन्त्रोच्चार!

26.11.1981

अवसाद/व्यंग्य/विक्षोभ

उदास दिन

यह उदास दिन
पेंसन पाए चपरासी-सा
और जुए में हार जन-सा
आपे में खोए गदहे-सा
मौन खड़ा है।
रवि रोता है
माँ से बिछुड़े हुए पुत्र-सा।
धूप पड़ी है
परित्यक्त पत्नी-सी कातर।
पाँव कटाए
हवा लढ़ी पर लेटे लेटे,
धीरे-धीरे
अस्पताल की ओर चली है,
सुबुक रही है।
एक टाँग पर खड़े
देह का भार उठए,
ऊँचे-ऊँचे पेड़ पुरातन
वनस्थली में तप करते हैं
जटा बढ़ाए।

25.3.1956

वरदान

वैभव की विशाल छत्रछाया में,
स्वर्ण-सिंहासन पर;
रक्खी देख मन्दिरों में पत्थरों की मूर्तियाँ—
क्षुब्ध हो गर्भवती
ईश्वर से माँगती है वरदान।
केवल पाषाण हों
कोख की मेरी भी सन्तान।

1946

देवमूर्ति

छोटी-सी देवमूर्ति
आले में रक्खी थी।
बेचारी औचक ही,
चूहे के धक्के से,
दाँसा के पत्थर पर
नीचे गिर टूट गयी!
ताज्जुब है मुझको तो!
करुणा के सागर के
अन्तर की एक बूँद,
भूमि पर न छलकी!

1946

चित्रकूट के बौड़म यात्री

चित्रकूट के बौड़म यात्री,
सेतुआ, गुड़ गठरी में बाँधे;
गठरी को लाठी पर साधे,
लाठी को काँधे पर टाँगे;
दिनभर अधरम करने वाले,
परनारी को ठगने वाले;
परसम्पति को हरने वाले,
भीषण हत्या करने वाले,
धर्म लूटने के अधिकारी
टोली की टोली में निकले,
जैसे गुड़ के लोभी चींटे,
लम्बी एक कतार बनाके
अपने-अपने बिल से निकले!
बंडी, काली तेलही पहने;
धोती ओछी गन्दी पहने;
गन्दे जीवन के अधिकारी,
स्वर्ग पहुँचने की इच्छा से
लम्बे-लम्बे कदमें धरते,
जल्दी-जल्दी साँसें भरते,
नंगे पैरों पैदल चलते!!
मैं बैठे सोचा करता हूँ-
ऐसे कैसे बौड़म यात्री
गन्दे जीवन से पाएँगे,
नंगे पैरों पैदल चलके,
अपने मन का कल्पित स्वर्ग!

1946

दीन कुनबा

दीन दुखी यह कुनबा,
जाड़े की थरथर में कँपता
अपनी चौपारी में बैठा,
ताप रहा है कौड़ा!
लकड़ी कंडे सुलग रहे हैं,
आग लगी है;
थोड़ी थोड़ी लपक उठी है;
धुआँ बढ़ा है;
बाहर नहीं निकल पाता है
सबको घेरे रह जाता है!

1946

बुन्देलखंड के आदमी

हट्टे-कट्टे हाड़ों वाले,
चौड़ी, चकली काठी वाले
थोड़ी खेती-बाड़ी रक्खे
केवल खाते-पीते जीते!

कत्था चूना लौंग सुपारी
तम्बाकू खा पीक उगलते,
चलते-फिरते, बैठे-ठाढ़े
गन्दे यश से धरती रँगते!
गुड़गुड़ गुड़गुड़ हुक्का पकड़े,

खूब धड़ाके धुआँ उड़ाते,
फूहड़ बातों की चर्चा के
फौवारे फैलाते जाते!

दीपक की छोटी बाती की
मन्दी उजियारी के नीचे
घंटों आल्हा सुनते-सुनते
सो जाते हैं मुरदा जैसे!

1946

मछुआहे

अर्राती चौगुनी धार को
सहज चीर कर बढ़ने वाले,
गंगातट के ये मछुआहे
नैया पार लगाने वाले,
आदमखोर मगर को घेरे
बल विक्रम से मार रहे हैं;
क्रूर कुल्हाड़ी की चोटों से
माँस काट कर रींध रहे हैं।
और गरम ही गरम चबा के
भूख पेट की मिटा रहे हैं।
काश इन्हें आजादी की भी
ऐसी उत्कट भूख सताती।।
पूरे त्रासित होकर जिससे,
ये जी-जान लगाकर जुटते,
ज्वाला एक जलाकर क्षण में
आदमखोर गुलामी भखते।

1946

धनाभाव में

वी.पी. का रुपया देना है!
खड़ा डाकिया देख सामने परेशान हूँ,
टका नहीं है!
चारों जेबों में खंडहर का सूनापन है,
पड़े हुए हैं पूरे पिचके,
मोटर के पहिए के नीचे जैसे दबके!

कहा डाकिए से कल आना;
लेकिन कहने में ऐसा ज्यादा शरमाया,
सिमिट गया अपने में जैसे कोई केंचुआ!

साढ़े तेइस के अभाव में,
दिल गुलाब-सा मुरझ गया है,
हाथ-पाँव से लुंज हुआ हूँ;
सुस्त पड़ा हूँ,
जैसे कोई रक्त पी गया मेरे तन का!

मैं मनुष्य हूँ,
लेकिन रुपयों के अभाव में
महामूर्ख हूँ;
मेरी विद्या काम न आयी!
मेरा जीवन निष्फल लगता!
अपने घर में,
मैं ही अपना दुश्मन बनाता!

घर के बाहर,
बीच सड़क में,
हाट और मेलों-ठेलों में
गुदड़ी का चील्हर लगता हूँ!
मैं स्वराज्य के न्यायालय का
पंडित शुक हूँ,
नयी-पुरानी बहुत नजीरें मुझे याद हैं,
लेकिन आज टके से टूटा
मैं शिव का टूटा पिनाक हूँ।।
मेरा बस्ता उलट गया है।
हवा धूल भर गयी बहुत-सी
मिस्लें लेटी हैं मूर्छा में!
बेचारा मुंशी परास्त है।
अर्थ-युद्ध में मैं हारा हूँ—
बुरी तरह से!

मैं वकील हूँ!
रात सरीखी काली अचकन
मैं पहने हूँ!
अन्धकार मुझसे लिपटा है!
केवल पैरों में पाजामा
लंकलाट के-दिन-सा पहने,
टहल रहा हूँ आधा उजला,
आधा काला!
सच पूछो तो,
धनाभाव में,
फटे जूते में गड़ी कील हूँ!

जाने कब दुनिया बदलेगी?
जाने कब मुझको अभाव धन का न रहेगा?
जाने कब मेरी विद्या मुझको फल देगी?

जाने कब मैं जग जीतूँगा?

जाने कब मेरे शरीर में बल आएगा?
जाने कब मेरा, जीवन मुझको भाएगा?
यही सोच है—यही फिकर है!!
यह समाज यदि यहीं रहेगा,
तब निश्चय है—
साढ़े तेइस नहीं मिलेंगे;
और नहीं वी.पी. छूटेगी;
रोज डाकिया लौट जाएगा;
और एक दिन मैं स्वयं ही
अपनी वी.पी. कर जाऊँगा।
लेकिन अपनी बात छोड़ कर,
जब देशों की प्रगति देखता
और सोचता,
जन-समाज से नेह जोड़ता,
उन्नति करते हुए—
दौड़ते हुए राह पर लोग देखता,
धनाभाव में भी—
कलियों को खिलते पाता,
तब हुलास से,
जलतरंग-सा बज उठता हूँ;
रुपयों को ठेंगा दिखला कर हँस पड़ता हूँ,
और यही कहने लगता हूँ,
मैं भी इनके साथ जिऊँगा,
मैं भी इनके साथ बढ़ूँगा,
मैं भी दुनिया को बदलूँगा,
कील नहीं, मैं फूल बनूँगा,
इस धरती की जन-संस्कृति का,
एक नया मेमार बनूँगा।

8.10.1954

किरन[१] गोद में लिये खड़ी है, वत्स शिशिर को

किरन गोद में लिए खड़ी है वत्स शिशिर को
जो उसके ही तरुण अंग का अरुण अंग है,
जो उसके सुरधाम सिधारे—
            पति महेश की प्रमुदित छवि है,
जो उसके सस्मित शैशव की,
            प्रेम-प्रणय की मदिर महक है,
जो अब उसके पंकिल जीवन का पंकज है!

ऐसा लगा कि जैसे अपनी धूमिल धरती,
पूनम के शशि को लेकर है चमचम चमकी,
और उसे मैं देख रहा हूँ आँखें खोले
ऐसे जैसे देख रहा हूँ जगदम्बा को—
अंक लिये अविकल अविनाशी वर ब्रह्मा को!

भूल गया मैं कटु जीवन के चुभते काँटे
भूल गया मैं दूभर दिन के दुखते काँटे,
भूल गया मैं नील नदी सम बहते आँसू
भूल गया मैं चिनगारी सम दहते आँसू।

गोधूली की यह बेला है,
पशु पक्षी सब लौट रहे हैं, अब अपने घर,
पूछ रहा हूँ मैं अब मन से :
लौट सकेंगे क्या महेश भी इसी तरह घर?
भेंट सकेंगे क्या महेश भी प्रिया किरन को?

चूम सकेंगे क्या महेश भी वत्स शिशिर को?
किन्तु नहीं मिलता है उत्तर मुझको मन से,
अस्तु आज मैं बहुत विकल हूँ,
सम्मुख आती हुई रात से भय-कम्पित हूँ,
अस्तु आज में किरन-शिशिर को
घबराहट में—पास पहुँचकर— चूम रहा हूँ,
और अँधेरा हर लेने को,
अपनी आत्मा के प्रदीप को जला रहा हूँ।

१. केदार जी की छोटी बेटी

झंडा ऊपर नहीं उठा है

जिन्दगी थक कर यहाँ पर चूर है,
हड्डियों का शेर हारा भूख से मजबूर है;
हाथ-पाँवों में जहाजी लंगरों का भार है;
साँस का दरियाव जमकर बर्फ है;
गर्म छाती की धधकती आग
मोमी शीत-सी निष्प्राण है;
रक्त में लिपटा कफन है मृत्यु का।
देह की चमड़ी अँधेरी रात है,
जो छिपाए है बसन्ती फूल-फल की प्रेरणाएँ।
प्रेम का आकाश रूखे बाल में उलझा पड़ा है।
सभ्यता के और संस्कृति के दिवाकर की प्रतीक्षा
मौन है—निस्पन्द है ज्यों प्रेत की छाया बड़ी-सी!
जागरण का क्रान्तिदर्शी साहसी मनु-रूप मानव,
अर्थ के पैशाचिकों से पद-दलित है—
भूमि पर लुंठित पड़ा है!
क्या हुआ यदि आज अपने देश भाई,
हाथ में झंडा उठाये घूमते हैं!

वास्तव में तो अभी झंडा ऊपर नहीं उठा है,
वह अभी नीचे पड़ा है;
भूमि से लुंठित उठे, तब वह उठेगा,
और फिर कोई झुकाने से रहेगा! 1957

लौह का घन गल रहा है

वह थका, हारा, बहुत ऊबा मनुज है!
भूमि उसको प्रिय नहीं है।
वर्ग के संघर्ष से वह काँपता है,
दूर उसके क्षेत्र से ही भागता है।
वह पुरानी सभ्यता के राज-पथ पर
पेट के बल मन्द गति से रेंगता है,
श्वान के संग भूख अपनी मेटता है,
शासकों के अपहरण की यातना से,
रक्त के कुल्ले उगल कर मर रहा है,
लाश अपनी ढो रहा है।
वह कला के, काव्य के डैने लगा कर,
सान्त्वना की प्राप्ति के हित,
कल्पना के नील नभ में
प्राण अपने खो रहा है।
वह नहीं जग जीत सकता,
वह नहीं इतिहास को—
जीवन-रुधिर से सींच सकता।
मौन मन वह सह रहा है—
जो यहाँ पर हो रहा है,
लौह का घन
मोम के दीपक सदृश ही गल रहा है।

8.8.1948

कंकरीला मैदान

कंकरीला मैदान
ज्ञान की तरह जठर-जड़ लम्बा-चौड़ा,
गत वैभव की विकल याद में—
बड़ी दूर तक चला गया है गुमसुम खोया!
जहाँ-तहाँ कुछ-कुछ दूरी पर,
उसके ऊपर,
पतले से पतले डंठल के नाजुक बिरवे
थर-थर हिलते हुए हवा में खड़े हुए हैं
बेहद पीड़ित!
हर बिरवे पर मुँदरी जैसा एक फूल है
अनुपम मनहर, हर ऐसी सुन्दर मुँदरी को
मीनों ने चंचल आँखों से,
नीले सागर के रेशम के रश्मि-तार से,
हर पत्ती पर बड़े चाव से बड़ी जतन से,
अपने-अपने प्रेमी जन को देने की
खातिर काढ़ा था
सदियों पहले।
किन्तु नहीं वे प्रेमी आये,
और मछलियाँ—
सूख गयी हैं, कंकड़ हैं अब!
ओह! जहाँ मीनों का घर था
वहाँ बड़ा वीरान हो गया।

31.3.1958

नाव बाँधकर

नाव बाँधकर
चला गया है जीवन का मल्लाह;
चढ़ी नदी से
उमड़ रही है बँधी नाव की आह!

भूमि छोड़कर
चला गया है सूरज का आलोक;
अन्धकार से उमड़ रहा है
खिन्न भूमि का शोक!

15.11.1959

ढेर लगा दिये हैं हमने

ढेर लगा दिये हैं हमने
पुलों के—
पहियों के
अपनी सदी के उस पार जाने के लिए
लेकिन पुल टूटे
पहिए टूटे हैं।

26.1.1961

केन किनारे पल्थी मारे

केन किनारे
पल्थी मारे
पत्थर बैठा गुमसुम!

सूरज पत्थर
सेंक रहा है गुमसुम!

साँप हवा में
झूम रहा है गुमसुम!

पानी पत्थर
चाट रहा है गुमसुम!

सहमा राही
ताक रहा है गुमसुम!

17.11.1959

निर्बल और बलीन

कैसे जिएँ कठिन है चक्कर
निर्बल हम, बलीन हैं मक्कर

तिलझन ताबड़तोड़ कटाकट
हड्डी की लोहे से टक्कर।

18.1.1961

अब भी है कोई चिड़िया

अब भी है कोई चिड़िया जो सिसक रही है
नील गगन के पंखों में
          नील सिन्धु के पानी में;
मैं उस चिड़िया की सिसकन से सिहर रहा हूँ
वह चिड़िया मानव का आकुल अमर हृदय है।

16.7.1961

कनबहरे

कोई नहीं सुनता
झरी पत्तियों की झिरझिरी
न पत्तियों के पिता पेड़
न पेड़ों के मूलाधार पहाड़
न आग का दौड़ता प्रकाश
न समय का उड़ता शाश्वत विहग
न सिन्धु का अतल जल-ज्वार
सब हैं—
एब एक दूसरे से अधिक
          कनबहरे
अपने आप में बन्द, ठहरे!

मार्च, 1971

चिड़ीमार ने चिड़िया मारी

हे मेरी तुम!
चिड़ीमार ने चिड़िया मारी;
नन्ही-मुन्नी तड़प गयी
प्यारी बेचारी।

हे मेरी तुम!
सहम गयी पौधों की सेना;
पाहन-पाथर हुए उदास;
हवा हाय कर
ठिठकी ठहरी;
पीली पड़ी धूप की देही।

हे मेरी तुम!
अब भी वह चिड़िया जिन्दा है
मेरे भीतर,
नीड़ बनाये मेरे दिल में,
सुबुक-सुबुक कर
चूँ-चूँ करती
चिड़ीमार से डरी-डरी-सी।

28.2.1973

सब चलता है लोकतन्त्र में

हे मेरी तुम!
सब चलता है
लोकतन्त्र में,
चाकू-जूता-मुक्का-मूसल
और बहाना।
हे मेरी तुम!
भूल-भटक कर भ्रम फैलाए,
गलत दिशा में
दौड़ रहा है बुरा जमाना।

हे मेरी तुम!
खेल-खेल में खेल न जीते,
जीवन के दिन रीते बीते,
हारे बाजी लगातार हम,
अपनी गोट नहीं पक पायी,
मात मुहब्बत ने भी खायी।

हे मेरी तुम!
आओ बैठो इसी रेत पर,
हमने-तुमने जिस पर चलकर
उमर गँवाई।

30.7.1973

और का, और मेरा दिन

दिन है किसी और का
सोने का हिरन:
मेरा है
भैंस की खाल का
मेरा दिन!
यही कहता है
वृद्ध रामदहिन,
यही कहती है
उसकी घरैतिन
जब से
चल बसा
उसका लाडला।

जुलाई, 1976

देखे देश

देखे देश,
दिशान्तर देखे,
देखे ऊर्ध्व अवान्तर देखे

मेघ अधर में लटके देखे—
प्राण विवर में अटके देखे।

31.8.1980

लोगों का जीवन

छाया मेघों की,
            मयूर का नाच,
सिर के ऊपर उड़ते कौए,
            पाँव तले की घास,
रेत काटती
            नदी नवेली,
बातूनी
            बातास बहकती,
कठघोड़े पर चढ़े समय की
बिना चले की चाल,
ऐसा जीवन
            जीता है मैदान।
ऐसा ही
            जीवन जीते हैं
आज देश के लोग।

सितम्बर, 1976

सूरज जनमा

सूरज जनमा
          सुबह हुई।

          सूरज डूबा,
शाम हुई।
रात,
अंधेरे की
          संगत में,
          बुरी तरह
बदनाम हुई।   14.1.1978

पवन पिता की तरह मौन है

हे मेरी तुम!
          पवन
          पिता की तरह मौन है
माँ की तरह
          उदास आग है;
पानी
          शिशुवत् निंदियाया है;
इस मौसम से
          देश विकल है;
श्रम सन्तापित
          और विफल है।   1.9.1979

गुलाब

झरने
झरने को
गुलाब है झुका हुआ,
केवल
अनुमोदन पाने को
रुका हुआ।

4.6.1981

ढूँढ़ते लोग कचहरी में ढूँढ़ते हैं मुझे

ढूँढ़ते लोग
        कचहरी में ढूँढ़ते हैं मुझे!
जिरह-बहस करते में वहीं ढूँढ़ते हैं मुझे?
हार-जीत के हुए फैसलों में ढूँढ़ते हैं मुझे!

ढूँढ़ते-ढूँढ़ते, मुझे नहीं,
        अपने हितों को ढूँढ़ते हैं लोग;
हितों के यज्ञ में हविष्य हो रहे मुझको नहीं—
        मेरे बेलौस आदमी को नहीं—
दाम के अपने गुलाम को ढूँढ़ते हैं,
        न पा कर उसे, छोड़ कर चल देते हैं मुझे;
        और मैं
                हविष्य हो कर भी उन्हीं के लिए जीता हूँ—

उन्हें आदमी बनाने के लिए—
सत्य-संज्ञान की रचनाएँ सुनाने के लिए
उनकी चेतना में मानवीय बोध की गरिमा जगाने के लिए—
उनको विवेकी बनाने के लिए।
ढूँढ़ते लोग नहीं ढूँढ़ पाते मुझे,
मैंने ही उन्हें ढूँढ़ा, और पाया—
और उन्हीं के लिए
अपने को हविष्य बनाया।

21.4.1982

मैं ही गुरु—मैं ही चेला हूँ

बियाबान में नहीं
शहर में रहता हूँ,
जहाँ आदमी को
आदमी खाये जाता है
शान-शौकत का भूगोल बनाने में
पूँजी का पुंजीभूत आतंक जमाने में,
तभी तो अकेला हूँ,
मैं ही गुरु
और मैं ही चेला हूँ।

3.4.1983

सूर्य नहीं डूबता साहब!

सूर्य नहीं डूबता साहब!
घूमती दुनिया
स्वयं सूर्य से मुँह मोड़ लेती है :
उजाला उतारकर

अँधेरा लपेट लेती है :
तभी तो आदमी
यथास्थिति में पड़े-पड़े
अन्धे हुए हैं :
सुबह से पहले
अंधेर नगरी में
खोये हुए हैं
सूर्य नहीं
आदमी डूबता है साहब।

27.4.1984

उड़-उड़ जाता

उड़-उड़ जाता
सुख का सुगना
नहीं पकड़ में आता
चाहे जितना करो प्रयास—
चाहे जितनी भरो उसाँस,

हरे-हरे वृक्षों का नीड़-निवासी
गेही नहीं—
नहीं संन्यासी;
मुक्त गगन के
नील-श्याम का बेधी
सत्यान्वेषी
क्रूर काल-प्रतिषेधी,
चेतन—
भाता
जगत-जाल में फँसने से बच जाता,

उड़ उड़ जाता
सुख का सुगना
नहीं पकड़ में आता।

13.3.1985

सब कुछ देखा

सब कुछ देखा,
फिर-फिर देखा
जो देखा वह देखा देखा
देखे में कुछ नया न देखा,
हेर-फेर का प्रचलन देखा,
दूषण देखा,
शोषण का अपलेपन
देखा!

अपलेपन का पीड़न देखा
झोंपड़ियों को रोते देखा
अठमहलों को हँसते देखा,
कंगाली बदहाली देखी,
दुनियादारी
डसती देखी।
धरती
नीचे
धँसती देखी।

31.1.1991

अन्याय का न्याय-तंत्र

सत्य और असत्य

सत्य कहीं है — कहीं नहीं है
असत्य
सब कहीं है—
घर हो या बाहर
संसद या अदालत।

10.10.1963

न आदमी है

न आदमी है—
न आदमी की छाया
उसको मैंने आदमियों के विरोध में खड़ा पाया
न वह पुलिस की पकड़ में आया
न वह न्याय की जकड़ में आया।

20.10.1963

न्याय बाँटती है

न्याय बाँटती है काठ की कठोर कुरसी
पाने वाला असन्तुष्ट—
न पाने वाला असन्तुष्ट!

30.10.1963

उसका न्याय

उसका न्याय सत्य पर आधारित हुआ करता है
लेकिन असत्य हँसता है:
कि न्याय सत्य को नहीं पकड़ सका।

30.10.1963

११० का अभियुक्त

अभियुक्त ११० का,
बलवान, स्वस्थ,
प्यारी धरती का शक्ति-पुत्र,
चट्टानी छातीवाला,
है खड़ा खम्भ-सा आँधी में
डिप्टी साहब के आगे।

नौकरशाही के गुर्गे,
अफसरशाही के मुर्गे,
भू-कर उगाहने वाले,
दल्लाल दुष्ट पैसे के,
आना-गंडा के जमींदार;
लाला साहब पटवारी जी।
धरती माता के कुलांगार—
कटु दुःशासन के धूर्तराज;
थाने का चौकीदार नीच,

जो वफादार है, द्वारपाल
इस चरमर करते शासन का;
बनिया जो मालिक है धन का,
जो नफाखोर बन चूस रहा
जन जन का सारा रक्त-राग;
पंडित (धार्मिक कोढ़ी गँवार);
मादक चीजों के विक्रेता
जो नाशराज का है कलार;
आये थे सब के सब गवाह।

झूठी गंगा-तुलसी लेकर,
अन्तर से बोले एक-एक:
''यह चोर, नकबजन आदी है;
इसकी ऐसी ही शोहरत है,
यह चोर टिकाता है घर में।''

अभियुक्त क्रोध से पागल हो;
कर चला जिरह उन लोगों से;
जैसे गयंद चीरे कदली का वन-का-वन,
जैसे जनता सामन्तीगढ़ को करे ध्वस्त;
जैसे समुद्र की बड़ी लहर
मारे छापा,
छोटे जहाज को करे त्रस्त!
दे सका न उत्तर जमींदार,
वह व्यर्थ रहा करता टर-टर!
पटवारी जी भी गये बिगड़,
जैसे बिगड़े कोई मोटर।
चौकीदारी खा गयी हार,
जो सदा जीतती आयी थी।
बनिया रह गया छटंकी भर,
मन, सेर, पसेरी सब भूली।

पंडित खर के अवतार हुए!

विक्रेता मादक चीजों का
बक गया नशे में अर्र-बर्र!

कर चुका जिरह तब यों बोला :
"मैं चोर नहीं या सेंधमार।
मैं नहीं डकैतों का साथी!
धिक है, इन कोढ़ी कुत्तों को!
ये झूठ गवाही देते हैं!
ये नहीं चाहते : मैं पनपूँ,
इनको मेटूँ,
जनता का जमघट मैं बाँधूँ,
इनको तोड़ूँ,
नौकरशाही—
अफसरशाही का सिर फोड़ूँ;
दुःशासन को कमजोर करूँ;
इनकी रोटी,
इनकी रोजी,
इनसे हर कर सबको दे दूँ;
इससे ये मेरे बैरी हैं।"

इस पर भी डिप्टी साहब ने,
अफसरशाही के नायक ने—
नौकरशाही की स्याही से,
लिख दिये चटक काले अक्षर :
"यह भूमि-पुत्र है अपराधी।
यह चोर नकबजन है आदी।
यह चोर टिकाता है घर में
इससे समाज को खतरा है।"

26.9.1946

झूठ मरे तो कैसे

सच ने
जीभ नहीं पायी है
वह बोले तो कैसे
असली बात कहे तो कैसे

सच की बात
गवाही कहते
जीभ उलटते और पलटते
सच कहने में असफल रहते
        सच साबित हो कैसे
        दिन में दिन हो कैसे
न्यायी बैठे
        जीभ पकड़ते
जब वादी-प्रतिवादी लड़ते
        सच के पाँव उखड़ते
        झूठे के जब झंडे गड़ते
सच जीते तो कैसे
न्याय मिले तो कैसे
असली का नकली हो जाता
नकली का असली हो जाता
न्याय नहीं हंसा कर पाता
        नीर-क्षीर विलगे तो कैसे
        सच की साख जमे तो कैसे

कागज का पेटा भर जाता
पेटे में पड़ सच मर जाता
झूठे को डिगरी मिल जाती
जीते की बाछें खिल जातीं
झूठ मरे तो कैसे
कष्ट हरे तो कैसे। 20.4.1968

क्या ख़ूब है जमाना!

स्वधर्म हो गया है वेतन का बचाना
ऊपर की आमदनी का पैसा खाना
ज्यादा से ज्यादा नाजायज कमाना
तरह और तरकीब से पकड़ में न आना
क्या ख़ूब है जमाना!
बेलगाम दौड़ता है घूस का घोड़ा
रौंदने से इसने किसी को नहीं छोड़ा
बेकार हो गया है कानून का कोड़ा
रोक नहीं सकता इसे कोई रोड़ा
दम इसने कब तोड़ा? 15.4.1969

सच-झूठ

सच पर
लदे हैं
झूठ के पोथन्ने
न्याय की मुहिम
सच को नहीं उबारती
सन्त्रास से 3.6.1970

सत्य

सत्य
नहीं टिक पाता
यहाँ
इस जमीन में
जहाँ
टिके हैं
झूठ के अलमबरदार
मौत के सिपहसालार।

28.4.1970

झूठ अब झूठ से लड़ता है

झूठ
अब
झूठ से
लड़ता है
जीता
झूठ
हँसता है
हारा
झूठ
रोता है।

3.6.1970

सच

सच
अब नहीं जाता
अदालत में,
खाल खिंचवाने
मूँड़ मुँड़वाने
हाड़ तोड़वाने,
खून चुसवाने।

सच,
अब झाँक नहीं पाता
अदालत में
न्याय नहीं पाता
अदालत में!

जून, 1970

न्याय-अन्याय

न्याय
मिले, न मिले
अन्याय तो
अवश्य मिलेगा
उलटफेर से, चलती अदालत में।

1.9.1971

तुम झूठ बोलते हो

तुम
झूठ बोलते हो
जब
सच बोलने का साहस बटोरते हो
मगर
साहस हार जाता है
और शब्द
जो तुम बोलते हो
जमीन पर गिर पड़ते हैं
कोयले की तरह
बुझे-बुझे
और
लगी रह जाती है
मुँह के चारों ओर तुम्हारे
एक कलौंछ
देखकर जिसे
घृणा होती है तुमसे
और शर्म आती है
तुम्हारे आदमी होने पर।

1.9.1971

अहिंसा

मारा गया
            लूमर लठैत
पुलिस की गोली से
किया था उसने कतल
उसे मिली मौत
किया था कतल पुलिस ने
उसे मिला इनाम

प्रवचन अहिंसा का
हो गया नाकाम। 26.6.1972

ना समझ सच

'सच'
अब ऐसा नासमझ हो गया है
कि 'झूठ' से भी बड़ा 'झूठ' हो गया है

'झूठ' की सड़क
अब सरकार की सड़क हो गयी है;
इस पर चलकर
आदमी की
कड़क खो गयी है। 1.9.1980

वे तीस साल

कुछ नहीं किया है मैंने
अदालत में
सिवाय बकवास के
मेज और कुर्सी को सुनाए हैं मैंने
कत्ल के कथानक
लोमहर्षक वीभत्स भयानक
दिल और दिमाग से उँड़ेले हैं मैंने
गरम ठंडे आँसुओं के सागर
बेदर्द पत्थर फर्श के
न पसीजे
साल-पर-साल जीवन के—
तीस साल चले गये
सचमुच वे तीस साल
मेरे तीस बेटे थे
न्याय की लड़ाई में मारे गये होम गये
अब तक कुछ हुआ नहीं
छै की दहाई अब शून्य की इकाई लिये
बैठी है मेरे पास
मेरे लिए।

10.7.1975

सच का नाच

सच का नाच
बन्दर नहीं नाच पाते
फिर भी मदारी डमरू बजाते हैं
बन्दर नचाते हैं
झूठे नाच से पैसा कमाते हैं।

18.5.1965

'सच' अब नहीं रह गया 'सच'

'सच'
अब नहीं रह गया 'सच'
घरजमाई हो गया 'सच'
अब झुठल्ले का
मोटा/तगड़ा/पहलवान हो गया 'सच'
मुफ्त की मलाई खाए
दम्भ की दारू पिये,
बेईमान हो गया 'सच'
जमीन-जहान को रौंदता
शैतान हो गया
'सच'।

28.5.1986

कवि-पुरखे : कवि-मित्र

वाल्मीकि

तुम साथ थे,
मैं चल रहा था,
मैदान में,
नंगे पाँव,
पिता के साथ
पुत्र की तरह,
मेघ के साथ
मोर की तरह,
शरद के साथ
हंस की तरह,
तुमसे सुनता
तुम्हारे श्लोक
सुन्दर सुडौल,
घोड़ों की तरह
वेग से दौड़ते,
कन्धे ताने,
शीश उठाए,
पुट्ठों से पुष्ट,
चाल में दक्ष, नथुने फुलाए,
फेन छोड़ते
स्वेद से तर,
सूर्य के
घोड़ों से तेज,
उनसे श्रेष्ठ,

केसरिया
अयाली—
सुन्दर, सफेद,
लम्बे कान—
बड़ी आँखों के
प्रकाश फैलाते!

उनमें से एक
मैंने माँगा,
तुमने कृपा की,
मुझे दिया,
मैंने सिर झुकाया,
प्रणाम किया,
मैंने पकड़ा
और सवार हुआ
देखा तुम अन्तर्धान हो गये!

वाल्मीकि!
मेरे पिता!
मेरे मेघ!
मेरे शरद!
मैं
तुम्हारा कृतज्ञ,
घोड़े पर सवार,
अवनी अम्बर,
अनिल, अनल,
नीलम सागर
मन के भीतर
मन के बाहर,
सब जगह
घूम रहा हूँ।

तुम्हारी कृपा,
तुम्हारा आशीष,
तुम्हारा श्लोक
मेरे साथ है।

2.11.1959

कालिदास

कालिदास! तुम गये
रूप, रस,
और गन्ध को पीकर
कर से कर श्रृंगार
सुमुखियों के अंगों का जी भर
मदन महोत्सव मनाकर
शिव और पार्वती के
भोग-सम्भोग को गाकर
देशकाल में रघुकुल का नया सूर्य उगाकर
अचानक काल चक्र से घसिटते
धरती की धूल से लिपटते,
कठिनता से भूमि को तजते,
केलि और काव्य के
रम्य स्थलों को
नेत्रों से सतृष्ण देखते,
नि:श्वास छोड़ते,
विवश और विह्वल,
आँसू टपकाते—
कंठहार से टूटे
मोतियों जैसे
बड़े-बड़े!
लेकिन तुम्हारी कविता
आज भी

षट ऋतुओं के साथ
मदन-महोत्सव में
नाचती है—
कमल के फूल
जूड़े में खोंसे,
पदाघात से
कदम्ब खिलाती,
नख-से-शिख तक
श्रृंगार किये,
हंस को गोद में लिये,
आँख में काजल आँजे।
विह्वल अधीर आज भी
जैसे बिजली।

कालिदास!
तुम्हारी कविता
अलका से उज्जयिनी तक
आज भी
बराबर आती जाती है
अपना परिचय
फूलों की सुगन्ध से
आज भी
बराबर देती है
और
रूप से मोह लेती है;
शिलाओं की
समाधि तोड़ती
और वैभव से
सगर्व विलास करती है!
कालिदास!
शकुन्तला और कोई नहीं;

वह कविता तुम्हारी है
जो कण्व के आश्रम में पली
और दुष्यन्त की पत्नी हुई;
उसी को दुर्वासा का शाप लगा;
उसी की अँगूठी खोयी;
उसी को दुष्यन्त ने भुलाया,
उसी की अँगूठी मिली,
उसी को दुष्यन्त ने पाया,
उसी का बेटा भरत हुआ,
जिसके नाम पर
भारतवर्ष हुआ।

कालिदास!
धन्य है तुम्हारी कविता!
धन्य है तुम्हारी शकुन्तला!
धन्य है हमारा देश
जिसमें तुम
और तुम्हारी कविता
अमर है!

1.11.1959

कबीर

कबीर ने
बखिया उधेड़ी है
राम और रहीम के
अन्धे बन्दों की
मारी,
जब मारी है उन्होंने
म्यान से खिंची तलवार
धड़ल्ले से

न डरे हैं डर से वह
न हो-हल्ले से
करते-करते कर गये हैं
वह काम
जो करते-करते कर न सके
एक भी महात्मा
या महामान्य

शिलाएँ तोड़ती
बहती है
कबीर की बानी
हृदय से उमड़कर
प्रवहमान है
उसका दमदार पानी।

2.11.1979, बांदा

सन्त कवीश्वर तिरुवल्लुवर के प्रति

हे कवि पुंगव!
आज तुम्हारे स्मारक का उद्घाटन होगा,
वायुयान से उड़कर आये
'भारत-भाग्य विधाता' द्वारा
वह नत-मस्तक होंगे उन्नत गिरि के आगे—
'वाणी बोधमयं नित्यम' के आगे
'सिद्ध यशस्वी काव्य-व्रती' के आगे।
काल-जयी
शब्दार्थ निरूपित — पूर्णकाय—
आसनस्थ-महीधर—
महारथी के पाद-पद्म पर,
पूरे भारत की श्रद्धा का

माल्यार्पण वह आज करेंगे,
प्रान्त-प्रान्त की जन-जन वाणी से अभिनन्दन समुद करेंगे।

आज बड़े गौरव का दिन है 'तमिलनाडु' का,
'तमिलनाडु' के माध्यम से
पूरे भारत का,
भारत के माध्यम से पूरे जन-जीवन का
जिसको तुमने
बड़े चाव से — बड़े प्यार से—
वर विवेक से साधा
मनोयोग से तिरुक्कुरल[१] की पंक्ति में बाँधा

यह माल्यार्पण—यह अभिनन्दन याद रहेगा,
समय-पटल पर लिखा रहेगा,
क्योंकि देश की राजनीति के राज-पुरुष ने
काव्य-पुरुष के प्रति कृतज्ञ हो—
साहित्यिक सांस्कृतिक चेतना की वरीयता स्वीकारी है,
'तिरुक्कुरल' की भाव-भूमि पर
मानव को खोजा-पाया है,
राजनीति के कन्धों पर कवि को आसीन किया है।

मुझे ज्ञात है : कवि श्री तुमको
सत्तर लाखी 'कोट्टम'[२] की दरकार नहीं है
क्योंकि तुम्हारे छन्द-छन्द के एक-एक 'कोट्टम' की कीमत
ऐसे नये बने 'कोट्टम' की लागत से भी
लाखों लाख गुना ज्यादा है।
'यह कोट्टम' तो नश्वरता की पार्थिव कृति है
और तुम्हारी कृति के 'कोट्टम'
अमर अपार्थिव दिग्विजयी हैं।

मैंने पार्थिव 'कोट्टम' देखा

इसे देखकर मैंने तुमको सचमुच देखा,
तुम्हें देखकर
अमर तुम्हारी कविता के 'कोट्टम' भी देखे।

मैंने पाया :
राशि राशि मणियों से भूषित काव्य-मूर्तियाँ
'कुरल-कुरल'[3] में मुस्काती हैं
हृदय-हृदय के संवेदन स्वर
—मानव-जीवन के प्रति अर्पित—
वर विवेक की सन्तोषी साँसें भरते हैं,
धर्म अर्थ के, और काम के वरदानी चित्रण करते हैं।
युग बीता
पर एक बूँद से भी तो अब तक हुआ न रीता
महावेग से पूर्ण प्रवाहित 'तिरुक्कुरल' का सागर।
नये बने 'कोट्टम' के भीतर
अब यह सागर पहुँच गया है।

मैंने देखे :
जग-जीवन में अब लहराते दो-दो सागर,
'तमिलनाडु' को सिंचित करते दो-दो सागर,
खारे सागर को शरमाते दो-दो सागर,
मैं उत्तर भारत का वासी
दक्षिण भारत में आया तो धन्य हो गया,
'तिरुक्कुरल' के रस-सागर की लहर हो गया।
सन्त कवीश्वर!
मैं तुमको अर्पित करता हूँ
हिन्दी की यह अपनी कविता।

1. दोहे की तरह का छंद, 2. मन्दिर, 3. दोहे जैसे छंद

अप्रैल 1976

तुलसीदास

तुलसी मुझको प्यारा है
इसलिए कि उसने जनता को
रामायण दिया, उबारा है
इसलिए कि उसने अवधी को
जन-जीवन दिया, सँवारा है
इसलिए कि उसने रावन को
शब्दों के शर से मारा है
इसलिए कि उसने सीता को
पावन कर दिया निखारा है।

17.9.1954

सूरदास की जयन्ती के अवसर पर

-१-

सूरदास के जन्म दिवस का समारोह है
गाँव-गाँव में नगर-नगर में नवोल्लास है
हिन्दी के जन कंठ 'सूर' के बोल बोलते
अनुपमेय यह हिन्दी कविता का विकास है
शब्दों का लालित्य भाव व्यंजन अजेय है
कवि की वाणी में अब भी रस है मिठास है
महाकाल भी हार गया है सूरदास से
जनता के जीवन में कवि का अमरवास है।

-२-

हम अपने कर्मों के कारण आप तुच्छ हैं
सूरदास की कविता के कारण महान हैं
एक गीत भी गा लेते हैं यदि विभोर हो
तत्क्षण हम कर लेते रस का मधुरपान हैं
हर हँसते बालक में हमको कृष्ण दीखते
और हमारे गाँव हमें गोकुल समान हैं
हम राधा का रूप नारियों में निहारते
कोयल की तानों में सुनते वेणुतान हैं।

–३–

हम इतने निरुपाय नहीं जितने कृतघ्न हैं
सूरदास की ओर आज भी उदासीन हैं
नित्य छापते हैं अनेक निष्प्राण पुस्तकें
किन्तु छापते नहीं लक्षपद समीचीन हैं
जीर्ण पत्र पर छपा सूरसागर कलंक है
सूरदास की प्रिय प्रतिभा का तिरस्कार है
स्वर्णाक्षर में छपा सूरसागर मयंक है
सूरदास की प्रिय प्रतिभा को पुरस्कार है।

महाकवि रवीन्द्रनाथ के प्रति

कवि! वह कविता जिसे छोड़कर
चले गये तुम, अब वह सरिता
काट रही है प्रान्त-प्रान्त की
दुर्दम कुंठा-जड़ मति-कारा
मुक्त देश के नवोन्मेष के
जनमानस की होकर धारा।

काल जहाँ तक प्रवहमान है
और जहाँ तक दिक्-प्रमान है
गये जहाँ तक वाल्मीकि हैं
गये जहाँ तक कालिदास हैं
वहाँ-दूर तक प्रवहमान है
आँसू-आह-गीत की धारा
तुमने जिसको आयुदान दी
तुमने जिसका रूप सँवारा।
आज तुम्हारा जन्म-दिवस है
कवि, यह भारत चिरकृतज्ञ है।

8.5.1961

हमको मिले पद्माकर

सैर को गये थे हम
जहाँ कोई नहीं जाता
हमको मिले पद्माकर
हमने कहा चलो
बांदा बुलाता है
इन्कार किया उन्होंने
और
मन मारकर कहा
क्या करेंगे चलकर वहाँ?
किस पर लिखेंगे कविता?
जवान नदियाँ सूख गयी हैं
बिजलियाँ म्यान में सो गयी हैं
और बरसात इतनी होती है कि हम डूब जाएँगे।
न कोई मछली है
न रंगीन रातें हैं
न हिरनियाँ हैं
और न हम हाथ उठा सकते हैं
कि दीपक की लौ को छुएँ (या नदी को गुदगुदाएँ)
टूटे घड़े हैं
टूटे शीशे हैं
और खाली दरीचियाँ हैं
शायद कोई मेंहदी भी नहीं लगाता
न कजली गाता है
सुना है कि हमारी कविताएँ सुनकर

वही कान बन्दकर लेती हैं जिन पर
हमने कविताएँ लिखीं
सवैय्यै लोहे के हो गये हैं
कवित्त वित्तहीन हो गया है
क्या करेंगे बांदा चलकर?
तुम्हीं मौज मारो, हम यहीं अच्छे हैं
मैंने कहा
"मैं तो आपसे भी गया बीता हूँ"।

1967

प्रेमचंद

आज हर्ष की बीन बजाओ
प्रेमचंद का दिवस मनाओ;
अश्रु नहीं, शत पुष्प चढ़ाओ,
अमर यशस्वी कथाकार की
कृतियों पर सर्वस्व लुटाओ,
प्रेमचंद के आगे अपने शीष झुकाओ!

9.10.1954

गाँधी के चित्र को देखकर

दुख से दूर पहुँचकर गाँधी!
सुख से मौन खड़े हो
मरते-खपते इन्सानों के
इस भारत में तुम्हीं बड़े हो

जीकर जीवन को अब जीना
नहीं सुलभ है हमको
मरकर जीवन को फिर जीना
सहज सुलभ है तुमको।

30.1.1968

गाँधीजी के जन्म-दिवस पर

आज तुम्हारा जन्म हुआ था इसी देश में,
राष्ट्रपिता होने के पहले कठिन क्लेश में
तब यह भारत सिंह-दन्त-नख से शासित था
परदेसी पामर प्रमाद से परितापित था
तुमने देखा नय के ऊपर अनय विराजा
दहन-दमन का बजा रहा था दुर्मद बाजा
जन-प्रतिजन आकुल रोता था दलित दीन था
रूप-राग-जीवन मृणाल हो गया क्षीण था
सह न सके तुम असहनीय दुख-दव का दंशन
दिन प्रतिदिन का क्षण-प्रतिक्षण का कर्षण-घर्षण
तभी सत्य के परम अहिंसक तुम अवतारी
असहयोग ले बढ़े, प्रवंचक सत्ता हारी
शान्ति हुई सम्पन्न, क्रान्तियाँ जहाँ न जीतीं
हुआ नया भिनसार-अमा की घड़ियाँ बीतीं
देश हुआ इस जन्म दिवस पर अब फिर प्रमुदित
नहीं हरा सकता है कोई—हम हैं अविजित

26.9.1961 रात 9 से 12

वह कवि था

वह कवि था, कवियों में रवि था,
मन से पंकज, तन से पवि था,
वह अपने युग का युगपति था,
गति के पार गयी वह गति था,
वह मानव का मानी स्वर था,
कालजयी वह धार प्रखर था,
वह जन के जीवन का दल था,
वह आलोकित नेह नवल था,
वह न रहा युग मौन हो गया
वह न रहा छवि गान-सो गया
अब किरणों की माल म्लान हैं
खण्डित फूलों की कमान है।
यह भी क्या कटु विधान है
पा न सका कवि मान पान है।
दुर्मुख अन्धों का शासन है
कनबहरों का सिंहासन है।

19.10.1961

वरदवीणा हुई दीना

करण का रण रणव का रण
मरण का रण लड़े क्षण-क्षण
हटे हठ से नहीं ठिठके
कहीं ठहरे नहीं बिक के
गले मिलते रहे गल के
शरण सम्बल रहे बल के
रची रचना रुचिर वचना
नलिन नयना विशद वसना
गये तुम कर गये सूना
भुवन भव है विरस ऊना
'समासीना' वह प्रवीणा
वरदवीणा हुई दीना
बचे घन के बँधे परिकर।।
तरल तम के रुँधे पुष्कर
वयन विदलित भारती है
नयन विगलित भारती है।।
फिर उदय हो सदय दिनकर
किरणा चुम्बन करे जी भर
जलज जागें, विमुख मुख पर
बहे 'परिमल' गहें सुख स्वर।

10.11.1961

देखा, पास पहुँचकर देखा

देखा,
पास पहुँचकर देखा,
'हेमहदार' तरु अमलतास को
मुझको आये याद 'निराला'!

काव्य-कृती को
मैंने झुककर
नमन किया,
फिर से उनके साथ जिया।

पत्र-पुष्प के
उनके अक्षर
गीत सुने,
गुन-गौरव के
गुरुतर अर्थ गुने।

अतिशय हर्ष-हिलोर हुआ,
भास्वर भाव—
विभोर हुआ!

23.3.1991

निराला और हम

स्वर समय के विभव भर के,
दहे दव में, दिये तुमने;
नदी-नद-से अमृत-मधु के
भरे भव में, पिये हमने;
अमर तुम हो—अगर कविता—
अमर हम हैं—लिये सपने;
मरण में भी हृदय झंकृत
शीश उन्नत किये अपने।

कवि मुक्तिबोध की मृत्यु के बाद

जत तक जिया
अपने लिये नहीं
कृतित्व के लिये जिया
फिर भी हमने
न उसे
न उसके कृतित्व को
आगे किया।

जो कुछ उसने दिया
जी में जीवन घोलकर दिया
न कुछ लिया
न अपने लिए किया

विष हो या रस
उसने पिया
जो दूसरों ने न पिया

ऐसे मर गया वह
न मरने की उम्र में
जैसे कोई नहीं मरा

बाद वफात
हमने उसे कन्धा दिया।
जमीन से उठाकर
उसे ऊपर किया
ऐसे रोये
जैसे बादल रोये
जब भस्म होकर
वह चल दिया

अब हमने
पश्चाताप किया
उसकी किताब छापी
गद्य और पद्य में उसे खोजा
हमने उसे पाया—
स्थान दिया
पत्रिकाओं ने उसे
क्रूस पर टाँग दिया
बड़ा नाम किया
अपना और उसका!

हमने
अब कहा उसको :
युग-बोध का मसीहा :

यथार्थ-दृष्टा :
काव्य में नये का सृष्टा :
अद्वितीय कलाकार :
अपूर्व रचनाकार :
अलमबरदार :
क्योंकि वह नहीं है :
मरे की प्रशस्ति
उसकी और हमारी प्रशस्ति है
वाह रे हम
और हमारा गम
फरेब पर फिदा है मातम

14.9.1965

ठाकुरप्रसाद सिंह के आने पर

आज आये
ठाकुरप्रसाद सिंह
अंतरंग खुशी
बाग-बाग हो गया दिल
ज्ञात हुआ
आ गया बसन्त
मेरे ही मकान में
बिना बुलाए
अब महकते ही रहेंगे भेंट के फूल,
गड़ें चाहे शूल—
उड़े चाहे धूल।

27.2.1977

शमशेर मेरा दोस्त

(एक)
शमशेर–मेरा दोस्त!
चलता चला जा रहा है अकेला
कन्धे पर लिए नदी
मूँड़ पर धरे नाव!

(दो)
वहाँ उस आईने में खड़ा है मेरा दोस्त—शमशेर!
उम्र–कैद का अकेला अपराधी
बाहर न निकलने के लिए दृढ़प्रतिज्ञ!

15.10.1963

मित्र शमशेर

चला भी न चला वह
समय के साथ,
जहाँ सब चलते हैं
जमीन में जीने के लिए,
गन्ध
और गमक से गमगमाते
शब्द और अर्थ से
खिलखिलाते।

न हुई सुबह उसकी सुबह;

न हुआ दिन उसका दिन,
न हुई शाम उसकी शाम,
न हुई रात उसकी रात।
न चुका भी चुका है वह
दूसरो के लिए,
अपने लिए नहीं।[1]

1. मित्र शमशेर का काव्य संकलन 'चुका भी नहीं हूँ मैं' पढ़कर दिन. 30.8.76 को लिखी अपनी कविता को पुन: 30.8.91 को सुधारकर लिखा

नागार्जुन के बांदा आने पर

यह बांदा है!
सूदखोर आढ़त वालों की इस नगरी में,
जहाँ मार, काबर, कछार, पड़ुआ की फसलें,
कृषकों के पौरुष से उपजा कन--कन सोना,
लढ़ियों में लद-लद कर आकर,
बीच हाट में बिक कर कोठों-गोदामों में,
गहरी खोहों में खो जाता है जा-जा कर,
और यहाँ पर
रामपदारथ, रामनिहोरे,
बेनी पंडित, बासुदेव, बल्देव, विधाता,
चन्दन, चतुरी और चतुर्भुज,
गाँवों से आ-आ कर गहने गिरवी रखते,
बढ़े ब्याज के मुँह में बर-बस बेबस घुसते,
फिर भी घर का खर्च नहीं पूरा कर सकते,
मोटा खाते, फटा पहनते,
लस्टम-पस्टम जैसे-तैसे मरते-खपते,
न्याय जहाँ पर अन्यायों पर विजय न पाता,
सत्य सरल हो कर कोरा असत्य रह जाता,
न्यायालय की ड्योढ़ी पर दब कर मर जाता,

यहाँ हमारे भावी राष्ट्र-विधाता,
युग के बच्चे,
विद्यालय में वाणी विद्या-बुद्धि न पाते,
विज्ञानी बनने से वंचित रह जाते,
केवल मिट्टी में मिल जाते।

यह बांदा है,
और यहाँ पर मैं रहता हूँ,
जीवन-यापन कठिनाई से ही करता हूँ,
कभी काव्य की कई पंक्तियाँ,
कभी आठ-दस-बीस पंक्तियाँ,
और कभी कविताएँ लिख कर,
प्यासे मन की प्यास बुझा लेता हूँ रस से,
शायद ही आता है कोई मित्र यहाँ पर,
शायद ही आती है मेरे पास चिट्ठियाँ।
मेरे कवि-मित्रों ने मुझ पर कृपा न की है,
इसीलिए रहता उदास हूँ खोया-खोया,
अपने दुख-दर्दों में डूबा,
जन-साधारण की हालत से ऊबा-ऊबा,
बाण-बिंधे पक्षी-सा घायल,
जल से निकली हुई मीन-सा, विकल तड़पता,
इसीलिए आतुर रहता हूँ,
कभी-कभी तो कोई आये,
छठे-छमाहे चार-पाँच दिन तो रह जाए,
मेरे साथ बिताए,
काव्य, कला, साहित्य-क्षेत्र की छटा दिखाए,
और मुझे रस से भर जाए, मधुर बनाए
फिर जाए, जीता मुझको कर जाए।
आखिर मैं भी तो मनुष्य हूँ,
और मुझे भी कवि-मित्रों का साथ चाहिए,
लालायित रहता हूँ मैं सबसे मिलने को,

श्याम सलिल के श्वेत कमल-सा खिल उठने को।
सच मानो जब यहाँ निराला जी आये थे,
कई साल हो गये, यहाँ कम रह पाये थे,
उन्हें देख कर मुग्ध हुआ था, धन्य हुआ था,
कविताओं का पाठ उन्हीं के मुख से सुन कर,
गन्धर्वों को भूल गया था,
तानसेन को भूल गया था,
सूरदास, तुलसी, कबीर को भूल गया था,
ऐसी वाणी थी हिन्दी के महाकृता की।

तब यह बांदा काव्य-कला की पुरी बना था,
और साल पर साल यहाँ मधुमास रहा था,
बम्बेश्वर के पत्थर भी बन गये हृदय थे,
चूनरिया बन गयी हवा थी, गौने वाली,
यह धरती हो गयी वधू थी फूलों वाली,
और गगन का राजा सूरज दूल्हा बन कर
चूम रहा था प्रिय दुलहन को।

फिर दिन बीते, मधु-घट रीते,
फिर पहले-सा यह नीरस हो गया नगर था,
फिर पहले-सा मैं चिन्तित था,
फिर मेरा मन भी कुंठित था,
फिर लालायित था मिलने को कवि-मित्रों से
फिर मैं उनकी बाट जोहता रहा निरन्तर,
जैसे खेतिहर बाट जोहता है सूरज की,
किन्तु न कोई आया,
आने के वादे मित्रों के टूटे,
कई वर्ष फिर बीते,
रंग हुए सब फीके,
और न कोई रही हृदय में आशा।

तभी बन्धुवर शर्मा आये,
महादेव साहा भी आये,
और निराला-पर्व मनाया हम लोगों ने,
मुंशीजी के पुस्तक-घर में,
एक बार फिर मिला सुअवसर मधु पीने का,
कविता का झरना बन कर झर-झर जीने का,
लगातार घंटों, पहरों तक,
एक साथ साँसें लेने का,
एक साथ दिल की धड़कन से ध्वनि करने का,
ऐसा लगा कि जैसे हम सब,
एक प्राण हैं, एक देह हैं, एक गीत हैं, एक गूँज हैं
इस विराट फैली धरती के,
और हमीं तो वाल्मीकि हैं, कालिदास हैं,
तुलसी हैं, हिन्दी कविता के हरिश्चन्द्र हैं,
और निराला हमीं लोग हैं,

बन्धु! आज भी वह दिन मुझको नहीं भूलता;
उसकी स्मृति अब भी बेले-सी महक रही है,
उस दिन का आनन्द आज भी
कालिदास का छन्द बना मन मोह रहा है,
मुक्त मोर बन श्याम बदरिया भरे हृदय में,
दुपहरिया में, शाम-सबेरे नाच रहा है,
रैन-अँधेरे में चन्दनियाँ बाँह पसारे
हमको, सबको भेंट रहा है।
सम्भवतः उस दिन मेरा नव जन्म हुआ था,
सम्भवतः उस दिन मुझको कविता ने चूमा,
सम्भवतः उस दिन मैंने हिमगिरि को देखा,
गंगा के कूलों की मिट्टी मैंने पायीं,
उस मिट्टी से उगती फसलें मैंने पायीं
और उसी के कारण अब बांदा में जीवित रहता हूँ,
और उसी के कारण अब तक कविता की रचना करता हूँ,

और तुम्हारे लिए पसारे बाँह खड़ा हूँ,
आओ साथी गले लगा हूँ,
तुम्हें, तुम्हारी मिथिला की प्यारी धरती को,
तुममें व्यापे विद्यापति को,
और वहाँ की जनवाणी के छन्द चूम लूँ,
और वहाँ के गढ़-पोखर का पानी छू कर नैन जुड़ा लूँ,
और वहाँ के दुखमोचन, मोहन माँझी को मित्र बना लूँ,
और वहाँ के हर चावल को हाथों में ले हृदय लगा लूँ,
और वहाँ की आबहवा से वह सुख पा लूँ
जो गीतों में गाया जा कर कभी न चुकता,
जो नृत्यों में नाचा जा कर कभी न चुकता,
जो आँखों में आँजा जा कर कभी न चुकता,
जो ज्वाला में डाला जा कर कभी न जलता,
जो रोटी में खाया जा कर कभी न कमता,
जो गोली से मारा जा कर कभी न मरता,
जो दिन दूना रात चौगुना व्यापक बनता,
और वहाँ नदियों में बहता,
नावों को ले आगे बढ़ता,
और वहाँ फूलों में खिलता,
बागों को सौरभ से भरता।

अहोभाग्य है जो तुम आये मुझसे मिलने,
इस बांदा में चार रोज के लिए ठहरने,
अहोभाग्य है मेरा, मेरे घर वालों का,
जिनको तुम स्वागत से हँसते देख रहे हो।
अहोभाग्य है इस जीवन के इन कूलों का,
जिनको तुम अपनी कविता से सींच रहे हो।
अहोभाग्य है हम दोनों का,
जिनको आजीवन जीना है काव्य-क्षेत्र में।
अहोभाग्य है हम दोनों की इन आँखों का,
जिनमें अनबुझ ज्योति जगी है अपने युग की।

अहोभाग्य है दो जनकवियों के हृदयों का
जिनकी धड़कन गरज रही है घन-गर्जन-सी।
अहोभाग्य है कठिनाई में पड़े हुए प्रत्येक व्यक्ति का,
जिनका साहस-शौर्य न घटता।
अहोभाग्य है स्वयं उगे इन सब पेड़ों का,
जिनके द्रुम-दल झरते फिर-फिर नये निकलते।
अहोभाग्य है हर छोटी चंचल चिड़ियों का,
जिनका नीड़ बिगड़ते-बनते देर न लगती।
अहोभाग्य है बम्बेश्वर की चौड़ी-चकली चट्टानों का,
जिनको तुमने प्यार किया है, सहलाया है।
अहोभाग्य है केन नदी के इस पानी का,
जिसकी धारा बनी तुम्हारे स्वर की धारा।
अहोभाग्य है बांदा की इस कठिन भूमि का,
जिसको तुमने चरण छुला कर जिला दिया है।

1957

आओ बच्चन!

आओ बच्चन!
अन्धकार की परत कटी है;
वन-फूलों के कुन्द-हार में
आओ बच्चन!
शरद-हास के हंस उड़े हैं—
पंख पसारे-छवि-विहार में
आओ बच्चन!
केन नदी बहती है मंथर
अपनी मंथर छन्द-धार में
आओ बच्चन!
परुष प्रान्त के पाषाणों को
तोड़ कम्प से, मधुर प्यार में
गाओ बच्चन!

1. बच्चन के बांदा आने पर उनके 'संगीत कला निकेतन' के उद्घाटन के अवसर पर लिखित

डॉ. रामविलास शर्मा के बांदा आने पर

न देखा था
मैंने
देवदार
तुम
आये
और दिख गया मुझे
दृढ़ स्तम्भ पेड़
मेरी आँखों में खड़ा
अटूट आस्था से
हो गया
बड़ा
दिन
हो गया
इन्द्रियों के अन्दर
सिन्धु पा गया
सूर्य का
पानी के अस्तित्व में
मैं और कविता
जी भर बटोरते रहे
धूप का घन
एक साथ
एक साथ जीने के लिए
खुल कर बन्द हो गयी
चिरौंटे की लाल चोंच

और तुम
आये और गये हो गये।

19.3.1968

'फूल नहीं रंग बोलते हैं' के प्रकाशनोत्सव पर

प्रिय डाक्टर[1]
पाई चिट्ठी
हुआ प्रसन्न,
तुमने तोड़ा मौन
मैंने खाई खीर
स्वाद बन गया
वक्ष तन गया
गया इलाहाबाद
पुस्तक देखी
आँखें चमकीं
बहुत समय पर मेरी कविता बाहर आई
छपने पर वह और हो गयी
सबको भायी
समारोह भी रहा सुहाना
सबने मुझको, मैंने सबको जाना
मन गाता था गाना
मैं पहने था माला
चलता था चौताला
लेख पढ़े लोगों ने डटकर
सबने काव्य सराहा
पंत, महादेवी के भाषण भाव भरे थे
दास[2] हुलास भरे थे
अमरित[3] ने अमरित बरसाया-
अब फिर बांदा-

वही कचहरी
वही वकालत—
वही कटाकट!

13.10.1965

1. डॉ. रामविलास शर्मा, 2. श्री कृष्ण दास, 3. अमृतराय

खबर है कि वह नहीं है

खबर है
        कि वह नहीं है
उसकी बुझी लालटेन
        दर्द के हरे पेड़ पर टँगी है
खबर है
        कि वह नहीं है
आदमी के सफर में
आदमी के साथ
        समय की सतर में

10.8.1968

(श्री गंगाप्रसाद पांडेय के निधन पर)

कमलेश्वर

न टिके रह सके व्यवस्था में कमलेश्वर!
न व्यवस्था टिकाए रह सकी कमलेश्वर को!

अलग हुए एक दूसरे से दोनों
अपनी-अपनी विवशताओं से
अपने-अपने मन्तव्य के मुताबिक।
असम्भव था दोनों का
एक दूसरे से जुड़े रह पाना,
एक ही चाल और चरित्र से
एक साथ चल पाना।

व्यवस्था का तन्त्र
राज-रंजन का तन्त्र होता है
ऐसे तन्त्र में वही आदमी खपा होता है
जो इसी के तामझाम में पला बढ़ा,
और पालतू बना
व्यक्तित्व खो चुका होता है।

न ऐसे तन्त्र के पालतू रहे कमलेश्वर!
न ऐसे तन्त्र की शक्तियों के सम्मुख
नतमस्तक हुए कमलेश्वर!

होने को वही हुआ जो अवश्यम्भावी था;
न कुछ अजब हुआ—

न गजब हुआ;
मुक्त हुए कमलेश्वर
अपनी जिन्दगी जीने के लिए।

8.5.1982

न रहा मेरा दोस्त नरोत्तम नागर[१]

न रहा मेरा दोस्त नरोत्तम नागर
दमदार कलम का तेज शब्दकार,
परवश पेट का चाकर

बुझ गई आग—
चौवन बरस की अप्रतिम आग—
लपट मारते-मारते,
खेलते-खेलते राजधानी में
सम्पादकीय फाग

दर्द को ठेलते-ठेलते खुले सीने से,
तरबतर पसीने से,
अन्त तक काटता रहा-काटता रहा
दिन और रात के श्वेत और श्याम पहाड़
काश
वह जीता
अभी और—
अभी और!
न होता मौत के मुँह का कौर।

9.2.1968

१. चि. विजय नागर का पत्र मिलने पर

राजकमल पर

वह मर गया
मौत को बुलाकर जल्दी

न जीने की मुक्ति पा गया वह
जीने के बन्धन से त्रस्त

उसकी मुक्ति
उसे मिली
बैरोमीटर के टूटने से
जिन्दगी नापता था जो
हरेक साँस की
गर्म हो या सर्द

उसका पहिया
पटरी से उतर गया
और वह
अकेले में लुढ़क गया
एक ऐसे वीरान में
जहाँ न कोई गाड़ी गयी
न रुकी

उसका दर्द उसी का दर्द था
भीड़ से भागकर
अकेले में रहने

और सहने का
वह दर्द उसे खा गया, मुक्ति के नाम पर

जहाँ तक जिया
और जितना जिया
खुद में जिया
और खुद के विचार से जिया
न हवाओं के साथ जुड़ा
न भविष्य की ओर मुड़ा

उसने लिखा
दिमाग की तनी नसों से
हाथ की तनी नसों से नहीं।
उसका काव्य—
उसके दिमाग के उबाल का काव्य और गद्य है
हाथ के काव्य और गद्य से भिन्न
उग्रतारा की ओर उन्मुख,
सर्वहारा से विमुख

वह जमीन जो उसकी थी
सबकी न थी
उस जमीन में कुछ न उगा सका
न वह रही—न वह रहा

उसका शीशा गलत शीशा था
न जिसमें दुनिया थी—
न आदमी का मुँह
सिर्फ वह था
जिसे मुक्ति चाहिए थी
अपनी बलि देकर
उसकी मुक्ति बड़ी महँगी है

न कोई चाहे
न कोई पाए
न कोई
जिन्दगी गँवाए
उस–सी मुक्ति के लिए।

17.4.1968

मृत्युंजय उपाध्याय के प्रति

तुम मेरे पास के
हृदय के
बहुत प्यारे कवि हो
मृत्युंजय।
तुमने
लिखी हैं जो कविताएँ
स्वानुभूति से
सहज लिखी हैं,
सत्य
जो छोटे हैं
जिन्हें कोई नहीं छूता,
तुमने छुआ
कविताओं में
उन्हें पेवस्त किया
अब वे सत्य
आदमी के अमिट सत्य हैं।

16.4.1968

श्री सुदामा पांडे 'धूमिल' की 10/2 की मृत्यु का समाचार पढ़कर

संसद से सड़क तक
गरजा गुरू गंभीर सागर
सूर्य की आग उछालते

तुम्हीं
तुम दिखे
लोकमानस के दर्पण में
फेफड़ों के पंचर जोड़ते
हवा भरते
भीड़ को
आगे ठेलते
उठा ले गया
अब
तुमको महाकाल
अस्पताल के बिस्तर से
तड़पता छोड़कर पीछे
लोक
और आलोक का कुनबा।
मौत की मुट्ठियों से
निकलकर बाहर
जमीन में लोटती गोमती
प्यार का पय लिए

तुम्हें खोजती है
मुख्यमंत्री की संवेदना बटोरती है।
हम और हम जैसे सभी लोग
समय की पीठ पर
लट्ठ मारते हैं
भागती दौड़ती दुनिया में
चकरघिन्नी काटते हैं
काश हम देख पाते तुम्हें,
काल के सिर पर सवार
दिग्विजय करते,
वर्ष-प्रतिवर्ष
जीवन को जवान करते
नये भारत की दृढ़ात्मा
का पुष्ट और प्रवीण काव्य रचेता।

13.2.1974

त्रिलोचन

दूसरे
और-और कवि
आज भी
अब भी
उम्र और अक्ल में
उनसे छोटे-बहुत छोटे-सच में बौने
बड़े हो गये
रातों-रात
छत पर चढ़ गये
त्रिलोचन से
बेमतलब

बिलावजह
बेभाव
बड़बड़ाकर
कथ्य और शिल्प में
जगह-जगह गड़बड़ाकर
और वह
अब भी, आज भी
कलम भाँजता है
भँजी को फिर भाँजता है
जैसे मुगदर।

श्री श्री खंडे के प्रति

(उनके तराशे मूर्ति फलक के आधार पर)

तुमने
उगाया है सूरज
सीमेंट काटकर—
तराश कर!
बड़ा दैदीप्यमान है
दिल से निकला तुम्हारा सूरज
लपट पर लपट मारता दिशाओं में!
देखकर डूबने चला गया है
आसमान का सूरज!
दीवाल में दिन हो गया है!
जड़ अब चेतन हो गया है!
न अन्धकार कर पा रहा है अत्याचार!
न बादल कर पा रहा है मार!
श्रम का हाथ
सूर्य की ओर गया है

दुख के सिर से,
सुख के सिर से ऊपर—
उठकर!
न डर है
न शंका
हाथ से बज उठा है आग का डंका!
अवश्य जलेगी लंका!
पहाड़ का सिर
आँख खोले पड़ा है
रवि का मंडल दृष्टि में गड़ा है!
नय की नारी
सूर्य के स्वागत में
कबूतर उड़ाती है!
जय श्रीखंडे!!

4.11.1968

पाब्लो नेरूदा के प्रति

मैं
खिल उठा
सूरजमुखी का फूल
तुम्हारे अभिवादन में
पाब्लो नेरूदा!
देखता हूँ
तुम्हें सामने खड़ा,
हाथ में लिये,
कविता की किताब
जैसे आग
अंक में लिये हो

खरा सोना।
पुरस्कृत हुए हो तुम
जमीन से
निकली धातुओं के गायक,
फौलाद की घंटियों को
दिल और दिमाग में
रात-दिन
बजाते-बजाते।
प्यार से घेरे
खड़े हैं तुमको
कीर्ति के कुरंग
हाथ चाटते तुम्हारे,
हर्ष की
बड़ी आँखों से
तुमको निहारते।
कल जो
विरोध था
नाक भौं सिकोड़ता—
तुम्हारे कृतित्त्व को
नकारता,
पाँव के पास
अब वही
घुटने टिकाए,
प्रशस्ति में झुका,
स्वीकारता है
तुम्हारे काव्य की महत्ता,
जनहित में लगी
जनवादी प्रतिबद्धता।

मायकोवस्की के प्रति

कविवर!
तेरी कविता बल है,
जीवित लोहू,
जागृत जल है।
कविवर!
तेरी कविता घन है,
फौलादी
हँसियों का वन है।

7.1.1951

ह्विटमन बाबा

ह्विटमन बाबा!
मुझे तुम्हारी कविता प्रिय है;
इतनी प्रिय है, इतनी प्रिय है, इतनी प्रिय है,
जितनी हमको धरती प्रिय है,
और तुम्हारी दाढ़ी प्रिय है।
क्या कविता है—फसलों का दाड़िम सोना है;
बौराई आँखों का मद है; चितवन का जादू टोना है;
बूढ़े बाबा! यह सोना, यह मद, यह जादू
तुमको कैसे, कहाँ मिला यह मुझे बता दो;
इन्हें प्राप्त कर लूँ; मैं भी कर लूँ कविताई।

11.10.1957

निकोला वाप्त्सरोव के प्रति

अंग्रेजी के माध्यम द्वारा,
तुम पुस्तक में छपकर आये।
स्वागत में हम लोग तुम्हारे,
खड़े हुए हैं, बाँह पसारे!!
यद्यपि तुम परलोक सिधारे!
हमने तुमको
तुमने हमको,
पुस्तक के ही
द्वारा देखा!
जी भर देखा
कभी न भूलेंगे हम तुमको
कभी न भूलोगे तुम तुमको
तुमने हमको काव्य सुनाया
इन्सानी छन्दों में गाया।
जीने का अभिलाष जगाया,
तुमने हमको मित्र बनाया।
अब हम दोनों,
दूर देश के दोनों वासी,
एक हुए हैं।
मेरा भारत,
देश तुम्हारा
अब तो दोनों एक हुए हैं!!
यह रचनाएँ हमको प्रिय हैं,
उतनी जितनी तुमको प्रिय हैं!

इनको गाकर हम कहते हैं :
यह सीना है आशावादी!
यह सीना तो है फौलादी!
इस सीने को—
तोड़ न सकती कोई गोली
खूनी प्यासी कोई गोली! 24.10.1955

आयी माँ की याद

आयी माँ की याद
और आँखें भर आयीं
उन्हें गये हो गये बहुत दिन, बरसों बीते!

होती तो वह जर्जर होतीं:
मुँह में दाँत न होते,
हाथ-पाँव सिर हिलते;
बिना सहारा बैठ न सकतीं,
सिकुड़ी सिमटी रहतीं
बुद-बुद करतीं
बोल न सकतीं;
अपनी बूढ़ी देह टोहतीं;
रो-रो पड़तीं;

इनके आँसू मुझे पोंछने पड़ते;
पाँव दबाता—दर्द मिटाता—
मैं समझाता, धैर्य बँधाता;
सिर पर मेरे हाथ फेरतीं;

मुझ बूढ़े को बूढ़ी अम्मा
गले लगातीं—

चूम-चूम कर मुझे प्यार से
बलि-बलि जातीं

आज याद में उन्हें जिलाए
उनकी पद-रज शीश चढ़ाए,
रोते-राते
मैं हँसता हूँ
अपनी आयु भुलाए।

19.5.1986

मीनाकुमारी की मृत्यु पर

रेत में
खो गयी नदी,
सागर पछाड़ खाता है इन्तजार में,
अदृश्य में
उड़ गयी रोशनी
'हुआ-हुआ' करता है अन्धकार का सियार,
अँगुलियाँ सहलाती हैं समय का सितार
संगीत नहीं बजता—
बिना तार और प्यार के,
हवा का रुक गया है जुलूस
प्यार के मजार के पास,
झुक गयी है नकाब ओढ़े दर्द की डाल

न आग है, न आग का नाच
सपाट है बर्फ की सड़क
बिना पदचाप के,
अनन्त को चली गयी, मौन हुई।

अप्रैल, 1972

कविता में कविता की बात

हम

हम लेखक हैं,
कथाकार हैं,
हम जीवन के भाष्यकार हैं,
हम कवि हैं जनवादी।
चन्द, सूर,
तुलसी, कबीर के,
सन्तों के, हरिचन्द वीर के
हम वंशज बड़भागी।
प्रिय भारत की
परम्परा के,
जीवन की संस्कृति-सत्ता के,
हम कर्मठ युगवादी।
हम श्रष्टा हैं,
श्रम-शासन के,
मुद मंगल के उत्पादन के,
हम दृष्टा हितवादी।
भूत, भविष्यत्,
वर्तमान के,
समता के शाश्वत विधान के
हम हैं मानववादी।
हम कवि हैं जनवादी।

31.12.1947

चाकर कवि

कवि पैसों का
चाकर होकर
पैसों पर दम तोड़ेगा
पैसों के
दाँतों के नीचे
अपनी हड्डी फोड़ेगा

आग
न उगलेगा
कविता से
वह मरघट में रोएगा
जिन्दा
जीवन के खेतों में
मुरदा आँसू बोएगा
मुरदा फूलों की पंखुड़ियाँ
बासी खुशबू
बेचेगा
रात
अँधेरी ओढ़े–ओढ़े झूठे सपने देखेगा
नंगे
भूखे प्यासे जग में
ऊबे
मन में
डूबेगा

मुरदाघर की
किन्नरियों के ओठों से रस चूसेगा
बन्द पिटारे के अन्दर ही
सारी दुनिया
घूमेगा
बन्धन
बेड़ी
हथकड़ियों को
बेतड़काए चूमेगा
कायर
कोढ़ी
और निकम्मा
शब्दों को शरमाएगा
पतझर के
आँगन में बैठा
भिक्षुक बनकर गाएगा

आज नहीं तो
कल निश्चय ही
चाकर कवि
मर जाएगा
मुक्त मही का
मुक्त महाकवि
सूरज को शरमाएगा।

1951

मालवा में गीत मेरे गूँज जायें

मालवा में गीत मेरे गूँज जाएँ
मैं यहाँ पर गीत गाऊँ,
वह वहाँ पर घनघनाएँ,
मालवा में आग का डंका बजाएँ।

मालवा में गीत मेरे गूँज जाएँ,
मैं यहाँ से नाग छोड़ूँ,
वह वहाँ पर फनफनाएँ,
मालवा में क्रांति का भूचाल लाएँ।

मालवा में गीत मेरे गूँज जाएँ,
मैं यहाँ से तीर मारूँ
वह वहाँ पर सनसनाएँ
मालवा में रक्त की ज्वाला जलाएँ।

मालवा में गीत मेरे गूँज जाएँ,
मैं यहाँ पर बीज बोऊँ,
वह वहाँ पर जन्म पाएँ,
मालवा की गोद में फल-फूल लाएँ।

29.9.1950

मेरी कविताएँ

स्वादी संसारियों को
मेरी कविताएँ, दोस्त!
वैसी ही रुचेंगी जैसे
रोटी हथपोई मुझे
परवर के सूखे साग
कड़ुवे मिरचे के साथ
खूब रुचीं
तुमने जो बनाई थीं!

14.2.1940

मेरी कविता

कठिन काल है
कुटिल डगरिया;
बरस रही है विषम बदरिया;
छवि की चाल चले तो कैसे—
जब बज पाती नहीं
पयलिया।

मेरी कविता
दुख की दुहिता,
मौन मना है भाव-खंडिता,
जन के कंठ लगे तो कैसे-
जब मूर्छित है वह
रस-रहिता।

30.8.1956, 11 बजे रात

जब तब

जब कलम ने चोट मारी
तब खुली वह खोट सारी
तब लगे तुम वार करने
झूठ से संहार करने
सोचते हो मात दोगे
जुल्म के आघात दोगे
सत्य का सिर काट लोगे
रक्त जीवन चाट लोगे

भूल जाओ यह न होगा
जो हुआ है वह न होगा
लेखनी से वार होगा
वार से ही प्यार होगा

कल नगर गर्जन करेगा
क्रोध विष वर्षन करेगा
सत्य से परदा फटेगा
झूठ का तब सिर कटेगा

27.11.1957

लेखकों से

हाथ में तलवार लेकर डर रहे हो,
लेखनी-बिजली लिये तुम मर रहे हो!
आग हो, ज्वालामुखी हो, सो रहे हो,
ओस के हिम आँसुओं को बो रहे हो!
सूर्य हो, लेकिन छिपे हो बादलों में;
क्रान्ति हो, लेकिन पले हो पायलों में!
सिन्धु हो, लेकिन नहीं तूफान लाते;
चाँद की मुसकान में हो प्रान पाते!
तीर हो, तुम तोड़ सकते हो शिलाएँ,
मूक मन गाओ नहीं अपनी व्यथाएँ!
मेघ-गर्जन है तुम्हारी भावना में,
किन्तु मूर्छित हो अँधेरी कामना में!
गान हो, लेकिन नहीं तुम गूँजते हो,
रात के काले हृदय में डूबते हो!
नाग हो, लेकिन पिटारी में पड़े हो
काढ़ कर फन तुम नहीं अरि से लड़े हो!
पंख हो, नभ में नहीं तुम फैलते हो,
आँधियों में तुम नहीं उड़ तैरते हो!
चोट खाते हो, नहीं ललकारते हो,
इन्कलाबी घन नहीं तुम मारते हो!!
मौन बैठे यन्त्रणा सब सह रहे हो,
मौत की मुरदा कहानी कह रहे हो!
ऐ दधीचो! शक्ति का डंका बजाओ,
शान्ति का उल्लासमय सूरज उगाओ!
लाल सोने का सबेरा चमचमाओ!
लेखनी के लोक में आलोक लाओ!

1957

शक्ति मेरी बाहु में है

शक्ति मेरी बाहु में है
शक्ति मेरी लेखनी में
बाहु से, निज लेखनी से
तोड़ दूँगा मैं शिलाएँ!

जागरण है प्राण मेरा,
क्रान्ति मेरी जीवनी है,
जागरण से क्रान्ति से मैं
घनघना दूँगा दिशाएँ!

भाव है तूफान भारी,
शब्द मेरे आँधियाँ हैं,
आँधियों तूफान द्वारा
मैं उड़ा दूँगा घटाएँ!

रो रही है आज मिट्टी,
फूल की प्रिय पाँत रोती,
चन्द्रमा है ओस रोता,
मैं हँसा दूँगा दिशाएँ!

1957

गाया हुआ गीत

गाया हुआ गीत
शरीर में आये हुए यौवन की तरह
मदान्ध हो गया
और नदी में नहा रहे हाथी की तरह
सूँड़ से जल की फुहार फेंकने लगा।

गाया हुआ गीत
घोंसलों से निकल आये कपोतों की तरह
हवा में उड़ने लगा
और विराट गहन कानन को छाप कर
मोहिनी माया से गुटर गूँ करने लगा।

गाया हुआ गीत
गुलमोहर के प्रलम्ब पेड़ों की तरह
छतनार हो गया,
और फूल-फूलकर, फगुआरों की तरह,
उदार अवनी से फूलों की होली खेलने लगा।

गाया हुआ गीत
विरही राम की तरह सीता के लिए

अधीर हो गया
और विशाल कमल-नयनों से बड़े-बड़े
आँसू की तरह,

आवागमन के मार्ग पर, टपाटप टपकने लगा।

गाया हुआ गीत
सूक्ष्म-से-सूक्ष्म और तरल-से तरलतर
आकाश हो गया
और आकाश में फैलकर फूलने वाली
चेतना का प्रकाश हो गया।

10.10.1959

शब्दों की कतार के पीछे

शब्दों की कतार के पीछे,
ओट में खड़ा
मैं बोलता हूँ तुमसे!

सारसों की पाँत के पीछे,
ओट में खड़ा
मैं बोलता हूँ तुमसे।

15.11.1959

अकथ्य को हमने कहा नहीं

अकथ्य को हमने कहा नहीं,
असत्य को हमने सहा नहीं।
कथ्य को हमने सँवारा
            तब कहा,
सत्य को हमने दुलारा
            तब सहा।

22.11.1959

कविता वह मेरी हुई

न चाहने के मन से उसे चाहा
और याद किया मैंने
और वह आ गयी;
कविता वह मेरी हुई
और मुझे भा गयी

मैंने उसे प्यार किया—प्यार दिया
उसने मुझे प्यार किया—प्यार दिया
दोनों ने साथ-साथ प्यार जिया
दोनों ने दुनिया को प्यार किया—
प्यार दिया—
प्यार से सँवार दिया
और इसी दुनिया में
जीवन को चेतन निखार दिया।

16.12.1964

मिट-मिट कर मैं सीख रहा हूँ

दूर कटा कवि
मैं जनता का,
कच-कच करता
कचर रहा हूँ अपनी माटी;

मिट-मिट कर
मैं सीख रहा हूँ
प्रतिपल जीने की परिपाटी
कानूनी करतब से मारा
जितना जीता उतना हारा
न्याय-नेह सब समय खा गया
भीतर बाहर धुआँ छा गया
धन भी पैदा नहीं कर सका
पेट-खलीसा नहीं भर सका
लूट खसोट जहाँ होती है
मेरी ताव वहाँ खोटी है
मिली कचहरी इज्जत थोपी
पहना चोंगा उतरी टोपी
लिये हृदय में कविता थाती
मैं ताने हूँ अपनी छाती।

1969

जी के काम किये जीने में

जी के काम
        किये जीने में,
सम्प्रति
साँग लिये सीने में;
        रुचि की
                रचना
रची मरम से,
बाँध
        नहीं बाँधे
        कुकरम के।

जून, 1971

मेरी कविताएँ गायेगी जनता सस्वर

नहीं सहारा रहा
            धरम का और करम का;
एक सहारा है
            बस मुझको नेक कलम का,
जरा-मरण से हार न सकते
            मेरे अक्षर
मेरी कविताएँ गायेगी
जनता सस्वर।

25.5.1985

शब्दों का अतिक्रमण करो

शब्दों का अतिक्रमण करो
कहे के बाद जो अनकहा है उसे वरो
यह कुछ और नहीं—
            आयातित कमजोरी है—
            कल्पना कोरी है

इसके चक्कर में जो पड़ा
महान होने के बजाय—
            जमीन में जिन्दा गड़ा।

28.5.1985

दुख ने मुझको जब-जब तोड़ा

दुख ने मुझको
जब-जब तोड़ा
मैंने
अपने टूटेपन को
कविता की ममता से जोड़ा,

जहाँ गिरा मैं,
कविताओं ने मुझे उठाया,
हम दोनों ने
वहाँ प्रात का सूर्य उगाया।

16.6.1985

शब्दों की मालाएँ

न थोड़ा—
न बहुत—
जो हमने जोड़ा
विरासत में छोड़ा

वह हैं कविताएँ
शब्दों की मालाएँ
जो न टूटती हैं—
न सूखती हैं,
गले में पड़ीं
जयमाल की तरह झूलती हैं।

26.6.1985

कविताओं में जो मैंने लिखा

कविताओं में जो मैंने लिखा
उसे मैंने
अपने में आप
और दूसरों के साथ जिया,
फिर उस जिये को
जीवन्त शब्दों से
सम्प्रेषित किया

वह लिखा
मेरा है उतना
दूसरों का जितना
देश-काल से निकला
वह मेरी कविताओं में पिघला,
पेड़ हों या पौधे
पवन हो या पानी
जमीन हो या आसमान
आदमी हों
या उसकी गतिविधियाँ;
सब हैं इस लिखे में
सांस्कृतिक चेतना की अभिव्यक्तियाँ;
प्राकृत सृष्टि के समक्ष
मानवीय चेतना की सृष्टियाँ।

1.7.1985

जाग उठी सोयी कविता

जाग उठी, सोयी कविता
महीनों बाद,
किताब खुलते ही

खिल उठा—
शब्दों का
आत्मगन्धी कमल,
लावण्य के लय की
पंखुरियाँ
पुलकाए

सुख-विहार
करते हैं
इन्द्रियों के देवता,
नेह की नदी में—
नाव चलाते—
यथार्थ से
कतराते।

8.9.1987

बहस जारी है

बहस जारी है
भयंकर महामारी है
काव्य को बचाने की बारी है
डॉक्टरों में
मतभेद भारी है।

1.9.1986

विश्व मोहिनी आँखें

शब्द-शब्द की
अर्थ-अर्थ की,
गाँठें खोलीं—
अब कविता ने विश्व-मोहिनी आँखें खोलीं

देखा
दृग-दर्शन
तो देखा,
दिक्-दर्शन का सपना!
आत्मिक हुई
अनात्मिक फैली
देश-काल की रचना।

5.3.1988

कविता कोकिल साथ न लाए

मुँह बोला,
शब्दों ने
गठबन्धन खोला,

बन्द रहा भीतर का ताला,
बाहर आया नहीं उजाला

काँव-काँव
सगुनाया,
पाहुन पास न आया

छन्द छुटे
चल पद से आये,
कविता-कोकिल
साथ न लाए

मिली
प्रचुर
अनमिली
वेदना,
खुली नहीं
अनुखली चेतना।

5.3.1988

न मिली कोई कविता

न मिली
आज भी
कोई कविता,

लौट भी आये विदेश से
प्रधानमन्त्री
न लाए साथ
मेरे और
देश के लिए
एक भी कविता।

10.6.1988

काव्य के अभाव में

न आयी पास
कोई भी एक कविता!
थक गया मैं—ऊब गया मैं
इन्तजार करते-करते
उसे पाने के लिए जी-जान से तरसते-तरसते

न मिली बाहर उड़ान भरती कोई कविता
न मिली भीतर गुमान करती कोई कविता

न पास आये शब्द
न साथ लाये अर्थ

दिन गया व्यर्थ!
काव्य के अभाव में।

12.6.1988

न जाने क्यों?

तमाम दिन
घोंसले में घुसी रही
मेरी चेतन चिड़िया,
न आयी बाहर—
न उड़ी, न फुदकी,
न पेड़ की ओर गयी,
न पत्तियों से लगी-लिपटी,
न जाने क्यों—
निश्चेष्ट बनी रही कविता?
न हुई मेरी ही मेरी कविता।

18.6.1988

इसमें आदमी नहीं है

फिर भी वह कहता है : मैं आदमी हूँ
आलोचक कह रहे हैं
यह कविता नहीं है—
यह समकालीन नहीं है—

कवि कहता है : यही समकालीन है
एक कहता है : यह कविता है
एक कहता है : यह कविता नहीं है

कविता पढ़ता आदमी
कहता है : इसमें आदमी नहीं है।

29.9.1989

कविता

कविता
जीवन से जन्मी है,
यह जीवन का
सत्य समर्पित बोध है
भ्रम या भ्रान्ति
नहीं है कविता,
शब्द अर्थ की
शुभ संहति का शोध है।

10.7.90

पत्र साहित्य

केदारजी के पत्र डॉ. रामविलास शर्मा के नाम

मित्र संवाद/57

सिविल लाइन्स, बांदा (उत्तर प्रदेश)

23-3-44

प्रिय शर्मा,

मैं दौरे से आज ही वापस आया हूँ। मनीआर्डर की रसीद से पता चलता है कि तुम्हें 11रु/- मिल गये हैं। दस्तखत तो तुम्हारे ही हैं।

'प्रात के शर' के छपाने की बात किताब महल प्रयाग वालों से हो रही थी। वह मुझे रुपया लगा कर, 2/8 Per page 1000 कापी के भाव से, सौदा तय करना चाहते हैं और मुझे 33.33 % royalty 1 प्रतिशत रॉयल्टी देंगे। आज ही मैंने उन्हें सूचित कर दिया है कि यह असम्भव है। मेरे साले और मित्र मिस्टर सीताराम नैनी वाले मेरी पांडुलिपि माँगते हैं। मैं इन्हें भेजने वाला हूँ। वे छपाने का विचार जोर से कर रहे हैं, किन्तु पता नहीं वह बिचक न जाएँ। मौका आया है भेज कर देखूँगा। तुम्हारी क्या राय है?

निराला जी को भी पत्र भेज रहा हूँ कि वह पांडुलिपि ले लें किताब महल वालों से।

तुमसे लायी पुस्तकें पढ़ी हैं, खूब हैं। एक 'पाकिस्तान' पर कविता भी लिखी है। उत्तर आने पर ही भेजूँगा।

''तारसप्तक'' में तुम्हीं सबसे ऊँचे हो। सब रचनाएँ पकी और ए. क्लास हैं। रोज पढ़ता हूँ। मालकिन को नमस्कार — बच्चों को प्यार।

तुम्हारा

केदार

बांदा

11-4-44

दोस्त,

मुझे अफसोस है कि अपने चाचा के कारण से मैं प्रयाग उस समय न पहुँच सका जब तुमसे मिल सकता। अब गया और कल ही वापस आया हूँ। सब हाल नागर ने मुझे बताया।

मुझे खुशी इस बात की है तुमने उस फिराक को खूब मारा बातों से। मैं होता तो मैं भी दुलत्तियाता (,) वह इसी के योग्य है।

अपना संग्रह 'निराला' जी के पास छोड़ आया हूँ। नाम 'प्रात के शर' रखा है।

कैसा है? समर्पित तुम्हें ही किया है—आशा है तुम स्वीकार करोगे। नरेन्द्र की तरह मैंने तीन को एक साथ भवसागर से पार नहीं उतारा।

वीरेश्वर की 'दिल्ली अब भी दूर है' छपाना। खूब मज़े की है। न छपाना तो उसे वापस कर देना ताकि वह कहीं और छप जावे।

तुम्हारा पिछला पत्र इतना सुन्दर है कि मैं बिक गया। अन्तिम वाक्य बार-बार याद करता हूँ। शर्मा तुमने जादू कर दिया है।

नया कुछ नहीं लिखा, वरना भेजता। तुमने मेरी बेहद तारीफ प्रयाग में कर रखी है। यह क्यों, समझ में नहीं आता।

जनाब अशोक[1] से इस्तेदुआ हुआ है कि जरा कलम मनमानी न रगड़ें बल्कि जोरदार करके चलावें।

तुलसीदास पर बहस सुनी(।) खूब अन्त किया तुमने। अब लौं नसानी अब न नसैंहों। यह व्यंग्य गुलाबराय जी के खूब चिपका। तुम्हारी भी समझ में प्रेम नहीं आता, मेरी भी समझ में नहीं आता।

कुशल से हूँ। तुम वीवी (बीवी) बच्चों के साथ हो अथवा अकेले ही डंड पेलते हो।

आगरा के ताजमहल के संगमरमर पर अपना हाथ फेरना चाहता हूँ और मुमताज की शीतलता को गरमाना चाहता हूँ। न जाने कब और कैसे यह हो सकेगा।

तुम्हारा
केदारनाथ

1. डॉ रामविलास शर्मा का छद्‌म नाम।

बांदा
19-8-44

प्रिय शर्मा,

आज झाँसी से सम्मेलन का निमन्त्रण आया है। उसके देखने से पता चला कि तुम अवश्य 31-8-44 को झाँसी में होओगे। यदि अनुचित न समझो और अवकाश हो तो एक दिन के लिए बांदा आ जाओ। मैं किसी तरह भी झाँसी नहीं पहुँच सकता। कारण मेरा केस 28 से 31 तक को लगा है। बड़ी मुसीबत है।

''हंस'' मिला। मेरी एक कविता मलखान सिंह सिसौदिया के नाम दे दी है। यह शायद प्रेस की असावधानी होगी।

पत्र शीघ्र ही देना अभी समय पर्याप्त है। आशा है कि तुम यहाँ आओगे ही।

एक कविता बंगाल पर लिखी है। जब आओगे तभी दिखाऊँगा। उम्दा है।

सुमन को पत्र भेजा था—उत्तर नहीं आया। वह तो झाँसी आवेगा ही। सूचित करना।

तुम्हारा
केदारनाथ अग्रवाल

Banda
8-3-45

प्रिय शर्मा,

तुम्हारा पोस्टकार्ड अभी-अभी 6 बजे शाम को जब मैं कचहरी से आया, मिला। तुम नहीं सोच सकते कि मुझे कितनी अपार खुशी हुई यह पढ़ कर कि निराला जी तुम्हारे पास पहुँच गये। मुझे तो ऐसा मालूम हो रहा है जैसे तुमने एक बड़ा समर जीत लिया है। कृपया उन्हें वहाँ से न जाने देना। उनकी जिन्दगी regulate करवाओ और लिखने को कहो। उन्हें किसी वस्तु का अभाव नहीं होना चाहिए। वह हृदय सम्राट हैं करोड़ों के।

मैं इस शनिवार को तब ही पहुँच सकता हूँ जब कल रात को चल दूँ। कल चलना यों असम्भव है कि जो सेशन मुझे आज करना था वह आज नहीं शुरू हुआ; कल से शुरू होगा वह भी दूसरे पहर से और परसों तक जरूर चलना है। मैं इसे छोड़ कर नहीं आ सकता, पर मेरा वही हाल हो रहा है जो बिंधे पक्षी का। भग कर पहुँचना चाहता हूँ पर पक्षाघात जो एक तरह का हो गया है। साली वकालत भी बेड़ियों की तरह पैर में पड़ी है। रोटियाँ क्या देती है मुझे खरीद लिया है। मुझे अपनी गुलामी पर खीझ होती है। ऐसा लगता है जैसे अपने ही जूते अपने सर पर मारकर खून निकाल लूँ। छोड़ कर जाता हूँ तो मुअक्किल मरता है। नहीं मालूम क्या-क्या मेरे मन में इस समय गुजर रहा है। मैं हूँ तो यहाँ पर तुम्हारे कमरे में मच्छड़ की तरह ही भनभना रहा हूँ जब तक दो-तीन दिन न बीत जाएँगे। सुमन से भी मुलाकात हो जाती पर वाह रे अभाग्य!

देखो भाई, 30, 31 मार्च 1 और 2 अप्रैल को ईस्टर की छुट्टियाँ हैं। कृपया या तो यह लिखो कि तुम यहाँ आ रहे हो चित्रकूट चलने को या मैं ही वहाँ आऊँ। निराला जी भी रहेंगे। कह देना। सुमन को भी लाना है। खूब मिलने का अवसर है। पहले ही से तय करके लिखो ताकि चित्रकूट में खूब बढ़िया इन्तजाम कराऊँ। धर्मशाला (ऊपरी भाग) ठीक करा दूँ। महन्तों से समान वगैरह का प्रबन्ध करा लूं।

भूलना नहीं इसका तय करके जवाब देने में।

तुम्हारे पत्र की दो लाइनें समझ ही में नहीं आतीं। क्या लिखा है, कहाँ जाओगे? न जाने क्या लिख मारा है। बीच में लिखा है Come if possible बाद में और अन्त में लिखा है Do come. दोनों एक-दूसरे का गला घोंट रहे हैं। मेरा बन्धन बुरा है। वरना उछल कर ट्रेन में बैठ कर आगरे पहुँच जाता और तुम्हारा गला घोंटता।

मैं इस समय इतना प्रसन्न हूँ जैसे नयी ज़िन्दगी पायी है। वह भी तुम्हारे कारन। पत्र क्या है जान है। निराला जी से मेरा भी कहना वही...।

इधर वीरेश्वर ने दो कविताएँ लिखी हैं। खूब हैं। एक होली पर दूसरी हिन्दी उर्दू पर। दूसरी प्रारम्भ होती है—

कोयल ने किया कू
कबूतर ने गुटरगूँ
अब तुम ही बताओ कि
यह हिन्दी है या उर्दू।

कुछ ऐसी ही है।

मैंने भी कुछ कलम चलाई है। भेजूँगा। दूसरा पत्र पाओगे तब पढ़ना। उपन्यास भी वकालत ने रोक रखा है। कुछ कम लेखन का कारण श्रीमती जी भी हैं। वह जबर नहीं करतीं सिर्फ पलंग पर आ विराजती हैं। कलम भवानी रुक जाती हैं। मेरी तो अजीब छीछालेदर है। तुम ही अच्छे हो। अच्छा होता यदि बेब्याहा होता और फटेहाल होता। इस गरीबी अमीरी के खच्चड़पने ने मुझे भी खच्चर बना रखा है। न हिन्दू हूँ, न मुसलमान। रामै राखै मोरी लाज।

भाई माफ़ करना गैर हाज़िरी से। ईस्टर का प्रोग्राम लिखो। मैं उसके लिए बेकरार हूँ। नरोत्तम को भी लिख रहा हूँ। उसका हाल सुना ही होगा। 'अभ्युदय' इंडियन प्रेस से मालवीय के पास जा रहा है। वह (नागर) वहाँ न जाएगा। अब उसकी भी रोटी मारी जाएगी। हर तरफ चोट है। पता नहीं वह क्या सोच रहा है। दशा हम सबकी खराब है।

निराला जी को प्रणाम।

सुमन आये तो उसे भी।

तुम्हारा
केदार

पुनश्च--

बांदा से 2000/ प्रयाग गये हैं। झा साहब ले गये हैं इसका चिट्ठा मिलने पर

बताऊँगा। यह अन्याय हुआ है। बांदा की जनता और उसके बच्चों के साथ। यहाँ का डी.ए.वी. स्कूल मोहताज है। एक Govt. High School है। बच्चे कुत्ते से पूँछ हिलाते फिरते हैं। पढ़ाई का प्रबन्ध नहीं है। विश्वविद्यालय में Guest House बना है। राम राम। यह हैं राव साहब।[1]

1. श्री बालकृष्ण राव - उन दिनों बांदा के जिलाधीश थे।

Banda

23-4-45

प्रिय शर्मा,

तुम्हारा 13.4.45 वाला (धोखेवाला) पत्र मिल गया था। धोखेवाला इससे कहता हूँ कि खूब स्थूलकाय तो था लेकिन Matter न था सिवाय पुस्तकों की लम्बी सूची के।

शर्मा, तुम्हारे आने की शर्त मुझे मंजूर है। मैं बीस का मनीआर्डर भेज दूँगा लेकिन अगर तुम यहीं आकर लो तो अधिक अच्छा हो। विश्वास तो कर ही सकते हो। मैं इस पर भी तैयार हूँ कि M.O. से भेज दूँ। जैसा कहो वैसा करूँ।

यह विश्वास रखो कि यदि मेरी पुस्तक वहीं से छपेगी जहाँ गयी है, तो तुम्हारा चित्र जब मिलेगा तब ही छपेगी वरना छपेगी ही नहीं। कोई खबर इधर हाल में प्रकाशक ने नहीं भेजी। कमलाशंकर चित्र के चक्कर में डाले हैं उन्हें। न बना कर देते हैं, न छपने पाती है। अगर तुम कहो तो कड़ी चिट्ठी लिख कर पांडुलिपि मंगवा लूँ। ऐसी तैसी में गयी ऐसी छपाई।

अमृत का ब्याह 29/4 को हो रहा है। मैं नहीं जा सकूँगा। एक केस ऐसा मिल गया।

निराला जी का एक पत्र आया था। उत्तर मैंने दे दिया है। उन्होंने बांदा में रेडियो विरोधी एक कवि सम्मेलन करने को लिखा था। चूँकि यहाँ सरकारी तौर से दो हो चुके थे इससे अब तीसरा करना अजीर्ण पैदा कर देगा। मैंने फिलहाल अनुचित समझा इसी से उन्हें वैसा उत्तर भेज दिया है।

साहित्यकार संसद के लिए रुपया इकट्ठा करना है। अभी तक व्यक्तियों के पास नहीं पहुँच सका। देखूँ कितना उसूल हो सकेगा।

यह जानकर हर्ष हुआ कि 'निराला' जी पर पुस्तक चल रही है। कब तक समाप्त करोगे? Chapters के नाम तो बता सकोगे।

इधर कुछ लिखा नहीं गया। वरना भेजता। गद्य का मन चाहता है; अनुवाद

करूँगा। तुम्हारी पुस्तकों का इन्तजार है।

जो पुस्तकें तुम फायदे की समझो वह बीस की लेते आना। तारीख लिखो कब आ रहे हो।

वीरेश्वर जी चैन से हैं। सलाम कह दिया था। पुस्तकों के मोल लेने का भी जिकर कर दिया था। वह न लेगा। बच्चे खैरियत से होंगे ही।

तुम्हारा
केदार

Kedar Nath Agrawal
BA. LL.B
Advocate

Banda (UP)
15-3-1946

प्रिय भाई,

कल खत मिला मेरी ज़िन्दगी में चौगुनी खुशी आ गयी। सोचा था कि लिफाफा है, हालचाल लम्बा लिखा होगा। पर कलम कम ही चली थी। फिर भी कुछ न आने से, कुछ आया यही क्या कम है।

तार से फौरन ही 25/- निराला जी वाले हिसाब में भेज रहा हूँ। पहुँच लिखना। अधिक भेजता पर है नहीं। यही मेरी थाती है। इससे छुटकारा पाने में बेहद खुशी हो रही है। मुरदा पैसा जिन्दा हो रहा है इसी कारण से। अपने त्याग से नहीं। यह मेरा कर्तव्य है।

निरालाजी की हालत तो लिखते कैसी है। Short Cut न हुआ करो। मुझे चिन्ता हो गयी है। लिखो क्या हाल है? प्रयाग से नागर का पत्र भी नहीं आया कि कुछ जान सकूँ। तुम बिना हवा के पेड़ जैसे आगरे में गड़े हो। इधर हिलते तक नहीं। इसी से बड़ी बेचैनी रहती है।

एक तो बहुत कम लिखता हूँ। फिर पत्र न आने पर और भी पत्थर हो जाता हूँ।

जो कुछ लिखा है वह सब हँस (हंस) व नया साहित्य में देख ही चुके हो। शायद तुम्हें पसन्द नहीं आया वरना मेरी पीठ ठोंकते ही स्याही के अक्षरों से। पर विश्वास है कि उम्दा लगा होगा। बुरा होता तो तुम तड़ाक से कागज़ी चपत जमा देते।

1- ''नया साहित्य'' में कई बहुत उम्दा लेख थे। डा. मोती चंद का नया था। तुम्हारा आदि काव्य भी। जन नाट्य पर रमेश का। सीपियाई की (पहली) सिनेमा

वाली आलोचना। कविताओं में मेरी ही मुझे रुची। सफदर का आल्हा था तो बढ़िया, पर अधिक प्रिय न लगा। वजह न समझ में आयी।

2- ''नया साहित्य'' भी अच्छा है। बहुत तो नहीं पर कुछ कम। आल्हा की सिरीज़ चली है। उम्दा है। कविताओं में माथुर की कविता ''जनयुगीय'' नहीं है। वैसे बढ़िया है। नया साहित्य में जीवन चाहिए। केवल कल्पना नहीं। वीरेश्वर बाजी मार ले गये हैं। ''बोल अरी ओ धरती बोल'' भी खूब है। अब की तुम्हारा, ''उष:काल'' भाषा का लोहा लंगड़ ले कर पढ़ते-पढ़ते भेजा खौंद देता है। यह डिशकशन भी ज्यादा Scholarly हो गया है। मालूम होता है कि पहले का लिखा धरा था। और भी सामग्री बेहतरीन है।

कुछ चित्तप्रसाद के व अन्य चित्रकारों के powerful sketches (दैनिक जनजीवन के) निकलवाओ। इसकी कमी महसूस होती है।

कहानियाँ अभी नहीं जँची। वैसे अच्छी हैं।

तीसरा ''नया साहित्य'' कब तक छपेगा। शमशेर की चोट कैसी है? अब वह कहाँ है? पत्र दिये पर जवाब नहीं आया।

''टीटो का आल्हा'' देस की आग खा गयी हैं। दुख हुआ। कापी देखने को उत्सुक हूँ। पांडुलिपि एक दूसरी तो होगी ही।

मजदूर सभा का आल्हा पास है। बड़ा मजे का है।

यहाँ people age की प्रति लेता हूँ। बहुत ही लाजवाब निकल रहा है। Local agency हो गयी है। sale अभी 10 तक है।

अगिया बैताल तुम्हीं हो न।

किताबें वही पढ़ता हूँ जो तुम मुझे पढ़ाना चाहते। भई खूब निकलती हैं।

कहो कब बांदा आओगे। मलिकिन कहाँ हैं? नमस्कार। बच्चे अच्छे होंगे। प्यार। खूब लम्बा पत्र लिखना।

तुम्हारा

केदार

Banda

17-7-47

प्रिय मुंशी[1]

मुझे उतना दुख है जितना तुम्हें भी न होगा क्योंकि मैं तुम्हारी शादी में शरीक न हो सका। इतना सुन्दर अवसर था कि शायद अब इस ज़िन्दगी में कभी न आएगा।

अगर बांदा में 'इप्टा' देखने तक ही बात होती तो मैं आगरा को चल देता लेकिन

उसे तो मैंने ही यहाँ के वातावरण में जान और हिम्मत डालने को निमन्त्रित किया था। मैं ही अगर न रहता तो फिर बड़ी भद्द होती। मुझे नागर ने सब हाल बताया है तुम्हारी शादी का। ख़ूब मज़ा आया उसे सुन कर।

मेरा रोब तो मेरी बीवी नहीं मानती तब तुम और दूसरे लोग क्या मानोगे। कहती है इन किताबों को बाहर रख कर आया करो। आँखें बहुत फालतू नहीं हैं। भैया चुप रह जाता हूँ। घर की आग बड़ी बुरी हो सकती है।

तुम सब का केदार कभी भी रोब नहीं गाँठता। वही बुद्धू की तरह चुप रहना जानता है।

बहुत आकुल हूँ कि तुम कभी तो मेरे पास भी पत्र लिख दिया करो। नागर के पास लिखते हो पर वह दूर है इससे पता नहीं चलता। बहुत बड़े पत्र भेजो। क्या लिखा है? ज़रूर लिखो। अब की बार तस्वीर देखी जनयुग में।

सस्नेह केदार

1. रामशरण शर्मा 'मुंशी' (रामविलास के छोटे भाई)

बांदा

तिथि 26-8-47

प्रिय मुंशी,

तुम्हारा पोस्टकार्ड मिला। बम्बई के हाल सुन कर तुमसे ईर्षा (ईर्ष्या) होती है। तुम वहाँ हो जहाँ मनुष्य को बड़े भाग्य से स्थान मिलता है।

लिफाफों का पगार न मिलने की बात भी खूब मालूम हुई। इस तरह की तमाम चीजें लिखा करो तो मेरे लिए उपन्यास का सजीव मसाला इकट्ठा हो जाय। पर तुम तो इतना इतिवृत्तात्मक पत्र लिख देते हो कि नयी दुनिया की हवा भी नहीं मिलती। तुम्हारे जीवन की अजीब रफ्तार है, उसी को जानने-समझने को मैं उत्सुक हूँ। कैसे क्या-क्या किया करते हो? फिर वहाँ तो इतने अच्छे कलाकार भी हैं कि उनका जीवन अति निकट से देखकर मज़ा आ जाता होगा। हमारे शमशेर भाई क्या करते रहते हैं? उनकी खबर नहीं मिलती। 'जनयुग' में इस बार उनका नाम देखा कि वह 15 अगस्त को नाच रहे थे। काश मैं होता और उनका चित्र खींच लेता। चित्तप्रसाद जी के Posters लाजवाब ही तो होते हैं। ज़रा उनके बारे में भी बहुत ज्यादा (देख-देख कर) लिखो करो। जीवन का ज़ोर उन्हीं में उभरा मिलता है। कवियों में रामविलास और चित्रकारों में चित्तप्रसाद दोनों एक ही रफ्तार से आगे बढ़ रहे हैं और दोनों ने ही सही अर्थ में साहित्य और जीवन को समझा है। मुझे तो इतनी खुशी

होती है कि छाती फूल कर बहुत चौड़ी हो जाती है। हम सब तो घिघियाते हैं, कविता नहीं करते। पर कुछ लोगों ने हमें सर पर चढ़ा दिया है इससे इतरा रहे हैं। सच मानो यही लगता है कि अब गिरे तब गिरे। कलम को ज़बरदस्ती कान पकड़ कर, खरेदता हूँ तब भी स्याही नहीं उगलती। बड़े-से-बड़े अवसर आते हैं मानसिक प्रक्रिया के व्यक्त करने के किन्तु मूक ही रहती है। बेचारी करे तो क्या करे। जब मेरा दिमाग ही नहीं हाँकता तब वह चले तो कैसे चले। वह तो कहो कि भौतिकवाद के हल की मुठिया पकड़ ली है मैंने और जीवन की परती-धरती को रात-दिन जोते जा रहा हूँ, बीज बोये जा रहा हूँ और हर वक्त ताके जा रहा हूँ, इससे साहित्यिक अकाल से बचा हूँ वरना मैं भी बंगाल के 35 लाख भूखे मृत व्यक्तियों में एक होता।

तुमने इधर 'शुद्ध साहित्य' की चर्चा 'हंस' में पढ़ी होगी। भाई, यह एक बड़ी बेवकूफी की समस्या पेश की जा रही है। 'प्रतीक' वाले भी इसी का दम भरते हैं। पर मेरी समझ में खाक नहीं आता। मजा तो यह है कि प्लैखानोव जैसे बड़े-बड़ों का नामा भी उद्धृत किया जाता है। ऐंगल्स की दुहाई दी जाती है तो लेनिन की। मैं कमर कस कर इन महापुरुषों से हाथापाई कर ही बैठता हूँ और बार-बार इन्हें परास्त करके जमीन पर धर पटकता हूँ। वह जरा भी उठते हैं तो फिर एक लँगड़ी मार देता हूँ। सच मानो यह 'शुद्ध-साहित्य' की आवाज़ ग़लत है। इससे न जीवन का कल्याण होता है न समाज का। फिर जब भौतिक जगत का ही अंश यह मस्तिष्क है तब हमारी विचार और भावधारा भी तो भौतिक जगत की अंश है। मानसिक जगत ऐसी कोई जगह है नहीं। फिर यह कहना कि उस जगत की ही सत्ता की वजह से यह भौतिक जगत स्थित है सर्वथा भ्रममूलक है। थोड़े में कहूँ तो यही कहूँगा कि पिनक का साहित्य ही 'शुद्ध साहित्य' में गिना जाता है। कहो तुम्हारी राय क्या है? अगर सलाह हो तो चाबुक चटकाया जाय।

जहाँ तक मेरी धारणा का सवाल है वह यही है कि वर्णहीन समाज की ओर अग्रसर करने वाला निव्यक्तिक (निर्वैयक्तिक) साहित्य ही अपनी महत्ता रखता है। शेष साहित्य तो 'शून्य' साहित्य है।

P.A.[2] में Writers Freedom पर एक लेख माला शुरू हुई है। तुम्हारे भाई साहब ने तो वह हथौड़ा दिया है कि कोई जवाब क्या देगा। विष्णु दे ने उत्तर दिया है पर वह सिवाय मिमियाने के और कुछ नहीं है। मुझे तो कोई भी तथ्य नहीं मिलता उसमें।

राहुल जी के दर्शन हो गये। खूब रहा। मैं तो तरसता ही रहूँगा। तुमने तो बहुत-बहुत बातें की होंगी। कुछ साहित्यिक तथा जीवन सम्बन्धी बातें। मुझे भी लिख कर

भेज दो। यह स्मृतियाँ अपने तक ही सीमित न रक्खो, उन्हें मुझे भी देखने दो।

Book News मिली है। जी चाहता है कि सब पुस्तकें खरीद लूँ पर जेब फटा है इसमें दमड़ी भी नहीं टिकती। एक भी उपन्यास पढ़ने को नहीं मिलता। यह कितना खराब है।

मेरी कविता कमज़ोर रही, यह मैं नहीं मानता। वह तो एक गीत के रूप में थी। ख़ैर। न छपने से मुझे कोई दु:ख नहीं हुआ। न हो ही सकता था।

केदार

1. शमशेर इन दिनों कम्युनिष्ट पार्टी के केन्द्रीय कार्यालय में थे।

2. 'पीपुल्स एज', साप्ताहिक

बांदा

3-12-53

प्रिय मुंशी!

तुम जिन्दा हो, सचमुच यह बहुत दमदार ख़बर है। मैं (मैंने) तो समझा था कि अब तुम्हें न पा सकूँगा, शायद मेरे लिये खो गये हो। अहोभाग्य, कि मेरे लिए तुम फिर प्रकट हो गये। कई बार डाक्टर को खत भेज कर तुम्हें खोजता रहा, पर कुछ भी पता न लगता था। कहो, पिछले दिन कैसे गुजरे? अब कितनी औलादों के पिता हो? शरमाओ मत, हँस कर जवाब दो। पिता होना कोई गुनाह नहीं है। नयी जान को, नन्हा-मुन्ना गुलाब-सा गोल-मटोल बच्चा बुला लेना, बहुत उम्दा होता है। रहने भी दो सन्तति-निरोध को। भारत की सरकार बेकार अड़ंगा डालती है इस फुलवारी के लगाने में। तुम कहोगे बुरा है, बखेड़ा है पैदावार बढ़ाना; गरीबी की निशानी है। हाँ, मौजूदा समाज में है—जहाँ एक कमाए, दस खाएँ। लेकिन सोचो तो कि घर में बीस हाथ—नये-नये जन्म लें और भविष्य सुन्दर न हो। होगा, और फिर सुन्दर होगा। हाँ, तो कितनों के पिता हुए? हम वहीं हैं, जहाँ लखनऊ में मिलने के वक्त थे। उस तीसरे स्टेशन से गाड़ी आगे बढ़ी ही नहीं। 12 वर्ष से जहाँ-के-तहाँ रुके खड़े हैं। तुम्हें पता है ही कि डिब्बा बोझा ले कर आगे चलने में असमर्थ है।

बहुत व्यस्त हो अनुवाद में। क्या-क्या अनूदित हो गया है? कुछ विवरण तो लिख भेजो। सुन लें हम भी कि कहाँ तक उछाल ले चुके हो।

इधर मैंने कविताएँ लिखी हैं, उम्दा हैं, खूब उम्दा। अगर पत्र लिखोगे तो ज़रूर भेजूँगा पर इस पत्र में नहीं भेजूँगा क्योंकि उन्हें पा लेने पर तुम फिर चुप्पी साध लोगे। यही तो आज के मित्रों का हाल है।

उपन्यास—"Students"—एक रशन नॉवल, पढ़ा है (,) कई पढ़ूँगा। रोज

रात को आँखें फोड़ता हूँ। समय तो जरूर ख़राब होता है पर जिस्मानी और रूहानी ताकत भी बला की मिलती है। बढ़िया है यह उपन्यास! इसमें वादिम नाम का चरित्र है। वह ऊँचा गया है। उसने सरजियाई की असली शकल को स्पष्ट रूप से सबके सामने पेश किया और इस कमाल के लिए धन्यवाद है लेखक को। वाहिम ने Formalism की भी बखिया उघाड़ी है। मुझे तो वादिम में रामविलास का रूप मिला। वही पैनापन। वही बेलौस बात जिसमें हमारे साहित्यिक बन्धु घबड़ा गये थे। किन्तु भाई, रूस में इसकी कदर है, हमारे भारत में ईमानदारी का अभी मूल्य नहीं है। यदि पढ़ चुके हो यह उपन्यास तो राय लिखना। ऐसा बढ़िया है कि बस। न भगवतीचरण को सफलता मिली है, न धर्मवीर भारती को। एक ने '3 वर्ष' लिखा। बिल्कुल कमजोर, बीमार! दूसरे ने 'गुनाहों का देवता'। वह भी घृणास्पद। "Students" में 100 प्रतिशत यथार्थ है। दुर्बलताएँ हैं चरित्रों में। किन्तु वे उपन्यास की बिक्री को बढ़ाने के लिए नहीं। 'बीज' अमृत राय का उपन्यास है। उसे पढ़ गया हूँ। मौजूदों में यह हमारी सफाई का दावेदार है। इसलिए स्वस्थ है, सबल है और एक कदम आगे है। पिछले दशक के निरूपण में यह सफल है। खामियाँ हैं, पर इसे नीचे नहीं गिरातीं। इधर मैंने लेख भी लिखे हैं। वे 'नई दुनिया' में छप रहे हैं। पर कहाँ से देख पाओगे।

हाँ, अपनी हस्तलिखित पत्रिका के के लिए बहुत बहुत बधाई लो। तुम्हारे हज़ार पाठकों को मेरा राम-राम। कभी आया तो सबसे मिलूँगा। जी देखने को ललक रहा है। यहाँ आओ तो दूध, दही, घी मैं भी (घर का ही बना) खिलाऊँ।

तु. सस्नेह केदार

बांदा

26-12-55

प्रिय डाक्टर

आज ही डाक से ''पांडुलिपि'' प्राप्त हुई। देख गया उन कविताओं को जिनको तुमने लाल रेखाओं से चिह्नित किया है। शायद वे ही अधिक प्रिय हैं। धन्यवाद है दोस्त।

तुम तो दिल्ली से अत्यन्त समीप हो और वहाँ पहुँचे भी होगे। खूब आनन्द रहा होगा स्वागत-समारोह के समय।

मैं तो पाँव बाँध कर यहाँ रुपये चुगने की टोह में रोज न्यायालय के चक्कर काटता हूँ। परन्तु एक भी मुअक्किल आजकल नजर नहीं आता। पता नहीं अब क्या काम करना पड़े। कुछ तो राय दो। वरना धूल फाँक कर पेट पालना असम्भव है।

प्रयाग लिख रहा हूँ कि पांडुलिपि आ गयी है। प्रकाशक चाहे तो मैं उसे भेज दूँ। देखो क्या होता है।

इधर कुछ नया नहीं लिख रहे क्या? देखा नहीं मैंने। सुना है कि शुक्ल जी पर तुम्हारी पुस्तक निकली है। रीवा के मेरे मित्र ने लिखा है। वहाँ पुस्तकालय में पहुंची है।

और सब खैरियत है।

आशा है तुम सानन्द हो। बच्चों को नये साल का प्यार। तब तक नया साल आ ही जावेगा।

तु. सस्नेह

केदार

30-9-56

प्रिय डाक्टर,

वाह तुमने खूब कहा, ''नागा बाबा''। मजा आ गया। दरअसल में नागार्जुन भी एक हीरा आदमी है। 4 दिन रहे वह यहाँ। घर भर से मिले-जुले। बातें भी हुईं तमाम इधर-उधर की—घर से लेकर साहित्य और राजनीति तक की। मैंने अपना उपन्यास भी सुनाया। उन्होंने कहा जरूर लिखो वरना डंडा मारेंगे। कुछ ही अंश लिख सका था। अतएव अब उसे शुरू कर चुका हूँ। लिखने पर भेजूँगा तुम्हें पढ़ने के लिए। विषय है : तीन रास्ते[1] 1हला है एम.एल.ए. रामनाथ (का) 2सरा है बिन्दा का जो ईमानदार आदमी है लेकिन देहात की परिस्थितियों ने उसे मजबूर कर दिया कि बदमाश हो जाये। वह हो गया भ्रष्ट-पथिक। 3सरा है मनमोहन कुमार का। वह एक पत्रकार है। इन्हीं के चरित्रों के सम्पर्क में कथा का विकास होता है और यथार्थ खुलता है। पता नहीं कि लिखने पर कैसा हो और तुम्हें पसन्द आये या नहीं। खैर देखा जाएगा।

जरूर लिखो ''हंस'' के लिए। आज लीडर में तुम्हारे ''संकेत'' वाले लेख की तो C.B. Rao ने तारीफ की है। शीर्षक ''न दैन्यं न पलायनम्'' उम्दा है।

कालिदास सफल कवि है। सुरतवाद निस्सन्देह बहुत है उसके काव्य में। लेकिन शान का कवि है - जिसे तुमने सोंधी मिट्टी की महक कहा है। मैं तो संस्कृत नहीं जानता लेकिन अनुवाद से ग्रन्थावली पढ़ते समय उसके श्लोकों के सस्वर पाठ का बहुत मजा ले चुका हूँ। मुझमें भी वही मोह है इसलिए मैं सुरतवाद की मिठास में पग जाता था। भाई जान, चीज ही ऐसी है वह। मुझे तो उसकी

Classical कला से बहुत कला मिली है। मैंने सीखा है इस महान कवि से थोड़े में बात या भाव को व्यक्त करना, श्रेष्ठ कला सहित। आज तो हिन्दी में बहुत कम नये कवि उसे पढ़ते हैं इसलिए गद्य के गुम्फन में कविता को जन्म दे रहे हैं। शायद काव्य की कला ही लोप होती जा रही है। इस पर भी आलोचक तक इस बात से अवगत नहीं जान पड़ते। वे कहते हैं कि नये मनुष्य की कला का गद्यमय होना अनिवार्य हो गया है इसलिए हमें उनके प्रति नम्र होना चाहिए। नम्र होने का मैं विरोधी नहीं किन्तु सही बात बताना (बतानी) ही पड़ेगा (पड़ेगी) इन कवियों को अन्यथा वे भटकते रहेंगे और हमारी पीढ़ी काव्य के नाम पर कुछ न दे पाएगी। मैं भी इस दोष से बचा नहीं। लेकिन प्रयत्नशील हूँ—काव्य का वह रूप ग्रहण करने को। मैं चाहूँगा कि कालिदास के ऊपर लिखे तुम्हारे लेखों को देखूँ। पाने का प्रयत्न करूंगा।

''हिन्दी भाषा का विकास'' लिखो। ज़रूर दो यह पुस्तक (।) तुम्हीं कुहासा चीरो। और तो हल्के-फुल्के उड़ते रहते हैं।

कविताएँ लिखना न भूलो, मेरा यह विनम्र निवेदन है। तुम बहुत खूब लिखते हो। वह रस कहीं मिल ही नहीं पाता। ''गलते हैं हिम उपल'' वाला स्वर और भाव श्रेष्ठ रूचि का परिचय देता है। काश मैं भी ऐसा लिख पाता।

कीट्स की याद दिलाकर तुमने मुझे फिर काव्य लोक में पटक दिया। उपन्यास का भूत उतर रहा है। अब आज शायद ही लिख सकूँ एक परिच्छेद। नाम मात्र से ही कविता के रस से नहा गया। तुमने जो उद्धरण दिया है कालिदस का वह लाजवाब है। क्या कहना है। फिर तुम्हारी व्याख्या ने उसे चमका दिया है। हाय रे भाग्य, कि मैं संस्कृत नहीं जान पाता। गधा हूँ जो मैंने इसे नहीं पढ़ा। पढ़ता तो रस-विभोर हो लिया करता। तुम बड़भागी हो कि प्रयत्न करने में नहीं चूकते और नयी-नयी भाषा सीख कर विश्व के समस्त काव्य का रस लेते जाते हो। भाई, फौलाद हो तन से और मक्खन हो मन से। खूब रस लो। हम तो तुमसे मिल कर ही रसमग्न हो लेंगे।

एक बार (फिर) याद आ गयीं तुम्हारी पंक्तियाँ : ''गंगा की उर्वर घाटी में, निर्धन जनता ने गाड़ा है अपनी आजादी का झंडा/आजादी की सरिता में कितनी भँवरें हैं/पर अदम्य अन्तर्धारा-सी, इस धरती पर बहती है पावन जन-गंगा।'' क्या दाद दूँ तुम्हें इस लिखने पर। पता नहीं कब तुम्हारे काव्य पर कुछ लिख सकूँगा। अधूरा लेख पड़ा है। मैंने छोटे-छोटे छन्दों में कुछ लिखा है। एक लम्बी कविता 'मेरा गांव कमासिन' शुरू हो चुकी है। चाल अच्छी है। देखो कब पूरी हो।

तु. केदारनाथ

नागार्जुन 24 को प्रयाग गये। वहाँ से वह आगरा-दिल्ली जाएँगे। तुम से जरूर मिलेंगे। वचन दे गये हैं। शायद अब पहुँच गये हों और चले भी गये हों। पत्र प्रयाग से आया था किन्तु कब आगरा जा रहे हैं, यह न लिखा था।

हाँ[2],

श्री हरीश, सम्पादक 'मुरलिका' साहित्य-सदन, 42, पंजाबी मारकेट, बरेली को एकाध रचना जरूर भेज देना। वह पत्र लिखेंगे। बेचारा उत्साही विद्यार्थी है एम.ए. का। यह पत्रिका निकाल रहा है।

केदार

1. केदारजी की सहमति से इसका नया नाम है 'बैतबाजी मार ले गये'। इसका एक अंश साक्षात्कार में दिया भी था। उपन्यास अधूरा है।
2. यह अंश अंतर्देशीय पत्र के उस भाग में लिखा है, जहाँ पत्र भेजने का नाम और पता होता है।

बांदा

27-10-56, रात्रि 9 बजे

प्रिय बन्धु!

पोस्टकार्ड मिला। आगरे आने का निमन्त्रण स्वीकार है। आ रहा हूँ 2/11 को सबेरे पहर। यहाँ से 1/11 की शाम की गाड़ी से चलूँगा—रात टूंडला पहुचूँगा—सबेरे तक आगरा। नागाबाबा को भी आज ही पत्र लिखा है कि वह भी पहुँचें। 2 व 3 रु/- 4 की किसी समय की एक गाड़ी से चलूँगा ताकि बांदा 5/11 को किसी समय पहुँच जाऊँ। परिस्थितियां तो ऐसी नहीं हैं कि पहुँचूँ पर जी नहीं मानता इसलिए चलने को विवश हूँ। मिलने पर बातें होंगी। बड़ी रद्दी-रद्दी कविताएँ हैं छोटी-छोटी। सब लाऊँगा। उपन्यास भी 30/40 पेज लिख चुका हूँ, लाऊँगा। लम्बी कविता—मेरा गाँव की 100 पंक्तियाँ हैं, वे भी लाऊँगा। मुंशी आ रहे हैं, बड़ी खुशी है। जरूर बुला लो। तुम्हारे बच्चे तो रहेंगे ही। उनसे बातें कभी नहीं हुई, इस बार ज़रूर करूँगा।

लिफाफा लिखने की बात भी खूब कही तुमने। अब तो स्वयं आ रहा हूँ। जी भर कर कई कापियों के भर जाने तक का मसाला मेरे मुँह से स्वयं सुन लेना। कहो खुश हो न?

तुम्हें भी कविताएँ सुनाना (सुनानी) पड़ेगा (पड़ेंगी)। आलोचकपना का बहाना न काम आएगा। चाहे तो रूप-तरंग से ही सुना देना।

तु.

केदार

बांदा
13-11-56

प्रिय डॉक्टर,

आगरे से चल कर बांदा पहुँचे बहुत दिन हो गये। पत्र नहीं लिख सका इसका खेद है। आते ही एक कतल केस के करने में जुट गया हूँ। समय सरक जाता है। पत्र नहीं लिख पाया। मैं तो प्रिय ललित से वादा कर आया था चिट्ठी देने को। वह भी क्या कहता होगा। माफी माँगता हूँ तुम सबसे इस विलम्ब के लिए। गृह-स्वामिनी ने कई बार कहा भी तब भी न लिख सका। मुन्ना[1] तो बीमार हो गया आते ही। डाक्टर आते रहे। अब ठीक हुआ है।

आचार्य शुक्ल वाली पुस्तक पढ़ रहा हूँ अकिल पैनी करने को। खूब लिखा है तुमने। भारतेन्दु युग पर—भक्ति का विकास और सूरदास और जायसी पर। शुक्ल जी को तुम्हीं ने परखा है और चमकाया है। मैं इतना अज्ञ था कि अब तक इस महान् हिन्दी आलोचक का बल और पौरुष नहीं देख सका था। गजब की बुद्धि है। मैं उन्हें सस्नेह प्रणाम करता हूँ। आशा है कि वह जहाँ भी होंगे वहाँ मेरा प्रणाम स्वीकार करेंगे। परन्तु दुनिया ने उन्हें छिपाए रखा स्वार्थवश। तुमने डाक्टर नगेन्द्र पर भी खूब बल्लम मारी है। वह चित्त हो गये हैं। तुलसीदास पर जो लेख है वह अभी पूरा नहीं जमता। मुझे शंकाएँ हैं। लिखूँगा। समझाना।

लखनऊ Project में आ रहे हो या नहीं। प्रयास करूँगा कि पहुँचूँ पर राम ही जाने। मलकिन को रामराम। बच्चों को प्यार। सेवा, शोभा, स्वाती[2] को बहुत प्यार।

तुम्हारा
केदार

1. केदराजी के सुपुत्र अशोक कुमार अग्रवाल।
2. रामविलासजी की बेटियाँ।

बांदा
9-12-56
रात्रि साढ़े सात बजे

प्रिय डाक्टर,

जनाब आपको मालूम होना चाहिए कि Keats का काव्यसंग्रह मेरे पास नहीं है। आपने यह गुस्ताखी की है कि मुझे कविता लिख कर नहीं भेजी। तड़प कर रह गया। जल्दी भेजो वरना सब मज़ा चला जाएगा। यदि हो सके तो उसका संग्रह वहाँ के किसी पुस्तक भंडार से मेरे नाम वी.पी. भेजवा दो। मैं छुड़ा लूँगा। भूल न करना।

अपने सामने ही भिजवा दो। तुम्हें मेरी कसम। पकौड़ी खाते ही न रह जाना। वरना बुरा होगा।

एक कविता लिखी है ताजमहल पर। पत्र के अन्तिम पृष्ठ पर है।[1] पढ़ो और कस कर उसकी आलोचना करो। पर चाहे जो भी कहो चीज अच्छी खासी बन गयी है।

एंगेल्स का कहना मुझे सही प्रतीत होता है कि प्रकृति का भी समय के अन्तर्गत एक इतिहास है। इस कथन का तात्पर्य यह कभी नहीं होता कि वही प्रकृति उसी रूप में सतत बनी रहेगी। हो सकता है कि यह न रहे—कोई (किसी) दूसरे रूप में रहे। फिर कभी ऐसा ही रूप ग्रहण कर ले। यह क्रम तो निरन्तर होता रहेगा।

जब मैं समय को न अनादि कहता हूँ—न अनन्त कहता हूँ तब मेरा मतलब होता है कि उसका आदि से आदि क्षण भी अपने से पहले से भी रह चुका होता है। इसीलिए समय के किसी छोर की कल्पना करना तर्कसंगत नहीं होगा। तभी तो मैं उसे अनन्त भी नहीं मानता। हो सकता है कि जो आदि क्षण है वही अन्त क्षण भी हो। यहाँ आदि और अन्त एक ही बिन्दु पर मिले होते हैं। इसीलिए आदि और अनन्त की कल्पना ही असंगत है क्योंकि जिसका आदि है वह अनादि कैसे और जिसका अन्त है वह अनन्त कैसे? अतएव समय आदि और अन्त से परे हो कर भी आदि और अनन्त नहीं कहा जा सकता। वैसे प्रतीत तो यही होता है कि जिसका आदि नहीं है वह अनादि है और जिसका अन्त नहीं है वह अनन्त है। किन्तु मुश्किल यह है कि उस के Dimension के अन्दर समय है, आदि और अन्त के रूप में नहीं, न अनादि और अनन्त के रूप में। समय सत्तात्मक है। सत्ता के आदि और अन्त का प्रश्न ही नहीं उठता—जब प्रश्न ही नहीं उठता तब अनादि और अनन्त की बात सोचना भी गलत जान पड़ती है।

समय को मैंने Reternal demension कहा है। इस dimension की व्याख्या नहीं—अनुभूति होती है। यदि व्याख्या ही करना चाहो तो कह सकते हो कि समय वह है जिसके अन्दर सब कुछ होता रहा है, होता रहेगा और हो रहा है। समय तो स्पेस के साथ ही जुड़ा है। समय और स्पेस का एक ही dimnsion है।

Energy consume नहीं होती। यह ठीक है। सूर्य ठंढा पड़ जाएगा—मगर वह energy space & time के dimension में कहीं-न-कहीं विराजती रहेगी। पृथ्वी ठंडी पड़ जाएगी तो क्या इस पृथ्वी के अलावा अन्यत्र कोई नक्षत्र या ग्रह हैं ही नहीं? हैं तो।

शेक्सपियर की उक्ति एक हद तक ठीक ही है। यह दुनिया न रहेगी। मगर पदार्थ रहेगा शक्ति—रहेगी ही। शेक्सपियर इस गोल दुनिया के नष्ट होने की बात

कह रहे हैं मगर उससे पदार्थ और शक्ति के सर्वनाश हो कर न रहने की बात नहीं कह रहे। Prospero का कथन दार्शनिकों का कथन नहीं—हम जैसों का कथन है। बस। स्पेस समाप्त हुई—कलम भी रुकती है।

केदार

3. 'ताजमहल' कविता यहां नहीं दी जा रही है।

बांदा
24-4-57

रात्रि 8 बजे, गरम कमरे के अन्दर बैठकर
रेडियो की संगीत-लहरी में नहाया हुआ
पसीने के (की) बूंदों से अलंकृत होकर

प्रिय डाक्टर,

पोस्टकार्ड अभी मेरे छोटे भाई ने दिया। पढ़ कर प्रसन्न हो गया। दिन-भर धूप में तपने के बाद इस बचकानी चिट्ठी ने वही काम किया जो एक सावनी घटा करती है—यानी प्यार से इसने नहला दिया। मैं तो राह ही देखता रह गया तुम्हारे यहाँ आने की। तुम लखनऊ आये थे—फिर झाँसी से भी तुम्हारा एक वक्तव्य छपा था। ख़्याल यही था—हालाँकि वह गलत निकला—कि तुम शायद मेरे नगर भी आओगे। परन्तु तुम्हें आगरा लौट जाने की जल्दी थी इसीलिए नहीं आ सके। कोई बात नहीं है।

इधर केरल सरकार को लेकर खूब उछल कूद की खबरें छप रहीं हैं। कभी-कभी पार्टी के प्रमुख व्यक्ति ऐसे वक्तव्य दे देते हैं कि लोग भड़क जाते हैं। जरा धीरज के साथ काम करने की जरूरत है। आज का अजय घोष का बयान पढ़ कर तसकीन हुआ कि उन्होंने वैसे वक्तव्य देने वालों के कान उमेठे हैं। यही attitude इस वक्त कारगर साबित होगा। मेरा यही विचार है। हमारे वे ख़्याल गलत निकले कि इस बार खुश्चेव के कारण पार्टी पीछे ढकिल जाएगी। पार्टी तो ऊपर उभरी है। दरअसल में इस दिशा में सँभल कर काम करना ज़रूरी है। ख़ैर, यह तो हमारी धारणा है। पता नहीं कि बड़े लोग क्या सोचते हैं।

अपने पिछले पत्र का विस्तृत उत्तर मिलने की आशा लगाए बैठा हूँ। जी न माना इसलिए यह दूसरा लम्बा पत्र भी लिख कर भेजे दे रहा हूँ कि इसका भी जवाब दोगे। कुछ कविताएँ लिखी हैं। वे भी नीचे दे रहा हूँ। पढ़ कर टिप्पणी लिख भेजना।

दिन के दिए

आज अभी आँखों से
पर्वतीय निर्जन के धुन्ध-भरे घेरे में
कैद खड़े पेड़ों के मौन पड़े डेरे में
पात हीन डालों के आखिरी किनारों पर
पीत पगे फूलों के आरसी-कपोलों पर
दिन में ही जगर मगर दीप जले देखे हैं।
1-4-57

यह कविता मैंने प्रयाग जाते रेल के डिब्बे में उस समय लिखी थी जब मानिकपुर स्टेशन रह गया था और मैंने मानिकपुर की पहाड़ियों पर मौन खड़े नंगे पेड़ों की डालों के आखिरी किनारों पर ये फूल देखे थे। हम डिब्बे में ही रस सिक्त हो गये थे। कहो, कैसी रही यह छोटी-सी कविता? Dandelion से किसी कदर कम नहीं है। बल्कि कुछ ऊँची ही है।

अभी 13-4-57 को खजुराहो गया था। उसे देख कर भी एक कविता लिख सका हूँ। लो उसे भी पढ़ो।[1]

मुझे पहली बार प्रयाग से रेडियो कवि-सम्मेलन में बुलाया गया था। 3/4 को था। मैंने केवल 'दिन के दिए' व एक अन्य 6 पंक्तियों की कविताएँ सुनाईं थीं। पहले तो उस Hostile वातावरण में—परिमलियों के बीच—मुझे घुटन मालूम हो रही थी। परन्तु फिर जब मैंने जम कर सुना दिया और वाह-वाह हुई तो उनके मुँह देख कर खुश हो गया। वे चेहरे पत्थर के पुराने से हो गये थे। मजा तो यह था कि P.C. gupta व भैरवप्रसाद गुप्त और 2/3 साथी बिना बुलाए ही वहाँ मेरे कविता पाठ तक बैठे रहे। फिर चले गये। उनकी उपस्थिति भी मेरे लिए प्रोत्साहन का काम कर रही थी। मैं उनका अवश्य ही कृतज्ञ हूँ। अज्ञेय महोदय भी थे। उनसे मैंने नमस्कार मारी पर चेहरा—उनका-विकृत हो गया; मगर जवाब देना इस सभ्यता का तकाजा था इसीलिए उन्होंने बरफ के ठंढे गिलास से अपना मुँह निकाल उसका उत्तर दिया। फिर न बोले एक शब्द। और उन बड़े "भारती" का हाल सुनो। यार मेरा जान कर भी अनजान बना रहा। देख कर भी आँख मूँदे रहा। मैंने उन्हें देखा व उनके अन्दर जा कर उनकी परेशानी पहचानी। वह जूनियर कवि थे इसलिए मैंने अपना सलाम नहीं दिया। भला वह कैसे इस अ-कवि को नमस्कार करते। मैं इसे समझ कर ख़ूब खुश हुआ। वाह रे घमंड-घटोत्कच! वैसे तो हमें सब दोष देते रहे हैं कि हम बड़े बदतमीज हैं। पर इन सियारों को कोई नहीं कहता। बहरहाल, मजमें

में मैंने उनके धुएँ देखे। नयी चीज थी मेरी। ताजा रंग था। पंत जी ने भी प्रशंसा की। परन्तु बड़ी छोटी थी। यही शिकायत थी सब को। परन्तु तुम जानते हो कि मैं देर तक पढ़ता तो उखड़ जाता। कविताएँ लम्बी नहीं जमतीं जब तक कि निराला का-सा पाठ करना न आता हो। वह तो मेरे वश का नहीं है। न आदत ही है।

मेरी "लोक और आलोक" का संस्करण छप ही गया होगा अब तो। परन्तु कुछ समाचार नहीं मिला। प्रति तो भेजूँगा ही मिलते ही।

मैंने Leave of Grass प्रयाग में खरीद लिया है। उम्दा है। साधारण जन की जबान में कविताएँ निकली हैं। मार्मिक हैं। जड़ाऊ काम नहीं है इनमें। सादगी और सफाई के साथ हृदय धड़कता है। तुमने अधिकांश को सपाट कहा है। हो सकता है ठीक हो तुम्हारा यह विश्लेषण। पर अभी मैं कुछ नहीं कह सकता। मुझे तो वह बहा ले जाता है अपने बहाव में।

मुंशी का पत्र आया था। मैंने जवाब दे दिया है। शायद Walt Whitman की कविताओं का अनुवाद छापने के क्रम पर विचार हो रहा है वहाँ। वही श्री चंद्रबली के अनुवाद को। मैंने लिखा है कि ज़रूर छापो।

बांदा के गदर के गीत माँगे हैं पर यहाँ तो पत्थर गदरा जाते हैं। गीत मिलते ही नहीं। बहुत पूछता हूँ पर कोई नहीं बताता कि कहाँ पड़े हैं। खोज जारी है।

घर में सब मजे में हैं। तुम सब लोग मजे में होगे। बेटियों को प्यार। बेटों को सलाम। तुम दोनों को नमस्कार। ललित का ख़्याल है। सेक्रेटरी महोदय से फिर बात कर ली है। मई में दरखास्त दे दूँगा। विज्ञान के स्नातकों की भी आवश्यकता है। कोई हो तो लिखना।

सस्नेह तु. केदार

1. 'खजुराहो के मंदिर' कविता नहीं दी जा रही है।

बांदा
18-7-57
5 बजे शाम

प्रिय डाक्टर,

पोस्टकार्ड अभी-अभी कचहरी से आने के बाद दफ्तर की मेज पर एकाकी मौन धारण किये हुए मिला। तुम्हारा नाम देख कर चट से पढ़ गया पर यह इतना छोटा है कि चट खतम हो गया। फिर भी कुछ तो हर्ष हुआ ही। तुमने भी बरसते बादलों की तरह शकल दिखा कर, बूँदा-बाँदी मात्र कर दी।

लखनऊ की भेंट भी याद रहेगी। खूब मिले। मज़ा आ गया। वहाँ का आनन्द याद रहेगा।

डट कर पुस्तक लिख डालो। महादेव साहा ने भी तुम्हारे '57 के काम के बारे में अपने पत्र में जिक्र किया है। मुझे भी कुछ लिखने को कहा है। पर मैं सामग्री के अभाव में लिख ही क्या सकता हूँ। बिला वजह 57 सन् के कान में तिनके से कुरेदना होगा—मेरा प्रयास। यह काम मेरे लिए कठिन है।

भाषाविज्ञान पर तुम्हारा लेख देखने को लालायित रहूँगा। मिल सका तो देखूँगा। एक अंक तो भेजवा ही सकते हो। अभी ही एक पत्र फिर मन्त्री महोदय को लिख कर उनके कान हिला रहा हूँ। जवाब आने पर उत्तर दूँगा। वह फ्लू के शिकार हो गये थे। सुना है कि अब अच्छे हो गये हैं।

मेरी पुस्तक—लोक और आलोक—ओंकार शरद, 2, मिन्टो रोड, इलाहाबाद ने भेजी या नहीं? छप गयी। देखी हो तो राय देना। न देखी हो तो एक पोस्ट कार्ड उसे भेजने को लिख देना। मैंने लिख दिया है। श्रीमती केदार तुम्हारा सप्रेम सुनकर फूल सी खिल उठीं। इधर कुछ नहीं लिख सका।

तु. केदार

बांदा
13-9-57

जनाबमन,

राम के आगे विलास लगा कर अब हर-हर महादेव यानी शिव बनने की साध पूरी कर रहे हो। कर लो, ऐसी भी क्या बात है। मगर याद रखो कि पहले जड़ जटाजूट बाँधो, फिर कोपीन धारो, फिर कमंडल गहो, और भूत-प्रेतों की जमात जोड़ो तब जा कर कहीं उस शिव का रूप बना पाओगे। यह तो बहुत सादी-सी बातें हैं जिन्हें तुम कर भी सकते हो। लेकिन जब शिलाखंड पर नंगधड़ंग बैठ कर बनावटी आँख मुँदौवल करना (करनी) पड़ेगा (पड़ेगी) और वह भी बरसों तक तब सारी साध काफूर हो जाएगी। मियाँ, जब इन्द्र महाराज का सारा "मालखाना" तपस्या भंग करने आएगा तब बरबस ललचा कर टप्प से निहार दोगे। याद रक्खो कि इस शिव के रूप में कुछ नहीं रक्खा। तुम तो सूर्यवंशी राम हो। राम ने विलास न किया था—दूसरे शब्दों में कुल की रीति के विपरीत आचरण करते थे, तभी तो सीता हरण हुआ और जब फिर मिलीं भी तो राम उन्हें न रख सके—तुमने राम के आगे पुरुषत्व का चिह्न "विलास" लगा कर उनके पुल्लिंग होने का सबूत तो दे दिया। बधाई है हजरत आपको। इसीलिए मुहम्मद साहब के पुंसकत्व की याद करके तुम्हें जनाबमन

सम्बोधित कर रहा हूँ।

पर डर है कि इस असमय के परिहास को कोई दूसरा न पढ़ ले और मुझे और तुम्हें दोनों को पक्का बदमाश न समझ ले। इसीलिए जितना कहा, कम कहा, उसी को ज्यादा समझ लेना।

तुम्हारी मालकन को मेरा गद्य काव्य पसन्द आया। मेरा अहोभाग्य। यह जान कर खुशी हुई कि अब अच्छी हो रही हैं। जरा गिरस्ती की चक्की में उन्हें फिर जल्दी न जोत देना। बीमारी के बाद तो बीमार की लोग सेवा खूब करते हैं। तुम्हें चाहिए कि तुम अपना शैवासन त्याग कर, तप-भंग करके उनकी ओर उन्मुख हो कर सहज स्वभाव से उनका ताप हरो। भगवन आप तो बरफ पर बैठे रह कर भी मदन महाराज तथा रति के कुसुमों से आहत होते रहते हैं। मैं केवल याद दिला रहा हूँ कि दुर्बल को न सताइए।

इधर ख़ूब लिखने जा रहे हो। ज़रूर लिख़े। यशपाल साहब को जुलाब की जरूरत है। वह कब्ज के मरीज हो गये हैं शायद! न जमाल गोटा सही, हल्की सनाय की फंकी करा दो न।

चन्द्रबली का लेख देखने की लालसा है। रूपतरंग पर मैं भी लिखूँगा। तब से अधूरा पड़ा है मेरा लेख।

चित्रकूट चाहे जब आओ। चल दूँगा। दशहरे में सही। वैसे कचहरी तो सदा चालू रहती है। चंचला जो है। फिर बूढ़ों की घरैतन भी तो है। क्यों न सदा दरवाजा खोले बैठी रहे।

मिल्टन का पाठ रुक-रुक जाता है। कभी किसी वजह से कभी कचहरी के काम की वजह से। जी भर कर रस नहीं ले पाता, तन्मयता से। बहुत बखेड़े घेरे रहते हैं। फिर भी समय निकाल कर पढ़ता ही रहता हूँ। अभी इस काबिल नहीं हूँ कि उसके सम्बन्ध में कुछ लिख भेजूँ। उसमें अभी मन नहीं भीजा। देखो वह कब हृदय को छू लें। यह जरूर लिखना कि कितना-कितना अंश अवश्य पढ़ लूँ।

बस तु. केदार

बांदा
22.10.56

जी, सम्पादक जी महाराज,
जै आलू'चना की!
'समालोचक' निकलने जा रहा है। आलोचक जब सम पर पहुँचता है तो वह

सिर के बल चलने लगता है। तभी तो वह दूसरों को सही चलते-फिरते देखता है। खुद धीमे चलने लगता है। देहात में सिर के बल चलने को 'बीछी' चलना भी कहते हैं। हाँ, अगर बिच्छू की चाल चले तो जरूर कहीं-न-कहीं ज़हर चढ़ेगा। लेकिन कुछ भी हो, यह तो मानना ही पड़ेगा कि हमारे रामविलास का कवि अपने आलोचक से मात खा गया। बेचारा कवि, पहलवान से कैसे जीत सकता था। मुझे उस हारे कवि के प्रति बहुत हमदर्दी है और इस जीते हुए आलोचक के प्रति उसकी ताक़त पर नाज़ है। ऐसा संजोग कहीं न मिलेगा जैसा तुममें मिलता है : एक साथ कवि और आलोचक। मुंशी ने लिखा था कि अब तुम कविताएँ लिखने पर जुट जाओगे पर वादा कुछ था और हुआ कुछ। चन्द्रबली ने लिखा था कि मैं तुम्हें मजबूर करूँ कि तुम कविताएँ लिखो और जवाब दो परन्तु इतनी दूर हूँ कि सिवाय काले अक्षरों के द्वारा तुम्हें उकसाऊँ और कोई चारा मेरे पास नहीं है।

चन्द्रबली का लेख—जो उसने भेजा था—'आज' में पढ़ा। वह तुम पर था। दो लेख थे। तुमने पढ़े ही होंगे। तारीफ हो गयी है इसी से सन्न बैठे हो और एक लाइन भी खत भेज कर, नहीं पढ़वाते।

'जै आलोचना' में जो ल पर ओ की मात्रा है उस पर apostrophe लगा है। उस ल में ऊ की मात्रा भी लगी है। चाहे तो 'ओ' को लोप समझना और 'ऊ' को लगा देखना। भूखे में आलू-चना अच्छा लगता है।

मैंने "हंस" में कमलेश्वर का "एक सड़क सत्तावन गलियां" पढ़ा। मुझे बेहद पसन्द आया है। यथार्थ और जीवन दोनों गले मिल कर तमाम तरह से चल फिर कर सामने आ जाते हैं। चरित्र बिगड़-बिगड़ कर बनते चले जाते हैं और सब से खूबी तो यह है कि इस उपन्यास के युवक-लेखक ने बड़ी संजीदगी से शब्दों पर आधिपत्य रख कर व कथानक पर आधिपत्य रख कर, जीवन को अंकित किया है। पहले जरूर कथानक पर वर्णन का भार महसूस होता है। शुरू के पृष्ठों में यही कमी खलती है। बकिया तो बहुत उम्दा चला है।

कविताएँ जो "हंस" में हैं, वह सब अच्छी नहीं हैं। दुष्यन्त की सूझ बढ़िया है यह प्रयोग नहीं, जीवन का स्वर है जो बोल उठा है। बड़ी प्रिय लगी। वंशीधर पंडा की बुन्देली कविताएँ गेय हैं, मगर इस बार सिर पर चढ़ कर नहीं बोलतीं। गजानन मुक्तिबोध आदि की रचनाएँ मेरे पल्ले नहीं पड़ीं। न जाने क्यों जब कविताएँ बड़ी बात करने लगती हैं तब वह अपनी सहज सुन्दरता और आत्मप्रियता खो देती हैं। मुझे यही दोष इन रचनाओं में दिखता है। वैसे वे बड़े कलाकारों की कृतियाँ हैं, ज़रूर उम्दा होंगी। मेरी मोटी अक्ल पर कुछ भी असर नहीं पड़ता। केदारनाथ सिंह की रचना समझ में आती है परन्तु वह पास आ कर, गले से लग कर नहीं बैठती।

जैसे वह कोई बड़ी चीज हो जो मुझ से अलग खड़ी रहती है। इस बार श्रीकांत वर्मा की कविता अपना स्वभाव-गुण त्याग कर सयानी बन कर सामने आयी है। यह उसकी कमजोरी है कि वह बड़ी बनती है जब कि बड़ी नहीं बन सकती अभी। ''हंस'' अभी पूरा नहीं पढ़ सका।

बस, तु. केदार

बांदा
2-11-57
11 बजे दिन

प्रिय डाक्टर,

आज अभी 'लोक और आलोक' की एक प्रति Reg. Parcel द्वारा तुम्हें डाक से भेजी है। वह 2/4 दिन में मिल जाएगी। शरद को लिख दिया था पर उसने न भेजी। अब अपनी प्रति भेजता हूँ। उसमें सस्नेह भेंट लिखना रह गया है। जल्दी में। तुम्हारा पत्र कल शाम मिला। खूब मज़ेदार है। मेरा पत्र छाप लो, इसमें मुझे क्या उजुर होगा।

कल ही तमाम पुस्तकें छाँट कर पढ़ने बैठा। रात 12 बजे। फिर सो गया। देखो कुछ लिख पाता हूँ अथवा नहीं।

तुम्हारे 'समालोचक' से जरूर ख़ूब खलबली मची होगी। वह अज्ञेय-भारती एंड कं. ने भ्रमजाल फैला कर खूब मनमाना कीचड़ उछाला है। वह अब उलूक की तरह उड़े-उड़े फिरेंगे—रात के अँधेरे में। लेकिन जरा मेहनत से पत्र निकालना। चलताऊ काम न रहे।

मिल्टन बहुत खूब हैं। अक्सर पढ़ता ही रहता हूँ। Paradise Lost ही चल रहा है।

क्या नयी कविता के सम्बन्ध में सौन्दर्य बोध पर भी कोई लेख रहेगा। नरोत्तम नागर भी कुछ लिखेंगे अथवा नहीं। जी चाहता है कि आज ही आगरे उड़ आऊँ और उन सब पत्रों को देखूँ जो दफ्तर में धड़ाधड़ आ रहे हैं। कौन कहता है कि साहित्य में अवसाद का डेरा हो गया है। बार-बार बधाई इस नये प्रकाशन कार्यक्रम के लिए।

सस्नेह तु. केदार

प्रेषक : केदारनाथ अग्रवाल
एडवोकेट, बांदा (उ. प्र.)

बांदा
1-1-58
सवेरे पहर

प्रिय डाक्टर,

नये साल की बधाई लो। इस वक्त सवेरे का सूरज बादलों का लिहाफ ओढ़ कर अपने आसमानी घर में शायद चाय पी रहा है। वहाँ कोई पकौड़ी बनाने वाला या मुंगौड़ा बनाने वाला नहीं है, इससे वह केवल चाय पी रहा होगा। अगर बादल जरा भी कटा तो वह फौरन धरती की ओर मुंगौड़ेवाली की दूकान तक आ जाएगा।

अपने राम ने चाय पी है। एक मठरी खायी है। रेडियो का आलाप सुनता रहा हूँ। 'लीडर' पर निगाह डाल चुका हूँ। घड़ी में चाभी भर चुका हूँ। 20 मिनट सुस्त थी, उमेठ कर रेडियो से मिला चुका हूँ। बच्चे खेल रहे हैं। घर में औरतें चूल्हा को गरमाए खुद गरम हो रही हैं।

जनाब ने भी डट कर चाय पी होगी। अब तो पुस्तक लिख चुके हो इसलिए खाली-खाली महसूस कर रहे होगे। तभी बच्चू कविता की ललक से लहक रहे हो। मैं साफ कह दूँ कि इधर मैंने एक पंक्ति भी नहीं लिखी। लिखूँ कैसे? वह तो बेचारी इतना अवकाश ही नहीं पाती कि मेरे पास आ सके। देख नहीं रहे हो कि उसकी कितनी छीछालेदर हो रही है। साहित्यिक-तीर्थों के नये-पुराने पंडे उसे बलात पकड़ कर कमरों के अन्दर बन्द कर लेते हैं और उससे एक-न-एक नया घोषणा-पत्र लिखवा लेते हैं। वह उन बहसों के धुआँधार में कुछ ऐसी खो जाती है कि उसकी सम्पूर्ण सत्ता अंडाकार हो जाती है। न उसका कोई अंग दिखता है, न उसकी साँस चलती है, और न उसका सौन्दर्य-बोध मिलता है। साहित्यकार सम्मेलन में भी शरीक होने गया था। इस आशा से गया था कि वहाँ जाकर कविता की (को) विदा करा लाऊँगा, पर जनाब वह तो आने की जुर्रत ही नहीं करती। कहती थी, अब मैं हजारों की हूँ। मैं नया-नया रूप सँवार कर चलूँगी। अब मैं कभी गद्य की चाल चलूँगी... कभी भाषण की—कभी लड़खड़ा कर मजा दूँगी। मैंने भी कहा : देवी जी! डालडा खाने वालों का विश्वास न कीजिए। यह बीच राह में छोड़ देते हैं। अपनी रक्षा नहीं कर पाते, भला आपकी क्या रक्षा करेंगे? ...वह चुप रह गयी। मुस्कराती रही। मैंने भी कह दिया : खुदा हाफिज।

वहाँ (प्रयाग में) जो देखा तथा जो सुना वह सब बखान करने की ताकत के बाहर है। मतलब यह नहीं है कि वहाँ कुछ सार तत्त्व नहीं था, न यही मतलब है कि होहल्ला मात्र रहा। अजी, जनाब! आपकी गैरहाजिरी से वहाँ कोई कमी नहीं रही। बल्कि लोगों में (को) खुल कर बोलने की छूट थी। शायद तुम होते तो

1857 का अपना कमाल दिखाते। बहरहाल, बहुतों को आपकी यानी तुम्हारी कमी महसूस होती रही। अच्छा-खासा भरत-मिलाप रहा। इसका यह तो महत्त्व है ही कि नये-नये सूत्र बँधे, नये-नये रास्ते खुले कि अपना-अपना बन्दर लेकर, सबको नाच दिखाते हुए, डुगडुगी बजाते चलो, ताकि साहित्य देवता प्रसन्न होकर नयी-नयी पुस्तकों की बिक्री का क्षेत्र बढ़ाते रहें। ठोस काम तो ऐसे मेलों में कुछ हो ही नहीं सकता। ठेंगा दिखा-दिखा कर ठुमकना ही होता है। बाद को कुछ सोच विचार की प्रेरणा मिल जाती है। जो लेखादि वहाँ पढ़े गये वह छिछली रक़ाबियों से जैसे छलके-उछले पड़ रहे थे। मुझे समस्याएँ तो, एक-से-एक, न जाने कितनी-कितनी वहाँ चलती-फिरती नजर आयीं मगर ऐसे नौजवान के दर्शन नहीं हुए जो उन्हें रद्दा मार कर पानी कर दे और जीवन और काव्य को सहज एक कर दे। एक बात बहुत बड़ी हुई। वह यह थी कि उस सारे सम्मेलन में श्री सुमित्रानंदन ने ही (कवि-गोष्ठी में) परशुराम को परास्त किया। वैसे तो वह बहुत शरीफ पड़ते हैं। लेकिन यार, वह इतने करारे तमाचे दिखा कर सही बात बोल रहे थे कि अपने वकीलराम को बहुत मज़ा आया। हम तो कृतार्थ हो गये। उन्होंने सामाजिकता से बहिष्कृत काव्य और साहित्य की सत्ता को अस्वीकार किया। कविता और जीवन को समानान्तर ले चलने वालों पर तीखी चोट की उन्होंने। भारती-भुलावा कुछ यही था। मगर पंत ने उनकी पतंग काट दी। युग का साहित्य जंगल के कोने में रचा हुआ नहीं होता। और न वह अन्तर्मन से उगला हुआ वैयक्तिक विकार होता है। साहित्य को भी समाज के डाल की ज़रूरत है। यही था उनका सारगर्भित भाषण। अन्य गोष्ठियों में मैं था भी नहीं। जल्दी ही चला आया था।

अब अपनी 1857 की पांडुलिपि भेजो प्रतीक्षा है। ज़रूर पढ़ूँगा। देखना है कि तुमने क्या और कितना लिखा है और वह कितना पल्ले पड़ता है। ख़्याल तो यही है कि तुमने जम कर कलम चलायी होगी। जल्दी भेजो। इन्तजार है।

मुंशी आये थे प्रयाग। वही दफ्तरी और सभाई बातचीत रही। न जाने क्यों सामने खुल कर नहीं उबल पड़ता। मुझे ऐसा लगा था कि जैसे वह अन्दर से नहीं बोल रहा। न जाने कहाँ—क्या हो गया है कि वह पहले-सा इन्सान नहीं मालूम हुआ। पर अभी उसे मेरी ओर से कुछ न कहना। उसे बुरा लगेगा।

श्री चंद्रबली भी आये थे। वह तुम्हारे 'समालोचक' के लिए लेख लिखने को कह तो रहे थे पर इधर कविताओं के अनुवाद में अधिक जुटे हैं। फिर तुमने उनसे ऐसा लेख माँगा था कि उनका कचूमर ही निकल जाता। बड़ा पढ़ना-सोचना पड़ता।

कमलेश्वर के उपन्यास पर कुछ लिखना अभी असम्भव है। समय कम अक्ल थोड़ी है। फिर कभी। नागर जी बीमार हैं। मुंशी कह रहे थे। वरना वह तो सबसे

पहले लिखते। मुझे खेद है कि प्रगतिशीलता विहीन अंक जा रहा है। कब तक छप कर आएगा? देखना टकसाली रहे। पिलपिला न हो। अभी से बधाई। एक प्रति—मेरी पुस्तक की भतीजे को दे दो।

अरे हाँ, सब लड़कियों को मेरा बहुत-बहुत प्यार। सयाने बच्चों को भी सलाम। ललित साहब को आदाब।

तु.
केदार

बांदा
27-5-58

डियर,

पोस्ट कार्ड मिला। "गदर के फूल"[1] पढ़ूँगा जब इलाहाबाद जाऊँगा और वहाँ से खरीद लाऊँगा। यहाँ मिलना असम्भव है। तुम्हारी सलाह न मानूँगा तो क्या गधा बना रहूँगा।

ज़रूर लिखिए सन् सत्तावन की कहानियाँ। वह पी.पी.एच. से प्रकाशित होगी यह भी अजूबा अचरज है। क्या वह ऐसा ज़रूरी काम करने पर तत्पर हैं? पिछला इतिहास तो कुछ और ही कहता है? ख़ैर, बुद्धि आयी तो?

ज्यादा खर्च है। मास्को न जाओ, कोई बात नहीं है। यह तो फिर कभी भी हो जाएगा। जेब कतर कर केवल पत्नी ही, आज के युग में पायजेब पहनती हैं। हम कठिन कमाई करने के बाद यह ऐयाशी नहीं कर सकते कि घूमें। वह तो लेख लिख कर भी अपने विचार प्रकट कर लोगे। अल्मोड़ा तो जा ही सकते हो। वहाँ न जाना कंजूसी होगी। मगर हिस्टारिकिल मैटीरियलिज्म लिखने पर उतारू हो तो जरूर न जाओ। पुस्तक दोगे तो समझ का मसाला सब को पढ़ने को मिलेगा।

प्रिय ललित पास हो गये मैंने अखबार में देखा था। तुमने तो सूचना भी न दी। अपनी पत्नी वाले गृह में अभी विरह जटायु है, इससे उनका दर्शन दुर्लभ है। बेटा भी प्रयाग है। हम नहीं लिख रहे।

तु. केदार

1. अमृतलाल नागर की पुस्तक।

बांदा
15-9-58

डियर डाक्टर,

पत्र मिला था। जरूर कुछ लिखूँगा। विषय तुमने suggest ही कर दिये हैं। नागार्जुन का पत्र दिल्ली से आज आया है। मेरे बारे में खूब बातें हुई हैं, सुना। पर उन्होंने भी कुछ खास नहीं लिखा। हाँ मेरे कान उमेठने की बात उन्होंने की है। प्रयोगवादियों की ओर मेरा झुकाव हो रहा है, यह तुम सबको प्रतीत होता है। मेरी रचनाएँ ऐसी हैं। यह जान कर अचरज नहीं हुआ। खेद ज़रूर हुआ है।

यह मेरी समझ का फेर है। 'प्रयोगवाद' जो है वह तो मैंने कभी भी जाने में अनजाने में अपनाया नहीं। मैं स्वयं उसको पहचानता हूँ। मेरे भाव और विचार उनसे स्पष्ट ही विलग हैं। बिम्ब भी बहुत साफ हैं। पता नहीं कि मेरी शैली से कुछ भ्रम हो गया है। हाँ वस्तु-तत्त्व अवश्य ही बदला-सा है। स्पष्ट लिखो कि क्या बात है। क्या कभी मिलने की व्यवस्था होगी।

हम सब अच्छे हैं।

शोभा और बेटियों को प्यार। बच्चों को आशीष। मालकिन को रामराम।

सस्नेह तु.
केदार

बांदा
8-10-58

प्रिय भाई,

पत्र मिला। अपनी कमियाँ ज्ञात हुईं। Walt Whitman पर लिखा जा रहा है। कब तक अन्तिम तिथि है मेरे भेज सकने की? लिखो। वरना मेरी जिम्मेदारी नहीं है।

बीज हैं कविता के मुझमें। यह भी खूब है। लेकिन वह बेल नहीं छोड़ते और न फूल-फल देते हैं। यह बीज भी क्या है। हो सकता है कि मैं उन्हें श्रमजल नहीं दे पाता। श्रम का अभाव भी है। छोटी कविताएँ तो इसी से लिख पाता हूँ कि अधिक समय नहीं रहता, अधिक विस्तार करने का।

'निराला' अच्छे लगते हैं। कीट्स भी अच्छा लगता है। पर जो प्रवाह और सहजता कीट्स में हैं वह मुझे नहीं मिलती निराला के छन्दों में। परन्तु, मैं यह नहीं कहता कि निराला सर्वत्र प्रवाहहीन कठिन हैं। देखना है कि भाव और भाषा सर्वत्र किस सरलता और सहजता से खुलते चलते हैं। दोनों का यह अन्तर है और यह

भुलाया नहीं जा सकता। परन्तु कविता में कीट्स अवश्य बाजी मार ले जाता है। मेरा अधकचरा ज्ञान यही कहता है। समय साबित कर सकेगा। सस्नेह

केदारनाथ अग्रवाल

बांदा

27-11-1958

प्रिय डाक्टर,

आजकल 'बोरिस पास्तेनैक' (पास्तेर्नाक) का मसला लेकर बड़ा होहल्ला मचा है। हमारे यहाँ का प्रेस और नेता वर्ग इस घटना से विक्षुब्ध हो उठा है। विदेशियों ने ती तमाम तूफान उठा रक्खा है। वैसे तो साधारण जन और साधारण लेखक-वर्ग के लिए इस घटना ने कुछ महत्त्वपूर्ण प्रश्न सामने उभार कर रखे हैं मगर वह प्रश्न तो वैसे भी बहस के द्वारा सोचे-समझे जा रहे थे। विशेषकर एक देश विशेष की विशेष परिस्थितियों में घटी हुई इस घटना का कहाँ तक क्या महत्त्व है, यह एक विचारणीय विषय है। इसी के आधार पर इस घटना पर विचार करना श्रेयस्कर होगा। परिवेश और ऐतिहासिक तथ्यों को बिसार कर पास्टनैक (पास्तेर्नाक) की घटना पर सैद्धान्तिक स्तर पर विचार करना उचित न होगा। देखो न,

पास्टनैक (पास्तेर्नाक) का देश एक तरफ है—वहाँ की तमाम परम्परा एक तरफ है—वहाँ के दर्शन एक तरफ हैं—वहाँ का विकास क्रम और वहाँ का नैतिक उत्तरदायित्व एक तरफ। इसके विरुद्ध तमाम दुनिया (कुछेक देशों को छोड़ कर) है—अन्य तमाम परम्पराएं हैं—विभिन्न दर्शन हैं—शोषण और शासन के कड़वे अनुभव हैं। स्वार्थपरता और अनैतिकता का प्रसार और प्रचार है। ऐसे में पस्तौरनैक ने अपनी देश की जनता और अपने देश से कट कर एक व्यक्ति की इकाई को अपना कर उस इकाई के द्वारा अपने उपन्यास का ढाँचा खड़ा किया है। क्या यह किसी लेखक को शोभा देता है? क्या यह किसी प्रकार भी उचित और नैतिक कहा जा सकता है? क्या यह वहाँ की साहित्यिक जीवित विरासत के तत्त्वों के विरुद्ध अपमानजनक प्रतिक्रिया नहीं है? क्या पास्टरनैक के लिए यह शर्म की बात नहीं है कि उसके देश के लेखकों ने उस के उपन्यास को वहाँ ही छपने से रोक दिया था, तब वह उसे विदेश में Smuggle करा कर छपाता (या वह छपता) और दूसरों का मान पाता। कम-से-कम मैं तो अपनी शान के खिलाफ समझता हूँ कि मेरे देशवासी मेरी पुस्तक (का) को नाकारा समझें और मैं विदेशियों का अच्छत चन्दन स्वीकार करूँ। क्या पास्तरनैक के विरुद्ध सब रूसी लेखक हैं? क्या उसने कोई अपमानजनक

कार्य नहीं किया है जिसके कारण वे सब उसके खिलाफ हैं? पता नहीं है मुझे इसका। लेकिन यह जरूर सोचता हूँ कि रूस के अन्य सब लेखक अकारण ही उसके खिलाफ न होंगे। तब हम या अन्य हमारे मित्र इस हो हल्ला मे नक्की का सुर क्यों मिला कर स्वनामधन्य हो रहे हैं? तुम मुझे इस विषय में अपने विचार लख कर सन्तुष्ट कर सकते हो। क्या यह पुरष्कार (पुरस्कार) 'शीत युद्ध' का साहित्यिक आक्रमण नहीं है विदेशियों द्वारा रूस के—समस्त लेखकों पर? क्या यह अन्ततोगत्वा वहाँ के लेखकों की जमात को जड़ से हिला सकने की ओर किया गया प्रयास नहीं है? क्या 'डाक्टर जिवागो' वास्तव में इतनी बहुमूल्य पुस्तक है कि आजतक कभी भी वैसी कोई दूसरी पुस्तक वहाँ नहीं लिखी गयी जिसके लेखक को अब से पहले कभी पुरष्कृत (पुरस्कृत) किया गया होता? विज्ञान के क्षेत्र में तो यह शीत युद्धी आक्रमण कारगर सिद्ध ही नहीं हो सकता क्योंकि वहाँ धाँधली की गुंजाइश नहीं रहती। अलावा इसके वहाँ तथ्यों पर अनुसन्धान किये जाते हैं। यह तो साहित्य के क्षेत्र में ही सम्भव है। वही हुआ भी। 'कृति' में इस बार इस घटना को लेकर नव-लेखन वालों ने भी ज़हर उगला है। मैं अभी सम्पूर्ण तथ्यों की जानकारी नहीं रखता इसलिए साधिकार कुछ भी कह सकने में असमर्थ हूँ। फिर भी तुम जरूर जानते होगे मुझ से अधिक। इससे मुझे सन्तुष्ट कर सकते हो। अवश्य करो। मेरी प्रतिक्रिया है कि यह देशहित में—वहाँ के के साहित्य के हित में—वहाँ की जनता के हित में—एक साहसिक कदम है। वहाँ के लेखक दमदार मालूम होते हैं। तभी तो उन्होंने पास्टरनैक का सम्मान नहीं किया।

मैं पत्र लिखता कई दिन पहले मगर सोच रहा था कि शायद मैं भी दूसरों की तरह सोच सकूँ। पर मैं असमर्थ हूँ वैसा सोच सकने में। मेरी प्रतिक्रिया भी वही हुई है जो पास्टरनैक के देश में हुई है।

मैं अपने नेताओं को क्या कहूँ। वह भी ऊपर-ऊपर फिसलते फिसलते रहते हैं। उन्हें कुछ न कहना था। चुप रहते तभी अच्छा था।

मैं बता दूँ कि मैं अपने ऐसे विचारों तक इसलिए नहीं पहुँचा कि मुझे उस देश से अपने देश के लेखकों से अधिक प्रेम है। यह तो मेरा तर्क है और ज्ञान है जो मुझे ऐसा विचार करने के लिए प्रेरित कर रहा है।

आशा है कि तुम सकुशल होगे। बच्चों को, बेटियों को प्यार।

सस्नेह

तु. केदार

बांदा
27-11-58
शाम 7 बजे

प्रिय डाक्टर,

एक पत्र सवेरे लिख कर डाल चुका हूँ। लो यह दूसरा भी।

'राम की शक्तिपूजा' में जो 'शतशेलसंम्वरणशील' (सम्वरणशील)—'भेद कौशल-समूह'—'बिच्छुरितवन्हि-राजीवनयन-हत-लक्ष्य'—'बाण-लोहित लोचन-रावण मदमोचन-महीयान'—'वारित-सौमित्र-मल्लयति-अगणित-मल्ल-रोध'—'गर्जित-प्रलयाब्धि-क्षुब्ध-हनुमत्-केवल-प्रबोध'—'उद्गीरित' से लेकर 'रावण सम्वर' का शाब्दिक अर्थ क्या है?

'देखते राम का जित-सरोज-मुख-श्याम-देश' से क्या मतलब है। (?) 'जित' के मतलब हैं जीता हुआ। अभी तो राम जीते नहीं थे। फिर सरोज-मुख के आगे 'जित' क्यों रक्खा है और क्या व्यक्त करता है?

इसी प्रकार 'एक भी, अयुत-लक्ष में रहा जो दुराक्रान्त' का शाब्दिक अर्थ क्या है?

'ज्योतिः प्रपात स्वर्गीय,—ज्ञात छवि प्रथम स्वीय,—जानकी-नयन-कमनीय प्रथम कम्पन तुरीय' का शाब्दिक अर्थ क्या है?

यह 'भीमा मूर्ति' कौन देवी हैं? 'महानिलय' क्या आसमान है? यदि नहीं तो क्या है?

'लख शंकाकुल हो गये अतुल-बल शेष-शयन,'—से क्या अर्थ निकलता है? राम ही अतुल-बल हैं या कुछ और अर्थ है? 'शेष-शयन' से क्या बोध होता है? क्या राम को विष्णु के रूप में व्यक्त किया गया है और शेष-की शय्या पर सुलाया गया है? अथवा राम के अतुल बल सो गये?

इस प्रकार 'युग अस्ति-नास्ति' के एक-रूप, गुण-गण-अनिन्द्य—साधनामध्य भी शाम्य'—को समझाओ। कुछ पल्ले नहीं पड़ रहा।

'जपते सभक्ति अजपा विभक्त हो राम-नाम' का शाब्दिक अर्थ भी पकड़ में नहीं आता। कुछ गूढ़ धर्म-दर्शन का हवाला जान पड़ता है।

'ये नहीं चरण राम के, बने श्यामा के शुभ'—यह क्या 'श्यामा' है जिसके चरण बन गये राम के चरण?

'शक्ति-खेल-सागर अपार' से क्या तात्पर्य है? 'प्रतिसन्ध धरा' का अर्थ भी नहीं समझ में आया। 'महाराव' क्या है? क्या ज़ोर का शोर है? 'बज्रांगतेजघन बना पवन को' क्या है? क्या हवा वज्र की तरह और तेज के घन की तरह बना दी गयी है। यह कैसे हुआ है? लिखो।

'एकादश रुद्र क्षुब्ध कर अट्टहास' के क्या मतलब हैं?

'यह रुद्र राम-पूजन-प्रताप तेजःप्रसार' क्या है? 'रुद्र-वंदन' क्या है?

'श्यामा के पदतल भारधरण हर मन्द्रस्वर' को स्पष्ट करो। 'सम्बरो देवि।' से क्या मतलब है?

'नहीं हुआ शृंगार-युग्म-गत' से क्या मतलब निकलता है?

'ये एकादश रुद्र धन्य' फिर आ गया। राम जाने इसके क्या reference हैं? कुछ तो लिखो।

'अंजना' कौन थीं? माँ थीं हनुमान की न?

'क्या असम्भाव्य हो यह राघव के लिए धार्य'—न समझ में आया। अर्थ लिख भेजो।

'अप्रतिभट वही' कौन है? फिर आगे है—'एक-अर्बुद-सम' यह क्या बला है?

'भाव-प्रहर' क्या होता है?

'कल्मष-गताचार' भी क्या है?

'पारिषद-दल' क्या है?

'मैं बना किन्तु लंकापति धिक्, राघव, धिक् धिक्'—के मतलब भी गोल हैं।

'मैत्री की समनुरक्ति' क्या होती है?

'चमका लक्ष्मण-तेजः प्रचंड' क्या है?

'धँस गया धरा में कवि गह युग पद मसक दंड'— क्या है?

'मैं हुआ अपर'—क्या है? क्या मैं दूसरा हो गया?

'निशित' क्या है?

रावण को अंक में लेने वाली 'महाशक्ति'-कौन हैं? क्या नाम है इनका? 'संवृत करती' आदि आदि। और आगे भी पूछूँगा।

तु. केदार

बांदा

30-12-58

रात, 7 बजे

मेरे मस्त मौला डाक्टर,

तुम नहीं जानते जो मुझ पर गुजरी है तुम-सब लोगों से काई की तरह फट कर आगरे से बांदा के लिए चलते समय! मैं ही जानता हूँ। मेरा चार दिन का निवास—तुम्हारे साथ का—मुझे अद्‌भुत शक्ति और प्रेरणा दे रहा है। वैसे पहले भी तुम्हारे

साथ घुला-मिला हूँ लेकिन जितना इस बार उतना शायद पहले कभी नहीं घुला-मिला था। इस बार तो तुम मेरा हृदय और मेरी आँखें हो गये हो। यही कारण है कि अधिक दिन जीने की आशा और उससे दुगना उत्साह ले कर आगरे से वापस लौटा हूँ। जीवन के दृष्टिकोण में मौलिक अन्तर आ गया है। वह अन्तर बाहरी नहीं, आन्तरिक है। यदि कहूँ कि मेरे 'भूत' का गुणात्मक परिवर्तन हो गया है तो अत्युक्ति न होगी।

रात 12 बजे पहुँच गया था। फिर सो गया। अभी तक श्रीमती जी से वहाँ की बातें नहीं हुईं। अब रात डट कर मंत्रोच्चारण होगा। वह भी निश्चय ही प्रसन्न होंगी।

रास्ते में, झाँसी तक एकासन से बैठा रहा था। कुछ पढ़ नहीं सका था। झाँसी के बाद, बांदा के रास्ते में Dilectical Materialism का प्रथम भाग पढ़ने लगा। लगभग 80 पेज पढ़ गया। बढ़िया लिखा है मेरे यार ने। बधाई देने का मन होता है। ऐसा लगता है कि मारिस कार्नफोर्थ को, उसके घर जाकर, सलाम मारूँ। जिन प्रश्नों पर हम-तुम रात को देर तक बात करते रहे थे उन प्रश्नों को ले कर इस लेखक ने विचार किया है। मुझे तो बेहद पसन्द है इसकी सरल, प्रकाश-किरण देने वाली शैली। विश्वास है कि तुम्हें भी अच्छी ही लगी होगी अन्यथा तुम मुझ खूसट के जेब से गाढ़ी कमाई के रुपये उस दूकान में न फेंकवाते। तुम्हें भी बधाई देता हूँ कि तुमने मेरे मन की पुस्तक मुझे खरीदवा दी।

आज घर पर रहा। सबेरे सामान ठीक करता रहा। कमरों की धूल साफ की। कानून की किताबों की चुप्पी तोड़ी और उनकी गरदनों से मल छुड़ाता रहा। मेज पोंछी। बाद को एक मुअक्किल दस दे गया, एक नोटिस लिखा कर। फिर जूतों को अपने हाथ से चमाचम करता रहा। जानते हो न कि अपने जूतों को चमकाना (भाववादियों के दर्शन के मतानुसार) न चमकाने के बराबर है। मगर वह चमके हैं। उनकी यह चमक उन दार्शनिकों के ब्रह्म की निरपेक्ष चमक है जो शायद कहीं अदग्ग रहती है। अपने राम तो रास्ते में और भी भौतिकवादी हो गये हैं। तभी तो जूतों की चमक में अपने—'भूत' का गुणात्मक परिवर्तन देखते हैं और इसको अपने का कर्ता और भोक्ता दोनों मानते हैं। जय हो हमारे अपने स्वस्थ दार्शनिकों की।

दोपहर खाना खा कर विश्राम करता रहा। आज कचहरी जाने का मन ही न हुआ। मैंने भी काम न होने का बहाना पा कर कचहरी का मुँह नहीं देखा। जाता तो जूते मैले कर और रूखे धुले बालों में गर्द जमा कर खाली खीसा घर लौट आता। तब शायद कुछ उदास हो ही जाता। नहीं गया इसी से पूरे उत्साह में रहा। फिर शाम कहे-अनुसार अकेले टहलने गया। दूर तक। खेतों की ओर। देखा कि यहाँ तो हरियाली का अकाल है और सरसों का पता ही नहीं है। क्या कोई चुरा ले गया है?

कुछ भी पता न चला कि यह क्या माजरा है। तुम्हारे यहाँ की धरती ने तो कलेजा चीर कर लहलहा कर हरियाली और पीली सरसों चारों ओर फैला दी है। यह देख कर कुछ खिन्न भी हुआ अपने प्रदेश की भू-माता पर। पर यह विचार कर कि देर में ही सही हरियाली होगी और सरसों फूलेगी फरवरी के महीने तक, प्रसन्न हो गया। यह स्वभाव हमारे चटियल मटमैले प्रदेश का है कि योगिराज शिव की तरह रहते हैं और जब कामदेव वाण साधते हैं और पार्वती तपस्या करती हैं तब बड़ी मुश्किल से से भावोद्रेक की अवस्था में आते हैं। न जाने कैसे तुलसी बाबा इस प्रदेश के हो कर भी तुम्हारे प्रदेश के राग रंग से जल्दी ही भर कर रत्नावली के लिए अपनी ससुराल दौड़े चले गये थे। वैसे मौसम अच्छा है। ठंड है। खपरैल के नीचे कल भी सोया था—परदा लगा कर। आज फिर सोऊँगा वहीं। पहले तो बिस्तर बरफ रहता है फिर गरमा जाता है। औरों को तो कमरों में बन्द सोते देखता हूँ यहाँ भी। बिल्कुल तुम्हारी तरह ही।

अच्छा तो लो एक कविता। सारंगी मुझे सदा मोह लेती है। 'युग की गंगा' में भी एक कविता थी। अब उस दिन तुम्हारे घर रेडियो से सारंगी सुनी थी न। तभी भाव-विभोर हो गया था। आ कर मैंने यह कविता रची है। देखो न किस तरह किस-किस प्रकार से किस-किसके भाव यहाँ आ कर एक साथ फूट पड़े हैं।

कहिए जनाब! है न कुछ काम की कविता। अगर अच्छी लगे तो अपनी पीठ ठोंक लेना मेरी समझ कर। न अच्छी लगे तो अपने गाल लाल कर लेना चपत लगा कर मेरे गाल समझ कर। इस प्रेरणा के तुम्हीं कारण हो। न जाने तुमने कितनी सुन्दर-सुन्दर रचनाएँ इस बार सुनाई हैं। देखो कब तक यह रूप-राग-गन्ध का खजाना मेरे मन के भीतर भरा रहता है। इस समय भी तुम्हारे घर में बैठा हूँ जैसे। इतनी ताजगी थी उन कविताओं में, इतना उदात्त स्पन्दन था उन सब रचनाओं में कि काल उन्हें मलिन नहीं कर सका और न कर सकेगा।

अभी कल भी कुछ काम नहीं है। दिन सूखे ही जाएँगे, कचहरी के। पर विचार है कि कल जाऊँगा। कुछ मिलेगा तो जेब में रख कर लौट आऊँगा, कुछ खुश-खुश। अन्यथा आँख नीची किये सरक आऊंगा अदेखा—जैसा।

अभी कविता गूंज रही है। वह निकले चाहे जैसी, लिखूँगा ज़रूर। भेजूँगा भी।

काश यह खत अभी ही तुम्हें मिल सकता और तुम अभी ही पढ़ सकते और अभी ही उत्तर दे सकते। पर जानता हूँ कि ऐसा असम्भव है। अभी हम जैसों को समय और दूरी पर विजय पाना कतई नामुमकिन है।

अच्छा तो राम राम।

मैं उन्हें किस तरह धन्यवाद दूँ जिन्होंने मेरे लिये चूल्हे की आँच में बैठ कर कई

दिन तक खाना पकाया है और तकलीफ उठाई है। मैं तो खा कर स्वाद की सराहना ही कर सकता हूँ। परन्तु उन्हें इस ममता के कोमल व्यवहार के लिए किन शब्दों में अपनी कृतज्ञता की अंजलि दूँ मेरी समझ में नहीं आता। मैं यही कह सकता हूँ कि मैं उनकी ममता से प्रावणान हो गया हूँ और प्रदीप्त हूँ।

ललित तो मेरे लिए महाबली हनुमान ही सिद्ध हुए। रेल में घुस ही न पाता। वह कैंट तक रेल में स्वयं आये। वह तुमसे भी अधिक मुझे स्नेह करता है। मैं भाग्यवान हूँ ऐसे को अपना कर।

बेटियों को तटस्थता की दूरी से देखता रहा था। उनके साथ एक हो ही नहीं सका। अपने स्वभाव के कारण। मगर यह न समझो कि मैं उनसे प्रभावित नहीं हुआ। वे जीवन की खपरैली पर आ-आकर नाचने-गाने वाली गौरैया हैं। मैं उन्हें बहुत प्यार करता हूँ।

कागज खत्म हो गया। कलम सोने जा रही है दराज में (मेज की) दंडवत, महाप्रभु।

सस्नेह, तु. केदार

1. कविता यहाँ नहीं दी जा रही है।

बांदा

17-4-59

मेरे दोस्त,

आप नाराज क्यों बैठे हैं? मैंने उत्तर देने में देरी की तो कोई अपराध तो नहीं कर बैठा। आज के उलट फेर के युग में ऐसी देर हो जाय तो कौन ठीक। देखो न, दलाई लामा अलंघ्य पर्वतमाला पार कर, देश-त्याग कर, हमारे देश आ गये हैं। हम स्वागत कर रहे हैं उन्हें बुद्धात्मा के रूप में। वाह रे! हमारा अतिथिसत्कार! जनाब, उन्होंने शायद कोई बड़ा काम किया है अपने देश तिब्बत को छोड़कर। हम तो यह नहीं समझ पाते। मालूम होता है कि धर्म दुर्बल था। उसे पालने में लिटा कर भारतीय श्वेत-श्याम गायों का दूध पिलाना जरूरी था। बेचारा वहाँ रहता तो सूख कर काँटा हो जाता। अच्छा हुआ कि ऐसे धर्म की रक्षा में लामा (महामहिम) ने अपनी मातृभूमि तक को त्याग दिया—जैसे बुद्ध ने घर छोड़ दिया हो। यह व्यंग (व्यंग्य) है। बहादुरी तो इसमें थी कि वहीं जमे रहते और धर्म को सबकी रक्षा में समर्पित कर देते। पर खूब हैं, हम लोग भी कि स्वागत में और यशोगान में सबसे आगे हैं। यह हमारे समन्वयात्मक दर्शन का सबसे ताज़ा नमूना है। अगर प्राण रक्षा

की दृष्टि से देखो तो श्री लामा का यह देश-त्याग सर्व-सम्मत से ईश्वरीय इच्छा का ही प्रतिफल है। हम इस पर कविता लिखना चाहते थे पर कलम दगा दे गयी। विवश हो कर यह पत्र ही लिखते हैं। और खैरियत है। लम्बा खत नहीं है—मुँह न फुला लेना।

पुनश्च—

अब घर की नींव तो खुद गयी होगी—कब तक तयार होगा?

केदार

बांदा

18-9-60

डियर डाक्टर,

दिनांक 15 का पोस्टकार्ड सामने है। इस पत्र के लिए धन्यवाद। तुमने याद तो किया। मैं (मैंने) तो समझा कि जनाब मुझे जमींदोज़ कर चुके हैं और अब मेरा कब्र से निकलना मुश्किल है। शुक्रिया कि तुमने फिर जिन्दा कर दिया। बड़े चालाक हो मिस्टर, कि नागार्जुन की खुशखबरी के बहाने मेरे पास आने का साहस कर सके। वैसे आते तो जानता। जब तुम मौन रहते हो तो अपने मौन से मेरे शरीर में वल्लम (बल्लम) मारते रहते हो। दरअसल में तुम्हारी चुप्पी बड़ी घातक होती है।

मुझे विश्वास नहीं है कि अब मेरा संग्रह प्रकाशित होगा। अगर हो तो तुम्हीं चुनना कविताओं को। यह काम मेरे से न होगा। अपना काव्यबोध कमज़ोर है तीनों पुस्तकों से कविताओं के क्रम तैयार कर दो, छाँट कर। फिर लिख मैं दूँगा। नयी कविताएँ तो मैं स्वयं चुन लूँगा। उनके बारे में तुम्हारी पसन्द का सवाल ही नहीं उठता। भला तुम उन्हें क्यों चाहोगे?

मुझे तो डर है कि कहीं हमारा प्रकाशन करके बेचारे प्रकाशक को काम न बन्द कर देना पड़े। 'युग की गंगा' का प्रकाशक तो उसके बाद ठप्प ही हो गया था न।

अब मालकिन कैसी हैं। (?) उन्हें नमस्कार। पुस्तक कब तक छपेगी और हमें मिलेगी?

ललित कहाँ हैं और कैसे हैं। (?)

तु.

केदार

बांदा
5-9-61
8 बजे रात

प्रिय डाक्टर,

मैं 2/9 को इलाहाबाद था। सबेरे ही वहाँ पहुँचा जहाँ निराला जी थे। वह अपने छोटे से कमरे की दीवार की तरफ मुँह किये—तहमत लपेटे—उघारे बदन लेटे थे। पता नहीं कि सो रहे थे या जग रहे थे। हो सकता है कि शिथिलतावश मौन लेटे रहे हों। मैंने उन्हें बखोरना उचित नहीं समझा। अतएव मैं श्री रामकृष्ण के घर गया। वहाँ उनसे मिला। निराला जी के हाल-चाल पूछता रहा। पता चला कि कुछ दिनों पूर्व वह डाँवाडोल हालत में थे। तमाम सूजन आ गयी थी। आशंका उत्पन्न हो गयी थी। दवा डाक्टर दास करते थे। परन्तु कवि ने उनसे दवा कराना स्वीकार नहीं किया। तब फिर दूसरे डाक्टर शायद डाक्टर ब्रजबिहारी से वही दवा कराने पर राजी हुए जो दवा उन्हें पिछले (पिछली) बार दी जाया करती थी। मालूम हुआ कि उससे लाभ भी हुआ। फिर मैं श्री रामकृष्ण के साथ निराला जी के कमरे में आया। तब तक वह हमारी तरफ हो रहे थे। हम लोग बैठे। मैंने देखा कि हमारे महाकवि के चेहरे की चमक उड़ गयी है। गाल पिचक गये हैं। चमड़ा साँवला पड़ गया है। दाढ़ी लटक गयी है। वह लेटे थे। पेट लम्बोदर के पेट की तरह हो गया है। पेड़ू के नीचे ही तहमत काफी उठी हुई लगी। पूछने पर पता चला कि अपेंडीसाइटिस का बड़ा सा झोंझ निकल आया है। यह बात तब तक आ गये श्री जयगोपाल मिश्र ने बतायी। वह निराला जी को चाँपते रहे। पाँवों में सूजन कम हो गयी है और सूजन कहीं न दिखी। बीमारी का हाल पूछ ही रहा था कि कवि ने स्वयं बताया कि पेशाब काफी मात्रा में होने लगा (लगी) है। यह लक्षण अच्छा है। केवल दूध और फलों का रस पीते हैं। पर मानते नहीं। इतवार के दिन कुछ दिन पहले उन्होंने गोश्त खुद ही पकाया था और जल गये थे। वहीं मालूम हुआ कि ठर्रा की बोतल मँगायी थी। छनी थी। यह कुतर्क भी होते चलते हैं। मुझे पहचान गये थे। हालाँकि मिश्र जी ने मेरा नाम बता दिया था। बांदा का हाल पूछते रहे। किसी मिथिलेश कुमारी का नाम ले कर उसका हाल पूछा। पर मैं उसे नहीं जानता था। एक सुन्दर स्त्री को जानता था। मैंने कह दिया कि वह अब बांदा में नहीं है। कहीं और हैं। मिश्र जी से जोर से चाँपने को कहा तो मिश्र जी ने हास्य में कहा : अब वह निराला कहाँ है कि जोर से चापूँ।—कलकत्ते की चर्चा चल पड़ी। मिश्रजी ने ही बताया कि जिस घर में कवि और वह लोग ठहरे थे वहाँ ही खूब छनी थी। वह बेचारा वैष्णव था। घबरा गया था। उसी दिन उसके बच्चा भी पैदा हो गया था। मिश्र जी ने कहा कि कवि

अस्पताल जाने को तैयार नहीं हुए क्योंकि उन्होंने कहा कि बहुत लोग बीमार हैं। पहले उनका इलाज हो। देखा तुमने। निराला संघर्ष कर रहा है शासकीय व्यवस्था के खिलाफ। उसका रोग असहनीय बातों के कारण ही इतना उग्र रूप धारण कर लेता है। वह नेता नहीं है कि जुलूस निकाले। आवाज बुलन्द करे। अब वह इस दशा में है कि पड़े-पड़े सब कष्ट अपने जर्जर शरीर पर ही झेल जाना चाहता है। मेरे सामने उनका सारा जीवन झलक मार गया। मैं उन्हें देखता था और देख कर मन में गुनने लगता था कि उनकी बीमारी के मूल में असंगतियों का बड़ा जबरदस्त तनाव हुआ होगा और है तभी वह इतना उग्र रूप ले लेती है। ऐसे रोग का उपचार दवा से नहीं हो सकता। मुझसे इसी हालत में कविता सुनाने की बात कही। पर मैं तैयार न था। कापी न ले गया था जबानी याद भी न थी। मैं इन्कार कर गया। कोई मौका न था, न मन था। तभी फिर बोले कि सनेही जी आये थे। मैंने उनका शिमला में अपमान नहीं किया था। उन्होंने उस दिन प्रयाग में गाना गाया था। कविता सुनाई थी। खूब रस मिला था। दाद दे रहे थे। और अपने शिमला के व्यवहार की सफाई दे रहे थे। मैंने पूछा कि पंत जी भी आते हैं या नहीं। मालूम हुआ कि एक दिन आये थे। जी छौंक-खा गया। उन्हें तो दिन-प्रतिदिन आना चाहिए। अपनों से स्नेह पा कर बीमारी हल्की हो जाती है। निराला को यह भी नसीब नहीं हैं। इलाहाबाद के वातावरण में अजीब बेरहमी और ममत्वहीनता व्याप गयी है। फिर हम चले। पान मँगा कर कवि ने खिलवाए थे। वहाँ से हमें मिश्र जी श्री नारायण चतुर्वेदी जी के पास ले गये। वहीं दारागंज में हैं। उसी घर में जिसमें एक बार मैं तुम्हारे साथ कई साल पहले गया था। निराला की बीमारी की चर्चा वहाँ भी चली। उन्होंने अपने सफेद बालों की परिपक्वता के स्वर में कहा कि निराला के भक्त ही उनकी बीमारी के कारण हैं क्योंकि वह ही हल्ला मचा-मचा कर उत्पात खड़ा किये रहते हैं। एक बात उन्होंने यह भी कही कि यह गलत है कि निराला को लोगों ने ठुकराया है—चपत मारे हैं और तभी वह इस दिशा को प्राप्त हुए हैं। अपनी दलील के समर्थन में उन्होंने नजीर दी कि तब मतवाला में निराला तो खुद ही दूसरों को कस-कस कर कोड़े मारते थे। वह फिर अपने साथ क्यों अच्छे व्यवहार की कल्पना के अधिकारी हैं। मैं चुप सुनता रहा। मुझे उनकी दलील कुछ भी न जँची। निराला तो एक Super Sensitive कवि था और वह जो दे रहा था अपनी जान से निकाल कर अच्छे-से-अच्छा नवीन-से-नवीन काव्य दे रहा था। उसका विरोध अनुचित था। तब के साहित्यिकों को समझ-बूझ कर काम करना था। ख़ैर जो हुआ सो हुआ। सच तो यही है कि कुछ निराला के अपने निजी स्वभाव ने और कुछ दूसरों के स्वभाव ने उन्हें इस दशा में पहुँचाया है। वह असन्तुलित तो हो ही जाते। जिस एक लगन

से—सब कुछ त्याग कर—केवल कविता को अपना कर वह हिन्दी का पक्ष ऊपर उठा रहे थे वह उन्हें कैसे दुनियादार रहने देती। वही हुआ कि वह दुनिया का सब कुछ खोते चले गये। अपना स्वास्थ्य भी खो चले। इसके बदले में उन्होंने कमाई कविता और उसे दिया। दूसरों ने—उनके सहयोगियों ने—दुनिया की कमाई भी की और कविता की बेड़ भी लगायी। वह लोग सन्तुलन का पल्ला अपनाए रहे। परिणाम वही कि वह भद्र बने—समाज में स्थान पा सके। पुरस्कार भी पा सके—नाम भी बरसा—और कविता भी देते रहे। लेकिन वह कविता भी वैसी ही भद्र बनी जैसे भद्र वह लोग बने। सब बात तो यह है कि उनकी वाणी में वह आलोक नहीं आया जो दिल उजाले से भर दे। जब मैं श्री नारायण जी के यहाँ से चला और रास्ते में था तो मैंने पूछा कि आखिर सरकार हमारे कवि को सम्मानित करने और पुरस्कृत करने में क्यों कोताही कर रही है तो मिश्र जी से मालूम हुआ कि निराला जी का वही हाल हुआ जो टंडन जी का हुआ। मुझे खीझ हुई। मैं रोष से भर गया। मैं ऐसी सरकार की भर्त्सना करता हूँ जो योग्य कवि का सम्मान करने में अड़ियल टट्टू की तरह आगे बढ़ने से इन्कार कर देती है। वाह रे सरकारी नीति। क्या कभी सरकार समझेगी या नहीं। हाँ तो, मैं दिल्ली-जयपुर न गया। तुम्हारे पत्र के पाने पर मैंने इलाहाबाद जाना ही ठीक समझा। निराला जी को देख कर चिन्ता हुई परन्तु हालत में कुछ-कुछ सुधार देख कर जी कुछ-कुछ चैन में आया। तुम्हें खबर दे रहा हूँ कि फिलहाल खतरा नहीं है। पर रोग की गति कौन जाने।

अच्छा यह तो लिखो कि अब बेटी की तबीयत कैसी चल रही है? दोस्त, चिन्ता न करना। सब ठीक होगा। तुम तो गम्भीर हृदय हो। निराला की बीमारी हिन्दी की बीमारी है—कविता की बीमारी है ...युग की बीमारी है ...हिन्दी के अन्य कवियों की बीमारी है।

तु. केदार

बांदा
5-10-61
रात 8 बजे

प्रिय भाई,

गाँधी-जयन्ती के दिन शाम के समाप्त होने पर, लालटेन की रोशनी में कुछ देर के बाद, तुम्हारी पुस्तक को पूरा पढ़ सका। यह पुस्तक नहीं ग्रन्थ है। ग्रन्थ नहीं गौरव ग्रन्थ है। यह तुम्हारे विवेक की अनूठी उपलब्धि है। तुमने इतिहास के युगों

में जा कर वहाँ ध्वनियों को पाया और उनकी उत्पत्ति का और विकास का सामाजिक धरातल खोजा और स्वर और व्यंजनों के सामान्य रूपों और उनकी भाव-प्रकृति का पता लगाया। मूल शब्द भंडार के आधार पर अनेकानेक सर्वमान्य भ्रान्तियों को तुम्हीं ने तोड़ा। बोलियों के सम्बन्ध में भी तुमने कमाल किया है। उनके योग का महत्त्व कहाँ और कब किस तरह प्रकट हुआ, इसे भी तुमने अच्छे ढंग से रक्खा है। लघु जातियों और महाजातियों के निर्माण की क्रिया का स्वरूप भी तुमने सही ही बतलाया है। परिनिष्ठत (परिनिष्ठित) भाषा की व्याख्या भी खूब है। आद्य भाषा की थ्योरी तो फट से फूट गयी। अब तक बहुत से भाषा वैज्ञानिक पहाड़ की तरह खड़े थे। सब तुम्हारे विवेक के नीचे हो गये। कारकों की बारकों में भी तुमने पहुँच कर उनका भी भेद लिया है। यह भी सुन्दर है। सर्वनाम संज्ञा का प्रतिनिधित्व करते-करते थक गये थे। कोई उन्हें महत्त्व ही नहीं देता था। तुमने उन्हें भी उठा कर सफल किया। धातुएँ अपना असली हिन्दी रूप खोये बैठी थीं। तुमने उन्हें उबारा। अब बेचारी वे धातुएँ जो परम पूजिता थीं मन्द पड़ गयी हैं। 'ने' का महत्त्व मैं न जानता था तुमने बताया। न जाने तुमने कितना नहीं और क्या नहीं लिखा। पढ़ कर दिमाग साफ हो जाता है। मालूम होता है कि अब तक इस विशेष क्षेत्र में उल्लू ही बोलते थे। अब तो वहाँ मर्द बोला है। हमारी भाषा हिन्दी तुम पर गर्व कर रही है। विषय बड़ा ही सरस है। हिन्दी से प्रेम हो तो यह ग्रन्थ भी अनुपम है। जिस शैली में तुमने लिखा है वह सहज बोधगम्य है। तर्क से भरपूर है। उदाहरणों से प्रमाणित है। हास-परिहास और व्यंगों (व्यंग्यों) से नाटकीय है। भोजपुरी और पंजाबी के सम्बन्ध में तुम्हारे दोनों दृष्टिकोण स्वच्छ और माननीय हैं। अंग्रेजी के हिमायतों की तुमने खूब खबर ली है। रविन्द्रनाथ को शेली आदि पाश्चात्य कवियों से प्रभावित कहने वालों की बखिया भी तुमने ऐसी उखाड़ी है कि तोपें टिपटिप करके रह जाएँगी। आदि से अन्त तक कहीं भी दृष्टिदोष नहीं आया। तुमने यथार्थ के धरातल पर शब्दों, स्वरों, बोलियों, भाषाओं, जातियों, व्याकरण, इत्यादि इत्यादि का उद्धार किया है। तुम सबसे बड़े विचारक हो। मैं तो समझता हूँ कि यह ग्रन्थ तुम्हें अमर रखेगा। बधाई लो। सौ बार बधाई लो। हजार बार लो। इस पुस्तक को छाप कर P.P.H. धन्य हो गया है।

'निराला' पर सनेही जी का लेख छपा है। हिन्दुस्तान साप्ताहिक में। दो पत्र भी छपे हैं, जो निराला ने तुम्हें लिखे थे। आज पढ़ता रहा और विवश रोता रहा। वाह रे हमारा हिन्दी प्रेम। प्रयाग के बड़े-बड़े कवि-साहित्यिक कोई भी उसके पास नहीं पहुँचते। अपने मान-सम्मान की जगहों में सभी जाते हैं। दोस्त P.P.H. उनकी पुस्तकें छाप कर घर-घर में पहुँचाए तभी कल्याण है।

रामकृष्ण त्रिपाठी, दारागंज, संगीत शिक्षक—यही पता होगा। मकान नं. नहीं जानता। सेवा को प्यार।

तु. केदार

बांदा
5-12-61

प्रिय डाक्टर,

एक पत्र पहले भी आया था। उत्तर न दे सका। व्यस्त था इधर-उधर के कामों में। एक दूसरा पत्र पा कर अब जवाब देना ही पड़ रहा है। न आता तो शायद अभी और समय बीत जाता बिना पत्र लिखे। तुमने खटखटा दिया, यह अच्छा ही हुआ। मुझे विश्वास है कि शोभा की बहस में तुम ज़रूर हारे होगे। लेकिन वह हार भी अच्छी ही रही होगी। बिस्तर पर पड़े-पड़े बात बनाने के लिए और कुछ और मजा मारने के लिए। गेंदे तो धूप पी कर बड़े गुदगुदे हो जाते हैं। बरबस आँखों में उछलते रहते हैं। डियर, जी-भर देखो और जियो। 'चांदनी रातों में खूब मुस्कराते हैं।' क्यों नहीं दल-बल से खूब कसे जो रहते हैं और ढीले नहीं पड़ते। यूनान वालों की एकाध कविता मेरे पास भी भेज दो। अकेले रस लेते हो। मुझे वंचित रख कर अपराध करते हो। सजा मिलेगी। अवकाश होता तो छलाँग मार कर अचानक तुम्हारे घर पहुँच जाता। पर दुनिया का चक्कर-मक्कर जकड़े है। काम कचहरी का साला बड़ा समय-खाऊ और जीवन लेवा है। मजबूर हूँ।

यार, कविता लिखो। मूड आया है तो कलम चलाओ और स्वरों से व्यंजनों को निहाल करो। जो लिखी है उसे ही भेजो। तुम तो तभी सन्तुष्ट होगे जब अपना कचूमर निकाल लोगे।

निराला-निराला—सब पर छाया है निराला। सब के मन को अब बहुत भाया है निराला।

पुस्तक की प्रतीक्षा है। लिफाफा नहीं है। रात है। अतएव पोस्टकार्ड।

तुम्हारा—केदारनाथ

बांदा : 25-12-61

प्रिय डाक्टर,

मौसम आगरे में ही फौक्स नहीं है। यहाँ भी डबल निमोनिया के वज़न पर

डबल फौक्स है। ठंड के साथ-साथ ठरन है। ढेर कपड़े पहने हूँ, फिर भी डोला जाता हूँ। मेरुदंड बेईमान की नियत (नीयत) की तरह डोल रहा है। सीने में ठंड की हिमानी मुट्ठी रखी है। ऐसे में बहुत सँभाल कर—दस्ताने पहने हाथ में—यह पत्र लिख रहा हूँ। मेरा तो वही हाल है जो आर्कटिक सागर में चल रहे जहाज का। सिर पर स्तूपाकार कनटोपा चढ़ा बैठा हूँ। मैं हूँ कि शीतकाल के शीतयुद्ध से बचने के लिए बुद्ध भगवान की शान्ति का आश्रय लिये बैठा हूँ। ऐसे में तुम्हारा लम्बे डग की लेखनी का पत्र मिला। चश्मा चढ़ा कर सपाटे से पढ़ गया। मालूम हुआ कि पहलवान 'राम' रावण से युद्ध कर रहे हैं। निराला के शब्दों में शक्ति का सामना शक्ति से करो। तुम तो इधर निराला पढ़ भी रहे हो, हम तो उनके मरने के कुछ महीने पहले से उन्हें समझ रहे हैं। उनके गीतों के अर्थ खोल रहे हैं। कहीं-कहीं खूब खुल जाते हैं। कहीं-कहीं शब्द ही बजते रहते हैं। अर्थ छिपे के छिपे रहते हैं। बड़ी मेहनत की यह खेती है—निराला के गीतों का अर्थ समझना। पट्ठा ऐसे-ऐसे दाँव लगाता है कि पंडित लड़खड़ा कर भूलुंठित हो जाएँ। शब्द भी वहाँ नये-नये मोरचे पर लड़ते हैं। चारों तरफ गरदन फेरते हैं। कभी पहचानी चाल से मार करते हैं तो कभी अजानी चाल से पैर पटकते रहते हैं और दिल पर हाथ नहीं धरने देते। निराला ने कुल्ली भाट को तो भीतर-बाहर दिखा दिया पर करामात से ऐसा कुछ कर गये हैं कि उनकी वाणी में भरा भाव गीतों में गहरा हुआ है। पहले तो वह, शुरू में, कला को दिखाते थे भाव के साथ। बाद को तो वह भाव को भी और कला को भी छिपाते थे। वह जहाँ तक आये थे वहाँ तक पक गये थे। डाल में लगे बेल की तरह उनके गीत हैं। ऊपर से कठोर। उरोजों की उपमा लिये। पर हैं शिव के उस अर्द्धांग के गीत जो तपस्या से शुद्ध हुआ है। एक बहुत बड़ा अचरज है कि निराला के गीतों में शिव और पार्वती दोनों के दर्शन होते हैं। शिव की अनासक्ति, शिव का योग, शिव की चेतना, शिव की सिद्धियाँ तथा शिव का शरीर—सब कुछ है इन गीतों में। साथ ही इन गीतों में पार्वती भी हैं। वह निष्कलुष जरा मरण विहीन तपस्वी सौन्दर्य है कि वह दिव्य क्षणों में ही आभास देता है। देखो न :—हाथ वीणा समासीना—विशद वादन रत प्रवीणा—घिरे बादल गगन मंडल—तरल तारक नयन अविचल—तार के झंकृत सुकोमल कराहत करका सुखीना—राग सावन मनोभावन—भामिनी के भवन पाषन—दीप्ति नयनों की सुहावन—नाक का हिल रहा मीना। इसकी कला देखो ऊपर से नीचे ठोस। महाकवि ने अपनी काव्य-साधना को, सरस्वती की आराधना को अपने जीवन चरित को और युग के साहित्यिक जीवन चरित को एक ही धरातल (पर) उतार कर सँवार दिया है। पहले तो सरस्वती को बराबर पर बिठा लिया है। अपने को उस देवी के समकक्ष रखने का भाव है। अपनी कविता का

भरोसा व्यक्त किया है कवि ने। उधर सरस्वती भी उसके घर आयी हैं। वह भी कवि को श्रेष्ठ समझती हैं। तभी तो सुपात्र के पास बैठ कर वीणा बजाती हैं। बादल घिरे हैं। कवि के जीवन में और काव्य के जीवन में और सरस्वती के जीवन में। तीनों तरफ आकाश आच्छादित है। सावन जो है। तारे भी छिपे हैं। परन्तु देवी के तारने वाले तरल नयन तो हैं। वह चमक रहे हैं। तरल से सहृदयता और सन्तोष की तृप्ति का भाव है। दुख में भी कविता, संगीत और जीवन एक (साथ) चल रहे हैं। यह खूबी है। ओले पड़ते हैं। वैसा ही संगीत भी बज रहा है। वेदना का बोध अव्यक्त से व्यक्त होता है। वह भी सुख देने वाला है। वेदना में सुख की अनुभूति व्याप्त है। गीत नहीं बन्द होता। सरस्वती चल नहीं देती। कवि भग (भाग) खड़ा नहीं होता। क्रम चलता ही रहता है। सरस्वती की आँखों की ज्योति देखता है कवि। अपनी काव्य-साधना पर प्रसन्न देखता है देवी को। तभी मीना के हिलने में स्वीकार का भाव है। यह है कला और यह है कविता। एक दूसरा गीत है:— 'जावक जय चरणों पर छाई' वसन्त का गीत है। 'पलक पलास डाल कलियाई' कहा है। पैर से सिर तक का सर्वांग दर्शन है। लक्ष्मी बसन्त के चरणों पर अपनी जय का जावक समर्पण कर चुकी हैं। वाह रे महाकवि! 'थोक अशोक कोकनद फूले—मधु के मद भौंरे दिक भूले'—यहाँ रवीन्द्र की याद आयी। वह वधू में कहते हैं 'करबी थोलो थोलो रपेछे फुटि।' वहाँ कनेर फूलते हैं—परन्तु थोलो-थोलो की ध्वनि से सौन्दर्य थुलथुला जाता है। मारवाड़िन का खुला पेट दिखने लगता है। यहाँ निराला का 'थोक अशोक' चैलेंज देता है दीनता को, दारिद्र (दारिद्र्य) को अरूप को और दम्भ और अहंकार को। फिर मधु पी कर मस्त हुए भौरों का दिक् भूल जाना भी सुगन्ध की अतिशयता का बोध देता है। तमाम तरह की खुशबू—तमाम तरह के इन्द्रिय बोध—चेतना हरण का भाव—खुशबू के परदे जैसे पड़ गये हों। और चलो। कवि कहता है 'पावक पाश दिगन्त बंधा है।' यह एक पंक्ति ही जीवन और दर्शन, ज्ञान और विज्ञान का रहस्य प्रकट करती है। बड़ी बढ़िया अमर पंक्ति है। सौन्दर्य देखो, धूप का जैसा चित्र है। 'अग-जग जैसे अडग सधा है।' इसी पर सधने का भाव भी खूब है। आग से बँध कर ही सृष्टि क्षय नहीं होती—चिर विकसित है। फिर अन्त में कवि कहता है कि इतना सौन्दर्य है कि आँखों को देखते-देखते थक जाना पड़ता है। कहता है कि 'नभ में नयन मुक्ति मंडलाई।' यह है धरती का वास्तविक सौन्दर्य। शायद कवि कालिदास इतने कम में इतना भरपूर सौन्दर्य और रस नहीं भर सके। अर्थ निर्वाह कमाल का है। बहुत हो चुका दोस्त। अब कलम नहीं चलती। फिर दूसरे पत्र में। सेवा को गरमागरम प्यार+पकौड़ी।

तु. केदार

पुनश्चः—

पत्र पाते ही फिर लिखूँगा निराला पर ही। 'जनयुग' निराला अंक फिर निकालेगा।

तु. केदार

बांदा (उ.प्र.)

23-2-62

प्रिय डाक्टर,

मैं जानबूझ कर चुप था। लम्बा पत्र लिखना चाहता था। तब तक कलम न चला सका कि आज शाम को जनाब आ धमके। अब लिखता हूँ कि देरी हुई, कान पकड़ता हूँ।

'निराला' पत्रिका आयी। देखी अन्तिम कविता भी पढ़ी। निराला की यह कविता मुझे वैसी ही प्रिय लगी जैसी 'जावक जय चरणों पर छाई'—'हाथ वीणा समासीना' इत्यादि इत्यादि लगी थीं। शायद यह रचना भी तुम्हें नहीं भायी। भाषा बोलती है। बल बोलता है। जीवन बोलता है। समस्त इतिहास बोलता है।

पत्रिका का कवर चित्र निराला को नहीं, साधु वेश को अधिक व्यक्त करता है। गालों की यह लाली उस साधू के मुखड़े की लाली है जिसने न सिद्धि पायी है न समाधि पायी है। केवल मालपुए उड़ाए हैं। दूसरा चित्र देखा हुआ है। आँखों से संजीवनी शक्ति मिलती है। ओठों से स्मिति के साथ-साथ आत्मविश्वास की शान्ति मिलती है। नाक भी दृष्ट और शब्दों के बीच की दूरी को उसी चाव से पा गयी है जिस चाव से आँख और अधर एक दूसरे के स्वभाव को व्यक्त करते हैं।

यह व्यंग (व्यंग्य) है कि मरने के बाद राष्ट्रपति के यहाँ समारोह हुआ और तभी डा. सम्पूर्णानन्द ने अपना नाम निराला के साथ नत्थी किया।

पहला नामधारी पदत्याग के तट पर है। दूसरा राजनीति का निष्काषित अपदस्थ बनारसी है। साहित्य को इनकी छाया का प्रशमन मिला तो हमारा विलयन नमन में जो जाएगा। निराला का स्वभाव इन जैसा न था। फिर भी यह लोग जीते-जी उस पर सवारी न कर सके। अब मरे पर उसे श्मशान में जिला रहे हैं। भूत जगाना होता है न। तान्त्रिक लाश पर चढ़ कर सिद्धि पाते हैं। क्या यही हो रहा है? खैर छोड़ो। यह तो समय के साथ होता ही रहेगा।

डा. बच्चन का एक लेख निराला पर निकला है। तीन किश्तों में। हिन्दुस्तान साप्ताहिक में। मैंने पढ़ा है। उन्होंने स्नेह से नहीं, दिल में दाग रख कर लिखा है। पंत उन्हें प्रिय हैं। शायद उनके लिखने में पंत-प्रियता का प्रभाव है। निराला की

कला को उन्होंने ठुकरा दिया है। जीवन को लेकर निराला की कविता को कसने का उनका यह प्रयास सन्धि का नहीं विग्रह का द्योतक है। निराला ने कला जगायी है। जीवन जिया है। जीने और जमाने में अटूट अविच्छिन्न सम्बन्ध है। वाणी समतल भूमि से उठ कर बलाका की तरह ऊपर उड़ी और अँधेरे को चीरती हुई देवदार के वन को बेध गयी है—पंखों के झपाटे से। निराली में जीवन बोला है मगर रहीम की तरह नहीं, न कबीर की तरह। वह शब्द और अर्थ की गरिमा लेकर बोला है। बच्चन 'समतल' काव्य को ही जीवन का काव्य कहते हैं। समतल से ऊपर वही उठता है जो काव्य में सीझा है, जो शब्दों की पकड़ जानता है और जो अर्थ के इंगित पर जीवन निसार करने पर तुला बैठा है। मैं यह नहीं कहता कि निराला की सब कविताएँ श्रेष्ठ हैं। असम्भव है। पर मुख्य स्वर सफल है। मुक्तछन्द पर भी चोट की है बच्चन ने। मैंने उन्हें एक पत्र आज ही लिखा है। अपने विचार व्यक्त किये हैं। उनका आप्रेशन 5 मार्च को होगा दिल्ली में। हरनिया हो गयी है। तुमने भी तो पढ़ा होगा उनका लेख। कैसा लगा? इतना मौन धारण किये हो कि कुछ कहते नहीं बनता। क्या पुस्तक में पिल पड़े हो। 'निराला' पत्रिका में ही कुछ दो। ज़रूर। बहिष्कार से परिष्कार न होगा। निराला को उन पर्तों में जाने से बचाना होगा जिनमें लोग ले जाना चाहेंगे। कहीं लोग-बाग उन्हें सन्त बना कर स्वाहा न कर दें। पंत को सन्त बना कर डाक्टर बच्चन ने कोई बड़ा काम नहीं किया।

चुनाव चल रहा है। शोर जोर पर है। आसमान गूँज रहा होगा। अच्छा तो सलाम।

सस्नेह तु. केदार

पुनश्चः

आज डा. बाबूराम सक्सेना की भाषा की पुस्तक देख रहा था। पढ़ने में सिर चकरा गया। वह सत्य का स्वर, वह तर्क, वह चिन्तन—वह स्पष्टता नहीं मिली। बड़ी उलझनें हैं।

केदार

बांदा

16-4-62

प्रिय भाई,

लिफाफा मिला। पढ़ गया। कई दिन तक सोचता रहा था कि आखिर मौन क्यों हो। मालूम हुआ कि आगरे से बाहर विचरण पर गये हुए थे। यात्रा सदैव ही सुखकर नहीं होती परन्तु तुम अच्छी तरह कर आये, यह अच्छाई है। कुछ उमंग-उत्साह ले

कर आये होगे। तभी पत्र में कुछ ताज़गी है।

पुरूरवा (पुरूरवा) से उर्वशी का कथन जिसे तुमने उद्धृत किया है, वह उस नारी के हृदय की बात है जो आजकल इस सड़े-गले समाज में हर जगह—हर घर में पायी जाती है। यहाँ भी तो प्रेम नहीं होता। केवल शारीरिक भोग-विलास होता है। दो हृदय उसी से कुछ दिनों बाद ऐसी अनुभूति के शिकार हो जाते हैं। जो व्यक्ति प्रेम करता है, एक उद्देश्य और कर्म के आदर्श को हृदय में ले कर वह व्यक्ति अपनी प्रेमिका को इस तरह आलिंगन आबद्ध नहीं करता और न उसकी प्रेमिका इस तरह अपने प्रेमी से कहने के लिए प्रेरित होती है। दोनों का प्रेम लोककल्याण में फलता-फूलता है और एक का स्पर्श दूसरे के स्पर्श से द्विगुणित हो जाता है। उर्वशी आकाश की है। पुरूरवा (पुरुरवा) पृथ्वी का है। वही अनमेल परिस्थितियाँ हैं। दोनों उन्हीं तौर-तरीकों के शिकार हैं जिनके शिकार आज अधिकांश प्रेमी-प्रेमिका हैं। फिर दिनकर ने (,) ऐसी अनुभूति के पीछे जो विवशता है(,)उसका उद्घाटन नहीं किया। मुझे इसी से ऐसी अनुभूति से रस-ग्रहण करने में दिक्कत होती है।

इसी प्रकार पुरूरवा (पुरुरवा) की वाणी भी है। उससे भी अपने प्रश्न का उत्तर नहीं मिलता। वह आकाश में उड़ता है। यही तो गलती की दिनकर ने कि वह घर के पास संसार में नहीं विचरे बल्कि कुछ ऊँची चीज की पकड़ में कुछ भी न पकड़ पाये। ऐसी अभिव्यक्ति तो उन्हीं लोगों की जबान से निकलती है—जो नारी को सहधर्मिणी नहीं मानते। वास्तव में कुछ तो दिनकर के अस्पष्ट चिन्तन का फल है और कुछ उर्वशी और पुरूरवा (पुरुरवा) की काया (कथा)(?) का फल है कि जो प्रश्न इन दोनों के सम्बन्ध को लेकर उठे हैं वह प्रश्न कर्मठ व्यक्तियों के दिलों में नहीं उठते। यह तो स्पष्ट ही मनोविनोद एवं वाक्-विलास के अतिरिक्त कुछ भी नहीं है। मोपांसा की कला प्रेमी विधवा का केस ठोस धरातल पर है। उसकी अनुभूति सत्य से और यथार्थ से उद्भूत है। वहाँ वह अपनी जगह ठीक ही है। समस्या को पेश करना कला और कविता नहीं है जनाब। आदमी को सही दिशा में ले जाना भी कला और कविता का धर्म है।

मुझे तो मालूम होता है कि यह काव्य केवल बकवास है। शुरू से आखिर तक। अच्छी दिलचस्प गुफ्तगू है। दोनों एक-दूसरे को जानना चाहते हैं और अपने को जानना चाहते हैं। पर न जानने में ही मज़ा लेते रहते हैं। ऐसी बातें कामकाजी आदमी को शोभा नहीं देतीं। मजा जब आता कि प्रेमिका प्रेमी के साथ कुछ श्रम करती और फिर दोनों एक-दूसरे से लिपट कर एक दूसरे पर न्योछावर हो जाते, उस काम की कृतज्ञता में। तब जब प्रेमी प्रेमिका की आँखों में आँखें डालता वह एक नया स्वर्ग देखता, एक नया आकाश देखता, एक नयी सृष्टि देखता। उर्वशी और पुरूरवा

(पुरूरवा) तो रटे-रटाए सूत्रों में बात करते हैं। मैने ऐसी बहुत बातें पढ़ी हैं। उनका विस्तार इस काव्य में है। मैं तो ऐसी बातें लिख ही नहीं पाता। मेरा 'प्रेम तीरथ' मेरे हृदय का चित्रण कर ही चुका है। अब तो हमारा प्रेम बोझ ढो रहा है। फिर भी आस्था के साथ जी रहा है। कम नहीं हुआ—न होगा। प्रेम Spirit है। मैटर नहीं। वह मैटर को छू कर—उसमें जान फूँकता है।

मेरी राय है कि तुम मुझे विस्तार से लिख कर समझाओ वरना बात का भ्रम मुझे मथे रहेगा। मैं साफ-सही निष्कर्ष चाहता हूँ। तुम पूर्ण रूप से मेरे विचारों का विवेचन करो और लिखो ताकि सन्तोष हो। कहाँ गलती है। पत्र की प्रतीक्षा में।

सस्नेह तु. केदारनाथ अग्रवाल

केदारनाथ अग्रवाल, एडवोकेट
बांदा (उ.प्र.)
दिनांक 17-3-1963

प्रिय डाक्टर,

16/3 के 'हिन्दी टाइम्स' में कल पढ़ कर मालूम हुआ कि दाहिना हाथ घायल हो गया है और उसके बेकार होने की सम्भावना है। विनायक जी यदि यह खबर न छापते तो हम तो यह हाल जान ही न पाते। अब कैसी हालत है? मैं आज ही भर फुरसत में हूँ—कल से कई दिन तक कचहरी में व्यस्त हूँ। इसलिए अभी न आ पाऊँगा। शायद हवाई जहाज होता तो जरूर उड़ कर देख आता। वह सुविधा लेखकों के भाग्य में कहाँ है? दिल कचोट कर रह गया है। ख़ैर। न पहुँचने पर भी मैं तुम्हारे पास हूँ। तुम्हें देख रहा हूँ। तुम्हारे साथ—सामने बैठा मौन ही बात कर रहा हूँ। तुम रात को सो रहे हो, मैं आँखें खोल-खोल कर तुम्हारे हृदय की धड़कनें और उस घायल हृदय की दृढ़ता को देख-सुन रहा हूँ। यह न समझो कि कान ही सुनते हैं, आँखें भी ऐसे क्षणों में सुनने लगती हैं। कान तो दिन-भर के कोलाहल से सुन्न पड़ जाते हैं। तुम हँस भी रहे हो। यही जानदार आदमी की सबसे बड़ी पहचान है, मेरी तरह रो नहीं देते ...जरूर कहीं-न-कहीं मेरे दिल पर कुछ आक्रान्त होकर बैठ गया है और अपनी (दिल की) स्थिरता गँवा चुका है। सब घर के लोग परेशान होंगे। व्याकुल होंगे। वह बड़ा घर जैसे स्वयं भी पट्टी बाँधे पड़ा होगा। चारों तरफ बाहर, दुनिया का चक्कर चलता होगा। मैं जैसे यहाँ मक्कर के फेर में निष्फल हो रहा हूँ। ऐसी भी विवशता क्या कि मेरे पैर यहाँ से आगरा की ओर नहीं जा पा सकते।

तुम खातिर जमा रक्खो कि मैं समय पाते ही भाग आऊँगा। बैठ कर, बोल कर,

कविता की पुस्तकें पढ़ कर, निराला पर बात कर, मैं तुम्हें तलवार की तरह चालू कर दूँगा। हाथ म्यान से बाहर निकल आएगा जैसे तलवार। आज सबेरे 5 बजे निराला की वनबेला पढ़ रहा था। बड़ी मार्मिकता के साथ लिख सके हैं। आज के भारत का राजनीतिक नक्शा उभर आता है। सधे शब्दों से—फूलों की नोकों से—निराला ने दिल कुरेदा है—अपना-हमारा-नेताओं का (—) और हमारे देश की सन्ध्या के बाद भी उषा ले आने में कमाल किया है। वह सुगन्ध का सिद्धि की तरह अन्तर से उठ कर छहरना मन मोह लेता है। इधर 2 दिन हुए शायद... शुक्र की रात को इलाहाबाद से 10 बजे रात आकाशवाणी से निराला की 'राम की शक्तिपूजा' की संगीतिका प्रसारित हुई थी। मैंने सुना। कई कलाकार पाठ कर रहे थे—स्त्री-पुरुष अलग-अलग। कंठों में आस्था, बल, विश्वास और महाकवि के प्रति ममत्त्व था। पर उस महान कविता को ग्रहण कर-कर के भी उसे वह पूरी तरह क्या अधूरी तरह भी अपने-अपने कंठों से बाहर नहीं निकाल पा रहे थे। कविता जैसे बदल कर—चोला बदल कर—आ रही थी। वह तो अपने असली रूप में तेज, तराशी हुई, गंगा की तरह आकाश से पृथ्वी पर उतरती है, पूरे नाद और भाव-नृत्य के साथ। बलवेग भरा पड़ा है वहाँ। परन्तु यहाँ आकाशवाणी के प्रयोग में पड़कर उसे कोई भगीरथ नहीं मिल सका। मिले तो अधकचरे कंठ के उत्साही युवक और युवतियां। उन्होंने प्रयत्न तो किया पर सँभाल पाते तो कैसे कि लोच और लहर नाच जाती शब्दों के संग्राम में। प्रयास सराहनीय है। सफलता न्यून भी नहीं कह सकता। वह गायी गयी। ऐसी अदा से जैसे साधारण गीत गा कर कर्ण-मधुर बनाए जाते हैं। मधुरता की जरूरत नहीं थी, इस महान कविता के पाठ में। दो-एक स्थल जरूर हैं जहाँ वह हृदय चाहती है, स्नेह के अवसर पर खिलने के लिए। 'लतान्तराल का मिलन' वाली घटना की अदायगी कालिदास का वही 'मेघदूत' कर सकता है—ऐसे पिपिहरी बजाने वाले नहीं।

जिन्दा में तो किसी ने 'निराला' को आकाशवाणी में घुसने नहीं दिया। अब मरणोपरान्त वहाँ उनको प्रवेश कराया गया है। यह है हमारा छिपा द्वेष। धन्य है आकाशवाणी। पर इस सब पर भी बधाई देता हूँ उन्हें जिन्होंने अपना कंठ और स्वर दोनों दे कर उस कविता के (का) पाठ करने का साहस तो किया। उन्हें चाहिए कि एक महीने तक उसे घंटों अकेले में और समूह में बैठ कर डट-डट कर पाठ करें और जब-जब उसका जितना-जितना अंश अच्छा बन पड़े उस-उस अंश को रेकार्ड करते चलें। तभी उस कविता की अदायगी पूरे तौर से सम्भव है। 1/2 घंटे में उसका समग्र पाठ एक समय में पाठ करने वालों को, कई स्थलों पर पराजित कर देता है। अब इस कविता के बारे में ऐसा ही पाठ तैयार करना होगा।

मैं बहुत अर्से के बाद पत्र लिख रहा हूँ। वह भी दुर्घटना के बाद लिख रहा हूँ। मैंने मौन इसलिए धारण किया था कि तुम पुस्तक लिखने में एकाग्रचित्त रह सको और उस कार्य मे बाधा न पड़े। अब तो विवश हो गया हूँ इसलिए लिख रहा हूँ।

मुझे पूरा विश्वास है कि तुम बायें हाथ का प्रयोग उसी बल और वेग से कर सकोगे जिस बल और वेग से दाहिने का प्रयोग करते रहे हो। मैं तो अब दाहिने से ही लिखता हूँ। वह बेचारा साथ देता ही है। अब तक ठीक हुआ ही नहीं।

घर में मेरा सलाम सब को देना। हाँ, उस नाई को भी जो तुम्हारे घर मिला था और अब तुम्हें आराम देने आ जाता होगा।

इधर 'हिन्दी टाइम्स' में दिनकर के 'परशुराम' पर जो लेख छपा था वह मैंने पढ़ा था। इसमें खुल कर सच्चाई निकली है। इधर उर्वशी फिर पढ़ी थी। उसके लम्बे संवाद Tape Recorded से हैं। पता नहीं क्यों ऊँचे स्वर पर नहीं पहुँचती।

नागार्जुन बम्बई से पटना पहुँच गये हैं। पत्र आया है। उन्हें भी तुम्हारी हालत की सूचना दे रहा हूँ। उन्होंने 'धर्मयुग' में मेरी कविताएँ यहाँ से माँग कर, दी थीं और तब छपी हैं। तुम्हारे लेख भी उसमें आ रहे हैं। सब पढ़ रहा हूँ। 'सारिका' में नागा बाबा आईने के सामने आपरेशन करने में सफल हुए हैं। रंगीन चित्र छपा है। हरे रंग में है। इधर वह बहुत तीखे हुए हैं। कुछ तो यह तीखापन चीन के आक्रमण के कारण है, कुछ बम्बई के कारण।

पार्वती भी चिन्तित है। वह तुम्हें अपनी हमदर्दी भेजती है। कल उसने भी हाल पढ़ा। रात में बात होती रही। बार-बार मेरी ओर देखती रह जाती थी। जानती है न कि रामविलास मुझे बहुत मेरे हैं। मैं समझ गया था। मैंने कहा भी। हँस पड़ी। मगर उसके चेहरे पर भी मेरी तरह की चिन्ता व्याप गयी है। उसका भी तुम सबको सलाम है।

बेटियों को प्यार। मालकिन को नमस्कार

सस्नेह, तुम्हारा
केदार

केदारनाथ अग्रवाल, एडवोकेट
बांदा (उ.प्र.)
दिनांक 8-3-1964[1]

प्रिय डाक्टर,

कल पोस्टकार्ड महोदय हाथ आये। हमने उनसे बात की। बड़े संकोच से बोल रहे थे। बोले भी तो बहुत कम। खैर हमने तो उनका स्वागत किया ही। बहुत अर्से

के बाद मुलाकात हुई थी न। उन्होंने बताया कि तुम्हारा फ्रैक्चर ठीक हो गया है। हमें खुशी हुई कि मेरे यार को दंड पेलने का बल-बूता मिलेगा। लेकिन शायद अब भी कुछ मजबूत नहीं हुआ क्योंकि लम्बा लिखने से जी चुराता है। और पोस्टकार्ड की पीठ पर कुछ ही नीले (नीली) खरोंचे (डाल) सका है। हाथ ही तो है। फिर तुम्हारा हाथ है न। उसकी आदत पोथी लिखने की रही है। पत्र नहीं। मेरे लिए तो तुम्हारे अक्षर ही मेरे भाग्य का निबटारा कर देते हैं—करते रहे हैं।

कविता के लिए कच्चा माल खूब जमा कर चुके हो। चाहो तो हमारे मन प्रदेश में भेज दो। हम ले लेंगे। हमारे यहाँ खपत हो जाएगी। हम अच्छा ही नहीं—खराब माल भी तैयार करते हैं (और) अच्छे के भाव में अखबारों में ठेल देते हैं। 'अब तुमसे' कविता न होगी—चाहे तुम जितनी बकवास करो। विचार के क्षेत्र में पहुँच कर आदमी विवेक से काम लेता है—भावना से नहीं। तो जनाब तो गाँव की अमराई से कूच कर गद्य के अखाड़े में कुश्ती लड़ने चले गये हैं। वहाँ तो बाजियाँ जीतने का सेहरा मिल सकता है। किसी के अन्दर की आँख की छवि नहीं मिल सकती।

'धर्मयुग' में हमने देखा 'हिन्दी में दुष्टों की कमी नहीं है' ...कि हाथ मिलाएँ और खाने पर बुलाएँ। ...कि तुम दावत (पर) नहीं आ सकते। यह सब अदालती दुनिया के हथकंडे लग रहे (हैं)...। हम उस लेख कें लबेद यहाँ पर भी उद्धृत करते पर हमारे यहाँ (के) सबसे धनी सेठ श्री हरिकृष्ण उसे (उस) अंक को उठा ले गये। हम उनसे न माँग सकते हैं—न मँगा सकते हैं—न वे भेज सकते हैं। इसलिए डियर विवश हूँ कि उसके बारे में कुछ प्रसंगवश कह सकूँ।

कचहरी ने मेरे कच तो नहीं हरे? मेरा समय जरूर हर लिया है। बड़ी पेटू है। पेट ही नहीं भरता चाहे जितना समय दो। खाये चली जाती है। मालूम होता कि जनम की भूखी रही है। शायद यह इसी तरह हमेशा से सब का समय खाती चली आयी है और खाती चली जाएगी। इस पर भी हम कुछ-न-कुछ लिख ही लेते हैं। एक उपन्यास पढ़ा 'Halen of Troy'। दूसरे पर चल रहे हैं 'The Age of Reason.' D.H. Lawrance की पुस्तक Mornings in Mexico and Etruscan Places' भी पलटते चलते हैं। कुछ Novels by Aloarto Moravia के पढ़ चुके हैं। मगर दोस्त! वाह रे प्रेमचंद—तुम सा दूसरा कोई न मिला। कलम है कि सबको मात देती है। कल ही कचहरी में एक क्लर्क 'गोदान' पढ़ते-पढ़ते बोला कि ऐसा सजीव चित्रण करते हैं (कि पढ़ता हूँ तो एक-एक स्थल) पढ़ता रह जाता हूँ। (यह प्रति) वही है जो तुमने मुझे आगरे की दूकान से अपने नाम दाम डलवा कर 8 वर्ष पहले दी थी।

सरसों को देखा तो है लेकिन जी भर कर नहीं। इस बार हम खेतों के साथ

लहराए नहीं—न हवा के साथ झूमे। मन पर मुकदमों के पदचाप रखे एक खास अदा से कचहरी जाते-आते हैं और पेट को अर्थ से भरते हैं। मगर मौसम अब भी हावी हो जाता है। हम बेतरह बेताब हो उठते हैं। (मगर आदमी अपने) कर्तव्य के मुग्दल भाँज कर मौसम को पछाड़ देते हैं। बड़ा दर्द होता है पर करें तो क्या करें।

तुम तो आओगे नहीं। हमारे घर में हमें तुम न मिलोगे। मगर आना पड़ेगा। जब मेरी बीमारी तुम्हें पुकारेगी। वह भी तो ससुरी जल्दी नहीं आ सकती। अब दो ही चार दिन में हमारी घरवाली इलाहाबाद जाने वाली है। तब हम और हवा साथ-साथ झूमेंगे।

सस्नेह, तुम्हारा

केदार अग्रवाल

(अगर) शमशेर आयें तो प्यार (देना)। बड़ा ही निश्छल (आदमी है)। देखो, स्नेह से—पास से बोलना—दूर कहीं विदेश से न बोलना। वरना वह बात न कहेगा। मेरा सलाम देना।

केदार

1. पानी गिरने से इस पत्र के कुछ शब्द मिट गये हैं। () के अन्दर के शब्द अनुमान से दिये गये हैं। जहाँ अनुमान नहीं लग सका उसे वैसा ही छोड़ दिया गया है। जहाँ ....' ऐसे निशान हैं, वे ऐसे ही स्थल हैं।

केदार नाथ अग्रवाल

एडवोकेट — दिनांक : 4-5-1964

बांदा (उ.प्र.) — सायंकाल 6:30 बजे

प्रिय डाक्टर,

1-5 के अभिवादन का पत्र मिला। हृदय मुरझाया था, प्रसन्न हो गया। आशा न थी कि तुम्हारा पत्र आएगा। वह क्या आया जैसे किसान के खेत में बादल आया। आँखें निहारती रह गयीं।

यह एक दुर्भाग्य की बात है कि विश्व के सर्वहारा आन्दोलन में इतना संकट आ गया है कि जीवन अहसाय-सा महसूस कर रहा है। ऐसा उदाहरण अन्यत्र न मिलेगा। भारतीय दल में भी ऐसी छीछालेदर होनी थी, इसकी कल्पना कोई नहीं कर सकता था। पर हुई। यह भी बढ़ रहे चरणों को खूँटे से बाँध कर जनसाधारण को बैल की तरह बधिया बनाने की दुखद घटना है। चिन्तन के नाम पर सब भाड़ झोंकते हैं। वहाँ तो कुजड़ों की सी लड़ाई हो रही है। कभी बटेर लड़ते देखा था मैंने

रायबरेली में सन् 1921 ई में। अब यह देख रहा हूँ! लड़ाई भी होती है तो एक शान की होती है—सिद्धान्त की होती है। यह तो दंगा-फसाद का नमूना है। वास्तव में सब नंगे हो कर नाच रहे हैं। अफसोस है।

शमशेर के बारे में मैंने कुछ समय पहले उड़ती-उड़ती ऐसी ही बातें सुनी थीं। पर विश्वास न हुआ था। वैसे मैं उन दोनों को शमशेर के घर में ही देख आया था—कई बार। पर मैंने उसका कोई अर्थ नहीं लगाया था। अनर्थ के डर से। उसने नहीं उसके उल्टे लिंग वाले ने उसे मेमना बना कर बाँध लिया है अपने पल्लू से। उम्र से क्या होता है। पका पहलवान जब मुँह के बल जमीन पकड़ता है, तब ऐसी ही दशा होती है। बेचारे यार का व्यक्तित्व तो अलग रह ही नहीं सका। वह चाहे तो जो सेवा ले और हमारे मित्र को करना पड़ेगा (करनी पड़ेगी)। परन्तु बहुत पहले ऐसा न था। तब तो मैंने शमशेर की सेवा करते उसे देखा था। यह उल्टी गंगा बही है। चप्पलें प्रियतमा की हों तो वह उसकी ऐन इनायत की बदौलत मिलती हैं। सौभाग्य है उनका जो प्रेम फन्दे में पड़ कर पेटीकोट धोते हैं। शमशेर को कुछ नहीं कहा जा सकता। वह सदैव रूप का दासानुदास रहा है। मैं इलाहाबाद नहीं जा सका वरना उसको देखता और अपने मियाँ मिट्ठू से बातें करता।

चक्कर में डाल दिया है दूसरों ने। तरह-तरह के लोग हैं। सीधे के गले में संसी लग गयी है। पर वह शमशेर की हो कर रहे तब भी कुछ ठीक है। कहीं इस आड़ के पीछे दूसरों के साथ शिकार न हो। पर किया क्या जा सकता है? तुमने तो शमशेर से बातें की होंगी। कहा नहीं कुछ। बीमारी क्या होगी? पेट में कोई आ न गया हो।

श्री अमृतलाल नागर के समाचार मालूम हुए। वह परेशान हैं तो हम भी उनकी परेशानी सुन कर परेशान हैं। ठहरा तो अपना पुराना लंगोटिया यार। लेकिन विश्वास है कि वह सब झेल जाएगा। मेरा सलाम भेज देना अपने पत्र में रख कर।

मुंशी—त्रिनेत्र जी—से मेरी भेंट बहुत अर्से से नहीं हुई। शायद अब कभी मुलाकात हो। दिल्ली ससुरी बड़ी दूर है। बांदा से मुहब्बत नहीं करती। हम यहीं कचहरी की धूल छानते रहते हैं। गद्य के कायल हो—कृपा हो (है)। हम पद्य के क़ायल हैं। उसी से जगजाहिर हुए हैं। पर यकीन रखो। हम कुछ नहीं लिखते। हम तो कभी मूसर मारते हैं, तो कभी जूते गाँठते हैं, तो कभी किसी के केश सहलाते हैं तो कभी कला की बला में मच्छर मारते हैं और अपने खून से जमाने की नजर में शहीद बनते हैं। सब चलता है। कोई रंज नहीं है। कोई गम नहीं है। इतने पर भी यह उमंग तो है ही कि मरते दम तक कविता का साथ दूँगा—छोड़ूँगा नहीं। भले-बुरे की पहचान समय करेगा।

निराला की मृत्यु ने एक शून्य छोड़ दिया है जो पूरा न होगा। अब उनके साथ के

सपेरे नाग नचा रहे हैं—मउहर बजा रहे हैं और पैसे और नाम कमा रहे हैं। यह भी हो रहा है। खूब है। मगर यार, न वैसा जानदार कवि पैदा होगा।

शेक्सपीयर पढ़ो। खूब पढ़ो। समस्या टेड़ी है। तुम्हीं हल करोगे। हमारा तो दिमाग मुकद्दमों के दायरों में रहता है। अवकाश कहाँ कि समस्या सुलझाएँ।

इधर अकेले हैं। खूब पंखा चलाते हैं। पाँव पसार कर एकाध बार उनका नाम ले कर सोते हैं। कहीं कुछ खाली लगता है पर करें तो क्या करें। इधर लखनऊ गयीं हैं। अशोक भी वहीं है। मद्रास में Film का एक वर्ष समाप्त करके लौटा है। हज़रत हमारी हजामत बनाएँगे। हम तैयार हैं। अपनी तो कट गयी। अब क्या। देखो वह किस घाट लगते हैं।

किरण के पति का तबादला दिल्ली हो गया है। गोहाटी में थे। अब महानगरी में रहेंगे। यह अच्छा हुआ। उसके बच्चा होने वाला है। शायद बाँदे में ही हो। 10 मई या 15 मई तक आ जाएगी।

वीरेश्वर यहीं हैं। वही हाल है। कुछ परेशान रहते हैं। हमारे हाथ में कुछ नहीं है कि हम मदद करें। केस वर्क कम है न।

मौसम तो तपा-तपन का है। जमीन जलती है—हवा चलती है—जूते-कपड़े तलवे सब गरमाते हैं। गरज कि प्यास के मारे बुरा हाल रहता है। शायद सेरों पानी पी जाता हूँ। 11/5 से सुबह की कचहरी हो जाएगी। 6/30 बजे सुबह से 1 बजे दिन तक। तब तो समझो कि पिर जाऊँगा। चूर-चूर हो जाऊँगा। पर किया (क्या) जाय। पेट को लिये लिये गर्भवती की तरह जिऊँगा। न खा पाऊँगा-न घूम फिर सकूँगा।

अब हाथ थक गया है। बस। सलाम लो। सबको मेरी नमस्ते देना। हाल लिखना। चुप न रह जाना।

इधर Agony and Ecstacy पढ़ रहा हूँ। माइकलेन्जलो के जीवन पर आधारित इरविंग स्टोन का उपन्यास। बड़ा रम कर लिखता है। पहले भी Lust for Life पढ़ा था। वह भी मनोयोग से लिखा गया था। मुझे तो दोनों व्यक्ति में निराला के जीवन के दर्शन मिलते हैं। वही तपस्या और समाधिस्थ मन। किसी के लिए लीन हुआ मन।

सस्नेह तुम्हारा
केदारनाथ अग्रवाल

केदार नाथ अग्रवाल
एडवोकेट
बांदा (उ.प्र.)   दिनांक : 5-6-1964

प्रिय डाक्टर,

मैं स्वयं तुम्हें पत्र लिख कर अपने मनोभाव प्रकट करने की बात सोच ही रहा था कि तुम्हारा पत्र आज ही दोपहर 1-1/30 बजे मुझे मिला, जब मैं अपनी कचहरी से लौटा। लेकिन उसी समय न पढ़ सका क्योंकि पता तुम्हारे हाथ का न था—किसी दूसरे की लिखावट थी। इससे जरा सुस्ताने के बाद खोल सका। देखता क्या हूँ कि तुम विराजमान हो। अफसोस हुआ विलम्ब से पढ़ने के कारण।

नेहरू का निधन सम्पूर्ण देश को शोक मग्न कर गया है। वह पूरे भारत का था। और अब तो भारत से बढ़ कर पूरे एशिया का व्यक्तित्व हो गया था। उसकी साख कहाँ नहीं थी। वह एक ही अपने जैसा व्यक्ति था। उसके निधन पर कौन नहीं रोया। ऐसा कोई न बचा होगा जो कई दिन तक—और अब तक—उसके लिए न तड़पा हो। मेरे इस पिछड़े नगर में भी सभी गमगीन थे। अब भी हैं। वह एक शून्य छोड़ गया है। कुछ काम करने को जी नहीं चाहता। बस उसी की चरचा करने का माहौल है। और उसकी वसीयत के अंश सुन कर तो उसकी महत्ता विशेष रूप से जाहिर हो गयी है। क्या बात है कि वह भारत भूमि के खेतों की मिट्टी में अपनी मिट्टी मिला कर फसल बन कर उगना चाहता है—मेहनतकशों की मशक्कत के आगे वह अपना तन-मन-धन भूल कर न्योछावर हो गया है। बड़ा महान व्यक्ति है। ऐसा नेता न हुआ है—न होगा। हम तो मान गये। मस्तक झुकाते हैं उसके लिए। वह है अपनी जनता को प्यार करने वाला नेता। देखें दूसरे तथाकथित नेता कि वह इस व्यक्ति के आगे अब कहाँ ठहरते हैं। किसी एक का पता नहीं चलेगा कि किस खेत की मूली हैं वह।

नेहरू एक कवि भी था। बड़े मर्म से जिया और मरा। प्रकृति ने उस दिन दिल्ली को डगमगा दिया था। नेहरू का शरीर प्रकृति के साथ साँस लेता था। जब वह न रहा तब प्रकृति भी घबड़ा उठी और उसके प्रयाण के समय अधीर रही।

हमने भी पं. मोतीलाल नेहरू के मरने पर उनकी शवयात्रा को देखा था। इलाहाबाद में लखनऊ से शव आया था। इतनी भीड़ थी कि एक पुल के पास तो उनका शव जनता के सिरों पर तैरता हुआ यात्रा कर रहा था। वे दिन हमारे देश के बड़े प्यार और पुलक के दिन थे। उन दिनों सब के दिलों में कोई दाग न थे। उनकी मृत्यु पर सभी विह्वल हुए थे। ठीक उसी तरह जिस तरह जितेन्द्र की मृत्यु पर। नेहरू ने अपने पिता को पछाड़ दिया। जीवन में ही वह उनसे आगे बढ़ गया था—

अब मरने के बाद तो बहुत आगे बढ़ गया है।

उसकी बुराई होने लगी थी। यहाँ भी लोग बौखलाए थे। वही प्रतिक्रियावादी लोग थे जो नेहरू को दिल्ली से उठा कर एक कमरे में बन्द करने के पक्षपाती थे। मगर वह अपना कर्तव्य जानता था—वही वह कर रहा था। उसने लाँछन की परवाह नहीं की और न उन टुच्चे राजनीतिज्ञों की। मरते दम तक सही दिल और दिमाग से भारत को आगे बढ़ा रहा था। इधर कल या परसों National Herald में पढ़ा कि राममनोहर लोहिया ने अमेरिका में नेहरू की मृत्यु का समाचार सुन कर, बेसिर पैर का बकवास किया है। हैरत (में) हूँ कि वह पागल तो नहीं है। कहता है कि नेहरू का कुछ भी योग नहीं है। धत्तेरे सिरफिरे की। उफ! जी चाहता है कि ऐसे लोगों का दिमाग दुरुस्त कर दिया जाय। बेहयाई की लिमिट हो गयी। द्वेष और दम्भ की यह घोषणा बिल्ली की खिसियाहट के सिवाय कुछ नहीं है। हम नेहरू को देवता नहीं कहते—न मानते हैं। मगर जानदार जीवट का व्यक्ति मानते हैं कि उसने ईमानदारी के साथ भारत के देशवासियों का माथा ऊँचा उठाया। अब तो वह किसान के हृदय में और उसके खेत में बस गया है।

रेडियो की कमेंटरी—हिन्दी और अंग्रेजी में—आयी थी। अशोक वाजपेयी की मार्मिक थी। अंग्रेजी कमेंटरी भी मार्मिक थी। हम लोग भी सुनते रहे थे। कई दिन तक अब भी नेहरू छाये हैं। छाये रहेंगे।

दिल्ली की कल्पना कर रहा था कि वहाँ गोटें शतरंजी चाल में चलायमान होंगी। न जाने कितना खुराफात न हुआ होगा—निधन के बाद। पर चिता की लपटों ने उसे भी चट कर दिया। नेहरू ने मर कर शंकर बन कर, विष पी लिया और अब देवताओं को जीने की राहत दे गये।

उसकी मृत्यु में एक युग मरा और एक युग अवतरित हुआ। उसकी वसीयत भविष्य का सन्देश सुना गयी है। अब भी अगर नेता न चेते तो हमारे प्रिय भारत की खैर नहीं।

सम्प्रदायवाद—पुनुरुत्थानवाद आदि-आदि सब रावण की तरह जल गये। ऐसा चुप हुआ है दुष्टों का गला कि कहीं तू-तड़ाक नहीं सुनाई देती।

निराला का निधन भी ठीक ऐसा ही था। वह कवि था। नेहरू नेता था। दोनों में जो अन्तर वही अन्तर उनके शोक-प्रदर्शन में व्यक्त हुआ है। निराला की मृत्यु का दिन नहीं भूलता। अब निराला ने नेहरू का स्वागत किया होगा और दोनों गंगा के किनारे रोज शाम को साथ-साथ टहलते होंगे। निराला मजाक भी करते होंगे नेहरू से कि नेहरू जी ने उन्हें प्रयाग में दर्शन नहीं दिये थे जैसे कोई बड़े देवता रहे हों। नेहरू जी जवाब देते होंगे कि अब तो आ गया हूँ दर्शन करने। यह कल्पना बड़ी

मार्मिक है। पर मन में कहीं ऐसा भाव था, जो उभर कर इस पत्र में व्यक्त हो गया।

बेटा आया था। मद्रास के लिए प्रयाग गया। किरण और उसके बच्चे यहीं हैं। गरमी खूब है। दनादन पंखे चलते रहते हैं। गायें दूध नहीं देतीं। भगवानदास की दूकान में बैठ कर रात 9 या 10 बजे बड़ा गिलास—बरफ डाल कर पीते हैं। हमें भी अपने पद का खयाल नहीं रहता। लोग समझते हैं कि हम बड़े हो गये हैं। हम हैं कि हमें बड़प्पन का एहसास ही नहीं होता। वही हाल है जैसा पहले था। अब एक साल को फिर Contract पर गवर्नर के यहाँ से काम करने का कागज आ गया है। अर्थात् हम हर साल जिएँगे—हर साल मरेंगे। वाह रे, हमारी ज़िन्दगी। सब ठीक है।

सस्नेह, तु. केदार

पुनश्च:—पेट में गैस बनती है—खाने में तब्दीली करो। अब घी-दूध छोड़ो। फल-सब्जी खाओ। घूमना अच्छा है। दिल धड़कना अच्छा है पर बीमारी के रूप में नहीं है। मुझे विश्वास है कि तुम उस पर काबू पा लोगे। सबको याथायोग्य।

केदार

बांदा (उ. प्र.)
22-7-64
6 बजे शाम

प्रिय डाक्टर,

आज के 'भारत' के द्वितीय संस्करण में इलाहाबाद, 20 जुलाई का समाचार छपा है कि 'विवेचना' की एक गोष्ठी 6.15 बजे शाम वहाँ एनीबीसेंट हाल में हुई। हरदेव बाहरी अध्यक्ष थे। उस गोष्ठी में श्री विद्यानिवास मिश्र ने तुम्हारे ग्रन्थ 'भाषा और समाज' पर अपना आलोचनात्मक निबन्ध पढ़ा। अनेक वहाँ पर उपस्थित हुए साहित्यकारों ने विचार-विमर्श किया। अध्यक्ष ने ग्रन्थ की भूरि-भूरि प्रशंसा की। निबन्ध की भी सराहना की। बधाई स्वीकार हो। अब किसी मेरे जैसे एक और साहित्यकार ने तुम्हें परखा। मैं भी फूल कर कुप्पा हो गया हूँ। फिर बधाई स्वीकार करो। जरा, सीना तान कर टहलो। हाँ, अब ठीक है।

हम अच्छे हैं।

आशा कि तुम सब लोग भी अच्छे होगे। घर में बीमारी का क्या हाल है? लिखना। तुम्हारा स्वास्थ्य भी कैसा है? हम जानने को लालायित हैं। बेटियाँ और बच्चे

तो सब ठीक ही चल रहे होंगे। सब को मेरा यथायोग्य नमन् और स्नेह स्वीकार हो।

इधर पानी नहीं बरसा। आज पढ़ी हमने "निराला" की—"पारस मदन हिलोर न दे तन"। मस्ती रही।

बोलो कब आओगे बांदा? अब शायद डिग्री कालेज खुल जाय बांदा में।

प्रिय बेटी किरण के, यहीं पर 6/7 दिन हुए बिटिया पैदा हुई है। दोनों ठीक हैं। सरकारी काम चल रहा है। मुकदमे में जैसी दृष्टि से तहकीकात करनी चाहिए वैसी तहकीकात दारोगा नहीं करते। इससे सफलता नहीं मिलती और अधिकतर अभियुक्त छूट जाते हैं, जो दोषी भी होते हैं। गवाहान भी वैसी (वैसे) होते हैं, और झूठ का अम्बार लगा देते हैं। यहाँ भी कातिल आल्हा-ऊदल की परम्परा में अब भी काम करते हैं। अदालत में न्याय न पा कर लोग बाहर स्वयं न्याय कर लेते हैं। हत्याएँ होती रहती हैं। अदालत तो एक विशिष्ट प्रणाली और सिद्धान्त से काम करती है। इससे वह विवश हो कर छोड़ती है।

हाँ तो बस,

सस्नेह तु.

केदारनाथ अग्रवाल

बांदा

5-8-64 सवेरे 8 बजे

प्रिय डाक्टर,

पिछले 'धर्मयुग' में प्रिय अमृतलाल नागर पर तुम्हारा लेख देखा। बहुतों ने पढ़ा। नागर का व्यक्तित्व उभर कर सब पर छा गया। टोह-टोह कर तुमने, छेनी मार-मार कर, नागर की मूर्ति खड़ी की है। बोलती है। बधाई।

मैंने एक पत्र लिखा था पहले। विद्यानिवास मिश्र ने तुम्हारे प्रमुख ग्रन्थ भाषा शास्त्र को लेकर (लेख पढ़ा था)। बेहद तारीफ की थी। मैंने तो अखबार में रिपोर्ट पढ़ी थी। मिश्र जी को बधाई भेजने वाला हूँ।

आशा है तुम सब लोग घर में कुशलपूर्वक होओगे। हम लोग ठीक हैं।

कल थोड़ा पानी झरा था। फिर निकल गया। आसमान भी सिर घुटाए नज़र आने लगा।

महँगाई कुतुब मीनार से भी ऊँचे पहुँच गयी है। मनुष्य चींटी की तरह छोटा हो गया है। और कन-कन की तलाश में दिन-रात जुट गया है।

सस्नेह तु.

केदार

बांदा
1-8-65

प्रिय डाक्टर,

तुम्हारा 29/7 का पत्र सामने है। तुम न आये—न सही, पत्र तो आया। खुशी हुई। जब मैं दिल्ली गया था गरमी में, तब जवाहर चौधरी ने कहा था कि तुम और वह बांदा आओगे, जल्दी ही। वचन पूरा नहीं हुआ। कोई बात नहीं है। बांदा ससुरा बेहद दूर है। दिक्कत भी काफी है। यह शिकायत नहीं—अपनी खीझ व्यक्त कर रहा हूँ। वश में होता तो आगरे से बांदा की दूरी कम कर देता और तुम्हें ला पटकता।

तुम दिल्ली हो आये। नरोत्तम, नागार्जुन और उग्र से मिल आये। बड़ा अच्छा हुआ। सब बुढ़ा तो गये ही हैं। नागार्जुन में व्यंग (व्यंग्य) कूट-कूट कर भरा है। सच है। वह सन्त हैं। यह गलत है। सन्त तो पंत हैं। यह बच्चनोवाच है। मेरा कथन नहीं है। वह सबका है—इस घर—उस घर का—चाहे जहाँ खाये, सोये या बतियाए। वह बिहार की मिट्टी का सत्यभाषी, जनता का कंठहार है। पत्रिका निकले तो सही। बात तो पूरा हिन्दुस्तान करता है। लेकिन बातें पूरी हों तब समझें।

उग्र जी बुढ़ा गये हैं, तभी 'हिन्दी टाइम्स' में हर हफ्ते सामने आ कर कुछ-न-कुछ जोर भर जाते हैं। मगर जवानी का वह तनाव व तेवर नहीं है। मामला उखड़ा-उखड़ा चल रहा है। यही क्या कम है कि मैदान में आ कर पुराने सरकसिया की तरह भूखे जिद्दी शेरों पर चाबुक सटका देते हैं। मैंने दर्शन नहीं पाये, कभी आज तक। भविष्य में सम्भव हुआ तो सौभाग्य समझूँगा।

अंग्रेजी के हिमायती बुद्धू हैं। नौसिखिए हैं। पार्टी उन्हीं के हाथ में है—चाहे जो करें। सही समझने और कहने के लिए, राजनीति में बड़ा दमखम चाहिए। वह बजाजी की दूकान नहीं है कि वही गज है, चाहे जो कपड़ा नाप दो। राम रक्षा करें। भगवान बचाएँ इन नासमझों से। तुमने ठीक किया कि उनके कान उमेठते रहे।

शमशेर पर लेख[1] पढ़ चुका हूँ। क्या कहूँ दोस्त, बढ़िया रहा। पास होते तो सलाम मार देता। खूब खुल कर तुमने उबारा है उस व्यक्तित्व को—वह तो खंडहर के मलबे में दबा रहता है। लोग उसके दब्बूपन को सराहते हैं। उसकी जाटिया हड्डियों को सब लोग भूले रहते हैं। चाहे जैसा हो, आदमी बड़ा प्यारा है। मेरा मित्र जो है।

पढ़ा है कि पंत ने तुम्हें 'वाग्विलास' व निराला का 'माधो' कवि से स्मरण किया है। ऊल जलूल भी कह गये हैं। तुम तो जीवित हो—शायद जवाब दे लोगे। मगर वह निराला तो चला गया। अब उसको इस तरह याद करना जलालत है। उसके रहते दम हिम्मत न पड़ी। जब वह मर गया तब लगे मेंढक राम कूदने। यह भी सन्त होने का पंत का नया पैंतरा है। हम तो नहीं सराहते। बच्चन सराहें चाहे

उनके अन्य भक्त।

घर-बाहर, देश-विदेश—सब कहीं विघटन है। पर उसका जो उस योग्य है। यह सब भविष्य के संघटन के लिए है। और हम मौज में हैं। जो कमाते हैं उसका अधिकांश बेटे को भेज देते हैं। उतना ही अपने पास बचता है जितना यहाँ खर्च है। इससे हम वहीं हैं जहाँ थे।

पानी बरसा है। मस्ती है मौसम में। कबरई से आज सबेरे लौटा हूँ। सब ठीक है। बेटियों को प्यार।

सस्नेह तु. केदार

1. शमशेर पर लेख—'धर्मयुग' में प्रकाशित।

बांदा (उ.प्र.)
12-3-66

प्रिय डाक्टर,

इस बार दो पेजी पत्र मिला। पढ़ गया। अपने बारे में लिखा गया पढ़ कर प्रसन्न भी हुआ और अवसन्न भी। प्रसन्न इसलिए हुआ कि जनाब ने कुछ अच्छा कहा है। अवसन्न इसलिए हुआ कि विद्वान डाक्टर ने मेरी रचनाओं के बारे में कोई ऐसी बात नहीं कही जिससे मैं खुश होऊँ। बात यह है कि समेड़्ढा (यानी एकजाई) भाव से अच्छाई-बुराई लुक-छिप कर चली आयी है। ऐसी दाद का मैं भूखा नहीं हूँ। अरे, खुल कर होली खेलते और सब कह डालते कि हमारी उपलब्धि Zero है। हम कतई बुरा न मानते। कभी अपने प्यारे दोस्त का बुरा माना जाता है। हम ने तो तुम्हें इसीलिए दिल में जगह दी है कि वहाँ कुटी छाये बने रहो और हमें आगाह किये रहो। खैर जब मिलेंगे हम लोग निबट लेंगे।

मेरे पत्र तुम्हें अच्छे लगते हैं। यही तो वजह है कि तुम्हें मेरी कविताएँ नहीं रुचतीं। मैं जानता तो पत्र ही न लिखता और तब देखता कि कविताएँ कैसे नहीं अच्छी लगतीं। भूल तो हो गयी न। इसका पछतावा रहेगा।

जनाब ने 'हिन्दी टाइम्स' और 'जनयुग' ही पढ़ा होगा। और इसी पर शान से कह रहे हैं कि हमारे मान-सम्मान को पढ़-पढ़ कर रस लेते रहे। यह तो केवल मुझे फुसला रहे हो—दम दिलासा दे रहे हो। जब तुमसे—विद्वानों से वाह निकले तब जन्म सार्थक समझूँगा। कलम का कच्चा हूँ—कला में बच्चा हूँ—इससे वाकिफ हूँ। पर अधिक ऊपर उठना असम्भव है—चाहे जो करूँ।

श्री इन्द्रजीत सिंह अभी नहीं मिले। मिलने पर उन्हें पत्र सुना कर गुब्बारा कर दूँगा। प्रति रक्खे रहो।

सस्नेह तु. केदारनाथ अग्रवाल

बांदा
22-5-66

प्रिय डाक्टर,

इस समय दीवाल घड़ी में 4:45 हुआ है। फिर भी बाहर लू लपट मार रही है और जमीन की देह चाट कर पानी सोख रही है। ऐसे में कमरे में ऊपर टँगा चल रहा पंखा और उसकी हवा दोनों ही जी-जान की रक्षा किये हैं।

'राष्ट्रभाषा की समस्या'—पुस्तक परसों आ गयी। प्रकाशक ने भेजी है। पढ़ रहा हूँ। 50 पेज से कुछ ऊपर गया हूँ। कुछ लेख पहले के पढ़े हैं। याद आ रहा है। मुझे तो इन विचारों में तर्क और सत्य दोनों ही जी रहे मिलते हैं। जो कहते हैं कि यह विचार प्रतिक्रियावादी हैं वह सरासर गलत कहते हैं और वह स्वयं उस वाद के शिकार हैं। अपने विचार और भी व्यक्त करूँगा। पुस्तक हरेक हिन्दी भाषी पढ़े तब है। वरना, दूसरों के विचार ठीक न होंगे। इसका प्रचार होना चाहिए। ऐसी पुस्तक की बड़ी जरूरत थी। रविशंकर शुक्ल की खूब बखिया उधेड़ी है। वैसे सभी चोट खाये कराहते दिखते हैं। वाह रे डाक्टर। तुम्हारी हिन्दी जनता की हिन्दी है जो उसके हाथ में तेग-तलवार तो है ही—ऐटमी शक्ति भी है। भारतेन्दु इत्यादि की परम्परा में तुम चल रहे हो। दूसरे नहीं। बधाई।

सस्नेह तु. केदार

बांदा
4-1-68

प्रिय डाक्टर,

नये वर्ष की शुभकामनाएँ मिलीं। मैं भी शुभकामनाएँ भेजता हूँ। निराला की पुस्तक भरपूर शक्ति से तैयार कर लो। प्रकाश में आये। फिर से कविता जगमगाए।

काट पीट करना तो तुम्हारा पुराना काम है। लोग ऐसा कहते रहे हैं। हाँ, अपने लिखे को काट रहे हो, यह नया श्रेयस्कर काम है। वैसे बहुत फैलाव का मैं कभी कायल नहीं रहा। न गद्य में—न पद्य में। पुस्तक पढ़ने वाला तह में डूबे और फिर उबरे और नयी प्रतीति से सब कुछ आसपास का ग्रहण करे।

दिल्ली के लोग या तो हल्ला मचाना जानते हैं—या विसंगति में सने सुनसान में चले जाते हैं, जहाँ वही-वही रहते हैं। कविता को उन्होंने अपने हाथों से मसल कर फेंक दिया है और अपने खुद को 'थेगड़ही' शक्ल में खड़ा कर दिया है—धोखार की तरह। हमें ऐसा काम अच्छा नहीं लगता। नया भी ऐसा गया (गुजरा) हो सकता है हम नहीं सोचते थे। बस दिलासा इसी से मिलता है कि वह खुद गिर पड़ रहे हैं

और कविता फिर गरम-गरम साँस ले कर जीने-जागने और गाने लगी है। समय सब कुछ कूड़ा-करकट फेंक देता है और उसी को सँवारता-सजाता और जिन्दा रखता है जो इस योग्य होता है। धैर्य की कमी से ही हमारे भाई लोग भटक जाया करते हैं। वही हुआ है।

शमशेर का लेख तुम्हें पसन्द आया तो कोई वजह नहीं है कि हमें क्यों न पसन्द आये। बस बात इतनी है कि कुछ Facts ही पर कुछ-कुछ विचार किया गया है। Formalist होने का खंडन जो किया गया है वह अज्ञेय के लिए दृष्टि दी गयी है। बहरहाल जब सब चुप हों तब शमशेर का लेख अवश्य ही महत्त्व और महत्ता रखता है। हम तो अपने बारे में चुप ही रहेंगे। तभी बोलेंगे जब कोई छत्ता छेडेंगे (छेड़ेगा)। मैं तो कविता को खुद जीने देना चाहता हूँ और अपनी उम्र खोजने देना चाहता हूँ। ठोंक-पीट का काम कुछ ही लोगों के लिए जरूरी होता है। वैसे मैं बताऊं मेरा (मेरी) रचनाएँ बहुत से लोगों ने पसन्द की हैं। बहुतों ने नापसन्द की हैं। पर मैं स्वयं आस्थावान हूँ। अभी उस पर नयी पीढ़ी जरा ध्यान से गौर कर सकती है कि हम कहाँ खड़े हैं। खैर। नामवर शायद ही कुछ लिखें। वह दोनों तरफ दाँव-पेंच से देखते हैं। बरसों से ऐसा कर रहे हैं। नये के प्रति आग्रही हो कर नया क्या है—इसे पकड़ने में इधर-उधर झूलते रहते हैं।

मैं(ने) तुम्हारी भाषा विज्ञान वाली पुस्तक को दो विद्वान व्यक्तियों को पढ़ाया। मान गये वे दोनों। बधाई लो।

नागार्जुन इलाहाबाद हैं। भेंट क्या होगी? न तुमसे होती है—न उनसे। क्या आ सकोगे बसन्त पंचमी में। यदि हाँ तो कैसे और क्या ले कर? कुछ विद्यार्थी पूछते हैं। मैंने कह दिया है कि मेरी सामर्थ्य के बाहर है तुम्हें बुलाना। जैसा लिखोगे बता दूँगा। यह डिगरी कालेज की ओर से नहीं कह रहा। अलग के लोग हैं।

केन खूब जानदार रवानी से बह रही है। मंगल के दिन 4 घंटे सैर कर के देख आया। मौसम में वही मस्ती है जो पहले पाया करता था। एक तरफ कचहरी खाती चली जाती है दिन पर दिन मेरी उम्र—दूसरी तरफ वह प्रकृति बढ़ाती चली जाती है। अभी जिऊँगा। शौक से।

और जो हाल हो लिखना। नरोत्तम का पत्र आया था। 'ठिठोली' निकलेगी। देखो, चले तो जानें। बेचारा परेशान है ही। बच्चों को प्यार।

सस्नेह तु. केदार

बांदा
11-11-68

प्रिय डाक्टर,

8/11 का पत्र दोपहर कचहरी में मिला। पढ़ अब सका 5 बजे शाम, काम के बाद घर लौटने पर।

तुम्हारा वह पत्र मुझे मिल गया था जिसमें तुमने मेरे पोस्टकार्ड की कविता पर अपने उद्‌गार व्यक्त किये थे। पर उसके बारे में जानबूझ कर चुप इसलिए रह गया था क्योंकि वह उद्‌गार मेरे बारे में थे। अपनी तारीफ सुन कर खामोश रहना—यही मैंने सीखा है।

हाँ, नामवर मुझे न आलोचना भेजते हैं, न याद करते हैं। यह खूबी है। मैं उनका शुक्रगुजार हूँ कि वह मुझे मरा हुआ समझ चुके हैं। उनके विचारों का मुझ पर कोई असर नहीं पड़ता। वे खुश रहें अपनी राह चलें—अपनी आँखों से देखें-सुनें और समझें और जनवादी अभिव्यक्ति दें। मुझे उनसे गिला न तब थी, न अब है। समय को सब परखता है। सब कुछ खुल कर सामने आता है। काव्य में कृत्रिमता बरक़रार नहीं रही—न रहेगी। जो वह करते हैं वह उन्हीं के योग्य है।

हमने तो लड़कपन से कविता से आँख लड़ाई है और अब तक और मरते दम तक—उसके रहे हैं और रहेंगे। गलत-सही जो हमने समझा है उसे हमने दिया है। हमने इश्क इसलिए नहीं किया कि हम (हमें) यश मिले या इनाम मिले या कोई हमारे नाम की माला जपे। इश्क का मज़ा है। वह हम पा रहे हैं। सारी दुनिया खिलाफ हो जाय हमें हमारी कविता सबसे अच्छी लगती है। अब तो मैं कविता पकड़ रहा हूँ।

तुम हिन्दी कविता ('38-'68) पर निबन्ध लिख रहे हो। यह शुभ है। बहुत शुभ है। जो उचित समझो—लिखो। न मेरा लिहाज करो—न किसी का। नामवर की पुस्तक जैसी होगी वैसी हमें मालूम है। ऐतिहासिक दृष्टिकोण लेकर विवेचन करना मुश्किल और मशक्कत चाहता है। वहाँ तो बाहर से आये विचारों का उद्‌घाटन रहता है।

मिलने की बलवती लालसा मेरी भी है। पर करूँ तो क्या करूँ। वही चक्कर है और मक्कर से घिरा जी रहा हूँ। देखो मैं ही प्रयास करूँगा आगरा आने का।

राजनीतिक संकट घनघोर हैं। सांस्कृतिक संकट भी वैसा है। पर दोस्त सब कुछ सामने आएगा जो जैसा गलत-सही है। हाँ हमने आर्य कन्या पाठशाला (इंटर) के लिए उसी के प्रांगण में Open air Theatre बनवाया है। अभी हाल में लखनऊ से श्रीखंडे (Arts School Professor) आये थे। उनसे एक Panel में सीमेंट पर

कुछ उम्दा चित्रांकन कराए हैं। वे चाकू से तराश कर बनाए गये हैं। खूब जोरदार के हैं। आने पर देखोगे ही। यह बड़ा अच्छा काम हुआ है।

और सब ठीक है।

सस्नेह तु.
केदार

पुनश्चः— सुना है कि जवाहर चौधरी अक्षर-प्रकाशन से निकल गये। चलो ठीक हुआ। मैं तो तभी यह सोच रहा था। अब क्यों और कहाँ हैं? शायद वह भूल गये।

केदार

बांदा
5-3-69
रात 9-1/2 (साढ़े नौ) बजे

प्रिय डाक्टर,

तुम्हारी पुस्तक : निराला की साहित्य साधना : पीले शब्दों में छपी—रामविलास शर्मा की साधना : मिल गयी थी। एक पत्र भी उस दिन मैंने तुम्हें लिखा था। वह ज़रूर मिल गया होगा।

तब से अब तक मैं इसी पुस्तक से चिपका हुआ हूँ। होली की छुट्टी भी है। इससे कचहरी से पिंड छूटा रहा है। मगर अब मेरी मनोदशा वही बनी हुई है जो मनोदशा Lear पढ़ने के समय होती थी। मैं गर्क हूँ इसके अन्दर। यह मुझे बाहर नहीं आने देती। मेरा सम्पूर्ण व्यक्तित्व अपार मानव सहानुभूति से द्रवित है। मैं एक तरह से जड़ता खो चुका हूँ। स्थल-स्थल पर करुणा से भर-भर कर रो पड़ा हूँ। कहीं-कहीं क्रोध और आवेश से कुठारवत तमक उठा हूँ। बड़े मार्मिक ढंग से तुमने निराला का वस्तुपरक अंकन किया है। एक साथ पिछला सारा Scroll of time खुल कर सामने आ गया। निराला सदेह चलते-फिरते, बैठे, हँसते, गाते, कविता लिखते, पढ़ते, बातें करते, जूझते और तड़पते दिखाई देने लगे। एक के बाद एक नगर और फिर गढ़ाकोला और महिषादल दिखे और उनकी अन्तिम यात्रा का दृश्य भी दिखा। यकीन करो, आज मैंने कई परिच्छेद जोर-जोर से श्री भगवानदास गुप्ता को, मुरारी को, और अपेन बेटे अशोक को पढ़ कर सुनाए। गला भर-भर आया। आँसू झर-झर गिरे। दुख में भी—निराला की पीड़ा में भी—सुख के आँसू बरसे।

वाह! खूब है तुम्हारी कलम। गद्य कविता से अधिक प्राणवान और जीवन्त हो गया। वास्तव में गद्य गद्य नहीं रह गया। वह पूरे युग का, दिक और काल में पुनः अवतरण हो गया है। तुमने जो तथ्य दिये हैं—जो पत्रों के उद्धरण दिये हैं—जो बातें और लेखांश उद्धृत किये हैं और जो विवेक के रंग चमकाये हैं वे सब-के-सब 'नायगरा फाल' की तरह साकार हो गये हैं। तर्क क्या हैं—अकाट्य हैं। पंत और निराला का मनोविश्लेषण एक सिद्धि हो गयी है। मूल्यांकन में कोई ऋषि बोलता दिखा है। जहाँ-जहाँ तुमने चोट भी मारी है वहाँ-वहाँ तुमने धर्म और कर्तव्य समझ कर ही राम की तरह राक्षसों पर बाण चलाये हैं। तुमने, युद्ध की भाषा में कहूँ तो कहूँगा कि कौरवों की सेना को विध्वंस किया है। तुमने कृष्णोपदेश के बाद के निःसंशयी अर्जुन की तरह, प्रहार किया है। सब कुछ पूर्ण उत्तरदायित्व के साथ प्रचलित और प्रचारित भ्रान्तियों को और विसंगतियों को तुमने एक साथ परास्त किया है। बड़ा जरूरी था। और खूब सफल हुए हो। देखता हूँ कि विवेचन का स्तर इतना न्यायिक है कि कहीं भी कोई अन्याय तुमने नहीं होने दिया—निराला के विरोधियों के साथ भी। ऐसा लगता है कि यह पुस्तक तुम्हारे शरीर से पक गयी फसल की तरह निकल पड़ी है। कहीं भी कोई प्रयास के चिह्न नहीं मिलते। जो कुछ तुमने लिखा है सहज हो कर व्यक्त हुआ है। काम बड़ी मेहनत का है। तुमने कितना परिश्रम न किया होगा। सोच कर ही दंग रह जाता हूँ। सच पूछो तो ऐसे ग्रन्थ से ही बातें साफ नज़र आने लगती हैं। इसका महत्त्व बहुत है। आज नहीं कल इसकी साख तुम्हें गौरवान्वित करेगी। निराला की सही शक्ल तुमने दिखा दी है। अब लोग देखें-समझें और गुनें।

यह भी लगा कि तुम्हारी कलम लिखते-लिखते उत्तरोत्तर उदात्त होती चली गयी है। सच में तुमने यह पुस्तक जी में डूब कर वृह्मा (ब्रह्मा), विष्णु और महेश की तरह लिखी है। इसके पढ़ने में वही टीस और आनन्द मिला जो मुझे Lust for lift पढ़ने में मिला था कभी। शिवमंगल सिंह सुमन ने निराला के पत्र तुम्हें न दे कर अपराध किया है। वे देते तो न जाने कितना कुछ और सामने आ जाता। सुमन स्वयं क्या लिखेंगे इस तरह का। भावुकता और बात है। कविता और बात है। विवेक—बोलता हुआ विवेक चिन्तन से तर्कायित हो कर निकले इसके लिए अध्यवसाय, संयम, अन्तर्दृष्टि और क्षमता चाहिए। तुममें एक न्यायाधीश की बुद्धिमत्ता है और एक कुशल शिल्पी की सिद्धि। दोनों ने अतीत को पकड़ कर उसे वर्तमान बना कर भविष्य में जीने के लिए प्रस्तुत कर दिया है। तीनों काल एक हो कर बोल रहे हैं। लोगों को निराला प्रिय लगेंगे। वह सब के सिर पर चढ़ कर बोलेंगे।

मैं तुम्हें—हृदय से बधाई देता हूँ। दूसरा भाग भी ऐसा ही जोरदार निकालो। भाषाविज्ञान की पुस्तक भी इससे कम महत्त्व की नहीं है। उसे भी पढ़ कर ऐसा ही

move हुआ था। वह दिन याद है। अभी तो रोज इसे पढ़ूँगा।

मैं घर में ही कैद रहा। होली खेलने कहीं नहीं गया। अफसरों से भी मिलने नहीं गया। होली खेलने से ज्यादा मजा इसके पढ़ने में आया है।

एक बार फिर तुमको लाख-लाख बधाई।

सस्नेह तु.
केदारनाथ अग्रवाल

बांदा (उ.प्र.)
18-1-70
रात 8 बजे

प्रिय डाक्टर,

बहुत दिनों पर पत्र लिख रहा हूँ। सोचता था अब लिखूँ तब लिखूँ पर न अब लिख सका, न तब। समय सरपट दौड़ गया। लम्बी मंजिल तय कर गया। आज सन्नाटे में—पानी बरस रही रात में—यह पत्र लिख रहा हूँ। आशा है तुम जल्दी ही उत्तर दोगे। वैसे तुम अत्यधिक व्यस्त जान पड़ते हो लेखन के कार्य में। इधर साप्ताहिक 'हिन्दुस्तान' में और 'धर्मयुग' में तुम्हारे कई लेख पढ़ने को मिले। मैंने सभी पढ़े। पहली बात तो यह है कि तुम्हारी ऊर्जा जागृत हुई है। बहुत जोर शोर से हलचल कर सकी है। एक तरह से यह कहूँ कि तुमने इस कुंठित लेखकीय विघटन के युग में नाटकीय जीवनदायिनी स्फूर्ति की 'पयस्विनी' बहा दी है। यह पय और स्वन की धारा चेतना की सक्रिय विद्युत धारा है। बड़ी प्रसन्नता हुई। 'जड़ता जाड़' तो लोगों का दूर होगा ही। साथ ही-साथ दिशा और दृष्टि का विवेकीय परिवेश भी उभरेगा। बधाई है महाराज!

'कविता के नये प्रतिमान' में तुमने बाजरे की कलगी को लेकर जो विवेचन प्रस्तुत किया है वह तथ्यों पर आधारित तो है ही न्यायसंगत भी है। मैं प्रयाग गया था कुछ महीने पहले। वहाँ मुंशी यानी लक्ष्मीकान्त वर्मा मिले थे। वह खिसियाए-से थे। उन्होंने संक्षेप में मौन तोड़ कर कहा था कि रामविलास ने बरसों बाद जवाब दिया है उनके लिखे का। 'धर्मयुग' का नया लेख जो 18/1 के अंक में छपा है वह भी सामने है। इसका भी असर चौतरफा होगा। तुमने तीक्ष्णता से तराशा है। छिल्के उतरे हैं तथाकथित प्याज की गांठों के। चाहिए तो कि लोग बाग अब अपनी आलोचना करें। मगर माहौल ऐसा है कि लोग-बाग यह कह कर तुम्हारा कहा-सुना दरकिनार कर देते हैं कि यह तो पटा-बनैती का खेल है—रचनात्मक आलोचना नहीं है। मुझे

इस कथन में सत्य नहीं मिलता। हारे हुए की राजनीति मिलती है। ख़ैर। बहरहाल—यह सब अच्छे साहित्य की रचना के लिए सूझ-बूझ की उम्दा बातें हैं—उपेक्षित न होंगी। असर होगा चाहे उनके मन में हो—और देर से हो।

एक हफ्ते हुआ फिर इलाहाबाद गया था। इकबाल यानी अजित पुष्कल (कवि) ने बताया था कि पंत जी तुम्हारी पुस्तक की वजह से बेहद बौराये हैं। निराला के सन्दर्भ में तुमने उन्हें धर पटका है। वह महादेवी से भी और दीगर मिलने वालों से इसी बात को ले कर दिन-प्रति-दिन चर्चा करते रहते हैं। बताया गया कि महादेवी ने कहा भी कि पंत जी छोड़िए इसे—निराला की एक मूर्ति बन गयी है—आप क्या कर सकते हैं। पर इस कहने का असर न हुआ।

हाँ, अमृत[1] के लेख भी (Interviews) 'धर्मयुग' में देखे। मेरी राय में तो पंत जी ने तुम्हारी सब बातें स्वीकार कर ली हैं। फिर भी उनसे मुकरने की उनकी रुचि—अपने हित में—स्पष्ट दिखाई देती है। कुत्सित और कुरुचिपूर्ण कह कर वह तुम्हारे कहे को मिटा नहीं सके। साफ मालूम होता है कि यह Interview खास तौर से 'संयोजित' की गयी (किया गया) है ताकि निराला की और तुम्हारी मूर्तियाँ विकृत हो जाएँ। यह भी सम्भव नहीं हुआ। बात असल में यह है कि ऐसी बातों के लिए पंत जी तैयार न थे। वह अपने को कुछ-का-कुछ समझते थे। वह भ्रम को सत्य माने थे। जब भ्रम तोड़ा गया तो सन्तुलन चला गया। विवेक—विवेक न रह गया। तपस्या और साधना को यों गलते देख शिखरासीन छवि भी गल गयी। भला कैसे बर्दास्त हो अपना विगलन। लेकिन इसे उन्हें व्यक्तिपरकता से नहीं जाँचना चाहिए। यथार्थ को ग्रहण करने से कतराना कमजोरी होती है। वह कमजोर सिद्ध हुए हैं। भला कौन मानेगा कि माधो गुरू कालाकांकर के कोई पुराने कवि थे और वाग्विलास तुम न हो कर कोई अन्य महाशय थे। सफाई दी गयी पर दी गयी सफाई चलती नहीं। बातें वहीं-की-वहीं हैं। तुमने सत्य उद्घाटित किया है। बहुत उम्दा काम हुआ है।

मेरी तो सदैव यह धारणा रही है कि साहित्य में सत्य की प्रतिष्ठा होनी ही चाहिए चाहे वह मेरे विरुद्ध हो या किसी अन्य के। साहित्य न मेरी बपौती है न किसी और की। वह सार्वजनिक कृतित्व होता है। अपना हो कर भी सब का हो जाता है। तब फिर उसका वास्तविक मूल्यांकन होना ही चाहिए। कोई भी कवि या महाकवि आलोचना से बच कर कैसे जी सकता है (,) मैं नहीं समझ पाता।

'आलोचना' में भी तुम्हारी पुस्तक की चर्चा हुई। नेमिचन्द्र जैन ने भी लिखा है। स्वर वही है। पंत का मुलम्मा उतारा गया है यह देख कर वह भी बौद्धिक क्षोभ से भर गये से हैं।

मैंने यहाँ भी तुम्हारी पुस्तक पढ़ाई। उन लोगों ने लोगों के लेख भी देखे। वह भी मेरी तरह सोचते हैं।

तुम्हारा मुक्तबोध (मुक्तिबोध) वाला दो अंकीय लेख भी हम लोगों ने देखा। वह भी खूब जोरदार गया है। सभी को प्रसन्नता हुई है। हालाँकि मैं अपने इस कवि को शंका की दृष्टि से देखता हूँ। वजहें हैं। और फिर इस सब से लोगों के दिमाग से कूड़ा तो हटता है। यही महत्त्वपूर्ण उपलब्धि है। इससे इन्कार नहीं किया जा सकता। कूड़ा हटाना स्वस्थ काव्य के लिए रास्ता तैयार करना है। 'आलोचना' में नयी कविता और अस्तित्ववाद पर भी तुम्हारा लेख मँगा कर पढ़ा। वह भी धारदार है। ऐसा तो सब को पहले से भी जानना चाहिए था।

साहित्यिक ईमानदारी की ज़रूरत है। ईमानदारी के लिए समझ की ज़रूरत है। कविता बेईमानी का ब्याह नहीं कि 'मंडपे तर' से किसी की बेटी ले आये, चाहे खुद योग्य हों या न हों, या कि वह योग्य हो या न हो।

कोई कविता हो, वह वरण से पायी जाती है, हरण से नहीं। काश लोग बाग—हमारे लोग—और दूसरे लोग भी इसे समझ पाते और कविता लिखने में जी-जान लगा देते। मैं नहीं कहता कि कवि गलती ही नहीं करेगा—मेहनत करने पर भी कभी-कभार गलत लिख सकता है। इस पर भी तो अधिकांश तो सही दृष्टि से लिखे। फैशन और नक़ल और नयापन कभी भी स्वयमेव कोई महत्त्व नहीं रखता। पचा कर ही पराये को अपनाया जा सकता है, उन्हीं परिस्थितियों में पड़ कर। यहाँ तो कविता वाले सोच-विचार से काम ही नहीं लेते। झट से पालने में पड़े बच्चे की तरह जो भी हाथ में आया माँ का स्तन सभझ कर चिचोरने लगते हैं। वास्तव में बड़ा बौद्धिक दिवालियापन है। राम ही रक्षा करें।

और सब ठीक होगा ही।

हम सब लोग ठीक हैं। बहुत याद आते हो हम लोगों को।

इधर राजनीति भी-सत्तारूढ़—एक से दो हुई है। यह शुभ है। विघटन आवश्यक था। आगे कुछ हो चाहे न हो, रास्ता उस ओर मुड़ा है जिस ओर श्रमिक हैं। कारण चाहे जो भी हों। परिवर्तन हुआ—ऐसे ही होते भी हैं।

आगरे का हाल तो बहुत सर्द होगा।

सस्नेह तु.
केदार

1. श्री अमृतराय।

बांदा

15-10-70

प्रिय डाक्टर,

4/10 का पत्र सामने है। उत्तर विलम्ब से दे रहा हूँ।

तुम्हारे भवभूति वाले लेख को देखने को लालायित हूँ। हिन्दुस्तान सप्ताहिक के दिवाली अंक में शायद छप कर आएगा। यहाँ उसे खरीदूँगा। धर्मयुग में भी शायद एक लेख आया था पर वह अंक यहाँ मिल नहीं सका। न देख सका।

—निराला का अद्वैत काफी चिन्तन चाहता है। विस्तार भी। तभी पाठक उसे समझ सकेगा।

—इधर अज्ञेय की पुस्तक 'सागर मुद्रा' देखी। बड़ी सतही कविताएँ हैं। वहाँ नदी का पुल अपने से पीड़ित है कि उसे रौंदा जा रहा है और दूसरे उससे पार उतर रहे हैं। शायद यहाँ उनकी ही व्यक्तिगत मानसिक पीड़ा उभरी है। हम होते तो पुल का रूप लेते तो इसीलिए कि सब को पार उतार कर अपने को भी कृत-कृत्य समझते। अज्ञेय सतह पर रह कर कलम चलाते हैं। चूँकि शब्दी हैं—शिल्प का प्रयोग जानते हैं। इसलिए बात कह जाते हैं। विवेक से विवेचन करने पर पक्ष की कमजोरी उभरती है। पहली कविता भी वैसी ही है। उसमें भी अज्ञेय उस आग से रात में डर कर सोते-सोते जग पड़े हैं और स्वप्न में उस आग से निगले जाने की स्थिति में पहुँच गये हैं। बाहरी आग से डर—भीड़ का डर है।

प्रेषक : सस्नेह केदार

केदारनाथ अग्रवाल, एडवोकेट,
बांदा (उ.प्र.)

बांदा

5-2-71

प्रिय डाक्टर

दिनांक 17/1 का पत्र मुझे परसों रात 10 बजे मिला जब मैं मद्रास से इलाहाबाद होता हुआ यहाँ उस समय घर पहुँचा।

विद्यापीठ में तुम्हारी नियुक्ति की खबर सच हो जाय तो मज़ा आ जाय। हिन्दी तुम पढ़ाओ तो पढ़ने वाला भी समझे कि हिन्दी क्या है और कैसे पकड़ी जाती है। कम-से-कम मैं तो तुम्हारे (तुमको) पढ़ाते देख कर बहुत-बहुत खुश होऊँगा और खुशी के मारे नाच उठूँगा। वह दिन आये तो। अभी से बधाई देता हूँ।

पंत जी महाराज हैं चाहें जो करें। सुना है कि शान्ति जोशी वाली किताब स्वयं

पंत जी ने लिखाई है। खुद बोल कर। ऐसा इलाहाबाद वाले कहते थे। यार मेरे, यह कमजोरी न होती तो उनकी कविता क्या से क्या हो जाती। दुर्बलता यदि मन में कहीं होती है तो वह कृतित्व में कविता को उभरने नहीं देती। मुझे तो उन पर दया आती है। छोड़ो भी उन्हें। निराला बहुतों को धूल चटा गया है।

हाँ, मालूम हुआ कि साहित्य अकादमी ने तुम्हें पुरस्कार दिया है—निराला वाली पुस्तक पर। उसने अपने को गौरवान्वित किया है—तुम्हें दे कर। फिर भी बधाई देता हूँ कि उसने सही पुरस्कार दे कर अच्छा काम किया है और तुम तो उसके अधिकारी थे ही। पर उसने भाषाविज्ञान वाली पुस्तक पर पुरस्कार क्यों नहीं दिया था यह आज तक समझ में नहीं आया।

अशोक की शादी मद्रास में 27/2 को है। बारात इलाहाबाद से 24/2 को काशी एक्सप्रेस से जाएगी। 1/3 को वहाँ से चल कर 3/3 को इलाहाबाद आएगी। 4/3 को वहाँ खाना-पीना है।

यह सूचना दे रहा हूँ। लड़की मथुरा की है। इसकी बड़ी बहन चाचा के पुत्र को ब्याही है। परिचित लोग हैं। लड़की शिक्षित है। बेटे के उपयुक्त है। सब कुछ ठीक है। मुझे वहाँ जाना पड़ेगा ही। क्या यह आशा करूँ कि तुम भी साथ दोगे?

श्री गोरखनाथ द्विवेदी यहाँ से चले गये। लखनऊ कान्यकुब्ज कालेज में हैं। वैसा ही आदमी था। ख़ैर।

चुनाव की चाल अभी तो धीमी है। जोर पकड़ेगी। कृपलानी जी तो शायद आगरे से न लड़ेंगे। ऐसा समाचार पत्र में पढ़ा था।

यह बहुत खुशी की बात है कि अब आपकी मलकिन की तबीयत पहले से ठीक है। उन्हें मेरा सलाम दो। और कौन बच्चा तुम्हारे पास है? कि अकेले हो? न जाने क्यों बेटे की शादी करने में बेहद खुशी हो रही है। ऐसी खुशी कम हुआ करती है। तिरुपति का मन्दिर देख आया हूँ। हाल फिर लिखूँगा।

सस्नेह

केदार

निराला जी वाली किताब का दूसरा खंड भी निकले और बहुत-सी बातें साफ-साफ उभरें। भ्रम दूर हों। लोग निराला को सही समझें।

केदार

बांदा
15-3-71
5 बजे शाम

प्रिय डाक्टर,

एक पत्र पहले लिख चुका था। मिला ही होगा। वैसे मैं भी बेटे के ब्याह में व्यस्त रहा और तुम भी तमाम तरह से व्यस्त ही रहे हो। Award मिलने की औपचारिक बधाई तो पहले ही भेज चुका था। दिनमान में यह देख कर कि तुमने अंग्रेजी में बोलने का आग्रह ठुकरा कर वहाँ दिल्ली में हिन्दी की दो टूक शैली में निराला पर अपना भाषण दिया(,) मेरी जी जी उठा। इसकी हार्दिक बधाई लो। यही तो वे अवसर हैं जब आदमी अपनी मान्यताओं को साकार करता है। तुमने ख़ूब किया। निराला याद आ गये।

अब शायद अवकाश मिलेगा और मैं कुछ लिखने का प्रयास करूँगा। वैसे यह जीवन जो मैं जी रहा हूँ यहाँ, वह समय और शक्ति खाऊ जीवन है जिसमें आदमी ठूँठ हो जाता है। हम वकील कुछ करते-धरते तो हैं नहीं—बस हवाई बान छोड़ते रहते हैं और मरे गले समाज की ढहती नीवों को जबान दे दे कर, अक्ल बूँक-बूँक कर बरकरार किये रहते हैं। सच कहता हूँ—हमारे वकील जीवन का इस समाज में मुझे तो बहुत ही तुच्छ योगदान दिखता है।

इधर इन्द्रा जी (इन्दिरा जी) की दुन्दभी बजी और सब-के-सब धराशायी हो गयी (गये)। वोटरों ने तो ठहाका मार कर सबको मार दिया। जनता का मन बोला है—इन्द्रा (इन्दिरा) के इशारे पर। एक मोड़ लिया है देश की पीड़ित जनता ने। हिम्मत खुली है वोट मार कर मारने की। यदि यही प्रक्रिया चली तो शायद भविष्य के कमंडल से गंगा जल बरसे।

बेटा और बहू आज बांदा आये हैं। अभी इलाहाबाद थे। वहीं से बारात मद्रास ले गया था। खुश हूँ जैसे किसान बहुत खुश होता है आकाश के बादलों से वर्षा का भरपूर जल पा कर।

और क्या है?

पुस्तक कहाँ तक पहुँची? दिल्ली में तो वही पुराना माहौल रहा होगा, जब तुम पुरस्कार लेने गये होगे।

मुंशी की याद अक्सर आती है पर वह नहीं आता।

मलकिन को हम सबका नमस्कार देना। उनका रक्तचाप कैसा जा रहा है। आखिर इसका इलाज भी है या नहीं?

दिल फिर मिलना चाहता है। आगरा आने का मग (मन) हो रहा है। अब तो

मुंशी संस्थान में स्थान पा लिया होगा। कैसा रहा यह नया रोजगार। बुरा न मानना— यह रोजगार तो है ही। बधाई। बेकारी दूर हुई। उत्तर देना। सस्नेह

केदार

बांदा

19-10-71

प्रिय डाक्टर,

बहुत दिनों बाद पत्र लिख रहा हूँ। अब तो नये पद भार का काम हाथ में आ गया होगा। और अवकाश भी मिलने लगा होगा। इसलिए अब डिस्टर्ब कर रहा हूँ कि कुछ हाल-चाल लिखो।

मैं ठीक हूँ।

इधर बाँग्ला देश पर एक लम्बी कविता लिखी थी। मुक्त छन्द में। अपने और अपने नगर के Reactions ले कर। गुरिल्ला वार को ही सराहते हुए। भेजूँगा। कुछ और भी छोटी-छोटी रचनाएँ लिख सका हूँ।

यह Political settlement क्या हो सकता है। जिसका धोखा फैलाया जा रहा है। वह देश तो मुक्त हो तभी तो ख़ूबी है। मैं इस बिचवानी की स्थिति से समहत नहीं हूँ।

पंत जी ने बच्चन पर दीवानी का केस चलाया इलाहाबाद में—पहले नोटिस दे कर। उसमें बच्चन ने बयान तहरीरी दी। शान से जमे रहे। झुके नहीं। अन्त में मुकदमे में जान न देख कर पंत जी ने मुकदमा खारिज करा लिया। मुँह के बल गिर गये। उन्हें केस दायर ही न करना था—बच्चन को पत्रों के छापने की अनुमति स्वयं दो बार दे चुके थे। न जाने क्या हो गया था उन्हें कि कचहरी की शरण में दौड़ गये। भले मानस लोग कचहरी नहीं जाते। जो जाते हैं वह बहुत विवश होते हैं या सताने वाले होते हैं। इसके बाद पंत जी बच्चन से मिलना चाहते थे प्रयाग में। पर बच्चन नहीं गये। ख़ैर।

आज धर्मयुग में बच्चन की नयी कविता 'अक्लमंदाना इशारा' पढ़ी। सम्भवत: पंत जी से सम्बन्धित है। देखना जरा। काफी तीव्र प्रतिक्रिया बच्चन के मन में हुई है। पंत जी के व्यवहार से।

और सब पूर्ववत् है।

आशा है कि मालकिन जी का स्वास्थ्य ठीक होगा। उन्हें मेरी नमस्ते देना।

बच्चे सब कहाँ-कहाँ हैं? लिखना।

आना चाहता था दीवाली में, पर इलाहाबाद चाची के घर चला गया। न पहुँच सका तुम तक। पत्र लिख कर पूछना चाहता था कि तुम रहोगे या नहीं। पत्र न लिख सका था इसी से अनिश्चय में आना न हो सका।

क्या-क्या दिनचर्या रहती है। लोग याद करते हैं तुम्हें।

मौसम बदल रहा है। सबेरे सुहावना रहता है।

सस्नेह तु.
केदार

पुनश्च : इलाहाबाद में नागार्जुन मिले थे। मास्को हो आये हैं।

केदारनाथ अग्रवाल, एडवोकेट
सिविल लाइंस, बांदा
दिनांक : 19-11-73
शाम 5 बजे

प्रिय भाई,

11/11 का पोस्टकार्ड अपनी दो पंक्तियों की लढ़ी पर सवार, कल मेरे पास आ पहुँचा। या (पहले) भी आया तो वह मेरी गैरहाजिरी में। पर मिला मुझे कल जब मैं दिल्ली से पुरस्कार लेकर वापिस बांदा आया। पहले तो देख कर गुस्सा लगा फिर बायीं तरफ 'फूल' बना देख कर हल्की-सी हँसी हँसा। और यह सोच कर कि तुमने 'फूल' को अंग्रेजी के शब्द 'Fool' से जोड़ कर प्रतीक का प्रयोग किया है मैं भी कवि की तरह पुनः गुस्साया। आखिर यह क्यों? बड़े 'कलमकोंचू' हो। सच में इस हरकत से बड़ी आत्मीयता प्रकट हुई और हमारा पूर्व व्यक्तित्व जमीन पर उतर आया और हमने तुम्हें गले लगा पाया। दो पहियों की—यानी दो पंक्तियों की—यह लढ़ी हमारे जैसे देहाती के लिए वाकई में बिल्कुल फिट भेंट है। तुम बड़ी रेलगाड़ी चलाते तो वह हमारा दिल और दिमाग धड़धड़ा देती और हम उजबक की तरह देखते खड़े रह जाते। समझ कुछ न पाते।

मैंने तुम्हारे पोस्टकार्ड को कई बार उल्टा लटकाया और थपथपाया तो वह गिड़गिड़ाया और बोला ''मैं क्या करूँ? डाक्टर ने माना ही नहीं। मैंने तो आसमान की तरह फैल कर अपने को उनको समर्पित कर दिया पर उन्होंने मुझे अपने वाक्यों से वंचित ही रक्खा और रोते-रोते, बधाई बाँध कर, पोस्ट-बॉक्स के अँधेरे घर में झोंक दिया। मैं मजबूर था। आया तो आप न मिले। रोता पड़ा रहा। खैर आपने स्नेह दिया। यही क्या कम है। कृतज्ञ हूँ। पर उल्टा लटकाने और थपथपाने से दिमाग में

बल पड़ गया है।''

मैं हँसा कि हँसता ही रहा। यह विलम्बित नहीं 'द्रुत विलम्बित' पुरस्कार है। विलम्बित तो वह पुरस्कार होता है जो मरणासन्न आस्था (अवस्था) में या मरणोपरान्त मिलता है। अभी तो मैं जीवित हूँ। इसी से यह पुरस्कार द्रुत ही हुआ।

एक सुखद अनुभव था।

समय से 2 मिनट पहले हाल में पहुँचा। बैठा। अगली पंक्ति में। फिर ऊपर डायस पर सब बैठे। मैं भी वहीं बैठा। जरा ठाट (ठाठ) में आया। मन की लगाम खींची। कचहरी में बैठने का अनुभव करते रहे। पहला नम्बर मेरा ही हुआ प्राप्तकर्ताओं में। सरदार स्वर्ण सिंह ने प्रदान किया। एक चैक+एक मेडल+एक प्रमाण पत्र। रूस की यात्रा की वचनबद्धता से बाँधा गया। फिर फोटो खिंचतीं रहीं। बाद को सभी ने बधाईयाँ दीं। सुमन भी थे। उन्होंने कहा कि रामविलास भी आने वाले थे। मैंने कहा : वह नहीं आये। तो बोले : जहाँ केदार वहाँ रामविलास अवश्य हैं। मैं हँस पड़ा। माचवे भी थे। उन्होंने भी भेंटा। भारतभूषण भी मिले। यानी कि शमशेर यार भी वहाँ आये थे। खूब कस कर मिले—(यानी गले से)। नागार्जुन थे ही। हम सब कुछ देखते-सुनते रहे।

दिमाग हमारा हमारे अन्दर हमें समझता बूझता रहा। चेक जेब में पड़ी रही (पड़ा रहा) पत्नी जी भी थीं। वह समारोह का सुख बटोरती रहीं। हम उन्हें नयी आँखों से टटोलते रहे। बेटी-दामाद दोनों थे। प्रसन्न होने की बात थी। यज्ञ पूरा हुआ और हम घर लौटे।

आज अमृतलाल नागर का पत्र आया। तुमसे बड़ी बधाई भेजी है। उन्हें भी जवाब दे रहा हूँ। तुमने मौन तोड़ा। यह अधिक प्रसन्नता की बात है। पत्र देता हूँ जवाब ही नहीं आता। डाकघर में चोर लगते हैं।

आशा है कि स्वस्थ और प्रसन्न होओगे। हम लोग ढल रहे हैं—गोलियों की तरह नहीं मजबूर सूरत की तरह जिसे रोज शाम को ढलना पड़ता है। दूसरे दिन फिर नयी आस ले कर जीने लगते हैं। यही क्रम है।

सस्नेह तु.

केदारनाथ अग्रवाल

1. 'सोवियत लैंड नेहरू' पुरस्कार। रामविलासजी के पत्र में बायीं ओर नीचे फूल बनाया गया था।

बांदा
14-12-73
4 बजे शाम

प्रिय डाक्टर,

27/11 के पत्र का उत्तर लो।

निराला वाली किताब को पढ़ने का शुभ अवसर दिन-पर दिन टलता जा रहा है। मन रमेगा तभी सम्भव होगा। पढूँगा और लिखूँगा। भेजूँगा।

भला तुम्हें सजा कौन दे सकता है। फिर हम तो और भी नाकाबिल हैं इस काम के लिए। हमने तो तुम्हारी कलम हमेशा चूमी है—आज भी चूमते हैं। हमारी जान तो तुम अपनी मुट्ठी में ले चुके हो। अब सजा वजा कैसी। मैं तो बधाइयाँ ही देता रहूँगा। तुमने साहित्य में एक समझ पैदा की है। लोग कहें चाहे जो (,) लोहा तो मानते ही हैं। नये लोग तो यहाँ निराला को नहीं 'मुक्तिबोध' को ले कर उछले-कूदे और निराला को पीछे ढकेलते रहे। पर बात जमी नहीं। फीके पड़ गये। अभी एक उम्र चाहिए अपने महाकवि के करतब समझने के लिए। यों ही नहीं पल्ले पड़ सकते। उनका काव्य पढ़ना कोई चाट के पत्ते चाटना नहीं है। राजनीति आज चाहे जो हो वह भी निराला के काव्य को झुठला नहीं सकती। बंधे मनोयोग और तने सीने की साधना का ही फल हैं उनकी कविताएँ। कविता कोई फैशन की नयी आयी साड़ी नहीं है कि जो चाहे देख कर आँखें मुलमुलाने लगे। निराला ने जितना जो कुछ लिखा है वह हिन्दी खड़ी बोली को चिरकाल तक जिलाए रहेगा और काव्य को सही दृष्टि और दिशा देता रहेगा। भला बेचारे नये लड़के कभी भी उन्हें नये माहौल में पकड़ कर धैर्य से ग्रहण कर सकते हैं। (?)न-न-कभी नहीं।

मैं आगरा आया परन्तु श्रीमती भी साथ थीं और एक सज्जन और भी थे। फिर यहाँ पहुँच कर काम में जुटना था। रुकता तो 2 दिन देने पड़ते। एक दिन में मन न भरता। यही बात थी जो दिल्ली से लौटते में न पहुँचा।

अब किताब कहाँ तक पहुँची। यज्ञ कब तक पूरा होगा। जल्दी खत्म करो। तब हम भी मिलने आएँगे। वैसे तुम्हें इस बीच अवकाश ही कहाँ होगा।

मालकिन को नमस्कार।

तुम्हें भी एक चुल्लू अमरित।

सस्नेह तु.
केदारनाथ अग्रवाल

16, Thirumurthy Street
T Nagar, Madras, 17
12.4.76

प्रिय डाक्टर,

26/3 को बाँदे से सपत्नीक मद्रास के लिए झाँसी होते हुए यात्रा की और 28/3 को रात 9 बजे उपरोक्त पते पर अपने बेटे के घर पहुँचा जहाँ वह नहीं उसकी पत्नी और बच्चे मिले। वह हैदराबाद फिल्म की शूटिंग में 18/3 को चला गया था और अपनी पत्नी को अस्पताल में छोड़ गया क्योंकि उसके 16/3 को वहाँ बेटा पैदा हुआ था। तभी मुझे तार-चिट्ठी दे कर बुलाया गया और मैं 26/3 से पहले किसी भी हालत में न चल सका। यहाँ सब ठीक है। बेटे से अब भी भेंट नहीं हुई। मई के प्रथम सप्ताह में आना है। तब तक घर की देख-रेख में मुझे ही समय देना पड़ता है (पड़ेगा)।

तुम्हारा 31/3 का पत्र बाँदे गया। वहाँ से यहाँ मेरे पास आज आया। पाकर बेहद खुशी हुई कि यहाँ तुम आ गये जैसे और तुमने कुछ दिल खोला।

अभी तक पढ़ तो कुछ पाया नहीं। न साथ लाया हूँ। पढ़ा तो बहुत। लिखना शेष है। सो चिपक कर बैठ नहीं पाता और कोई लिपिक भी नजर नहीं आता। यदि कोई मिल गया तो गद्य ही गद्य दागूँगा।

मार्क्स अद्‌भुत आदमी था। एंगेल्स और भी बढ़िया आदमी था। इनके बारे में जितना जाना जाय कम है। मार्क्स की अगुवाई भौतिकवाद की विकासमान होती चली जाने वाली द्वन्द्वात्मक अगुवाई है। यही तो खूबी है इस महापुरुष की। 1860 के आसपास के मौलिक परिवर्तन का कुछ जिक्र कर देते तो मैं दिशा और दृष्टि पा जाता। तुम्हारे पत्र में यह बात छूट गयी। संक्षेप में ही बता दो न!

चीन की साहित्यिक क्रान्ति मेरी समझ में नहीं आ रही। वहाँ रोज ही बावेला खड़ा रहता है। समाचार पत्र यही कहते हैं। क्या सांस्कृतिक क्रान्ति का मतलब जड़मूल-हीन असंस्कारित क्रान्ति है जो इतिहास-क्रम को नकार कर वर्तमान में की जाती है? क्रान्ति भी अतीत के अन्दर से अपनी जड़ें निकालती और अंकुरित हो कर, जो है उसी से शाँखें फैलाती है। माओ की महिमा बड़ी गूढ़ है जो मैं तो नहीं समझ पाता। साहित्य और संस्कृति का बनाव-सिंगार क्रान्ति में बदलता है परन्तु पहले के आधार किसी-न-किसी रूप में झलक मारते रहते हैं। तभी जीवन की ऐतिहासिक पकड़ समग्रता से सम्पृक्त रहती है। केवल बौद्धिक उन्मूलन से साहित्यिक और सांस्कृतिक क्रान्ति नहीं होती। Contradictions के साथ ही क्रान्ति का सौन्दर्य फूटता है—मन मोहता है। है न डियर, ऐसा? सस्नेह

केदार

केदारनाथ अग्रवाल, एडवोकेट
बांदा
दिनांक 1-10-76
रात 8 बजे

प्रिय डाक्टर,

पोस्टकार्ड मिला। बैठा मन एकदम प्रसन्न हो गया। दशहरे की छुट्टी है। समय पढ़ने-सोचने में बिताता हूँ। छोटी-बड़ी बातों को पकड़ता हूँ। दिमाग सही पटरी पर रखता हूँ। यही करता रहता हूँ। पिताजी बीमार हो कर आये थे। 15 दिन के करीब रह कर अच्छे हुए और फिर गाँव चले गये। अब मैं हूँ—बीबी (बीवी) है। दो प्राणी सहजता से रह लेते हैं। नगर का माहौल वही पुराना ऊल-जलूल का है। न जाने कब किस तरह इसको सही चेतना प्राप्त होगी। प्रयास भी तो कोई नहीं करता। केवल औंधे (औंधी) खोपड़ी के अखबार ही लोग पढ़ते हैं और साहित्य के नाम पर वक्त को काटने के लिए रेलवे बुक-स्टाल से सेक्सी पुस्तकें उपन्यास और सिनेमा सम्बन्धी पत्रिकाएँ, किराये पर किताबें ले जाते और चाट-चूट कर दे जाते हैं। यहाँ कौन पढ़ता है सही समझ की पुस्तकें। इस पर बेचारे रोते हैं कि दुनिया बड़ी खराब है—रहने लायक नहीं है। बाह रे हमारे लोग! जिम्मेदारी कोई नहीं लेता (—) न घर-न बाहर; न सड़क में—न कचहरी में। वही बेहाल हाल चालू है।

अभी दो बीसी तो कम-से-कम लग ही जाएँगे, तब ज़रा-सी अकल आ सकती है। फिर भी धन्य हैं ये लोग कि ऐसे जीने में हर्ष और उल्लास की पतंग उड़ा लेते हैं। रहते उसी दुरभि-सन्धि के सामाजिक चक्र में।

मैं जानता हूँ कि तुम भी नहीं आ सकोगे। व्यस्त (होने) के अलावा घर में भी तो देखना-सुनना पड़ता है।

अच्छा तो लो एक कविता। मद्रास में 4/6 को लिखी थी।

1. पहला पानी गिरा गगन से, उंमड़ा आतुर प्यार
हवा हुई ठंडे दिमाग के जैसे खुले विचार
भीगी भूमि-भवानी, भीगी समय-सिंह की देह
भीगा अनभीगे अंगों की अमराई का नेह
पात-पात की पाती भीगी—पेड़-पेड़ की छाल
भीगी-भीगी बल खाती है गैल-छैल की चाल।
प्राण-प्राण मय हुआ परेवा—भीतर बैठा जीव
भीग रहा है द्रवीभूत प्राकृत आनन्द अतीव
रूप-सिन्धु की लहरें उठतीं, खुल-खुल जाते अंग

परस-परस घुल-मिल जाते हैं उनके मेरे रंग
नाच-नाच उठती है दामिनि चिहुंक-चिहुंक चहुँ ओर
वर्षा-मंगल की ऐसी है भीगी रसमय भोर
मैं भीगा-मेरे भीतर का भीगा ग्रन्थिल ज्ञान
भावों की भाषा गाती है विश्व-विमोहन गान।

दोस्त इतना लिखने में ही हाथ थक गया। अब दूसरे पत्र में और कविताएँ भेजूँगा।

तुम्हारी पुस्तक 'शेक्सपीरियन ट्रेजेडीज़' फिर से सरपेटे से पढ़ गया। अभी बाकी हैं 3 ड्रामे। तुमने दूसरों के विचारों की कमज़ोरी खूब सटीक पकड़ी है। कोई बैठ कर तो समझता-बूझता नहीं—जैसा चाहा थोड़ा बहुत सोच-समझ कर आधा-अधूरा लिख दिया और एक सिद्धान्त का झंडा गाड़ दिया। यही तो करते हैं चालाक और चतुर पढ़ेरी। जो प्रमाण तुमने दिये हैं लियर और हैमलेट के नाटकों के बारे में वह अकाट्य हैं। मैंने खूब गौर किया है।

दूसरी पुस्तक Unity चल रही है। मल्टी नेशनल सोवियत साहित्य पर 10 लेख संग्रहीत (संगृहीत) हैं। उम्दा संग्रह है। सार्थक और परख के लेख हैं। यह प्रोग्रेस प्रकाशन का 1975 का अंग्रेजी प्रकाशन है। लखनऊ से लाया था। कुछ समस्याओं का समाधान बड़े ही उचित ढंग से हो जाता है। साहित्य के सांस्कृतिक और लोकप्रिय तत्त्व कौन से हैं! विवेचन भरपूर विवेक से किया गया है।

एक लेख है Historism and History यह भी ज्यार्जिया के उपन्यासों और कविताओं को ले कर लिखा गया है। बड़ी सूझ-बूझ झलकती है। सही पकड़ है बातों की। तुमने तो यह पुस्तक पढ़ी होगी।

कल विजय दशमी है। हजारों साल से हर साल मारे जा रहे और फिर फिर जी उठने वाले रावण को राम मारेंगे। रावण भी कागज और बाँस की खपच्चियों का होगा और राम भी नकली राम होंगे। बाँस का बेकार धनुष लिये और सरकंडे का बाण चढ़ाए। जनता गदगद होगी। खुश होगी। यही स्थिति है अपने जनसमुदाय की। न जाने इस सबसे आज का जीवन कैसे चलेगा? मेरी बुद्धि चकराती है और इस सब में कोई प्रगतिशील संस्कार नहीं देखती।

ऐसे दशहरे की नहीं, कवि-हृदय की अनुभूतियों के साथ शुभकामनाएँ भेजता हूँ।

सस्नेह तु.
केदारनाथ अग्रवाल

बांदा
16-3-83
PIN 210001

प्रिय डाक्टर,

8-2-83 का पत्र मिल गया था। उत्तर अब दे रहा हूँ। विलम्ब इसलिए हुआ क्योंकि मैं इधर घर के निजी कामों (में) व्यस्त रहा।

मार्क्स का उद्धरण पढ़ने को मिला। सत्य यही है जो उन्होंने पूँजी (खंड 1) में लिखा। फिर भी जिजीविषा बड़ी प्रबल होती है और मैं तो उसी को अपनाये हुए अधिक से अधिक दिन तक जीने की लालसा बलवती बनाए रखता हूँ। जब भी जरा भी शिथिलता आती है या होती है तो विचलित होने से बचता हूँ और सृष्टि की समग्रता से अजेय जीवनी शक्ति खींचता रहता हूँ और प्राणवन्त बना कामकाज में लगा रहता हूँ। फिलहाल कविताएँ नहीं लिख सका। न लेख ही लिख सका। मैंने तो पंचवर्षीय योजना कभी बनायी ही नहीं। बनाता भी कैसे (!) सारा पिछला जीवन तो बिना योजनाओं के ही जीता रहा हूँ। अब क्या नयी शुरूआत करूँगा। तुमने तो योगी की एकाग्रता अर्जित की है और योजनाबद्ध काम करते-करते महान उपलब्धियाँ दे सके। इसी कर्मठता के बल पर तुमने तमाम तरह की प्रचलित भ्रान्तियों को (का) ध्वंस किया और वैज्ञानिक समझदारी से साहित्य को दिशा और दृष्टि दी। तुम्हारी पुस्तकें पढ़-पढ़ कर मैं समझ पैदा कर सका। वे न मिलतीं तो मैं 'नदारदशुदे' होता।

इधर छप रही कविताओं और लेखों से यह मालूम होता है कि जैसे मानवीय चिन्तन दिशाहीन हो कर व्यक्ति को अक्षम बना चुका है और वह जातीय चेतना से विमुख हो कर ऊपरी सतह पर फिसल-फिसल कर टूट और बिखर रहा है। जैसे सबकी समझ मारी गयी है। कैसे सन्तोष है उन्हें ऐसे कृतित्व से? वाहवाही के ये शिकार वैज्ञानिक चिन्तन के पास जाते ही नहीं और मात्र आधुनिकता और समसामयिता (समसामयिकता) के चक्कर में मकड़ी के जाले की तरह के महीन-महीन तार भर निकालते रहते हैं। व्यक्तित्व बनने के बजाय खंडित हो रहा है। जब तक मानवीय चेतना जनवादी चेतना नहीं बनती तब तक यही सब होता रहेगा। ऐसे ही लोग तो कहते हैं कि ऐतिहासिक द्वन्द्वात्मक भौतिकवाद का कोई युगीन महत्त्व नहीं रह गया। ये भ्रष्ट बुद्धि कुछ भी दे नहीं सकते। श्रम और संघर्ष ही पथ प्रशस्त कर सकता है जिसके लिए ये तैयार नहीं दिखते। इधर 'साक्षात्कार' में तुम्हारी पुस्तक से महावीर प्रसाद द्विवेदी के सटीक उद्धरण छपे हैं। वे अवश्य काम करेंगे। लोगों की आँखें खुलेंगी। मार्क्स का चिन्तन ही जीवित है। वह चिन्तन विश्व को सही दृष्टि

प्रदान कर रहा है। उनका चिन्तन अब और विकास कर रहा है वह Static नहीं—Progressive है। इतिहास ने उसे खतम नहीं किया। वही उससे विकसित हो रहा है।

14 व 15 मई को भोपाल में तुम्हारा 'महत्त्व' मनाया जा रहा है। मुझ से वहाँ जरूर-जरूर पहुँचने के लिए लिखा जा रहा है। पर ऐसी लाचारी है कि घर से बाहर जा पाना असम्भव है। कोई तरीका नहीं है। बहुत चाह कर भी नहीं पहुँच सकूँगा। तड़प कर रहूँगा।

अब मालकिन की तबीयत बनारस में कैसी है? डायबेटीज का रोग ठीक हुआ या नहीं। आँख का आपरेशन हो पाया या नहीं? वहीं हैं या दिल्ली आ गयीं? हाल जरूर लिखना। मेरी पत्नी भी पूछ रही हैं।

अब सबेरे ताजगी रहती है। दिन-दोपहर धूल-धक्कड़ वाली बयार झूमती झकोरे मारती है और गरमी से गला सुखा जाती है।

आँगन में बये ने घोंसला बनाया है। खूबसूरत है। उसे देखता हूँ। बया और बयिन आते-जाते और उसमें घुस जाते हैं। छोटी देह के दोनों हैं। एक के तो केसरिया पेट भी है। चोंचें लम्बी-नुकीली हैं। बहुत प्यारे लगते हैं। कभी-कभी घोंसले के नीचे खड़ा होकर पुचकारता भी हूँ। वह घोंसला से चोंच निकाले आँखें मटकाते रहते हैं। दिन भर बार-बार उड़-उड़ कर जाते-आते हैं और नित्यकर्म में लगे रहते हैं। गिलहरियाँ तो चिकचिक करती ही रहती हैं। नीम का पेड़ उनका छायादार आश्रय है। फट से चढ़ जाती हैं और डाल से डाल पर कूदती-फाँदती ओझल हो जाती हैं।

मद्रास में पानी का संकट है। पता नहीं बेटे के परिवार का क्या हो? पत्र नहीं आया। कमला प्रसाद की पुस्तक 'रचना और आलोचना की द्वन्द्वात्मकता' बढ़िया लगी।

सस्नेह

केदारनाथ अग्रवाल

बांदा

23-3-88

PIN 210001

प्रिय डाक्टर,

—बातचीत वाचस्पति ने बांदा में त्रिलोचन के सामने ही सम्भवत: रेकार्ड की

थी। चुप रहे थे। शायद वह सागर छोड़ कर वहाँ से कहीं अन्यत्र आसन जमाएँ। इधर वह तो काफी चर्चित हुए। नामवर ने उन्हें चित्र का नहीं चरित्र का कवि कहा है। भाषा की प्रशंसा की है। पता नहीं चरित्र बिना चित्र (रूप) के कैसे दर्शन देगा। तुलसी बाबा से पटरी बिठाई है। अच्छा है जो होता है। हम तो इस सब से दूर हैं। कोई कुछ कहे तो भी हम पर असर नहीं पड़ता। हम तो कविता—अच्छी कविता—को पकड़ना चाहते रहे हैं। वही करेंगे। सन्तुष्ट रहेंगे। एक दृष्टि—सत्य की—प्राप्त करते हैं। चेतना विकसित करते हैं। कविता अत्यन्त कठिन तपस्या माँगती है। जो लिखना है वही उभर कर नहीं आता—तब फिर ऐसी रचना की क्या महत्ता? मार्क्सवाद ने मुझे आदमी बनाया। फिर कविता की ओर चला। वहाँ भी अब तक जूझता रहता हूँ। बहरहाल मैं गलत रास्ते पर नहीं हूँ। अगर कोई मुझे गलत बताएगा तो इतना तो है ही कि उसे अपनी रचना से और सटीक उत्तर से पछाड़ दूँगा। करें तो आलोचना के महा पंडित।

'आत्मगन्ध' की प्रति को भी आज लिख रहा हूँ कि वह तुम्हारे पते पर भेजें।

अजय इलाहाबाद में मिले थे। ठीक हैं। शायद ही बनारस पहुँचे। दिल्ली जाने की बात कह रहे थे।

—कीट्स की पंक्ति खूब है। आज के चरित्र लेखक ऐसा लिखें तो हम दाद दें। कविता घसीट कर नहीं स्थापित की जाती। ऋग्वेद पढ़ रहे हो—बढ़िया काम है। हम तो संस्कृत न पढ़ पाये। सुन कर ही—चर्चा से ही जान लेते हैं—सूँघ लेते हैं उस मुक्त प्रकाश के पुष्प को।

—इधर तो ऐसा लगता है कि सम्मानित होने की नयी राह बनायी जा रही है। यह भी हो (,) कुछ तो सामने आये।

हम देवता तो नहीं—पर अपनी अग्नि जलाए, लौ चूमते-भेंटते रहते हैं। तभी तो बुढ़ापे में भी युवा उमंगों से झूमता रहता हूँ। ऐसा मन न बनाता तो कब का चल बसा होता। मुझे किसी के सामने कुकुआना अच्छा नहीं लगता। होगा। हम कतई चिन्तित नहीं हैं। हम तो अब भी बालक को हँसते देख कर उसी पर कविता रचने की सोचते रहते हैं। वह हँस रहा है जैसे हँसी के पंख फैलाए, मानसरोवर के हंस अवनी और आकाश को एक कर रहे हैं।

ठीक हूँ। आशा है कि ठीक होओगे। प्रिय भुवन का परिवार भी ठीक होगा। सब को यथायोग्य। विजय ने तुम्हारा पत्र भेजा—अपने पत्र के साथ।

सस्नेह तु.
केदारनाथ अग्रवाल

बांदा/11-6-88/PIN 210001

प्रिय डाक्टर,

—इधर गर्मी अपने प्रचंड रूप में रही यहाँ। तापमान 49° को पार कर गया। भवानी ने पूरे प्रकोप से जड़-चेतन सब पर आक्रमण किया। हम भी घबराए पर कूलर चलाए कमरे में कैद सजा काटते रहे। अब बच गये। तब पत्र लिख रहे हैं।

—मेरी गद्य कविता यदि पास में हो तो भेज दो—प्रकाशक को संकलन में छापने को लिख दूँगा। मेरे पास न मूल है—न मुद्रित। व्हिटमैन के मर्मस्पर्शी पत्रों को मैं भी खोज कर पढ़ने का प्रयास करूंगा। मुझे तो वह तब पढ़ते समय मोह लेता था। महान तो है ही। गद्य भी निश्छल लिखा हो तो वशीभूत कर लेता है। सब जगह न गद्य चलता है—न छन्द। आदमी की आत्मीयता फूट पड़ती है—शब्दों को स्वयं यथानुरूप साध लेती है—जो न कहा जा सके वह कह देती है। यह सब कला से आगे की बोली बानी है। कभी-कभी मिल जाती है—धन्य कर देती है। परन्तु रहस्य नहीं होती। जीवन के गहन स्तर में घूम आयी—बाहर निकल आयी—खिलखिलाती हँसी की तरह छा जाती है—न भूलती है—न मिटती है। हमारे पुरखे प्रकृति के परिवार के सिद्ध सदस्य थे। तुम तो शहद की एक बूँद टपका देते हो फिर चुप हो जाते हो पागल बना कर। मैं भी ह्विटमैन निकाल कर फिर सूँघूँगा।

सस्नेह

तु. केदारनाथ अग्रवाल

बांदा

7-8-89

8 बजे सुबह

प्रिय डॉक्टर,

—तुम्हारा 1/8 का पोस्टकार्ड मुझे 4/8 को मिल गया। मैं यहाँ 2/8 को 11 **A.M.** सकुशल पहुँचा था।

—आते ही किताबें चिल्लाईं। मैंने उनका मैल छुड़ाया। मेहनत की तो थका पर फिर नहाने पर चंगा हो गया।

हिन्दी अकादमी वालों ने आलोचक सम्राट को नारियल शाल आदि दे कर अपना कर्तव्य पूरा कर गये बहुत अच्छा हुआ। रुपये तो तुमने पहले ही इन्कार कर दिया था। पुनः बधाई।

गिरजा[1] 70 के हुए। वो हम सबसे कई साल छोटे हैं। जन्मदिन में तुम्हें घेर कर ले जाना चाहते हैं। यह भी खूब है। अब तक तो सदा ही दूर बने रहे—अब महत्ता

की हड़बड़ी हुई तो तुम याद आये। धन्य हैं। तुम अपने व्यस्त कार्यक्रम में लगे हो। भला जा कर समय नष्ट क्यों करो। ठीक है।

विजय लौट आये होंगे। मैं ठीक हूँ। वहाँ सब ठीक था। कल मेरे प्रकाशक मुझे पाँच ह. (हजार) यहाँ 5/8 को आकर 1-1/2 दिन रह कर दे गये। अशोक त्रिपाठी और बालकृष्ण पांडे[2] भी आये थे। नया संकलन तैयार कर दे दूँगा।

तु. केदार

1. श्री गिरिजाकुमार माथुर

2. पुराने कामरेड, वरिष्ठ पत्रकार और लेखक, इलाहाबाद।

बांदा

6-1-90

प्रिय डाक्टर,

—26/12 का पोस्टकार्ड मिला। रूमानिया की घटना निश्चय ही अभूतपूर्व रही। समाजवाद (समाजवादी) देशों की हलचल ने सर्वत्र हड़कम्प मचा दिया है। लोग कहते हैं कि मार्क्सवाद समाजवाद मर चुके। कहते हुए इन्हें शर्म नहीं लगती। यह नहीं जानते कि मार्क्सवाद सतत विकासशील मानवीय मूल्यों का जीवन दर्शन है। वह भला कैसे मर सकता है। जो हो रहा है वह उसके अमानवीय क्रियान्वयन का परिणाम है। जनतन्त्र कभी, कहीं भी, यथास्थिति को ध्वस्त नहीं कर सकता—वह तो ऐसा भैंसा है जो सब जगह की हरी घास चर लेता है और शासकीय निरंकुशता के सहारे मोटा होता रहता है। लोकतन्त्र अब तक कोई जीवन-दर्शन नहीं दे सका। वह तरह-तरह की विसंगतियों (का) पालक और पोषक है। देश—अपना भी—आतंकवाद से ग्रस्त है। वर्ण-युद्ध हो रहा है चारों ओर। सरकार संकट में है। समस्याएँ कैसे सुलझेंगी कह नहीं सकता। द्वन्द्व और संघर्ष में जीना पड़ेगा। शान्ति के शुभ लक्षण अभी प्रकट होते नहीं दिखते। अब आन्दोलन कौन करेगा। सभी परोसी पत्तल के सहारे जी रहे हैं। पेट भर रहे हैं। मैंने अपनी नयी कविताओं के संकलन का नाम—अनहारी हरियाली—सोचा है। कैसा है? कुछ-न-कुछ लिखता-पढ़ता रहता हूँ। ठीक हूँ। ठंड इधर भी खूब रही और हवा अब भी, धूप में भी, शीत-प्रकोपी है।

सुलोचना बृहस्पति का गायन मैं टी.वी. में देखता पर सो गया था। अरे, हर हमेशा वही सिद्धि नहीं मिलती। संगीत साधना जान ले लेती है।

नया वर्ष तो शुभ होगा ही। यार है वह मेरा। तुम्हें भी शुभ हो।

सस्नेह, केदारनाथ अग्रवाल

कथा साहित्य

आगन्तुक

वह मेरे सामने खड़ा था। बढ़िया मलमल का दूधिया कुरता पहने था। मतलब क्या थी बरफ के बारीक से बारीक तारों से बनी थी। और उसकी (धोती) क बारे में न पूछो। वह (धोती) भी रूई के नफीस धागों से बनी थी। वह लम्बे कद का गोरा चिट्टा जबान था। चेहरे पर मुसीबत की एक भी झुर्री न थी। वह खिले हुए कमल को मात करता था।

मैंने कहा : आइये! नमस्ते!

जवाब में उसने भी नमस्ते किया और क्षणभर चुप रहकर मुस्कुराते हुए बोला : जी, आपको ताज्जुब हो रहा है कि मैं यहाँ कैसे आया।

मैंने कहा : नहीं तो। मुझे तो महापुरूष को देखकर आज गौरव का अनुभव हो रहा है। मैं तो अपने को धन्य समझता हूँ जो अपने शुभ दर्शन से मुझे कृतकृत्य किया! कहिए, मेरे योग्य क्या सेवा है?

वह बोला : मैं तो बहुत ही तुच्छ व्यक्ति हूँ। आप मुझे नाहक महापुरूष कहकर सम्बोधित करते हैं। आप मेरी चमक दमक से प्रभावित न हों। जब आप मेरा, परिचय जान जायेंगे तो आप मुझसे घृणा करने लगेंगे। सच मानिये, मैं बहुत ही बदनाम व्यक्ति हूँ और मुझे आपके पास आने का साहस नहीं हो रहा, फिर भी विवश होकर कार्यवश आना ही पड़ा। मुझे आप क्षमा करेंगे।

मैंने समझा कि वह अपनी स्वभावगत विनम्रता प्रदर्शित कर रहा है इसलिए मैंने मृदुल स्वर में कहा : अरे वाह! आप भी क्या कहते हैं। कहाँ आप और कहाँ मैं। मेरे योग्य सेवा बताइए।

उसकी मुद्रा कोमल से कठोर हो गई और वह कह चला।

वह बोला : मैं आपको जानता हूँ। आप मेरे यहाँ ३० रूपये मासिक पर नौकर थे और तब आप बड़ी कठिनाइयों में रहते थे। आप दिन ब दिन प्रताड़ित होते थे और कोई रास्ता नहीं पा रहे थे। हाँ, उन्हीं दिनों आपने मेरी मिल के मजदूरों का एक संगठन बनाया था और आप खुद उसके अगुआ बने थे। यही नहीं, न जाने आप में तब कहाँ से ताकत आ गई थी कि आप हमारे भीषण दमन सह लेते थे और फिर आगे बढ़ते जाते थे। आपका मजदूर वर्ग भी आपकी रहनुमाई में शानदार जीते

हासिल करता चल रहा था। हाँ यह तभी की बात है।

यह कह कर चुप हो गया। मैं सोचने लगा कि यह व्यक्ति क्या वही है। जो मेरा मेरा मालिक था और जो मुझे हर तरह से गुलामी के बन्धनों में जकड़े रह कर, मेरा श्रम चुरा चुरा कर पेट भरता था और मेरा ही क्या मेरे सब मजदूर भाइयों का शोषण करता था। परन्तु जरा भी नहीं पिघलता था। मैंने सोचते-सोचते उसे कई बार बेड़ी पैनी दृष्टि से देखा। कभी मालूम होता था कि यह वही है। कभी मालूम होता था कि नहीं, यह वह नहीं हो सकता। मैंने इसी उलझन में पूछ ही तो दिया : मैं अभी आपको नहीं पहचान सका। कृपया, आप और स्पष्ट परिचय दें।

वह बोला : देखिये, याद कीजिए कि एक बार आपका सिर टूट गया था और आप खून से रंग गए थे। आया याद? नहीं आया। अच्छा आप अपनी अंगुली से जरा अपना सिर टटोलें। ठीक बीचों बीच कए घाव का निशान मिलेगा। हाँ, यह चोट मेरे एक गुंडे नौकर ने पहुंचाई थी। तब तो नहीं, अब मुझे इसका सख्त अफसोस है। आशा है आप मुझे क्षमा करेंगे। मैं लाचार था। मुझे मिल चलाकर पूंजी पैदा करना था और आप उसमें बेहद अड़चन डालते थे। मैं करता ही क्या।

मैंने अपना सिर टटोला, तो वाकई एक घाव का गहरा निशान मिला। मगर फिर भी मुझे उस व्यक्ति का स्मरण न आया। कि कब और कहाँ मैंने उसे देखा था और वह कब और कहाँ की घटना का हवाला दे रहा था। इसलिए मैंने कहा : महाशय आप मुझे क्षमा करेंगे मुझे बहुत अफसोस है कि मैं अब भी याद नहीं कर पा रहा हूँ। कृपया कुछ याद दिलाइए।

वह व्यक्ति आश्चर्य से चकित हो गया और फिर बोलने लगा।

मैंने आपके बड़े लड़के किशोर को झूठा इलजाम लगाकर जेल भेजवा दिया था। हाँ, आपकी स्त्री का नाम तो चमेली था न! अब याद आया, या नहीं?

यह कह कर वह एक क्षण को चुप हो गया और मेरी ओर देखने लगा।

मैंने अपने बेटे और स्त्री का नाम सुनकर यह अनुभव किया कि हो, न हो यह व्यक्ति मुझे खूब जानता है और जो कह रहा है वह सच होगा। परन्तु मुझे जेल भेजवाए जाने जैसी कोई घटना याद नहीं आ रही थी और न यही स्मरण हो रहा था कि मेरी स्त्री कभी चुरवाई गई थी। मैं एक अजीब गूढ़ पहेली को सुलझाने में लगा था। मैं हैरान था कि आखिर यह रहस्य क्या है!

इतने में ही वह बोल उठा : मालूम होता है कि आपकी स्मरण शक्ति खो गई है, इसी से आप कुछ याद नहीं कर पा रहे। लेकिन फिर कोशिश करता हूँ कि आपको याद आ जाए। एक बार अकाल पड़ा था और तब आप लोग मेरे पास यह प्रार्थना लेकर आए थे कि मैं अपने गोदामों में भरा गल्ला भूखों की बस्ती में बँटवा दूँ। लेकिन मैंने बड़ी बेरहमी से इनकार कर दिया था। तब आप लोग उन भूखों का

जुलूस लेकर मेरे दरवाजे आए थे और मैंने देखा था वह (हुजूम) मैंने पुलिस को बुलाकर आपके दलवालों पर (लूटपाट के) सम्बन्ध में इकट्ठा होने का आरोप लगाकर गोली चलवा दी थी। ओह, आज भी मैं उस घटना की याद कर सिहर जाता हूँ। अब तो याद आ ही गया होगा। यह वह घटना है, जिसे स्मरण करने पर पत्थर भी बोल उठेंगे। कहिये, आप अब भी क्यों चुप हैं। बोलिए न।

मैंने और अधिक आश्चर्य में पड़कर कहा : जी, मुझे कुछ भी याद नहीं आ रहा। आप आखिर मुझसे चाहते क्या हैं?

वह खीझ उठा और मेरी मेज पर हाथ पटक कर बोला : नहीं याद आता, नहीं याद आता ...नामुमकिन है ...आप बनते हैं ...आपको मजा आ रहा है कि मैं अपनी काली करनी कहता रहूँ और आप मुझे शर्म से देखते रहें ...असम्भव है ...यह न होगा ...आपको मुझे क्षमा करना पड़ेगा।

यह कह कर वह मेरा पैर पकड़ने के लिए आगे बढ़ा और मैं फौरन उससे बचने के लिए अचानक पीछे हटने को हुआ, कि मेरी आँखें खुल गई और मैंने देखा कि मैं अपनी खाट पर लेटा हूँ और सवेरा हो रहा है।

मैं नहीं जानता वह कौन था। मैं नहीं जानता कि वह मेरे पास क्यों आया था? मैं नहीं जानता कि वह मुझसे क्षमा क्यों चाहता था? लेकिन मैं यह जरूर जानता हूँ कि वह जरूर कोई मिल मालिक होगा और उसने जरूर वह बातें की होंगी जिसका जिय उसने खुद किया है, यह भी जरूर मालूम होता है कि वह अब मिल मालिक नहीं रह गए, वरना वह इस प्रकार यहाँ न आता और मुझे अपना मजदूर समझते हुये भी मुझसे इस विनम्रता से बातें करता। लेकिन यह भी सच ही है कि वह अपने सताये मजदूर की तलास में उसे खोजता-खोजता उसी के नामधारी व्यक्ति के पास यहाँ आ पहुँचा है। लेकिन यह भी सच है कि वह मेरे पास मरने के बाद आया है वरना वह इतना विनम्र न होता और इतना पछतावा न प्रकट करता।

मैंने सुना, घर के बाहर से जनता की आवाज आ रही थी। दमकता दुआ सूरज भी सुनहली लाल किरनों से सब संसार रंग रहा था।

थोड़ी देर में दैनिक प्रताप आया। मैंने उसमें पढ़ा कि अकाल मँडरा रहा है। मुझे पढ़ते ही विश्वास हो गया कि वह व्यक्ति यहाँ से रायल सीमा चला गया है। काश वहाँ से उसे कोई पकड़ कर समुद्र के अतल गर्भ में डुबा दे।

छोटे कोष्ठक () में दिये गये शब्द अनुमानित शब्द हैं। पांडुलिपि में ये स्थल अपठनीय हैं।
—(सं.)

णाणं
पयासयं

वीर नि. सं. 2470

ई. सन् 1944

भारतीय ज्ञानपीठ